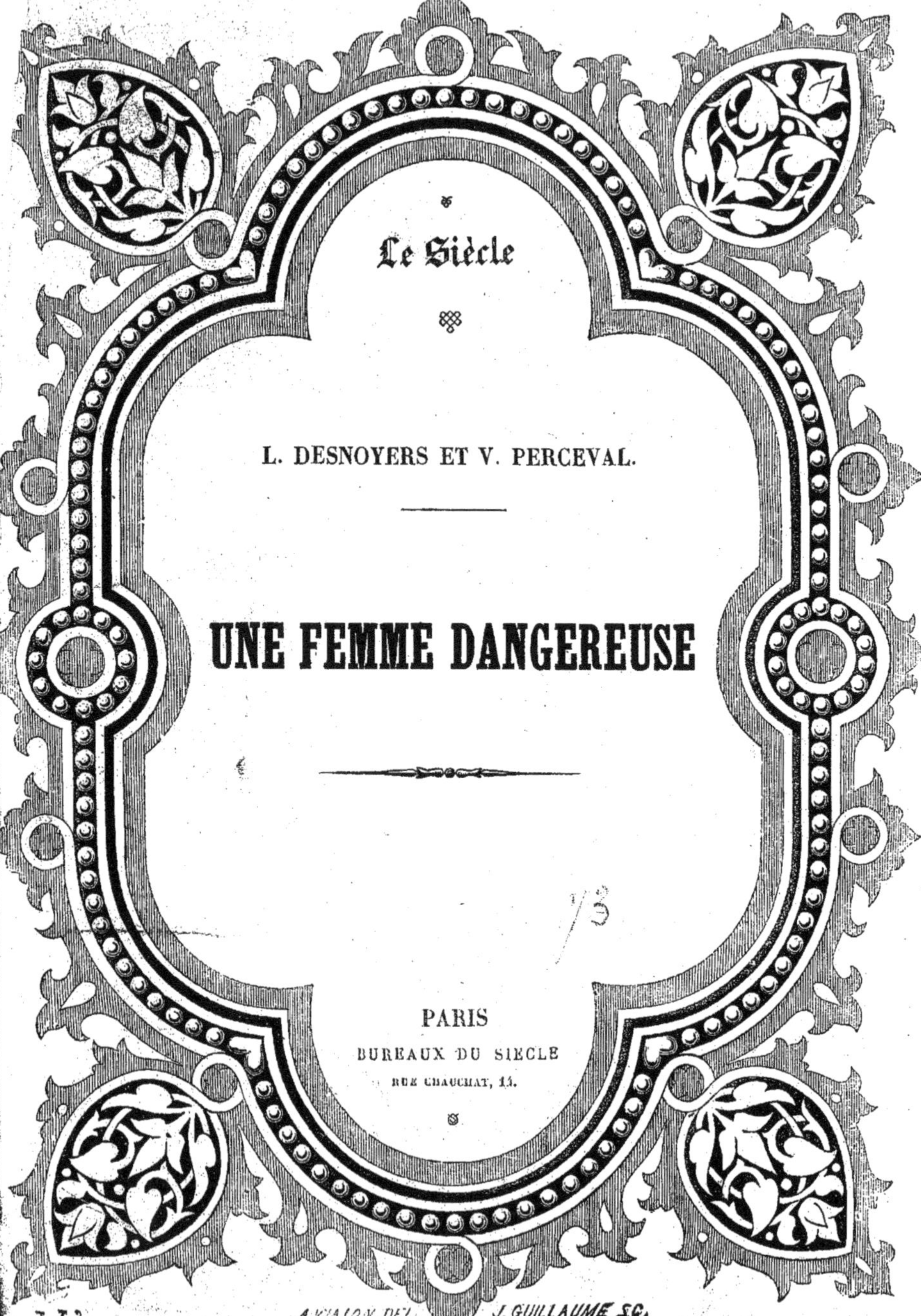

Le Siècle

L. DESNOYERS ET V. PERCEVAL.

UNE FEMME DANGEREUSE

PARIS
BUREAUX DU SIÈCLE
RUE CHAUCHAT, 14.

Louis Desnoyers et Victor Percevol.

UNE
FEMME DANGEREUSE

I

Par une de ces douces matinées qui font de septembre un des mois les plus charmants de l'année, deux jeunes gens, lestés d'un excellent déjeuner, le cigare aux lèvres, le fusil sur l'épaule, la gibecière au côté, sortaient du délicieux village de Saulty, situé dans les environs de Doullens. Ils prirent d'un pas nonchalant, peu menaçant pour le gibier local, un étroit sentier qui serpentait entre un petit bois et la rivière.

L'un d'eux, Léon Mervel, était un beau garçon de vingt-cinq à vingt-six ans. Son allure hardie, ferme, décidée, dénotait une force dont témoignaient du reste sa haute stature et la vigueur de toute sa personne. Elégamment vêtu d'un costume de chasse en velours brun foncé, il portait autour du cou une cravate en cachemire d'un rouge vif. La teinte pourprée de cette parure de fantaisie jetait des reflets roses sur la figure du jeune homme, et faisait ressortir son front blanc, uni comme celui d'une jeune fille. Ses yeux bleu de mer, surmontés de fins sourcils et frangés de longs cils bruns, avaient tout à la fois une expression de douceur et de vivacité qui donnait un cachet étrange à cette figure, dont l'ensemble des traits présentait ainsi le caprice du contraste et la grâce de l'harmonie. Les lèvres ombragées par une vigoureuse moustache châtain clair, et le menton voilé sous une barbe de même couleur, tranchaient vivement sur la fraîche pâleur du teint et rendaient plus attrayante encore la douceur des yeux.

Il était foncièrement bon, mais vaniteux et dominateur; il avait l'esprit futile, original, fantasque et gai jusqu'à la folie.

Disons tout de suite quels étaient les antécédents de notre héros, afin de n'avoir plus à nous préoccuper de ces détails préliminaires.

La famille Mervel, une des premières familles industrielles du département de la Somme, était riche, justement estimée, alliée aux plus anciennes familles bourgeoises de la province, et jouissait par conséquent d'une sorte de suzeraineté dans le pays.

Joseph Mervel, le dernier chef de cette honorable famille, était mort en laissant à son fils Léon, le jeune étourdi dont nous commençons l'histoire, une fortune évaluée à plus d'un million en terres, sans compter l'usine qui avait été la source même de cette fortune. Léon, à la mort de son père, eût pu la vendre ou la louer, et vivre avec sa mère du revenu de ses biens. Il en eut un instant la pensée; mais, ambitieuse pour son fils, madame Mervel le détourna de ce projet. Léon céda, toutefois ce ne fut ni par ambition ni par condescendance. Sa décision fut simplement dictée par l'orgueil. Il voulait jouir à son tour du respect assaisonné d'envie qui avait entouré le nom de son père.

L'usine de Saulty étant un des plus beaux établissements de ce genre, Joseph Mervel l'avait laissée à Léon dans toute sa prospérité. Elle n'avait besoin pour se maintenir que d'une main ferme et intelligente. Indolent par nature et paresseux par goût, Léon ne changea rien aux traditions établies. Ce ne fut point par respect pour la mémoire de son père, ce fut tout bonnement par insouciance.

Léon laissait sa mère et sa femme maîtresses absolues dans la maison tout en gardant en apparence une suprématie quelquefois tyrannique. Ses employés l'aimaient néanmoins, malgré ses défauts, sinon peut-être à cause de ses défauts même. Une fois l'emportement de la colère passé, il redevenait ce qu'il était en réalité, c'est-à-dire simple, généreux, bienveillant.

Madame Mervel était une femme d'environ cinquante-cinq ans, qui avait dû être fort belle, mais d'une beauté plus régulière que charmante. Elle avait le cœur excellent, mais le caractère grave et austère; sa parole était nette, incisive, même un peu dure. Elle aimait Léon autant qu'une mère peut aimer son fils, mais sa tendresse, comme tous ses autres sentiments, avait quelque chose de sévère et de dominateur qui imposait sans toucher profondément. Aussi Léon la craignait et la vénérait.

beaucoup plus encore qu'il ne l'affectionnait. Mais avec le temps, cette tendresse devint pour ainsi dire fanatique, et réduisit insensiblement madame Mervel au rôle d'esclave ; elle se plia comme un roseau devant les fantaisies de Léon, que son indulgence rendait capricieux, égoïste et volontaire, sans véritable volonté. Il n'apprit donc pas que, pour atteindre un but, il faut la patience dans l'effort. Léon ne reculait jamais devant les obstacles : il les brisait ; car pour satisfaire ses caprices il sortait de ses habitudes de nonchalance, et ce qu'il voulait, il le voulait à l'instant même, de peur sans doute de ne le plus vouloir l'instant d'après.

Jeune, beau, riche, aimé, Léon ne connaissait donc encore de la vie que ses enchantements. En sortant du collége Louis-le-Grand où il avait fait ses études, il voyagea, il passa une année à Paris, une saison à Londres, un hiver en Italie. Sa rare beauté fut partout remarquée, et il dissipa son temps et sa pétulance en passions éphémères, un peu partout, jusqu'au jour où, de retour au pays, il rencontra par hasard, la femme qu'il devait épouser, car le hasard semblait diriger exclusivement son existence.

Le hasard plaça donc sur sa route la fille unique d'un gentilhomme sans fortune du Pas-de-Calais. Léon vit mademoiselle Emilienne de Frayes à un bal donné par le sous-préfet de Doullens, et séduit subitement par la beauté de la jeune fille, il se fit présenter séance tenante à monsieur de Frayes. Cette présentation fut le prélude d'un mariage qui rencontra d'abord des difficultés, et ces difficultés ne firent qu'exalter la passion plus ou moins sérieuse de Léon. L'oisive aristocratie du département blâma tout haut la mésalliance qu'allait subir une jeune fille noble, spirituelle, bien élevée, jolie, en épousant ce qu'elle appelait dédaigneusement un marchand de farines. De son côté, aux premières rumeurs de ce projet d'union, la famille bourgeoise et commerçante des Mervel ne se gêna point pour dire hautement que Léon ferait une insigne folie en épousant une jeune fille qui n'apportait en dot qu'une beauté remarquable, une éducation distinguée, et probablement des goûts de luxe et de dissipation, dans une famille où un bon capital, des goûts simples et l'habitude du travail eussent été cent fois préférables.

Mais le père d'Emilienne était assez pauvre pour ne tenir aucun compte de l'opinion de sa caste, et Léon était assez riche pour se passer de l'approbation des siens. Il fit les choses grandement, par orgueil bien plus que par générosité, et à la consternation non de sa mère, mais du reste de sa famille, il reconnut à Emilienne un apport de cinq cent mille francs, la moitié environ de sa fortune personnelle.

Le temps démontra bientôt que si monsieur Léon Mervel avait peut-être eu tort de se marier, lui, un véritable type d'instabilité, du moins la fougue irréfléchie de sa volonté l'avait bien servi cette fois dans le choix de sa compagne.

Mais si la noblesse et la bourgeoisie désapprouvaient également ce mariage, chacune à son point de vue, il n'en était pas de même dans la foule, car en pareil cas la foule ne se préoccupe que de la jeunesse et de la beauté des époux. La foule avait donc lieu d'être complétement satisfaite en cette circonstance.

Emilienne avait alors dix-sept ans, et Léon entrait dans sa vingt-quatrième année.

On se souvient encore du jour où, assis l'un près de l'autre dans une élégante calèche, ils passèrent, au sortir de l'église, rapides comme des oiseaux attardés qui regagnent leur nid, devant les maisons rangées de chaque côté de la grande rue du village. Les vieillards, hommes et femmes, les bénissaient ; les jeunes gens poussaient des cris de joie.

L'installation d'Emilienne dans l'usine fut une fête à laquelle tout le village prit part. Les notabilités de la petite commune élargirent le cercle de la famille ; les ouvriers eurent leur festin et leur bal. A la grande joie des modestes invités, Emilienne et Léon dansèrent la première contredanse. Alors on put admirer à loisir l'aristocratique beauté de mademoiselle de Frayes. Grande, svelte, élancée, simple dans la grâce onduleuse de ses mouvements, Emilienne possédait le charme irrésistible d'une suprême distinction. Sa figure, aux traits fins et réguliers, plaisait à tous par son expression de bienveillance. Pâle dans sa fraîcheur même, elle eût semblé maladive aux braves gens qui la contemplaient, si le purpurin de ses lèvres et la vivacité de ses grands yeux noirs n'eussent donné à cette pâleur de rose blanche une animation délicate, mais pleine de santé.

Emilienne aima son ami, non point avec passion, mais de cette affection calme et sincère qui est le véritable amour conjugal. Cet amour lui rendit facile les premiers essais de sa nouvelle existence ; il répandit son charme sur son entourage, il poétisa à ses yeux cette vieille demeure, ruche travailleuse dont elle fut la reine ; il dora de ses lumineux rayons les vieilles boiseries de la grande salle, il courut avec elle dans les allées incorrectes du jardin, il chanta dans son cœur, il chanta autour d'elle ; ce fut un harmonie sainte, ce fut l'amour abrité sous le toit du foyer domestique, le plus pur, le plus tendre, le plus suave de tous les amours.

Emilienne était donc heureuse au moment où commence cette histoire. L'apathie de Léon dans les choses sérieuses, l'ennui que lui causait tout travail intellectuel, n'affligèrent pas la jeune femme, mais elle y vit pour elle l'obligation d'un devoir qu'elle remplit avec courage. Six mois après son mariage, Emilienne était initiée complétement aux affaires de la maison, et suppléait en silence à l'inactivité de son mari. Ce travail d'intelligence accompli en si peu de temps par une femme qui n'avait pas encore dix-huit ans ne lui causa nul déplaisir. Sa nature active y trouvait au contraire un certain attrait.

Fille respectueuse et tendre, Emilienne conquit bientôt l'affection de la mère de son mari. Elle fut comme une seconde providence aux yeux de cette vieille femme vaillante, économe, et, disons-le, ambitieuse pour son fils. Elle découvrit dans Emilienne beaucoup de qualités qu'elle avait elle-même, mais elle ne comprit pas que l'amour seul était le guide de la jeune femme ; elle ne comprit pas qu'Emilienne puisait uniquement dans son cœur la science du devoir. Elle crut Emilienne ambitieuse tandis qu'elle n'était qu'aimante. Madame Mervel ne vit donc dans le dévouement de sa bru qu'un puissant auxiliaire pour la réalisation de son rêve d'or.

Sagement conseillé par Henri Germin, l'ami intime de Léon, et qui était pour elle comme un frère, et du reste beaucoup trop intelligente pour s'emparer ouvertement de l'autorité, Emilienne ne touchait jamais aux droits réels de son mari ni à ceux que s'attribuait sa belle-mère. Rien ne se projetait, rien ne se décidait, soit dans le gouvernement de la maison, soit dans l'administration de l'usine, sans que Léon l'ordonnât lui-même ; seulement, ce qu'il ordonnait, c'était Emilienne qui avait eu l'adresse de lui en suggérer l'idée. Aux yeux du pays, aux yeux de ses gens, peut-être même à ses propres yeux, Mervel était ainsi l'intelligence apparente qui faisait tout mouvoir, le négociant laborieux qui remplissait des produits de l'usine les magasins de Doullens, les marchés d'Arras et les halles d'Amiens.

Et cependant, tandis que les ordres donnés s'exécutaient, tandis qu'Emilienne, sous la dictée d'Henri Germin, écrivait les factures de sa main fine et blanche ; tandis que madame Mervel surveillait l'intérieur de la maison, Léon montait à cheval et courait à fond de train dans la campagne, sans autre mobile que le besoin de mouvement : ou bien, selon la disposition du moment, s'étendait paresseusement dans un bateau, et se laissant aller à la dérive, pendant des heures entières, sans autre préoccupation que de suivre dans l'air les capricieuses spirales de la fumée de ses cigares.

L'existence de Mervel entre sa mère, sa femme et Henri Germin était celle d'un enfant gâté outre mesure, et dont on prévient les caprices, dont on satisfait toutes les fantaisies autant par tendresse que par amour du repos.

En voyant le caractère de Léon se développer chaque jour dans ce sens, madame Mervel, la mère, regretta bien au fond de l'âme l'extrême faiblesse qu'elle avait eue à l'égard de ce fantasque autocrate; elle comprit avec peine que les incessantes complaisances dont elle avait entouré son enfance étaient devenues les germes de tous ses défauts, mais elle ne laissa soupçonner à personne sa tardive clairvoyance, et pour se donner le change à elle-même, elle voulut s'exagérer d'abord la bonté de cœur de Léon; elle en étudia les apparentes tendresses; mais elle les trouva tièdes pour elle, égoïstes pour Henri, et simplement sensuelles et vaniteuses pour Emilienne.

Peut-être qu'en voulant aller trop avant dans un abîme qu'elle avait couvert si longtemps de fleurs, madame Mervel s'en exagéra au contraire la profondeur. Léon, en effet, n'était pas méchant, il n'était que bizarre, capricieux, futile, emporté, irritable pour des riens, et n'avait enfin aucun sérieux dans le caractère.

Et pourtant, malgré ces travers d'esprit, Léon possédait au suprême degré le talent de se faire aimer de tout le monde.

Mais, lui, aimait-il réellement encore sa charmante femme. Nous le pensons, car il n'en aimait pas d'autre, ce qui était peut-être la seule cause de sa constance, laquelle commençait à être fort respectable chez lui, car elle datait déjà de plusieurs années.

Quant à Emilienne, son existence s'écoulait heureuse dans cet intérieur tour à tour bruyant et solitaire. Le temps s'écoulait vite pour elle, absorbé en grande partie par la surveillance de la maison et la gestion de l'usine, double besogne dont Germin et madame Mervel prenaient d'ailleurs une large part. Les distractions étaient rares; elles consistaient généralement en promenades sur la limpide rivière, en excursions à pied dans leur petit bois de Saully, où, semblables à des maraudeurs, les deux enfants (madame Mervel désignait toujours ainsi Emilienne et Léon), se plaisaient l'été à saccager les noisetiers, au respectueux déplaisir de leur garde-champêtre.

Si les jours d'hiver semblaient tristes, on en combattait l'ennui par quelques courts voyages à Doullens, à Amiens et même à Paris. Mais Emilienne, qui n'avait jamais aimé les plaisirs du monde, réclamait bien vite sa vieille maison, sa bonne mère à la douce et tendre parole, son entourage de bons amis, ses fleurs, ses oiseaux, tout son petit monde familier.

Puis il y avait aussi de joyeuses soirées au coin du feu. — Germin, Léon, madame Mervel et un vieil ami de la maison jouaient aux cartes. — Emilienne, qui s'était attachée comme une sœur à une aimable jeune femme du voisinage, faisait de la musique avec elle, et si Flore (c'était son nom), demandait tout bas un air de valse ou une entraînante polka, les deux jeunes gens, qui savaient comprendre à demi-mot, se hâtaient de perdre leur partie de whist, Emilienne se mettait au piano, et Léon faisait danser Flore. Puis c'était Emilienne qui valsait avec Henri, tandis que Flore jouait à son tour.

Madame Mervel semblait se rajeunir à la joie de ces jeunes gens. Jules, un enfant d'adoption, attiré par le bruit, entr'ouvrait doucement la porte du salon; il y glissait sa figure rose, tandis que la vieille Thérèse, une gouvernante à la Molière, curieusement penchée au-dessus de la tête de Jules, laissait tomber le fuseau d'entre ses doigts et s'écriait joyeusement :

— Sont-ils heureux! Ah! le bon Dieu est juste!

Il nous reste à vous faire connaître Henri Germin, le fidèle compagnon de Léon Mervel; le Nisus de cet Euryale, le Pylade de cet Oreste, comme les appelait le professeur de rhétorique du collége Louis-le-Grand, où ils s'étaient rencontrés tout enfants. Livres, billes, friandises, toupies, querelles et pensums tout se partageait fraternellement entre eux.

Leur juvénile amitié n'avait fait que se développer avec le temps, car elle avait pour base la dissemblance même de leurs goûts, de leurs caractères, de leurs opinions en toutes choses. Ce sont là les affections vraiment durables. C'est dire qu'Henri avait autant de sérieux, de raison, de fixité dans les idées, que Léon avait de futilité, de caprice et de versatilité dans les siennes. En un mot retournez le caractère de celui-ci, vous aurez le caractère exact de celui-là.

Ils n'étaient pas moins dissemblables au physique qu'au moral. Henri Germin était de taille moyenne, frêle, délicat, éminemment distingué de manières. Il n'avait, comme Léon, ni la beauté d'Apollon, ni la force d'Hercule, mais il avait cette énergie nerveuse qui vient de l'âme plutôt que des muscles, et cette beauté qui tient au charme de la physionomie, et non à la régularité des traits.

Leurs études finies, les deux amis de collége, du même âge à peu près, s'étaient perdus de vue, mais non pas de souvenir, pendant quelques années, et ils n'avaient jamais cessé entièrement de se donner réciproquement de leurs nouvelles.

Orphelin de bonne heure, Henri avait été placé sous la tutelle d'un oncle maternel qui, ayant géré avantageusement la petite fortune de son pupille, et le trouvant très-capable enfin de la gérer sagement lui-même, l'avait fait émanciper à dix-huit ans.

Henri, maître désormais de ses actions, était venu se fixer à Paris pour s'y livrer à l'étude des sciences naturelles, dont il poussait l'amour jusqu'à la passion, mais d'une manière purement théorique. Possesseur de sept à huit mille francs de rente, il n'éprouvait pas le désir d'augmenter, par l'exercice d'une profession quelconque, un revenu qui suffisait largement à la modestie de ses goûts.

Mais si l'étude préserve du désordre et de l'ennui, elle n'en est pas moins impuissante contre les orages du cœur. Là, si isolé qu'il se tint des enivrements de la grande ville, nous ne savons quelle passion fatale était venue le surprendre au milieu de ses graves travaux, mais cette passion avait bouleversé son existence. Enfin, après trois ans de séjour à Paris, sous le coup sans doute d'une bien rude déception, il était revenu à Albert, lieu de sa naissance, comme l'oiseau blessé revient au nid imprudemment déserté.

C'était l'année même où Léon devait épouser Émilienne. La petite ville d'Albert n'est pas très-éloignée du village de Saulty. Les deux amis se revirent avec bonheur; Henri, par affection; Léon, par égoïsme; l'un, parce que, dans l'état endolori de son cœur, il avait besoin plus que jamais des consolations de l'amitié; l'autre, parce que, dans la solitude où il végétait, il avait besoin de la puissante distraction qu'allait lui procurer la présence d'un excellent camarade. S'il était permis de plaisanter en matière de sentiment, nous dirions que Léon était un de ces bons enfants qui transforment volontiers leurs amis en factotum, voire même en véritables domestiques moins les gages.

Cédant tous deux aux sentiments divers qui les animaient, ils ne purent bientôt plus se passer l'un de l'autre. Sur les pressantes sollicitations de Léon, son ami vint se fixer chez lui à titre de pensionnaire. Le mariage du premier ne modifia point cet état de choses. Émilienne eut bien vite reconnu tout ce que le caractère d'Henri avait de noble et de sérieux, et tout ce que l'amitié qu'il portait à son mari pouvait lui inspirer d'utile dévouement aux intérêts de la maison. Emilienne et Henri s'affectionnèrent promptement comme frère et sœur, et le simple commensal de Saulty ne tarda pas d'être considéré par tout le monde comme étant véritablement de la famille. Léon le regardait même comme faisant partie intégrante du mobilier. En cas d'inventaire, il l'y eût certainement fait inscrire.

Du reste, bien que, au moment où commence notre récit, cinq années se fussent écoulées depuis l'installation d'Henri chez son ami, et que le temps eût adouci peu à peu la tristesse, voisine d'abord du désespoir, qu'il avait rapportée de Paris, jamais la moindre confidence n'était sortie de sa bouche à ce sujet. Léon, il est vrai, n'avait jamais cherché à en connaître la cause; mais l'affection fraternelle d'Emilienne s'était montrée plus curieuse, sans cesser toutefois d'être discrète. Question perdue! Henri avait répondu par de vagues banalités, alléguant pour seule cause de sa retraite de Paris le goût des champs, le besoin d'air pur, l'amour du lait non frelaté, l'horreur insurmontable des cinquante mille voitures qui ébranlent sans cesse le pavé de la capitale, et je crois même, Dieu me pardonne! le nombre toujours croissant des orgues de Barbarie.

Quoi qu'il en fût, il est à croire qu'avec sa sagacité féminine, Emilienne avait deviné juste. Ce qui le prouve, c'est qu'elle n'insista pas, et eut l'air d'accepter pour excellentes les raisons du fugitif. Les secrets du cœur ne sont pas de ceux qu'on puisse cacher à une femme. Les siens propres sont les seuls qu'elle ignore parfois elle-même.

II

Nous avons laissé, au début de cette histoire, Léon et Henri, le cigare à la bouche et le fusil sur l'épaule, se mettant en chasse avec une pacifique nonchalance. Ils étaient accompagnés de Miraut, un beau chien d'arrêt qui, gambadant en avant d'eux, s'arrêtait à chaque instant pour les regarder, comme étonné de leur peu d'ardeur guerrière. Et en effet, ils suivaient à pas lents un étroit sentier dont les sinuosités étaient dessinées d'un côté par les bords de la petite rivière qui traversait les propriétés de Léon, et de l'autre par la lisière du petit bois de noisetiers dont nous avons parlé.

Une détonation partie de la plaine rappela aux deux amis le but de leur expédition cynégétique. Ils paraissaient l'avoir complétement oublié. A ce bruit d'arme à feu, Miraut s'en vint frôler avec câlinerie sa robe noire et soyeuse contre les jambes de ses maîtres, comme pour les supplier de sortir de leur inaction.

— Oui, oui, je te vois venir, intrigant, — lui dit gaiement Léon, en le caressant de la main; — tu crains qu'Emilienne se moque de toi à notre retour, si nous revenons encore la gibecière vide, comme nous commençons à en prendre l'habitude. Tu tiens à ta réputation; cela se conçoit; c'est d'un chien de noble race; mais rassure-toi, s'il le faut, pour te faire une rentrée triomphale, j'achèterai du gibier chez le braconnier du village. Tu seras censé l'avoir dépisté, et ton honneur sera sauf, à moins toutefois que ledit gibier ne se trouve déjà faisandé.

— Au lieu de recourir, pour la considération de Miraut, à un machiavélisme qu'il faut laisser aux Nemrods de la plaine Saint-Denis, — dit à son tour Henri sur le même ton de plaisanterie,— tâchons bien plutôt de nous tirer d'affaire nous-mêmes. Ce sera plus glorieux et plus économique. Gagnons la pièce de trèfle qui longe le bois. Ton garde m'a dit y avoir vu remiser hier une superbe volée de perdreaux.

— Des perdreaux! toujours des perdreaux!— répliqua Léon en haussant dédaigneusement les épaules.— Comme c'est banal! comme c'est monotone! Depuis que j'ai eu l'âge de raison et de chasse, je n'ai pas fait autre chose que de tuer des perdreaux. Il semble que je ne sois venu au monde que pour tuer des perdreaux! Je suis las, je te l'avoue, de cette extermination; je suis las d'être le fléau de ces pauvres volatiles.

— Et les lièvres, donc?

— Les lièvres, c'est encore pis! Blasé! blasé! C'est-à-dire que la vue seule d'un lièvre, même rôti, me crispe les nerfs, tu le sais bien. Mon plaisir, maintenant, ce n'est pas d'en tuer, c'est d'en rater. Je ne chasse plus que pour cela.

— J'avoue que cette manière de comprendre la chasse a quelque chose de neuf, d'original.

— Certes! elle est assurément moins vulgaire que l'autre, et je commence à la pratiquer d'une manière fort distinguée.

— Il est de fait que je t'ai déjà vu rater des pièces qu'un enfant, Jules, par exemple, aurait abattues net. Hier encore... Te rappelles-tu ce lièvre qui ne faisait que passer et repasser devant toi, comme pour te narguer?

— Oui, il mettait une sorte d'acharnement à vouloir se faire tuer. Quelque chagrin d'amour sans doute. Mais c'eût été de sa part un suicide; je l'ai épargné. Le suicide est immoral, à ce que prétendent les gens bien informés.

— En tous cas, vous aviez l'air tous deux, lui d'être chasseur, toi d'être le gibier.

— Tu me demandes si je m'en souviens?... Quel doute injurieux!... Un lièvre qu'on a raté deux fois de suite, à cinquante pas!... Je l'eusse raté bien plus souvent encore si j'avais eu un arsenal à ma disposition!... Conviens que je commence à rater très-bien.

— Oh! tu deviens d'une maladresse excessivement adroite.

— Ne ris pas. C'est plus difficile qu'un vain peuple ne le pense. Le premier maladroit venu s'imagine qu'il exécutera parfaitement la chose. Folle présomption! Avoir un excellent fusil, le bras ferme, le coup d'œil juste, et un lièvre à cinquante pas; le bien viser et le manquer, mais de si près qu'on lui enlève une touffe de poils sans lui faire la moindre égratignure, je dis, moi, que c'est là le *nec plus ultrà* de l'habileté.

— J'avoue, en effet, que ton adversaire y a laissé quelque peu de son poil.

— Et c'est encore bien mieux, ma foi! quand c'est sur une volée de perdreaux qu'on tire, et qu'il s'agit d'enlever quelques plumes à chacun d'eux sans en abattre un seul. Trouve-moi beaucoup de tireurs qui soient capables d'un pareil tour de maladresse. Eh bien! que t'avouerai-je? ce plaisir même, celui de manquer, commence à me paraître fade, et je m'effraye déjà du moment peu éloigné où je n'y trouverai plus aucun charme.

— Hé bien! alors, tu renonceras à la chasse, voilà tout. Je ne demande pas mieux, quant à moi; car ce n'est que pour ne pas te désobliger que je consens à m'éreinter à ta suite, à m'endolorir les pieds sur le silex du chemin, à m'écorcher la figure aux ronces des taillis.

— Renoncer à la chasse! y penses-tu? Et quel serait désormais le but de nos promenades?

— De nous promener tout bonnement, j'imagine.

— C'est cela! sans fusil, sans gibecière et sans chien!

— Mais quand la gibecière reste vide, quand le fusil rate et que le chien vous regarde en pitié, à quoi vous servent-ils?

— A vous donner une contenance noble et digne aux yeux des populations. Nous vois-tu sortir autrement, l'un avec une canne à corbin, l'autre avec un grand parapluie rouge; puis nous promener lentement par les sentiers fleuris, deviser gravement poésie, morale, religion ou histoire naturelle; herboriser même à la façon de Jean-Jacques Rousseau; puis rentrer à la maison, copier de la musique, et écrire un tas de *Nouvelle Héloïse*? En voilà du divertissement! Non, non; ce que je rêve avec une ardeur fébrile comme on dit dans le style à la mode, c'est un genre de chasse bien autrement accentué que cette stupide tuerie de perdreaux, de lièvres et de lapins de garenne.

— Oh! oh! aurais-tu donc l'ambition de t'élever jusqu'au cerf, au chevreuil, au sanglier? Peste! tu deviens singulièrement aristocrate!

— Erreur, il faut pour cela, des piqueurs, des rabatteurs, des chiens, des chevaux, tout un attirail que je laisse à ceux qui ont plus de rentes que nous n'avons de capital. Quant à la chasse en parc réservé, le beau plaisir, en vérité, de voir amener devant soi, sur un petit espace hermétiquement clos, des troupeaux de lièvres, de lapins, de chevreuils, et de tirer dessus à tort et à travers, sans viser, sans avoir même la chance de rater. Les massacres de ce genre m'ont toujours rappelé celui des mamelucks par le pacha d'Égypte. Cet ingénieux fonctionnaire public attira les pauvres diables dans la cour de son palais, sous prétexte de leur offrir des sorbets, puis il les y enferma et se donna le plaisir de les faire canarder d'en haut jusqu'au dernier. Non, ce n'est rien de semblable que je rêve, car je n'ai pas le moyen d'offrir ainsi des rafraîchissements à plusieurs milliers de mamelucks. Ce que je rêve, c'est tout simplement la chasse au bison, au buffle, au tigre, au lion, à l'éléphant, au rhinocéros et même au crocodile. Les lions de Gérard m'empêchent de dormir.

— En ce cas, je te vois menacé d'une incurable insomnie.

—Peut-être... qui sait? Je conviens que les animaux de cette espèce sont invisibles en France, surtout à la ménagerie du Jardin des Plantes. C'est là le seul agrément qui manque à notre patrie pour être le plus joli pays du monde. Mais il n'est point impossible de réparer cette injustice de la nature. Dans un temps comme le nôtre, où l'on s'occupe sérieusement d'acclimatation, rien n'empêche un homme dévoué au bonheur de ses concitoyens de faire venir quelques échantillons de ces précieuses espèces, des contrées mêmes, plus favorisées du ciel, qui ont l'avantage d'en être infestées, et, par ce moyen, aussi simple que patriotique, de les multiplier à l'infini sur notre sol. Certainement l'amateur qui parviendra à doter nos délicieuses campagnes d'une quantité suffisante de lions, de tigres, de rhinocéros et de crocodiles, celui-là pourra se vanter d'avoir rendu un bien grand service à son pays. J'y songerai. Mais à propos de crocodiles, il me vient une idée lumineuse.

— Cela ne m'étonne pas. Depuis un instant, c'est un véritable feu d'artifice que tu tires. Il en est toujours ainsi quand tu as le spleen. Comme tous les gens qui ont le malheur de s'ennuyer, tu n'es jamais plus gai que lorsque tu es triste. Mais voyons ta nouvelle fusée?

— Je n'ai rien à te céler. Si, au lieu de chasser bêtement aux lapins dans ce petit bois à droite, nous chassions, hein? aux poissons dans cette petite rivière à gauche? Justement le temps est à l'orage, et j'en vois une multitude sautiller imprudemment au-dessus de l'eau. Profitons de leur humeur folâtre. Voilà du moins une chasse peu facile et qui n'est point à la portée du premier bourgeois venu.

— Va pour l'ablette, en attendant le crocodile dont tu dois enrichir la France!

Les deux chasseurs s'approchèrent de la rive et se mirent à épier les goujons qui apparaissaient çà et là, subitement, à la surface de l'eau. Il y en eut un assez grand nombre qui durent se repentir d'avoir mis ainsi la tête à leur humide fenêtre.

Pendant que ses maîtres se livraient à cet exercice incompréhensible pour lui, Miraut s'était assis mélancoliquement sur la berge, et les contemplait d'un œil peu flatteur pour leur amour-propre. Si quelque autre chasseur eût passé par là en ce moment, nul doute que l'animal indigné eût changé immédiatement de condition.

Mais tout à coup le pas d'un cheval se fit entendre à quelque distance sur les cailloux du petit sentier. Miraut se mit à aboyer violemment, pour empêcher le cavalier de continuer son chemin et d'être témoin de la dégradation de ses maîtres.

Ceux-ci regardèrent machinalement dans la direction de ce bruit hippique, et aperçurent à deux cents pas environ la silhouette d'une femme à cheval. On ne pouvait encore distinguer ses traits.

— Une idée! — s'écria Léon.

— Encore une fusée? — dit Henri. — Mais en vérité, monsieur de Girardin lui-même n'est plus qu'un cerveau stérile avec sa fameuse émission de *Une idée par jour*! Toi, ce n'en est pas une par jour, c'en est une par minute, une par seconde; c'est de l'idée à jet continu. J'attends.

— Tu n'es qu'un vil flatteur! mais je ne t'en veux pas Il s'agit d'un autre genre de chasse; la chasse aux baisers. Tu vois l'amazone qui s'avance, eh bien! qu'elle soit belle ou laide, jeune ou vieille, je parie cinquante cigares que je trouverais le moyen de l'embrasser au passage, dussé-je me faire une querelle avec n'importe qui à ce sujet. Une petite querelle m'irait même très-bien aujourd'hui. Ce serait du moins une distraction.

— Tu es fou!

— C'est possible, mais je ne demande pas l'opinion de mes contemporains, je ne demande que leurs cigares. Tiens-tu le pari?

— Non, certes, et comme j'espère que, faute de ce stimulant, tu ne tenteras pas même l'aventure, je continue la chasse, si pleine d'émotions, que tu as inventée, sans garantie du gouvernement.

Et en disant cela, Henri tourna le dos à son ami, rechargea ses deux coups, se rassit sur la rive, et attendit, l'œil au guet, l'apparition malavisée de quelque nouvel éperlan.

Quant à Léon, sans tenir compte de la réponse négative de son compagnon, il posa son fusil sur la berge et s'avança la casquette à la main au-devant de l'inconnue, dans l'intention de lui présenter humblement sa requête.

L'inconnue n'était plus qu'à une dizaine de pas.

Miraut suivit Léon en aboyant de plus belle, tant il avait souci de l'honneur de ses maîtres, et il se mit résolûment en arrêt devant le cheval de l'amazone, comme pour lui barrer le chemin.

Au même moment, Henri fit une victime aquatique de plus.

L'explosion de son arme, jointe à l'attitude comminatoire de Miraut, effraya le cheval, très-fringant et très-ombrageux de sa nature. Il se cabra si brusquement que l'amazone en fut désarçonnée.

Heureusement, Léon saisit d'une main la bride de l'animal et le contint, tandis qu'il soutenait l'inconnue de son autre bras, pour l'empêcher de tomber tout à fait et l'aider à se remettre en selle. Mais l'occasion de gagner son pari était trop propice pour que l'étourdi la négligeât. Profitant de l'attitude penchée que l'accident avait imprimée à la dame, il lui appliqua sur la joue un de ces baisers qu'on n'entend retentir qu'à la campagne, où tout se fait avec franchise. On y met plus d'hypocrite modération à la ville.

L'inconnue se devait à elle-même de pousser un cri d'indignation.

Elle n'y manqua pas.

Henri se retourna à ce cri. Ses yeux rencontrèrent ceux de la belle indignée.

Tous deux, en se voyant, tressaillirent et devinrent pâles.

Henri parvint à se contenir et garda le silence.

La dame se contint également, mais elle devait aussi à son sexe charmant de prendre la parole.

— Je comprends, messieurs: c'était un guet-apens, — dit-elle d'une voix tremblante de colère.

Henri ne répondit rien et se contenta de hausser les épaules.

— Un guet-apens? — répliqua en balbutiant Léon,

que le courroux de la jeune femme avait tout à fait décontenancé. — Détrompez-vous, madame, ce n'était point un guet-apens, car nous ne pouvions prévoir l'honneur de votre charmante rencontre ; c'était tout simplement, — ajouta-t-il dans son trouble, croyant avoir trouvé une excellente excuse, — c'était tout simplement une gageure. Oui, vous savez... à la campagne... quand on n'a rien de mieux à faire... on a parfois des idées... bizarres... Bref, mon ami avait parié contre moi... Ah çà ! voyons, Henri, ôte donc ta casquette... Peut-on être mal élevé à ce point !... Tu vois bien que tu es en présence d'une femme respectable... Allons, pas de fausse honte... salue madame et demande-lui pardon de l'idée saugrenue que tu as eue là. — Henri resta couvert et continua de garder le silence. — Du reste, madame, je vous supplie de lui pardonner son inconcevable audace, — poursuivit Léon de plus en plus embarrassé. — Figurez-vous, madame, qu'il adore les cigares, et que moi j'adore les femmes. Alors l'idée baroque... (oh ! oui, tu as eu là une idée bien baroque) ! l'idée baroque lui est venue, madame, de parier cinquante cigares que je n'oserais jamais..

— Assez, monsieur ! — interrompit l'inconnue, fort à propos pour Léon qui ne savait plus que dire, — assez ! N'ajoutez pas l'insulte à l'outrage. Je n'ai pas besoin de vos explications pour avoir désormais une opinion sur votre compte. Vous êtes jugé irrévocablement. Je ne vous remercie pas du service prémédité que vous m'avez rendu. Fût-il réel, qu'il serait effacé par l'offense. Croyez néanmoins que j'en garderai bonne mémoire. Adieu, messieurs ! ou pour mieux dire, qui sait ? au revoir peut-être !

Sur ces mots, prononcés d'un ton menaçant, l'amazone cingla sa monture d'un vigoureux coup de cravache, et partit crânement au galop dans la direction d'une espèce de vieux castel situé à l'endroit où le petit sentier, théâtre de cette scène, rejoignait la route qui conduisait au village de Saulty.

Henri était resté très-pâle, et Léon très-interloqué.

— Ah ! mon ami, quelle sotte équipée tu viens de faire là ! — s'écria le premier quand l'amazone eût disparu.

— Je conviens qu'on se comporte plus convenablement à Paris, dans les salons du faubourg Saint-Germain, — répondit Léon. — Mais baste ! — ajouta-t-il gaiement en jetant sa casquette en l'air, et en chantant à pleins poumons :

La victoire est à moi !
La victoire est à moi !
Tra la la la la la
Tra la la la la, tra la.

Tout compte fait, la journée n'est déjà pas si mauvaise. Je n'ai pas tiré le moindre lapin, j'ai tué six goujons, j'ai embrassé une ravissante femme. Car, tu as beau faire le dédaigneux, elle est ravissante ; je suis disposé à le soutenir les armes à la main, envers et contre tous, et enfin, j'ai gagné cinquante cigares. Je m'abandonnerais volontiers à de pareils désagréments pour tout le reste de ma chétive existence.

III

Léon et Germin avaient repris le chemin de Saulty, l'un sifflant, l'autre songeant.

— Je te trouve bien caverneux après une aventure que Beaumarchais eût certainement appelée : *La Folle journée*, — dit Léon à son ami dont la physionomie devenait de plus en plus sombre depuis la rencontre de l'amazone.

— Dieu veuille, — répondit celui-ci, — que la plaisanterie ne finisse pas en tragédie !

— Cela me serait désagréable, en ce sens que je n'ai jamais aimé la tragédie. Je partage, sur ce point, l'avis de Théophile Gautier, lequel prétend que cela manque de gaieté. Mais à quelle sinistre appréhension vas-tu te livrer là ! une femme, même la plus vertueuse (retiens bien ceci pour ta gouverne), une femme fait toujours semblant d'être révoltée des hardiesses dont elle peut être l'objet, mais au fond son amour-propre en est toujours flatté. L'amour même d'un goujat peut charmer la vanité d'une princesse. Si j'en avais le droit, je te conterais à ce sujet une très-piquante anecdote de la vie de Catherine-le-Grand, dont Scribe a fait un délicieux proverbe, sous le titre de *Potemkin ;* mais la reproduction étant défendue, je m'abstiens de le faire, car il faudrait en payer l'autorisation à la société des gens de lettres. Tu auras beau d'ailleurs froncer le sourcil et prendre ta mine la plus piteuse, tu ne parviendras pas à me faire regretter d'avoir embrassé subrepticement une aussi jolie créature. Le front un peu bas, peut-être, mais couronné d'une forêt de cheveux blonds à reflets rouges, comme les bois en automne : c'est la nuance que préféraient les grands peintres de la renaissance ; les yeux un peu petit, mais le regard fulgurant et acéré comme un stylet : un de ces regards qui, du premier coup, pénètrent de cinquante centimètres dans le cœur. Ces yeux-là doivent avoir pendant la nuit le miroitement phosphorique de la prunelle des chats. Ajoutons à cette photographie de la dame, des lèvres trop minces et trop pincées, mais qui doivent s'épanouir en sourire énivrant ; des dents d'une blancheur éclatante et fines, fines comme celle d'un jeune souris qui n'a rien grignoté encore. Et puis un nez un peu crochu, je le confesse, mais d'une correction parfaite, et dont les narines se dilatent aux moindres impressions. Quand à la parole, incisive et vibrante comme l'acier. Sa voix, tout à la fois aigre et suave, dit admirablement : « Je vous hais ; » mais comme elle doit bien dire aussi : « Je vous aime ! » A propos, fumons. Donne-moi le cinquantième panatellas que je t'ai gagné. Je t'offre le quarante-neuvième. Conviens que je suis bon prince. Enfin pour revenir à la séduisante créature à qui j'en suis redevable, as-tu remarqué son teint safrané à l'espagnole, son oreille de chat, son pied de biche et sa taille de couleuvre ?

— De vipère, bien plutôt ! — interrompit rudement Henri.

— Tu préfères vipère à couleuvre ? soit ! c'est une question de goût. Le fait est qu'il y a quelque chose de venimeux dans sa délicieuse physionomie. Je ne sais si le diable est marié ; je me borne à le soupçonner, à la structure de sa tête ; mais, s'il l'est, madame Belzébuth doit ressembler à cette enchanteresse.

— Peux-tu bien te complaire à faire l'éloge d'un pareil être, toi qui possèdes la plus charmante des femmes !

— Oh ! halte-là ! je ne compare nullement cette je ne sais qui à ma femme. Emilienne est un ange de beauté, de grâce, d'esprit, de douceur, de toutes les vertus théologales ; mais enfin, c'est un ange, et cela n'empêche pas le démon d'avoir bien aussi son petit mérite. *Varietas varietatum, et omnia varietas !*

— Hé bien ! — interrompit Henri avec une sorte d'hésitation, — je... je ne connais pas cette créature ; mais, d'après ce que j'ai deviné d'elle à ses allures, ce doit être la perfidie incarnée, le désordre en crinoline, la méchanceté faite femme. Je ne te souhaite pas d'avoir jamais l'occasion d'en faire l'expérience.

— Ah ! pardieu ! je suis à cent kilomètres d'une telle pensée. Tu peux donc calmer sur ce point tes sens éperdus. Mais nous voici près du vieux castel, vers lequel madame Belzébuth nous a semblé diriger son hippogriffe, après nous avoir fait de si touchants adieux. Y serait-elle donc entrée ? Je le soupçonne fort à l'odeur de soufre qui règne à la ronde. Sens-tu? Hé, j'y songe! c'est justement jour de sabbat aujourd'hui. Tu verras que son prétendu cheval n'était pas autre chose qu'un manche à balai sur lequel la diabolique amazone se rendait ici à califourchon pour se livrer à ses sarabandes infernales. Cette auguste masure est en vente par suite du décès de son propriétaire. J'avais envie de l'acheter, mais du diable si j'en donnerais deux sous, maintenant que notre diablesse en a dû faire le rendez-vous de toutes les sorcières de la contrée!

— Ne ris pas. Qui te dis que le but de sa visite n'est pas d'en préparer l'acquisition pour elle-même? Si cela était, je ne saurais trop engager les habitants du pays à se défier de ses sortiléges. Cette femme-là doit avoir des philtres à vous rendre fous.

— Ah! ah! — s'écria Léon en changeant brusquement le sujet de la conversation. — Je vois venir tout là-bas, sur la route, une jolie petite figure de notre connaissance. Oui, pardieu! c'est monsieur Jules qui accourt au-devant de nous, selon sa noble habitude.

— Encore lui! — dit Henri avec mauvaise humeur. — Ne ferait-il pas mieux de rester à l'étude que de courir ainsi la prétentaine?

— C'est singulier, — reprit Léon, — toi qui est si bon pour tout le monde, tu te montres impitoyable pour lui seul. Tu es sans cesse à le gronder. « Jules, par ici! Jules, par là! faites ceci! ne faites pas cela! » Et à la moindre faute, vlan! une punition; tantôt c'est du pain sec, tantôt l'emprisonnement cellulaire. Il est vrai que, dans le premier cas, je lui fais porter en cachette une foule de friandises par sa grand'-tante, la vieille et bonne Thérèse, ton ex-gouvernante; et que, dans le second cas, lorsque tu as bien verrouillé sur lui la porte de ton Mazas, moi, j'applique une échelle contre le mur, et je le fais décamper par la fenêtre. Cela m'amuse.

— Je suis enchanté du renseignement. Je la ferai griller.

— Parole d'honneur! tu tournes à la férocité. Je commence à croire que tu as eu quelque cannibale parmi tes ancêtres. Tu le détestes donc bien, ce pauvre petit!

— Moi?... tant s'en faut! Et la preuve, c'est que c'est à moi qu'il doit l'avantage d'avoir été recueilli dans ta maison. Il y a cinq ans, lorsque tu me pressa de venir m'installer chez toi, je te répondis : « Cela ne m'est possible qu'à deux conditions. Les voici : Il y a une excellente femme qui m'a élevé, que mon tuteur a recueillie après la mort de mon père et de ma mère, qu'ensuite j'ait fait venir à Paris pour y gouverner mon ménage de garçon, et qu'enfin j'ai ramenée avec moi à Albert pour y continuer ses bons soins. C'est à mes yeux comme une seconde mère; je ne m'en séparerai jamais. De son côté, elle a recueilli un jeune enfant, un petit neveu, qui venait de perdre sa mère. Cette excellente Thérèse ne peut pas non plus se séparer de Jules. Donc, si tu me veux, il faut nous prendre tous trois, sinon, non! »

— Hé! pardieu! — interrompit Léon, — tu aurais eu avec toi tout un régiment de cantinières et d'enfants de troupe, que j'eusse tout accepté pour t'avoir. Et ma foi! je suis loin de regretter mon accaparement. Toi, tu me tarabustes bien un peu quelquefois, et j'ai grande envie alors de t'envoyer à tous les diables, mais j'en serais désolé l'instant d'après, et je me sens capable de faire ensuite des bassesses, de me traîner à tes pieds, d'embrasser tes sacrés genoux pour te prier de revenir me faire enrager. Tu m'es nécessaire moralement, comme le café m'est nécessaire physiquement; tu es le moka de mon existence campagnarde. De ton côté, je me flatte que ma société ne t'est pas non plus trop désagréable. Quant à la vieille Thérèse, c'est une bonne vieille femme qui fait tableau dans mon intérieur. Avec sa grande figure solennelle et douce, ses cheveux blancs et son éternelle quenouille, elle donne à ma maison un certain *chic* d'antiquité. Je me crois revenu au temps des rois pasteurs. Je suis donc charmé de l'avoir accueillie. C'est une question d'art. Enfin, quant à son petit neveu, j'adore cet enfant, avec ses cheveux blonds, ses yeux bleus, ses joues roses, son air rusé et ses espiègleries. Mais une idée!...

— Encore des idées? — s'écria Henri qui cherchait à cacher sous une apparence de gaieté le plaisir que lui causait son ami en faisant ainsi l'éloge de Jules. — Tu es vraiment inépuisable!

— Rassure-toi : ce n'est cette fois qu'une simple remarque. Est-ce que tu ne trouves pas que le petit bonhomme ressemble un peu à notre excellente amie, l'amazone de tout à l'heure?

— Lui?... ma foi! non... je ne trouve pas... au contraire...

— Comment! au contraire?

— C'est un type tout différent.

— Allons, allons, tu es savant, toi, mais tu n'es pas plus artiste qu'un peintre en bâtiment.

— Après cela, le hasard produit quelquefois de ces...

— Quoiqu'il en soit, tâche donc d'être un peu moins barbare pour ce pauvre petit mioche. Vous vous plaisez tous à le tourmenter. Émilienne lui apprend à écrire; toi, tu lui donnes des leçons de calcul; ma mère lui fait de la morale; la vieille Thérèse, que sais-je? lui apprend peut-être aussi à filer. Je suis le seul qui ne lui apprenne rien du tout. Voilà justement pourquoi il me regarde comme son véritable bienfaiteur.

— Ah! tu lui préparerais un bel avenir, si on te laissait faire!

— L'avenir!... qui est-ce qui peut en répondre, de l'avenir? qui est-ce qui peut connaître l'avenir, depuis que mademoiselle Lenormand est morte? Il faut bien qu'enfance se passe. J'ai toujours observé qu'on était tout le contraire, homme fait, de ce qu'on avait été enfant. Les plus grands génies ont souvent commencé par être de petits crétins. En revanche, les plus grands crétins ont souvent commencé par être de petits génies.

— Oh! je ne parle point de son intelligence; elle est suffisamment précoce. C'est de son caractère qu'il s'agit. Si l'on n'y mettait ordre de bonne heure, il serait fort à craindre qu'il ressemblât sous ce rapport... au portrait moral qu'on m'a fait de sa mère...

— Le voici : ne le gronde pas.

— Non, tu vas voir, comme je vais me gêner! — Jules arrivait en effet, tout essoufflé de sa course. — Pourquoi n'êtes-vous pas à vos études, monsieur? — lui dit Henri d'un ton qu'il s'efforçait de rendre sévère.

— Mais, mon parrain, — répondit Jules avec une feinte timidité, — c'est que j'avais à apporter à monsieur Léon cette lettre qu'on a dit être pressée.

— Tu vois bien qu'il avait un motif sérieux pour ne rien faire, — dit Léon d'un ton triomphant. Et il ouvrit la lettre que le petit facteur lui avait remise. — Ah! ah! — dit-il après avoir lu, — on m'écrit que ma présence est nécessaire à Doullens. Nous verrons cela.

— Et puis, — ajouta Jules sournoisement, — je venais pour vous aider à porter votre gibier.

— Tu l'entends!... — s'écria Léon. — La peine ne sera pas grande, mais son dévouement n'en est pas moins méritoire. L'intention y est.

— Bah! l'intention! — répliqua Henri, qui ne put s'empêcher de sourire. — L'enfer aussi est pavé de bonnes intentions, à ce que dit Balzac.

— Tiens, mon garçon, — reprit Léon en jetant à Jules sa gibecière vide, — voilà notre gibier; et, pour que tu aies réellement quelque chose à porter, voilà aussi mon fusil. N'aie pas peur, il n'est pas chargé; les goujons en savent quelque chose.

Cela fait, on se remit en route.

. . . .

Voici la belle ordonnance de la marche :

Cinq pas en avant marchait Jules, ayant passé en bandoulière la gibecière que de trop longues courroies lui laissaient retomber sur les talons, et tenant en main le fusil avec lequel il mettait en joue, à leur grande épouvante, tous les enfants qu'il rencontrait dans la rue du village.

Venait ensuite le corps d'armée, composé d'Henri, qui continuait de réfléchir sombre, et de Léon qui continuait de tirer, à propos de tout, son feu roulant d'excentriques idées.

Enfin Miraut s'avançait humblement à cinq pas en arrière, l'oreille basse et la queue entre les jambes.

On traversa ainsi Saulty, au milieu des bonjours et des salutations.

A la sortie du village, le cortége se trouva devant un petit pont de bois peint, capricieusement jeté sur un ruisseau qui courait en chantant entre deux rives gazonneuses. C'était par ce pont que l'on devait faire son entrée dans le parc, et de là gagner la maison.

— Halte! — cria Léon. La troupe s'arrêta, y compris Miraut. — Attention au commandement! — continua Léon. — Le moment est solennel. Nous revenons encore sans gibier, et je vois à la mine lamentable de Miraut qu'il redoute affreusement les sarcasmes qui attendent sa maladresse. Tâchons de sauver la situation, dans l'intérêt de ce pauvre diable, et aussi quelque peu dans le nôtre. Il s'agit de préparer les esprits à nous recevoir sans trop d'ironie. Toi, Jules, qui es désintéressé dans la question, tu vas nous précéder auprès de la bourgeoise avec la gibecière vide, afin qu'elle sache d'avance qu'elle n'a pas à compter sur le moindre perdreau pour le dîner. Le premier effet est toujours le plus terrible en pareil cas. Nous l'esquiverons de cette façon. Pendant ce temps, nous autres, Miraut, Henri et moi, nous nous cacherons dans les bosquets qui entourent sa fenêtre, et de là nous lui donnerons une sérénade pour la disposer à l'indulgence. On sait que la musique attendrissait jadis les pierres de taille elles-mêmes.

— Va te promener avec ta nouvelle idée! — s'écria Henri. — Celle-là est encore plus saugrenue que toutes les autres.

— C'est incroyable, mon ami, comme tu as l'esprit tourné à l'opposition systématique! Tu finiras par te rendre insupportable en société.

— Mais avec quoi diable veux-tu que nous donnions une sérénade?

— Certes, j'en conviens, si nous possédions une guitare et un trombone, comme les musiciens ambulants, la chose serait plus facile, mais aussi bien plus désagréable peut-être. Il ne faut pas se décourager pour si peu. Nous pouvons suppléer avantageusement à ce qui nous manque. Moi, j'ai mes pipeaux; tu sais que je suis de première force sur cet instrument: la grive, l'alouette, le pinson, le chardonneret, le rossignol, j'imite tout en perfection. Voilà pour la partie principale. Miraut sera chargé de la seconde en hurlant; il n'y manque jamais au moindre bruit musical qu'il entend. Quant à toi, tu as tes deux coups de fusil à tirer. Musard et Julien en ont donné maintes fois l'ingénieux exemple au jardin Turc et au bal de l'Opéra. C'est d'un bel effet d'harmonie. Tu vois bien que notre orchestre est au grand complet. Allons, c'est convenu, à la besogne!

Tandis que Jules les précédait à la maison, Léon entraîna son ami à l'endroit indiqué. Miraut les y suivit naturellement. Le concert commença. Nous nous abstiendrons d'en rendre compte; le lecteur peut s'en faire de lui-même une juste, ou plutôt une très-fausse idée.

Nous nous bornerons à dire que Miraut se surpassa lui-même en poussant les hurlements les plus plaintifs qu'il eût jamais fait ouïr.

Les deux coups de fusil donnèrent aussi beaucoup d'éclat à la coda.

La fenêtre de la chambre d'Émilienne s'ouvrit aussitôt, et sa douce voix, entrecoupée de gais éclats de rire, dit aux artistes improvisés.

— Allons, venez, messieurs. On pardonne aux chasseurs en faveur des virtuoses.

— Nouveau triomphe des beaux-arts! — s'écria Léon en se dirigeant vers son logis; — je révoquais en doute les prodiges d'Amphion: j'y crois maintenant.

Henri le suivit. Quant à Miraut, on eût pu croire qu'il avait compris aussi les paroles indulgentes d'Émilienne, car il marcha cette fois en avant de ses maîtres, l'oreille haute, la queue en trompette, et en exécutant les plus joyeuses gambades.

— Encore une folie! — dit gaiement Émilienne à son mari.

— Ne m'en félicite pas, chère amie, — répondit Léon. — Rendons à Henri ce qui appartient à Henri. C'est lui qui l'a imaginée. Mais il n'a pas fait autre chose toute la journée. Je ne sais sur le pied de quel Girardin il avait pu marcher ce matin, mais il n'a cessé de m'accabler sous une avalanche d'idées. Figure-toi, par exemple, qu'au lieu de chasser au lièvre ou au perdreau, comme doit le faire tout chasseur de bon sens, il a voulu absolument nous faire chasser au goujon! J'avais beau lui dire: « Mais, mon ami, ce n'est pas une friture que nous a demandée Émilienne! tu le sais bien; c'est un rôti de gibier qu'elle attend de nous avec angoisse. » Ah! bien oui! il avait son idée fixe, et n'a pas voulu en démordre. Mais ce n'est pas tout. Figure-toi encore qu'il m'a forcé de parier cinquante cigares qu'il embr...

— J'espère bien, madame, que vous n'en croyez pas un mot, — se hâta d'interrompre Henri.

— Non assurément, — répondit Émilienne. — Va, je te connais, — ajouta-t-elle en s'adressant à Léon; — tu dois être le seul coupable. Tu seras donc toujours fou!

— Oui, chère amie, — répondit Léon en déposant un tendre baiser sur la blanche main de la jeune femme; — toujours fou, en effet, puisque au dire des philosophes, l'amour est la plus grande de toutes les folies.

— Comment! messieurs les philosophes ont l'audace de prétendre cela?

— Pas tous. Ceux-là seulement qui n'ont jamais aimé.

— A la bonne heure! Mais venez, messieurs, le dîner vous attend. Comme vous m'avez déjà accoutumée à me passer de vos services, j'ai fait en sorte que vous n'eussiez pas trop à souffrir de votre nouvelle maladresse. C'est un de nos beaux faisans qui en a porté la peine.

— O justice des femmes! — s'écria Léon, — tu n'es donc pas plus juste que celle des hommes!

On se mit à table.

— A propos, Léon, — dit Émilienne dans le courant du dîner, — tu as dû passer devant le vieux château. Quelqu'un m'a dit aujourd'hui que cette propriété a été vendue hier.

— Ah! bah! Et moi qui voulais en faire l'acquisition.

— Cela t'apprendra une autre fois à te presser davantage!

— Au surplus, tant mieux! — répliqua Léon. — Je n'y tenais pas excessivement, depuis qu'Henri la soupçonne d'être un repaire de sorciers; et, puisqu'elle passe en d'autres mains, cette circonstance nous procurera peut-être un agréable voisinage. Le besoin s'en fait généralement sentir.

Léon prenait philosophiquement toutes choses, mais il n'en était pas de même d'Henri, que cette nouvelle parut contrarier vivement.

IV.

Le lendemain, Léon Mervel et Henri Germin se promenaient dans le parc, avant le déjeuner, en fumant le cigare matutinal, ce cigare qui n'a d'égal en délices, pour les fumeurs émérites, que celui qui suit le dessert, surtout quand il accompagne le café.

Après avoir fait quelques tours de parc sans parler, par cela même qu'ils pensaient beaucoup peut-être, les deux amis s'assirent sur un banc et continuèrent quelques instants de savourer leurs panatellas en silence.

Enfin Germin prit la parole au moyen d'une question banale, ce qui se pratique toujours ainsi quand on a quelque important sujet à aborder.

— Que faisons-nous aujourd'hui, après le déjeuner? — demanda-t-il négligemment. — Allons-nous encore chasser au goujon?

— Ah! ah! mon gaillard, je vois que tu y prends goût, — répondit Léon; — moi j'aimerais mieux quelque nouvelle chasse aux baisers.

— Comment! tu penses encore à cette folle aventure!... Avec ça qu'elle nous a procuré beaucoup d'agrément.

— Mais dame!... Je suis loin de m'en plaindre. Je ne pouvais guère embrasser une plus jolie joue.

Cette réponse parut contrarier vivement Henri.

— Malheureusement, — reprit Léon, — cela n'est pas possible. Tu te rappelles la lettre que ce petit drôle de Jules est venu m'apporter hier sur la grande route? Hé bien! il faut que j'aille à Doullens pour une affaire urgente.

— Quelle affaire?

— Ma foi! je n'en sais trop rien... une affaire... avec... avec quelqu'un... Hé! pardieu! c'est bien plus simple... tiens, voici la lettre. Lis toi-même.

— Oui, je vois ce que c'est : c'est une affaire que nous avons conclue, Emilienne et moi, il y a quelques semaines, pendant que tu étais allé te promener à Amiens. Nous t'en avons parlé à ton retour.

— C'est bien possible... mais que veux-tu? quand on a la tête bourrée chaque jour de tant d'affaires, il est bien permis d'en oublier une.

— A qui le dis-tu?

— De quoi s'agit-il donc? Rappelle-le-moi, car il faut bien qu'en allant à Doullens, je sache un peu pourquoi j'y vais; autrement j'aurais l'air d'un imbécile.

— Il s'agit d'une fourniture de quatre cents sacs de farine, commandée par un des premiers négociants de Doullens, et livrable au cours moyen du jour de la livraison. Le moment est arrivé.

— Quatre cents sacs de farine!... et où diable veux-tu que je les prenne.

— Dans tes magasins, donc. La commande est exécutée.

— Très-bien. Mais, j'y songe, tu me parais être au courant de cette affaire beaucoup mieux que moi.

— C'est assez naturel, puisque tu étais absent lors de sa conclusion, — interrompit Henri, dont le système ainsi que celui d'Emilienne, nous l'avons dit, était de ménager l'amour-propre fort susceptible de Léon, en laissant à son insouciance toutes les apparences de l'autocratie.

— Hé bien! — continua Léon, — fais-moi le plaisir d'aller à Doullens à ma place, pour régler la chose.

— Très-volontiers, si cela peut t'être agréable... Mais... que veux-tu que je dise au commettant?

— Tu lui diras que... ou plutôt non, tu lui diras tout le contraire... parce que, si tu lui disais cela... il serait bien possible que le gaillard... tu comprends?

— Parfaitement! — répondit Henri avec un sourire.

— Au surplus, confères-en avec Emilienne, et si vous êtes tous deux de mon avis, eh bien! ne crains pas d'agir en conséquence. Moi, d'abord, je ne suis point absolu dans mes idées, et j'aime à m'éclairer de l'opinion des autres, surtout dans une affaire de cette importance. Quatre cents sacs de farine!.. ce n'est point une plaisanterie. Drôle de métier que je fais là, quand j'y réfléchis!... l'état de meunier avec cinquante mille francs de rente!... mais c'est pour faire plaisir à ma brave femme de mère... Oui, meunier!... simple meunier!... Il ne me manque qu'un âne pour figurer dans les fables de la Fontaine... mais le progrès a dépoétisé cela comme beaucoup d'autres choses. Au lieu de la classique roue hydraulique, c'est maintenant la romantique machine à vapeur, et au lieu d'un âne pour porter la mouture, c'est le chemin de fer qui s'en charge. C'est égal, je n'en suis pas moins meunier. C'est à crever de rire! Et pourquoi pas, en définitive? Mon grand-père était meunier, mon père était meunier, et moi je suis né meunier et je mourrai meunier. C'est un métier qui en vaut bien un autre. Cela n'empêche pas de mener joyeuse vie, d'avoir bonne cave, bonne cuisine, bon logis : cela n'empêche pas même d'épouser une charmante femme; et, malgré l'écrasante besogne que ce métier vous impose, il vous reste encore assez de bon temps pour aller à la chasse aux goujons, et pour embrasser au passage une ravissante amazone.

— Comment! cette pensée-là te revient encore? — s'écria Henri en fronçant le sourcil. — Tu parles de cette mauvaise équipée d'un air triomphant, quand tu devrais la regretter amèrement.

— La regretter amèrement! voilà une phrase qui n'est certainement pas de ton invention. Tu as dû la voler dans quelque roman de grand style. Hé bien! te l'avouerai-je? pour te répondre sur le même diapason, je ne me sens nullement bourrelé de remords. Cette femme-là, à supposer que ce soit une vraie femme, vous a un certain je ne sais quoi qu'on ne peut définir, mais qu'on ne peut oublier.

— Allons donc! une affreuse coquette!

— Hé! hé! la coquetterie a bien son prix.

— Il y a coquetterie et coquetterie. Celle qui provient du simple désir de ne pas déplaire, et qui est pure de toute pensée mauvaise, celle-là est innocente et n'est qu'un nouvel attrait. Ta charmante femme se la permet cependant tout au plus. Mais celle qui provient du désir pervers de plaire à n'importe quel prix, de faire le plus de victimes possible, ou, pis encore, de n'en faire aucune, celle-là est abominable et digne du mépris de tous les honnêtes gens.

— Encore un plagiat! Décidément la lecture des romans du grand genre te gâte le style, mon cher. C'est étonnant comme tu deviens austère et rigide à vue d'œil. Tu tournes à la barre de fer. Depuis hier surtout tu as vieilli de deux cents ans. Ce que tu as dit de ma chère Emilienne est parfaitement juste, et j'y applaudis de toutes mes mains; mais franchement je trouve un peu hasardé ce que, dans ta pensée, tu appliques sans doute à cette pauvre amazone.

— C'est la vérité.

— Qu'en sais-tu?

— Ce que j'en sais?... écoute!... car aussi bien je crois voir qu'il devient nécessaire de te prémunir contre le souvenir de cette aventurière. Je me suis tu hier, je vais parler aujourd'hui.

— Ce contraste me plaît.

— Sache donc que je connais cette femme.

— Heureux mortel!

— Oui, je la connais... non point personnellement, mais par... par un de mes amis.

— Qui çà?

— Un nommé... un nommé... chose.

— Comment, tu ne sais pas de quels noms s'appellent tes amis?

— Je suis toujours brouillé avec les noms propres. Attends, je m'en souviens maintenant... un nommé Georges Du... Dupé.

— Ah! voilà un nom de bien mauvais augure! Comment, tu ne crains pas de fréquenter des noms de cet acabit! et qui pis est, monsieur, vous vous permettez d'avoir d'autres amis que moi? Allez, vous n'êtes qu'un perfide!

— Quand je dis un ami, j'exagère : c'était une simple connaissance, du temps où j'étais à Paris.

— A la bonne heure! Et que peut-il y avoir de commun entre cette délicieuse créature et ce monsieur Georges Dupé!

— Il l'aimait passionnément à l'époque où je le connus.

— Hé bien ! mais c'était un homme de goût. Et le charmant objet de cette passion, comment se nommait-il aussi ?

— Reine Mutel.

— Reine ?... je m'en doutais ! Reine des amazones, reine des grâces, reine des jeux et des ris.

— Reine des pleurs, bien plutôt ! Mais ce nom lui parut trop simple, et elle le changea bientôt en celui de *Régina*.

— Cette femme-là me paraît d'une assez belle force en thème. Ce n'est plus en ce cas pour l'amour du grec que je l'ai embrassée, comme dit Molière, c'est pour l'amour du latin.

— Apprends donc en deux mots son histoire.

— Volontiers ; d'autant mieux que cela me rappelle un des beaux vers de Virgile Maron, tu sais ?

Infandum, regina, jubes renovare dolorem.

Vous m'ordonnez, Régina, de renouveler cette immense douleur.

— Tu dis plus vrai que tu ne le supposes.

— Commence donc. J'attends.

..... *Intentique ora tenebant.*

Du moment que cette femme-là sait le latin, cela me remet en goût d'en citer à tort et à travers. Si jamais je la revois ce sera dans la langue de Ciceron que je lui déclarerai ma flamme. *Pastor Leo ardebat Reginam.* Et le berger Léon adorait Régina. Cela posé, j'écoute.

— Georges et moi, — commença Henri, — quand nous nous vîmes à Paris, nous avions même âge et même amour pour les sciences naturelles. Cette similitude de goûts et d'études nous avait liés et nous avait également préservés des dissipations de la grande ville.

— Pas mal, pas mal écrit : cela ressemble à du Collin d'Harleville.

— Nous passions tout notre temps à étudier ensemble. Un soir, que nous avions résolu affirmativement la grande question de la création spontanée des infusoires et autres animalcules, je regagnai... c'est-à-dire il regagna, vers dix heures du soir, son domicile. En passant par une des rues étroites et sombres qui devait l'y conduire, il rencontra une jeune fille d'environ quinze ans, qui pleurait silencieusement en se dirigeant aussi vers sa demeure. Georges l'interrogea. Elle venait de chez le boulanger du coin qui avait refusé de lui vendre encore du pain à crédit. Il y avait deux jours qu'elle et sa mère n'avaient rien mangé.

— Ah ! saprebleu ! si je l'avais su, quel sac de farine je lui eusse envoyé !

— Merci, mon ami, — dit naïvement Henri, en pressant la main de Léon, — Dans le but de s'assurer de la réalité du fait, — continua-t-il, — Georges lui demanda la permission de porter lui-même quelques secours à sa mère. La pauvre fille n'avait pas menti, et rien n'effacera du souvenir de Georges le spectacle de la navrante misère qui attrista ses yeux. La mère était malade, la fille était sans ouvrage. Tout ce qu'elles possédaient avait été porté peu à peu au mont-de-piété. Georges leur donna tous les secours que nécessitait leur déplorable position. Il reparut le lendemain, le surlendemain, tous les jours, pour continuer son assistance, et bref, à force de venir s'informer de la santé de la mère, il devint éperdument épris de la fille. Il demanda loyalement sa main, qui lui fut accordée avec empressement par l'une et par l'autre. Comme il n'était encore ni majeur ni émancipé, il fallut ajourner le mariage à l'époque où il serait devenu maître de ses actions. En attendant, il retira la mère de son taudis, la logea convenablement, lui fit une pension et plaça sa future compagne, qui ne savait pas même lire, dans une institution où elle reçut une éducation suffisante. Grâce à son intelligence, elle en sortit, au bout de dix-huit mois, assez instruite, assez bien élevée pour qu'il pût la présenter partout comme sa femme, sans avoir à rougir de son ignorance ni de ses manières. Enfin, comme l'oisiveté...

— Est la maman de tous les vices, — interrompit Léon.

— Comme l'oisiveté, — reprit Henri, — est une des causes principales qui laissent tomber peu à peu dans le désordre les femmes même les mieux douées. Georges fit entrer sa fiancée dans un grand établissement de confection pour femmes, où elle n'avait affaire qu'à des dames de distinction, et où elle était occupée de neuf heures du matin à six heures du soir. Souvent alors il allait la voir chez sa mère, et comme la bonne femme était resté impotente, il accompagnait parfois sa future à la promenade ; ou bien, pour lui former l'esprit et le goût, il la conduisait aux concerts, aux Français, à l'Odéon, à l'Opéra, au Gymnase. Le dimanche et les jours de fêtes étaient consacrés aux musées.

— Tout cela était très-bien combiné, très-ingénieux, très-vertueux. Sganarelle et Bartholo n'eussent pas mieux imaginé ; mais à l'âge qu'elle avait et avec le caractère que je lui soupçonne, cette femme-là devait s'ennuyer à mourir.

— Il paraît qu'il en était ainsi. Peu à peu (Georges le sut plus tard), Reine devint moins assidue à son magasin. Elle s'absentait sous divers prétextes, à l'insu de sa mère et de Georges, et, quand celui-ci n'était pas attendu, elle allait passer sa soirée, disait-elle à sa mère, chez quelqu'une de ses amies de magasin. Ajoute à cela qu'elle prenait des allures assez étranges, que son caractère devenait revêche et qu'elle répondait avec aigreur, avec impatience, aux remontrances de sa mère et aux timides observations que Georges lui adressait.

— Je comprends, — dit Léon. — C'était là de ces indices menaçants auxquels on peut appliquer ces mots d'*Angelo* : « Je ne sais quelle vague épouvante j'éprouve, » mais il me semble entendre des bruits de pas dans la » muraille. » Si ce n'est pas le texte, c'est du moins le sens. Continue, et chauffe, chauffe l'action !

— Rien de positif, en effet, n'avait éclairé Georges jusque-là. Il en était encore à chercher le pourquoi de cette métamorphose ; mais, comme tu le dis, il entendait des bruits dans son mur. Diverses circonstances fortuites vinrent préciser un peu plus ses soupçons.

— Ah ! ah ! cela commence à devenir palpitant !

— Un soir, par exemple, comme il promenait sa vague inquiétude aux Champs-Elysées, l'idée singulière lui vint d'entrer au bal Mabille, qu'il ne connaissait pas.

— Il est de fait que ce n'est pas là qu'on peut étudier tranquillement la difficile question des infusoires.

— Or, en s'approchant du cercle des curieux qui regardaient danser les virtuoses du lieu, Georges crut reconnaître sa future moitié parmi celles qui exécutaient les plus étranges gambades, aux applaudissements de la galerie. Il voulut s'approcher davantage, mais au moment même la contredanse finissait ; spectateurs et danseurs se confondirent dans un pêle-mêle inextricable, et il lui fut impossible de la retrouver. Il vint en toute hâte chez la mère. La fille était présente.

— Pas mal joué, si c'était elle.

— Une autre fois encore, comme il s'était assis, le soir, sur une des chaises du boulevard Italien, il vit tout à coup sortir la même silhouette de la Maison-d'Or, où sans doute on venait de souper en joyeuse compagnie. Il accourut, mais trop tard ; une voiture de maître venait d'emporter rapidement cette nouvelle ressemblance. Georges s'empressa de venir chez la mère. La fille était encore présente, en négligé d'intérieur et dans un calme à défier tout soupçon.

— Sais-tu que cette femme-là touche au prodige !

— Enfin, une troisième fois, comme il venait de quitter vers minuit la mère et la fille, qui semblaient accablées de sommeil, Georges se rendit au bal de l'Opéra, qu'il croyait avoir entendu vanter comme une des choses les plus décentes de notre époque. A peine y était-il depuis un quart d'heure, et s'efforçait-il de fendre, comme à la nage, les flots pressés de la foule encombrant les corridors et le foyer, qu'il se trouva face à face avec un domino rose, donnant le bras à un grand diable de chevalier, botté à l'écuyère, vêtu d'un justaucorps jaune et coiffé d'un casque de pompier dont la plume rouge touchait presque aux lustres. Georges tressaillit en le voyant, car, malgré le masque qui lui cachait les trois quarts de la figure, il avait cru reconnaître encore sa future compagne : même taille, même tournure serpentine, mêmes yeux étincelants, mêmes petites dents blanches, même menton, même fossette, même signe noir au col. . . . .

— On a pendu jadis des innocents qui ressemblaient beaucoup moins au vrai coupable, — dit Léon.

— Ajoute, — continua Henri, — que le domino rose avait aussi tressailli à la vue de Georges, et avait immédiatement entraîné son colossal cavalier dans la direction inverse. Georges tenta de les suivre pour s'assurer de l'identité, mais une vague de pierrettes et de chicards l'en éloigna brusquement, et quand il put se remettre à la nage, l'anguille avait disparu à travers ce fleuve humain.

— Cette métaphore ne m'est point désagréable, — interrompit Léon. — Voilà du beau style à la mode, ou je ne m'y connais pas. Dans ce genre de littérature, on ne dit jamais que l'équivalent d'une chose, et *vice versa*. S'il s'agit d'un domino, on le compare à une anguille ; s'il s'agit d'une anguille, on la compare à un domino ; et ainsi de suite. Mais continue et tâche de te maintenir à cette hauteur d'aperçus. . . . .

— Georges se hâta de quitter l'Opéra, s'élança dans une voiture de place et se fit conduire immédiatement à dix pas du domicile de la mère. Là, il se tint coi dans son véhicule, les yeux braqués sur la porte de la maison. Il avait pris le cocher non pas à la course, mais à l'heure, mais à la nuit, à l'année s'il eut fallu. Le cocher gagna un gros rhume à cette faction qui dura toute la nuit. Georges n'attrapa rien.

— Parbleu ! je le crois bien ! C'est lui qui était attrapé. La jalousie, d'ailleurs, est un préservatif assuré contre les intempéries. Un homme jaloux tombera dans un fleuve gelé et en fera fondre la glace, de même qu'il traversera un incendie sans y perdre un cheveu. Les médecins n'usent pas assez de ce moyen. Poursuis.

— Peine perdue ! Georges ne vit entrer personne dans la maison. Aussi, quand il fit grand jour et qu'il put se présenter convenablement chez la mère, ce fut avec une angoisse indicible qu'il frappa à la porte, tant il était certain de ne pas trouver l'oiseau dans son nid.

— Bravo ! Joli trope encore !

— Quels ne furent donc pas sa stupéfaction, sa joie, son délire ! ce fut Reine qui vint lui ouvrir, dans le plus simple appareil : les cheveux en désordre, les paupières gonflées de sommeil, et lui bâillant au nez comme une personne qui voudrait bien dormir encore. Le démon redevint subitement un ange aux yeux de Georges. Il tomba à ses genoux et lui demanda humblement pardon des stupides soupçons dont il avait pu l'outrager. Reine fut superbe d'indignation, puis se calma et finit par pardonner.

— Ah çà ! mais, je n'y suis plus du tout ; — s'écria Léon, qui se mit à chanter l'air de la *Dame Blanche :*

> Quel est donc ce mystère ?...
> Quel est donc ce mystère ?...

— Tu vas le savoir, — répondit Henri. — Le jour de l'an approchait. Georges voulut sceller leur réconciliation par un beau présent.

— Ah ! ah ! il lui fit sans doute hommage d'un pain de sucre, comme on prétend que certains maris économes en offrent à leur femme pour étrennes.

— Il acheta, comme à-compte sur la corbeille de noces, un très-beau châle dont elle rêvait ; et, pour lui en faire une surprise agréable, il profita du moment où elle était censée être à son magasin pour le placer dans le tiroir de sa commode. Un petit coffret qu'il ne lui connaissait pas attira l'attention de Georges. Dans l'insouciance que donne aux jeunes filles une complète sécurité, elle avait négligé de le cacher mieux. Elle s'était contentée de le mettre sous ses nippes de toilette. Il était trop plein d'ailleurs pour qu'elle pût le fermer, car il s'en échappait à moitié quelques papiers. En sa qualité de futur mari, Georges pensa qu'il avait parfaitement le droit de prendre connaissance du contenu.

— Nouvel à-compte... sur la corbeille de noces.

— Il prit donc le coffret et l'ouvrit tout à fait. Horreur ! il était bourré de lettres d'amour.

— De lui ?

— Du tout. De lettres signées d'une foule de prénoms divers : Arthur, Ernest, Oscar, René, Gustave, Polydore, Népomucène, que sais-je ?

— Tout un calendrier !

— Oui, à l'exception du nom de Georges. Ses lettres à lui n'étaient sans doute pas assez précieuses. Elles n'étaient bonnes qu'à faire des papillotes. Il lut quelques-unes de ces missives. Népomucène s'y moquait d'Arthur, Arthur s'y moquait d'Ernest, Ernest s'y moquait d'Oscar, et ainsi des autres ; mais l'avantage était du côté de Georges, car tous s'y moquaient également de lui. Il y trouva aussi l'explication, fort plaisamment commentée, des diverses rencontres à la suite desquelles il n'avait jamais pu la prendre en flagrant délit d'absence. Ce n'était qu'une question de vitesse. Comme il était obligé de chercher plus ou moins longtemps une lente voiture de place, et qu'elle avait toujours quelque rapide voiture de maître à sa disposition, il était tout simple qu'elle le devançât au logis de sa mère.

— On ne saurait imaginer combien d'excellents chevaux peuvent être utiles aux femmes et aux solliciteurs !

— Cette découverte fut pour Georges comme un coup de massue.

— Sur la tête d'un bœuf, — ajouta Léon. — Jolie image toujours.

— Il resta anéanti. Je ne saurais peindre ce qui se passa d'affreux dans sa tête et dans son cœur. Puis, après le premier moment d'atonie, je voulus tuer la perfide !

— Comment, toi ?... Peste ! comme tu prends chaudement l'intérêt de simples connaissances avec lesquelles tu n'as fait qu'étudier les infusoires !

— J'étais exaspéré par pitié pour ce pauvre Georges, qui lui aussi voulait la tuer. Mais, la réflexion aidant, il se contenta de lui exprimer tout le mépris que lui inspirait son ingratitude.

— Peuh ! la reconnaissance ici-bas ?... Où niche-t-elle ? on me ferait plaisir de me donner son adresse.

— Régina (car elle avait déjà pris ce nom dans cette abominable correspondance), Régina essaya d'abord de tout nier ; elle pleura, elle se tordit les bras ; mais, quand elle vit Georges possesseur des lettres, elle changea subitement de ton ; elle devint hideuse d'audace et de cynisme : elle releva fièrement sa tête comme la vipère sur laquelle on a marché.

— Bravo toujours !

— Alors ce fut elle qui invectiva Georges ; elle traita de lâcheté sa légitime curiosité, alla même jusqu'à lui reprocher ses bienfaits comme la cause première de son inconduite, et finit par lui défendre de la revoir jamais. Ah ! certes, Georges n'avait pas besoin de cette défense ; il se retira, quitta Paris, et alla rejoindre l'enfant qu'il avait mis en nourrice dans une ville de province, et dont elle ne s'était jamais plus occupée que s'il n'eût pas existé.

— Ah ! ah ! encore un à-compte sur la corbeille de noces, — dit Léon.

— Telle est la femme dont l'image semble te préoccuper, — dit Henri en terminant.

— J'avoue qu'il y en a de plus angéliques,— répondit Léon, — et ce n'est certainement pas elle que je choisirai pour rosière, si j'établis enfin cette institution dans notre village, comme j'en ai toujours eu l'intention. Mais la cloche nous appelle à table, hâtons-nous.

Après le déjeuner, Henri partit pour Doullens, comme c'était convenu. De son côté, Léon prit sa gibecière, son fusil et son chien, et dirigea ses pas vers le vieux castel dans le but sans doute de s'assurer auprès du gardien si cette habitation avait été vendue réellement l'avant-veille, comme le bruit en courait.

La première personne qu'il rencontra en entrant dans le parc, ce fut Régina.

V

Léon et Régina éprouvèrent une surprise presque désagréable en se rencontrant, d'une façon si imprévue, à l'entrée du parc du vieux château, après la scène de la veille dont le souvenir, se ravivant aussitôt, leur causa, à lui une sorte de honte, à elle un assez vif ressentiment.

Léon se hâta de lui faire un salut d'une politesse exagérée, auquel Régina répondit par une froide inclinaison de tête ; puis ils gardèrent un moment le silence.

Enfin Léon comprit que c'était à lui qu'il appartenait de prendre le premier la parole :

— Pardon, madame, — dit-il avec embarras et en cherchant ses mots à tâtons, comme un aveugle cherche son chemin à l'aide de son bâton ; — pardon... je n'avais point espéré... je n'eusse point pris la liberté de... je passais... en allant à la chasse... comme pouvez voir à mon attirail guerrier..., lorsque la curiosité... le désir de savoir si cette habitation était encore à vendre... peut-être aussi ma bonne étoile... ou ma mauvaise peut-être... car les astrologues prétendent que nous avons la paire, — ajouta-t-il en tâchant de reprendre son enjouement habituel,—m'ont fait entrer ici dans le but d'obtenir quelques renseignements du gardien. S'il y a un coupable en tout cela, madame, c'est le hasard seul ; n'accusez donc que lui, je vous prie, du déplaisir qu'a paru vous causer ma présence. Quant à moi, bien loin de l'accuser, je le remercie au contraire de l'occasion... qu'il m'a fournie... de pouvoir vous renouveler .. mais très-humbles excuses... au sujet de...

— Soit ! monsieur, je les accepte, — dit Régina d'un air de dignité ; — je les accepte parce qu'elles me sont dues....

— Ah ! certes !

— Et parce qu'elles doivent être sincères de la part d'un homme bien élevé...

— Bien élevé ?... Ah ! madame, détrompez-vous ! — répondit Léon qui recouvrait peu à peu, en même temps que son assurance, sa liberté d'esprit et cette verve de langage qui ne lui faisait jamais défaut complètement, même dans les circonstances les plus graves. — Vous me supposez un homme bien élevé, d'après les apparences ; vous vous dites sans doute : « Voilà un homme bien couvert, qui a une belle veste de chasse en velours, pantalon idem, de grandes guêtres de peau, une casquette en cuir verni comme on en voit dans les tableaux de grande vénerie, une gibecière d'autant mieux conservée qu'elle ne sert pas à grand chose depuis quelque temps, et enfin un beau chien, pure race anglaise, un de ces chiens qui sont souvent plus distingués que leur maître, et sous le bras un magnifique Lefaucheux : ce ne peut-être qu'un homme bien élevé. » Hé bien ! c'est une grave erreur. J'avoue que ces dehors ont quelque chose de prestigieux ; j'avoue qu'ils peuvent faire rêver gentilhomme, comte, vicomte, marquis, baron, prince incognito ; mais comme ils sont trompeurs ! Croyez-le bien, madame, je ne suis pas du tout un homme bien élevé, quoique je sache passablement le grec et que je parle latin comme celui qui l'a inventé ; hélas ! non, je le confesse à ma honte, je ne suis qu'un grossier campagnard, un malôtru, un butor, un rustre, et la preuve, c'est que je me suis mis dans la nécessité d'avoir à vous faire de très-piteuses excuses.

— Ne parlons plus de cela, monsieur, puisque c'est pardonné, — répliqua Régina, dont ce langage tout à la fois courtois et plaisant ne laissait pas de ressusciter agréablement les souvenirs.

— Oh ! merci, merci, madame ! — s'écria Léon. — Votre indulgence m'épargne un bien long chagrin. Je ne dirai pas précisément que je me fusse retiré à la Trappe pour y gémir éternellement sur mon méfait, si vous aviez été impitoyable ; je ne dirai pas que je me fusse réfugié, avec mon chien, au mont Saint-Bernard, pour y sauver les voyageurs, où à la Grande-Chartreuse pour y faire pénitence et y distiller la première liqueur du monde. Car, vous le savez, les chartreux ne sont pas seulement d'excellents chrétiens, ce sont aussi des confiseurs de première force. Non, je suis trop ami du vrai et du naturel pour me permettre de telles exagérations, et vous, madame, vous êtes trop spirituelle pour admettre de si grosses hyperboles. Mais ce qu'il y a de certain, c'est que, si vous n'aviez pas été aussi bonne que vous êtes belle...

— Ah ! monsieur, — se hâta d'interrompre Régina en souriant, — ne tombons pas, je vous prie, dans l'excès contraire ; ne soyez point si galant aujourd'hui, après...

— Après l'avoir été si peu hier, — acheva Léon. — Voilà que, sans le vouloir, madame, vous renouvelez tous mes remords.

— Pourquoi ?... ce n'est pas un reproche que je vous adresse ; je n'ai plus le droit de le faire après avoir pardonné ; c'est simplement... un conseil... que je me permets...

— Je le suivrai, madame ; je ne vous dirai plus que vous êtes belle... charmante... adorable... je me contenterai de le penser. Quelque cruel que le silence doive être pour moi sur un pareil sujet, je me l'imposerai pour le rachat de ma faute.

— Eh ! monsieur, — dit Régina, — je trouve votre silence singulièrement bavard ! Prenez garde de vouloir racheter une première faute par d'autres plus grandes encore. Vous n'auriez pas d'excuses, aujourd'hui que j'ai l'extrême avantage d'être connue de vous, tandis qu'hier vous pouviez du moins prétexter d'ignorance, d'étourderie, et qui mieux est... de cigares ! On comprend en effet, — ajouta-t-elle ironiquement, — on comprend que, lorsqu'il s'agit de gagner cinquante *londrès*...

— Pas des *londrès*, madame, mais de simples *trabucos*, ce qui rend la circonstance bien moins atténuante, — interrompit Léon, qui ne put s'empêcher de remarquer l'érudition de la jeune femme en matière de cigares.

— *Panatellas*, *londrès*, *havane*, *trabucos*, *puros*, peu importe ! il n'est pas étonnant que, en présence d'un si noble but, l'ambition d'un fumeur bien né puisse s'exalter jusqu'au délire... jusqu'au vertige... jusqu'à...

— Jusqu'à l'inconvenance, madame ; le mot n'est pas trop fort. Aussi, avant même d'avoir l'honneur de vous revoir tout à l'heure, avais-je résolu de me punir par où j'avais péché. « Puisque la passion du cigare, » m'étais-je dit, « a pu te rendre si coupable envers la plus ravissante des femmes...»

— Hé bien ! hé bien ! monsieur, voilà que vous violez déjà votre promesse !

— Du tout, madame ; ce n'est point à vous que je parlais ; ne faites pas attention ; c'était à moi-même, à moi seul, et vous savez que je me suis réservé la liberté de mes opinions secrètes. « Oui, » me disais-je, « ô passion du cigare ! puisque tu as pu m'entraîner à un pareil

» méfait, envers une aussi charmante femme, je te ré-
» pudie à tout jamais, je...»

— Il me semble pourtant, monsieur, vous avoir vu un cigare aux lèvres lorsque vous êtes entré dans le parc.

— A moi, madame?... n'était-ce point une illusion de votre part?... Après ce qui s'est passé, il est possible que désormais je vous fasse moi-même l'effet d'un énorme cigare.

— Et tenez, vous l'avez encore à la main.

— C'est ma foi vrai! Triste effet de l'habitude!... Oh! l'habitude!... on a bien raison de dire... mais je suis enchanté de cette circonstance, puisqu'elle me permet de vous prouver toute l'horreur que j'ai maintenant pour ce poison qu'on nomme le tabac. Voyez, madame, je vais fouler aux pieds cet odieux panatellas.

— Je vous demande grâce pour lui, monsieur, et grâce aussi pour vous. Je n'ai nul droit à vous imposer un pareil sacrifice; et j'en aurais un que je n'en userais pas. L'odeur du cigare m'a toujours été particulièrement agréable.

— Ah! madame, cet excès de bonté vous donne un titre de plus à ma reconnaissance. Je vous promets de penser à vous quand je fumerai, et... je fumerai sans cesse.

— Mais, pardon, monsieur, si je vous interromps encore; vous étiez venu, disiez-vous, pour demander des renseignements au gardien...

— Oui, madame; mais votre présence ici me dispense de toute autre information.

— Comment, monsieur?

— Il me paraît évident, madame, que c'est à la châtelaine de céans que j'ai l'honneur de parler.

— En effet, monsieur. Cette propriété nous appartient. Mon mari en a fait l'acquisition avant-hier.

— Ah! madame est mar...? — dit Léon avec un étonnement mal dissimulé, car on se rappelle que la biographie de Régina, faite le matin même par Henri, s'était arrêtée au moment où Georges Dupé s'était séparé d'elle pour rejoindre en province l'enfant qui était né de leur liaison.

— Oui, monsieur.

— Pardon, madame, — s'empressa d'ajouter Léon pour réparer la gaucherie de sa question; — je vous avais cru veuve. Pour revenir à cette propriété que j'avais l'intention d'acquérir, je vois que ma femme avait été bien renseignée.

— Ah! monsieur est mar... ? — dit à son tour Régina.

— Oui, madame, — répondit avec embarras Léon, que le souvenir d'Emilienne rendit un peu confus.

— A qui ai-je donc l'avantage de parler? — demanda Régina.

— Je vais vous répondre, madame, avec toute la sincérité d'un passeport : *âge, cheveux, bouche, menton, nez, taille, barbe, sourcils, lieu de naissance :* passons. *Nom et prénoms :* Léon Mervel. *Profession :* meunier. *Domicile* : Saulty, à l'usine à vapeur. *Signe particulier :* admiration très-humble et très-respectueuse pour l'esprit, la grâce et la beauté d'une charmante personne.

— En ce cas, je vous félicite, monsieur, du bon goût dont vous avez fait preuve dans le choix de votre femme.

— Je n'ai pas été trop mal inspiré, en effet; mais ce choix, madame, n'a pas épuisé mon bon goût, à ce qu'il paraît, car je voulais parler d'une autre personne qui n'est pas moins charmante pour l'être d'une autre manière.

— Et qui surtout a le mérite de l'être à vos yeux depuis moins longtemps, — interrompit Régina avec un sourire où une sorte de contrariété se mêlait à l'ironie.

— Oh! madame, comme l'a dit le poëte, le temps ne fait rien à l'affaire. Me permettrez-vous, à mon tour, de vous demander qui j'ai le bonheur d'admirer, ne fût-ce que pour donner un nom au plus joli rêve que j'aurai fait de ma vie.

— Nous voici voisins, monsieur, et je ne vois nul inconvénient à satisfaire votre curiosité. Il me semble d'ailleurs que mon mari, monsieur Dominique Granger, a connu assez intimement votre famille.

— Monsieur Dominique Granger? un des premiers négociants de Doullens?... Oui, certes, et j'ai souvent entendu mon père prononcer ce nom-là. Je crois qu'ils étaient fort liés. Mais voyez donc, madame, comme cela se trouve! On le mettrait dans un roman que le lecteur n'y croirait pas. En vérité, je commence à penser que le hasard est le véritable roi de ce monde. Ah! pardieu! je lui dois pour ma part de bien belles chandelles... depuis hier...

— Ah! monsieur, c'est un jour, celui-là, que vous devriez effacer de votre mémoire.

— Je m'en garderai bien, madame, puisque c'est à lui que je dois l'avantage inappréciable de vous contempler en ce moment. Ah! vraiment! monsieur Dominique Granger est l'heureux mortel qui... Oh! je serai enchanté de faire sa connaissance, et j'espère qu'il voudra bien reporter sur le fils un peu de l'amitié qu'il avait pour le père. Je me rappelle parfaitement l'avoir vu quelquefois à la maison; mais j'étais si jeune alors qu'il ne se souviendra peut-être pas de moi. Un bambin! Je passais d'ailleurs dix mois de l'année au collége; puis j'ai voyagé assez longtemps. Tout cela fait perdre les gens de vue. Il n'en faut pas tant pour être oublié ici-bas. Mais j'ai hâte de le voir, cet excellent monsieur Granger. Où est-il, je vous prie, que j'aille lui présenter sans retard mes compliments de bon voisinage?

— Le moment serait mal choisi. Monsieur Granger est aujourd'hui dans un de ses accès d'humeur noire. Vous ferez bien d'attendre une autre occasion pour recevoir de lui le bon accueil que mérite le fils d'un de ses meilleurs amis. Mais, à propos d'amis, vous ne m'avez rien dit de celui qui vous accompagnait hier, et qui, selon vous, était le principal coupable.

— C'est vrai, madame, je n'étais que son aveugle complice; mais l'instigateur, c'était lui, avec son abominable gageure de cinquante cigares.

— En ce cas, j'aime à croire qu'il ne m'avait pas reconnue? — dit Régina qui depuis un instant paraissait soucieuse.

— Est-ce qu'il a eu l'avantage de vous connaître, madame? — demanda Léon d'un air étonné, car il eût regardé comme malséant et maladroit de laisser soupçonner à Régina qu'il avait reçu des confidences d'Henri.

— Tant mieux! — pensa la jeune femme; — il n'a rien dit encore, et il faudra bien qu'il continue de se taire. Je sais le moyen de l'y contraindre, il est même urgent de l'employer. Autrement je serais perdue! — Oui, monsieur, — répondit-elle tout haut à la question de Léon, — je crois me souvenir de l'avoir aperçu... quelquefois... au bal... à Paris...

— Au bal Mabille, — pensa Léon à son tour, — et au bal masqué de l'Opéra : elle dit vrai. Comment, madame, — s'écria-t-il ensuite, — c'est au bal que... Voyez-vous le Tartufe!... il ne m'en a jamais dit un mot! lui qui prétendait avoir travaillé jour et nuit à étudier les infusoires! Au lieu de cela, monsieur s'amusait à polker! Mais tous ces savants se ressemblent : ce sont de vrais hypocrites. On les croit occupés, les uns à observer les étoiles, les autres à faire de la chimie, ceux-ci à inventer de nouvelles machines, ceux-là à creuser cette fameuse question des animalcules microscopiques qui importe tant au bonheur de l'humanité; hé bien! pas du tout, ces messieurs confient ces soins divers à leurs domestiques, et pendant ce temps ils s'en vont courir la prétentaine. Hé quoi! Henri Germin au bal!... En vérité, on me dirait qu'on a vu Voltaire à la messe que je n'en serais pas plus stupéfait. Mais j'aurais dû m'en douter à sa conduite d'hier. On a beau se masquer, le bout de l'oreille perce toujours de temps en temps, et vous fait reconnaître.

Cette banale métaphore du masque, à laquelle Léon

n'attachait évidemment aucune allusion, n'en fit pas moins rougir Régina.

— Vous paraissez très-liés, — se hâta-t-elle de dire.

— *Liés*, madame?... Le mot est faible, car ce qui est lié peut se délier si le lien vient à se rompre. *Reliés* conviendrait mieux pour caractériser cette fusion de deux êtres qui n'en font qu'un seul, comme les feuillets d'un livre ne font qu'un même ouvrage. C'est-à-dire qu'Etéocle et Polynice me font toujours rire avec leur prétendue amitié! Je ne vois guère que les frères siamois qui puissent donner une idée approximative de la nôtre.

— C'est très-beau, — dit Régina ; — mais croyez-vous donc que l'amour soit moins durable que l'amitié?

— Je suis tenté de le croire... quand ce n'est pas vous, madame, qui l'inspirez.

— Pure galanterie, monsieur ; vous êtes incorrigible. Hé bien ! selon moi, l'amitié n'a pas plus que l'autre sentiment le privilége de l'éternité. Il n'est livre si bien relié, pour reprendre votre comparaison, dont on ne puisse séparer les feuillets.

— Par quel moyen, madame?

— En les déchirant.

— Ils se rejoindraient d'eux-mêmes en ce qui nous concerne. Nous ne pouvons vivre l'un sans l'autre.

— Je vois la preuve du contraire en ce moment.

— Une absence de quelques heures, de quelques jours même, n'est point une séparation réelle. S'il n'est pas ici aujourd'hui pour me donner les abominables conseils dont vous avez vu hier un si regrettable échantillon, c'est qu'il est allé à Doullens pour y livrer à ma place deux cents sacs de farine ; car vous savez que je suis meunier. Mon Dieu ! oui, de père en fils, depuis l'invention du blé par Cérès. Vous le voyez, madame, absent comme présent, c'est encore moi qui l'occupe. Il n'y a donc pas séparation.

— Voilà, monsieur, qui est du dernier touchant. J'en ai les larmes aux yeux. Pas assez cependant pour m'empêcher de voir là-bas, au fond de la grande allée, mon mari qui se dirige de ce côté. Croyez-moi, si vous tenez à ce que le fils de votre père ne soit pas vu d'un trop mauvais œil, partez, je vous y engage. Monsieur Granger a parfois des hallucinations étranges, et il n'est pas agréable de l'aborder dans ces moments-là.

— Je me retire, madame; mais voilà encore une de ces séparations qui ne sont qu'apparentes, car ma pensée risque fort de rester ici. Me permettez-vous, madame, d'avoir l'honneur de vous revoir?

— Non, monsieur, je ne permets rien; mais je ne puis empêcher le hasard...

— Merci encore ! le hasard et moi nous sommes très-bons camarades. Depuis hier surtout, il s'est montré si propice à mon égard qu'il m'a donné le droit de compter sur de nouvelles faveurs. Bienfait oblige. Il y a d'ailleurs un petit proverbe que j'ai arrangé à ma guise, d'après l'ingénieuse méthode du seigneur Basile.

— Un proverbe?

— Aide-toi... le hasard t'aidera. Au revoir donc, madame.

Léon salua profondément, sortit du parc et se dirigea vers l'endroit où, la veille, il avait dérobé à la jolie amazone ce baiser téméraire qui commençait à causer tant de trouble dans sa vie. Là, il s'affaissa sur le gazon du petit sentier fleuri, s'étendit tout de son long sur le dos, et, ramenant ses deux mains sous sa tête en façon d'oreiller, il se prit à suivre des yeux le vol des petits nuages blancs que le vent promenait dans des directions contraires, moins légers, moins capricieux, moins agités assurément que ne l'étaient ses propres pensées.

Le pauvre Miraut, son beau chien d'arrêt, qui n'avait plus rien à arrêter, s'assit en face de lui, l'oreille basse, la tête inclinée, et le contempla fixement, de bas en haut, de ce regard triste et piteux qu'ont les myopes lorsqu'ils regardent les gens par-dessus leurs lunettes. On pouvait deviner, à l'expression maugréante de sa physionomie, que le mépris commençait à succéder à l'étonnement dans son opinion, à l'endroit d'un maître qui tournait à l'état de simple panoplie, avec son inutile gibecière et son pacifique fusil.

— Oh ! — pensait-il à sa manière, — l'humaine espèce est en pleine décadence ! Les chiens seuls n'ont point dégénéré depuis Nemrod. J'ai bien envie de lui mordre les mollets!... Cela le tirerait peut-être de sa torpeur contemplative...

Le brave Miraut n'eut pas besoin de recourir au moyen extrême dont nous venons de donner la traduction dans le langage des hommes. Léon se leva tout à coup, comme poussé par un ressort. (C'est au moins la cent millième fois qu'on se sert de cette locution en littérature. Qu'importe donc une fois de plus ou de moins?) Il ramassa son fusil et sa gibecière, porta vivement la main sur son front comme pour chasser une idée importune, et se remit en route à grands pas.

Miraut crut à une récipiscence, et s'élança joyeusement en avant.

Mais son allégresse fut de courte durée; Léon reprit rapidement le chemin qu'il venait de parcourir, passa devant l'habitation de Régina sans même chercher des yeux s'il l'apercevrait encore dans quelque coin de parc, traversa le village sans répondre aux salutations qui l'accueillaient comme d'habitude, ce qui étonna fort les habitants, puis rentra chez lui, ne songea pas cette fois à s'annoncer par la moindre sérénade, s'informa de sa femme, la rejoignit au bureau de l'usine, et là, sans dire un seul mot, lui prit vivement la tête à deux mains, et l'embrassa passionnément au front.

Emilienne fut étonnée de cet élan de tendresse dont rien ne pouvait lui faire comprendre la cause. Certes, elle se savait aimée de son mari, mais il ne l'avait pas accoutumée à de pareilles explosions. Elle n'en fut point fâchée toutefois, mais, feignant de l'être, par une de ces innocentes coquetteries qui vont si bien aux femmes honnêtes :

— Que vous êtes désagréable, monsieur, — lui dit-elle avec une de ces jolies petites moues qui ressemblent tant à un sourire. — Vous m'interrompez juste au milieu d'une addition ! Me voilà obligée de tout recommencer!

— Comment, tu étais là, pauvre enfant, à te morfondre sur de vilains tas de chiffres, tandis que moi, en vrai animal que je suis, je... je perdais mon temps à battre la campagne... c'est le cas de le dire... sans même songer à te faire hommage de la moindre allouette ! Ah ! fi !... je ne mérite certainement pas que tu m'embrasses... aussi je suis loin de réclamer cette faveur ; mais toi... c'est différent ; tu as bien mérité un bon baiser, et le voilà.

— Hé bien ! monsieur, si c'est ainsi que vous vous punissez de votre paresse !... Savez-vous que nous avons eu une terrible besogne aujourd'hui, et qu'en l'absence d'Henri, qui est à Doullens, j'ai été obligée de suffire à tout !... Cent sacs de blé à recevoir...

— Cent sacs de blé !... oh ! laisse-moi t'embrasser encore!

— Cent cinquante de seigle.

— Du seigle aussi !... oh ! je t'en prie, encore un baiser.

— Sans compter l'orge et l'avoine...

— Comment, il y a aussi de l'orge et de l'avoine?... ah ! par exemple, cela vaut deux baisers cette fois. Un seul ferait double emploi.

— Voulez-vous bien, monsieur, ne pas troubler ainsi mon travail ! autrement je vous cède la place.

— Que veux-tu?... c'est l'admiration, la reconnaissance... Voyons, n'as-tu plus rien à dire?

— Non, c'est tout.

— Cherche bien.

— Oh ! il est de fait qu'en cherchant bien....—répondit Emilienne, qui, nous le soupçonnons fort, ne se déplaisait point trop à dresser cette statistique, en raison de ses conséquences immédiates ; — il est de fait qu'en cherchant bien... mais là, bien... on trouverait encore la livraison d'une soixantaine de sacs de farine...

— De farine !... la même sans doute qu'hier ?... *ejusdem farinæ !...* Ah ! pour le coup je tombe en extase !... cela vaut soixante baisers... un par sac... et ce n'est pas trop...

— Du tout, monsieur, pas même un seul. C'est vous qui êtes coupable, et c'est moi qui serais punie !

— Il est de fait que je suis un bien grand vaurien !... Plus je m'analyse, plus j'opine pour cette qualification. Il y a des moments où j'ai envie de me rosser moi-même, de me pincer, de me griffer, de me tirer les cheveux ! Tiens, pour te prouver mon repentir, combien de poignées veux-tu que je m'en arrache ? Dis un mot, fais un signe, et ton indigne époux va t'apparaître entièrement chauve, comme par enchantement !

— Je m'en garderai bien !... Vous n'êtes pas déjà si beau !... vous seriez alors beaucoup trop laid.

— Soit ! je m'épargne, je me fais grâce pour ne pas perdre à tes yeux le peu de prestige qui me reste. Soixante sacs de farine !... Et quand je pense que c'est cette adorable créature, cette nature si fine, cette femme si distinguée, cette main si délicate de vraie comtesse, que je laisse se commettre dans une pareille besogne, tandis que moi, archivilain, archiroturier, je ne m'occupe qu'à ne rien faire, comme un véritable gentilhomme !... C'est monstrueux ! Oui, ses aïeux flamberjeaient aux croisades, et voilà leur noble descendante que je laisse présider à la livraison de stupides sacs de farine ! Triste, triste, triste ! comme dit Hamlet. Mais rassure-toi, va ; je vais me mettre résolûment à la besogne, afin de t'en épargner le plus possible. Seulement, laisse-moi t'embrasser encore une fois pour me donner du courage. Tu verras ensuite ! et pour commencer je vais refaire moi-même l'addition que je t'ai défaite.

— Toi, une addition ?... En vérité, je ne te reconnais plus aujourd'hui.

— Tu as raison... je n'en viendrais pas à bout. J'ai appris pendant dix ans les mathématiques, et je n'ai jamais pu faire une addition. Juge quel idiot tu as épousé ! Je suppose, par exemple, que quelqu'un me dise : « Vous êtes ici auprès de votre chère femme ; additionnez : combien cela fait-il de personnes ? » Certainement le premier venu répondrait : « Une et un font deux. » Hé bien ! moi, je dirais bêtement : « Du tout... ma femme et moi, cela ne fait pas deux, cela ne fait qu'un. » Tu vois bien que je ne saurais faire le plus simple calcul. Décidément je ne suis bon à rien, si ce n'est à te voler des baisers ; et même encore je me déclare incapable de les compter.

VI

Le château (c'est ainsi qu'on appelle volontiers en province toute habitation de campagne qui ne ressemble pas complétement aux maisons ordinaires), le château, disons-nous, dont le mari de Régina venait de faire l'acquisition, était un de ces édifices burlesques, imité tant bien que mal du moyen âge, où certains bourgeois enrichis se plaisent à abriter leur roturière vanité pour se donner quelques airs de châtelains. Fossés, pont-levis, poternes, herses, meurtrières, machicoulis, tourelles, clochetons, rien n'y manque, si ce n'est l'espace. Aussi, comme tout cela est édifié en miniature, comparativement aux véritables castels moyen âge, il en résulte que c'est presque inhabitable à force d'humidité, d'obscurité et d'étroitesse. Il faut s'allonger comme les chats quand ils passent par une chatière pour pouvoir gravir les escaliers en colimaçon qui sont pratiqués dans les tourelles beaucoup trop exiguës.

Il en était ainsi de la gothique bicoque dont nous parlons. L'imbécile qui l'avait fait bâtir, il y avait quelque soixante ans, était un ancien marchand de peaux de lapin. Voyez-vous d'ici ce stupide peaussier, devenu millionnaire, se pavanant dans un fac-simile de l'antique demeure des seigneurs féodeaux ! Je vous demande si une belle et bonne maisonnette à la moderne n'eût pas été une carapace plus convenable pour un tel olibrius !

Mais il est peu de localités où l'on ne remarque quelque produit de cette ridicule manie, contre laquelle le bon goût et le bon sens ne sauraient trop protester. Comme ses confrères en sottise, ce marchand de peaux de lapin avait fait badigeonner son château fort avec de la suie, pour lui donner une apparence de vétusté. Des lierres, des lichens, des pariétaires et des giroflées avaient été plantés le long des murs, avec la même intention machiavélique, et enfin, pour comble de rouerie, l'architecte avait donné à l'une des tourelles l'apparence d'une ruine. Comprenez-vous un architecte qui s'amuse à bâtir de jeunes ruines !

Je me suis toujours étonné que cette manie d'antiquaille n'aille pas jusqu'à déguiser le portier, les domestiques et les palefreniers en gens d'armes, en pages et en varlets, avec des pantalons moitié vert et moitié rouges, des toques à plumes et des hallebardes. Ce serait du moins de la logique en matière de couleur locale.

Pour comble de bizarrerie, à côté de cette antique caricature meublée à l'égyptienne, dans le style si lourd de l'Empire, le marchand de peaux de lapin s'était laissé construire une belle serre à la moderne, et laissé dessiner un jardin à l'anglaise, avec kiosques chinois et ponts pyrénéens sur des torrents absents.

C'était sur un de ces ponts imités du Céleste-Empire, que Régina avait aperçu de loin son mari, lorsqu'elle engagea Léon à se retirer, en attendant une occasion plus favorable de se présenter au nouveau propriétaire de tout cet amalgame archéologique.

C'est que monsieur Granger était d'une jalousie à rendre des points à Othello lui-même. Mais s'il n'avait pas raison d'être jaloux, car on ne l'a jamais, il en avait du moins le sujet, car on ne l'a que trop souvent.

Voici comment il avait été entraîné à subir les tortures de ce sentiment, aussi terrible, dit-on, qu'il est stupide.

Monsieur Granger, veuf sans enfants, alors âgé d'environ quarante-cinq ans, d'une figure peu agréable, d'une intelligence peu vaste, et d'une humeur peu récréative, possédait le plus beau magasin de nouveautés de la ville de Doullens. Je dis que celui-là était le plus beau, non pas seulement parce qu'il était le seul, quoique ce fût déjà une raison très-suffisante, mais aussi parce qu'il eût pu figurer avec honneur dans une cité beaucoup plus grande.

Les besoins de son approvisionnement amenaient trois ou quatre fois par an monsieur Granger à Paris. C'était un des clients de la maison de confections pour femmes où Régina était employée comme mannequin d'essai, à cause de la finesse de sa taille et de la grâce de sa tournure.

Monsieur Granger fut frappé dès la première fois de la beauté du mannequin, mais il était d'un caractère trop concentré pour déclarer tout de suite ses impressions. Il avait besoin de les ruminer pendant plusieurs années.

Voilà pourquoi ce pauvre Georges Dupé, comme l'appelait Henri Germin, n'avait trouvé aucune lettre au nom de Dominique Granger dans la volumineuse correspondance de Régina.

Seulement, chaque fois que monsieur Granger venait à Paris et qu'il avait vu Régina essayer devant lui châles, pèlerines, mantelets, etc., non-seulement il achetait de confiance tout ce qu'elle avait essayé, mais il le couvrait, à son retour, d'un plus grand nombre de baisers, car le thermomètre de sa flamme marquait chaque fois plusieurs degrés de plus.

Ce n'était pas, du reste, une passion ruineuse ; tant

s'en fallait! l'objet qu'avait essayé Régina ayant acquis aux yeux de monsieur Granger une immense valeur de plus, il le vendait d'autant plus cher à ses clientes. Il est beau de savoir mener de front le sentiment et le négoce.

Enfin, vint un moment où le thermomètre en question marqua la température du Sénégal. Monsieur Granger sentit qu'il pourrait faire cuire des œufs à la coque sur son cœur. Il se résolut à déclarer sa flamme.

C'était quelques jours après la rupture de Georges Dupé avec Régina.

— Mademoiselle,— dit-il brusquement à la jeune fille, qui était en train de lui vendre une foule de choses tout à fait passées de modes qu'on appelle des *rossignols;* — mademoiselle, répondez-moi franchement, auriez-vous de la répugnance pour le mariage?

— Vous me faites là une drôle de question, monsieur! — répondit Régina, en s'efforçant de rougir, car elle s'était aperçue depuis longtemps de la passion de monsieur Granger, et, tout en désirant vivement qu'il *aboutît* enfin, elle voulait jouer l'insouciance afin d'obtenir de meilleures conditions au contrat.

Quelle est la femme qui ne devine pas le sentiment qu'elle inspire? Les femmes devinent même qu'on les adore, alors qu'il n'en est rien.

— Pardon, mademoiselle, si cette question blesse votre candeur,— se hâta de dire monsieur Granger, qui rentra aussitôt sa passion en lui-même, comme l'escargot se hâte de rentrer ses cornes à la moindre alerte.— Mettons que je n'ai rien dit. Combien ce mantelet?

Cette déroute de monsieur Granger ne faisait pas le compte de Régina. On comprend que les Arthur, les Eugène, les Charles, les Oscar, les René, les Nepomucène, etc., peuvent être de charmants correspondants, très-capables de se moquer les uns des autres, mais que ce ne sont pas précisément des bienfaiteurs disposés à régulariser le présent des jeunes modistes et à assurer leur avenir. Aussi Régina s'empressa-t-elle de relever le thème que monsieur Granger avait laissé tomber net.

— Mais vous vous trompez, monsieur, — lui dit-elle d'un ton moins indifférent, en lui lançant un regard sous l'éclat magnétique duquel il fut près de s'évanouir.— J'ai trouvé la question singulière, voilà tout; mais je suis loin de dédaigner le mariage; au contraire, et si jamais je rencontre... pas un jeune homme, par exemple!... je déteste les jeunes gens... ce sont des fats, voilà tout, mais un homme raisonnable... honorable... respectable... vénérable... qui m'offre son nom... et sa fortune... il est possible que je me décide... à accepter l'un et l'autre...

— Hé bien! mademoiselle, — interrompit avec transport monsieur Granger qui se crut deviné,— cet homme est devant vous.. J'ose dire qu'il mérite toutes les qualifications que vous venez d'énumérer... La seule difficulté peut-être... c'est son âge;... il ne jouit encore que de quarante-cinq ans... Je crains que vous le trouviez encore un peu jeune...

— En effet, monsieur, — répondit Régina, qui ne put comprimer tout à fait le sourire qui lui vint aux lèvres; — quarante-cinq ans! c'est encore bien peu!... J'aimerais même mieux qu'il fût encore un peu plus mûr, plus rassis; mais enfin, si la précocité de sa raison compense cet excès de jeunesse, j'aurais mauvaise grâce à lui reprocher un défaut dont j'espère bien d'ailleurs qu'il se corrigera chaque jour.

— Je vous le promets sur l'honneur! Ainsi donc, mademoiselle, vous daignez accepter?...

— Votre main... et votre fortune... oui, monsieur,— répondit Régina en baissant modestement les yeux.

L'excellente mère de Régina était tellement habituée à consentir à tout ce que lui demandait sa fille, qu'elle donna cette fois encore son consentement sans aucune objection.

Régina se hâta de congédier tous ses danseurs de Mabille, d'Asnières, du Château-des-Fleurs et de l'Opéra.

Le mariage fut célébré à Paris un mois après, et le jour même, à la suite du déjeuner nuptial, monsieur Granger prit le chemin de fer pour Doullens, où il emportait sa femme à tire-d'ailes, comme l'oiseau de proie emporte dans son aire la victime qu'il a happée.

Pendant le voyage, comme ils étaient seuls dans leur wagon, Régina se mit tout à coup à verser d'abondantes larmes, au grand étonnement de monsieur Granger, qui la pressa de questions à ce sujet.

Elle refusa d'abord de répondre, puis, comme cédant à un remords irrésistible, elle avoua qu'elle avait eu un premier amour. Oh! mais un seul.

Monsieur Granger resta un moment atterré. Il était dans son tort. En pareil cas, lorsque les femmes veulent bien avouer qu'elles ont déjà aimé une fois, c'est un excès de sincérité dont il faut leur savoir beaucoup de gré. Et puis, franchement, quand on veut épouser une femme qui n'a jamais aimé, ce n'est guère parmi les modistes qu'on a le plus de chance de la trouver; cela soit dit sans porter la moindre atteinte à la considération méritée de cette charmante corporation.

Régina raconta alors à son mari la lamentable histoire dont elle avait été l'héroïne. Un prince valaque, qui faisait ses études de médecine à Paris avant de monter sur le trône, lui avait un jour sauvé la vie en arrêtant, au péril de la sienne, un fiacre où elle se trouvait et dont les chevaux pur-sang, emportés par la fougue qui caractérise les coursiers de ce genre, menaçaient de briser le rapide véhicule, contenant et contenu.

Comment refuser sa porte à un prince qui vous a rendu un pareil service, surtout quand ce prince vous offre loyalement son cœur et sa couronne!

Et cependant Régina, qui pressentait sans doute une destinée plus modeste, mais plus douce, celle de marchande de nouveautés, avait hésité d'abord à accepter le sceptre qui lui était proposé; mais enfin, n'ayant que dix-sept ans environ, elle s'était laissé éblouir par l'éclat du rang suprême. C'était bien pardonnable à cet âge. Quelle est même la vieille femme qui n'en ferait autant?

Inutile d'ajouter que la mère avait consenti comme toujours.

Mais, ô perfidie! voilà qu'un beau jour, après avoir renouvelé ses plus tendres protestations d'amour, le prince valaque était sorti sous prétexte d'aller acheter un paquet de cigares, car il paraît que les cigares étaient appelés à jouer un grand rôle dans l'existence de Régina. Or, depuis ce moment, le prince n'avait pas reparu. Il y avait trois ans de cela. Franchement, c'était mettre beaucoup de temps à l'achat d'un paquet de cigares.

— L'infâme! — s'écria monsieur Granger, chez qui, heureusement pour Régina, la colère et l'indignation l'emportaient enfin sur sa jalousie rétrospective.—Abandonner ainsi sa victime sous le plus futile prétexte!... Comment se nomme-t-il?... où demeure-t-il?,.. où est-il?... Oh! le misérable ne périra que de ma main!

C'est toujours ce qu'on dit en pareil cas, au sujet d'un prédécesseur: « Son nom!... son prénom!... son adresse!... pour que j'aille le tuer!...» Puis on sait son adresse, on sait son nom et son prénom, et l'on ne tue rien du tout.

Quelquefois même, dans le cours des événements, on devient l'intime ami de ce futur passé.

Qui sait? la vanité humaine est si ingénieuse qu'elle peut encore trouver quelque satisfaction dans la succession d'un prince.

Bref, monsieur Granger finit par supplier la victime éplorée du don Juan valaque de sécher ses larmes, tandis que, de son côté, elle le conjurait de ne point jouer sa précieuse existence contre celle d'un pareil scélérat.

Tous deux se firent réciproquement la concession demandée; si bien qu'à la suite de cette scène les deux époux arrivèrent à Doullens dans les meilleures conditions d'esprit et de cœur pour passer agréablement leur lune de miel.

La beauté, la grâce et l'élégance toute parisienne de Régina firent grande sensation dans cette petite ville.

Lorsqu'elle s'installa dans ce simple comptoir qu'elle avait préféré au trône de Valachie, la foule ne cessa d'envahir l'établissement. Les femmes en sortaient avec envie, les hommes avec admiration. Le premier moment de curiosité passé, les femmes n'y mirent plus les pieds, mais les hommes continuèrent d'y venir avec enthousiasme. Il y eut bientôt un essaim d'Arthur, d'Oscar, et d'Alfred provinciaux, qui voltigeaient sans cesse autour de la divinité du lieu. Cet état de choses excita vivement la jalousie naturelle de monsieur Granger. Afin de soustraire sa rose aux galanteries de tous ces papillons de pacotille, il se hâta de céder sa maison de commerce, et, déjà riche d'environ trente mille francs de rente, il se retira, avec sa jeune femme, dans une maison dont il était propriétaire, pour y vivre bourgeoisement, loin des suborneurs.

Mais les Arthur, les Oscar, les Alfred revirent Régina dans les salons, à la promenade, au théâtre et dans les fêtes, où monsieur Granger ne pouvait se dispenser de conduire sa jeune femme. Elle en était la reine, bien plus certainement qu'elle ne l'eût jamais été de Valachie. Le mot de reine est l'expression consacrée en province pour désigner les femmes du monde que tous les hommes semblent adorer, qu'ils entourent avec empressement dans les bals, sur le compte desquelles ils chuchotent, dont ils recherchent les saluts, les sourires, les moindres paroles : dont ils se disputent les contredanses, les valses et les polkas; dont ils parlent sans cesse, dont ils sont fiers de porter un instant le bouquet ou l'éventail, dont enfin le mari, qu'ils envient, qu'ils considèrent néanmoins, est l'objet de leurs railleries en son absence, et de leurs plus chaleureuses poignées de mains lorsqu'il paraît.

Quant aux autres femmes, ce n'est qu'avec des lèvres pincées et grimaçantes qu'elles répondent aux gracieusetés de celle-là, qui est la rivale préférée de chacune d'elles; ce n'est qu'avec des yeux chargés de dépit et de haine qu'elles la regardent; ce n'est qu'avec d'ironiques sourires, de malignes suppositions, de perfides réticences, qu'elles parlent d'elle, et, ce qui est bien plus mortel encore pour la réputation d'une femme, d'hypocrites plaidoyers en sa faveur, dans lesquels on la défend, avec un faux semblant d'intérêt ou d'indulgence, d'horribles méfaits dont elle n'était pas même accusée.

. . . .

Nous ne savons si toutes les histoires qui se racontèrent bientôt à voix basse sur le compte de Régina étaient plus ou moins historiques; nous aimons à penser qu'il fallait en rabattre une bonne partie, comme du reste, de toutes les histoires possibles, depuis celles d'Alexandre le Grand jusqu'à celle du grand Napoléon. Mais, calomnie pure ou simple médisance, Régina ne pouvait du moins s'en prendre qu'à elle seule, à cette coquetterie féroce, insatiable, jamais assouvie, compatible cependant avec l'honnêteté même, à qui les hommages, les compliments, les adulations sont nécessaires; qui les accepte de toutes provenances quand ils sont abondants, qui les recherche quand ils sont rares, qui les provoque quand ils font défaut.

Monsieur Granger finit par en être instruit, le dernier peut-être, mais enfin il le fut. La lettre anonyme, ce poison écrit, ce coup de poignard en papier, date du règne de Louis XI, l'inventeur de la poste.

Jusque-là monsieur Granger avait bien souffert le martyre, mais, comme le soldat parfaitement discipliné de Scribe, il avait dû se taire, sans murmurer, pour ne pas être ridicule.

Il enrageait, au bal, en voyant sa femme sourire à l'un, causer bas avec l'autre, minauder avec celui-ci, échanger un salut familier avec celui-là, et de plus incendier tous les cœurs à la ronde, par les noires étincelles que ses prunelles phosphorescentes lançaient à tous en général, mais particulièrement aux indifférents.

Il enrageait au théâtre et à la promenade, en la voyant sans cesse entourée d'une cour, style consacré, ce qui le reléguait naturellement au dernier rang, la politesse le voulant ainsi.

Il enrageait, chez lui, en voyant sa maison encombrée d'adorateurs, et en surprenant chaque jour quelque bouquet envoyé à madame, quelque missive galante, quelque déclaration d'amour en prose ou en vers, ce qui était même chose, à la rime près.

Il enrageait, et il en avait le droit, mais comment se garantir de ces mille petits coups d'épingle qui finissent par faire une large blessure au cœur?

Mettre tout ce monde de soupirants à la porte? c'était le plus sûr moyen d'en faire rentrer quelques-uns par la fenêtre.

Séquestrer sa coquette moitié? mais c'eût été reconnaître hautement que la conduite de madame n'était pas aussi innocente qu'elle pouvait l'être encore.

L'engager, elle, la coquette acharnée, à modérer ses petits manéges, à causer bas plus haut, à atténuer ses jolis sourires, à éteindre ses brillants regards, à éloigner toute cette jeunesse dont elle pensait tant de mal avant son mariage, et à ne composer sa société que de ces hommes honorables, respectables et vénérables, qui ont renoncé aux petits vers, et qui ne s'occupent plus de fleurs qu'en plates bandes, dans leurs jardins? Peine perdue. Monsieur Granger hasardait bien parfois quelques observations en ce sens, mais Régina répliquait victorieusement qu'elle ne s'était point mariée pour se cloîtrer, pour vivre austèrement comme une carmélite; qu'elle se plaisait, il est vrai, à recevoir des hommages, mais sans préjudice pour ses devoirs; qu'elle continuait d'aimer les vieillards, mais sous forme de mari seulement, et qu'elle préférait les jeunes gens comme valseurs, comme polkeurs, comme causeurs et comme promeneurs.

Naturellement timide, concentré, taciturne, peu éloquent, pourvu même d'un léger bégayement que nous nous abstenons de reproduire, car la lecture en serait pénible, monsieur Granger ne trouvait pas de réponse valable à de si bonnes raisons, et il se contentait de dévorer son déplaisir en silence.

Tout au plus, quand il était seul et qu'on ne pouvait l'entendre, s'écriait-il en manière de soulagement :

— Oh! pourquoi le prince valaque l'a-t-il lâchement abandonné pour aller acheter des cigares! S'il n'avait pas manqué à tous ses devoirs, je n'en serais pas à craindre aujourd'hui de la voir manquer à quelques-uns des siens. — Mais ce regret n'était pas sincère, et en réalité il savait très-bon gré au prince d'avoir décampé. Il aimait en effet sa femme, non-seulement de toute la passion trisannuelle qu'elle lui avait inspirée avant leur mariage, mais encore de toute la force des souffrances que lui causait sa coquetterie. L'amour est une blessure morale dont la jalousie ne fait qu'irriter l'ardeur. Mais un jour vint où ses angoisses perdirent de leur vague. Des lettres anonymes, évidemment écrites par la main crochue de quelques envieuses, jetèrent de sinistres lueurs dans son esprit. Certains faits dont il s'était simplement étonné, peut-être même offusqué, lui parurent prendre dès lors une signification terrible. — Cette femme-là me tromperait-elle véritablement?...— s'écria-t-il, devenu pâle, tremblant, livide, effrayant de colère, comme toute nature placide qui s'irrite difficilement mais qui, une fois sortie de son calme, ne connaît plus ni borne ni règle. — Oh! si j'en étais sûr... mais là, bien sûr!... — continua-t-il les mains crispées,—malheur à elle!... malheur à lui!... malheur à eux!... malheur à moi!... malheur au monde entier!...

Et alors, pour être sûr, mais là, bien sûr de ce malheur universel, il rumina d'épouvantables projets dans sa tête, assez peu imaginative d'habitude; puis il s'en tint aux moyens employés de temps immémorial par la plupart des maris qui veulent aussi être sûrs, mais là, bien sûrs de l'infidélité de leur moitié : 1° l'espionnage; 2° la perquisition dans les papiers de madame; 3° l'aveu par stupéfaction. L'on se présente devant sa femme, les bras croisés, l'air sombre, le chapeau rabattu sur les yeux, et, après s'être promené de long en large sans rien dire, on s'arrête tout à coup, et l'on s'écrie : « Malheureuse! il est inutile de feindre : je sais tout! » Notez qu'on ne sait absolument rien; et cependant on prétend que beaucoup de femmes, ainsi surprises, tombent à genoux, fondent en larmes, joignent les mains et demandent grâce. Enfin, le quatrième moyen consiste à faire semblant de partir pour la campagne, à se cacher dans une armoire, et à en sortir subitement quand le moment solennel est venu. De cette manière on reconnaît son erreur, ou bien l'on est sûr, mais là, bien sûr, de son infortune.

. . . .

Malheureusement monsieur Granger n'eut pas le temps d'employer aucun de ces moyens, dont l'efficacité a été constatée, dans le long cours des âges, par d'innombrables succès.

La secousse produite en lui par les révélations anonymes avait été si forte qu'il tomba sérieusement malade. Il eut une de ces maladies bilieuses qui font ressembler les Européens aux peuplades cuivrées de l'ancienne Amérique. Dans le délire de la fièvre, on l'entendait murmurer des paroles menaçantes et sans suite, telles que : « Poignard... révolver... arsenic... Régina... prince valaque... séparation... cigare... canon Armstrong, » etc., etc.

Quand il eut recouvré la santé du corps, on s'aperçut que la santé de l'esprit ne reprenait pas tout à fait son état normal. De même que le safran ne devait jamais disparaître complétement de son teint, de même il devait conserver toujours de l'incohérence, du décousu, du bizarre, du sombre et du comminatoire dans les idées et dans le langage.

Il prit toutefois une résolution dont le bon sens et l'énergie prouvaient qu'il lui restait encore une assez bonne dose de volonté ferme et de raison. N'ayant pas été à même de préserver le passé de Régina, et croyant n'avoir pas réussi à préserver le présent, il voulut du moins garantir l'avenir. Rien de plus simple, selon lui. Il s'agissait de l'éloigner de toute espèce de séduction. Il lui signifia donc qu'elle eût à faire ses préparatifs pour aller demeurer à la campagne.

— Là du moins, — lui dit-il, — vous serez à l'abri des bouquets symboliques, des flatteries en prose et des déclarations en vers; et moi, je n'aurai point la crainte qu'on glose sur mon compte dans les salons, et qu'on me rie au nez dans les rues. J'ai assez de ce genre de popularité!

Régina eut bien envie de se révolter contre ce qu'elle appela être enterrée toute vive; mais, la réflexion aidant, elle se contenta de prendre un air de victime résignée. La perspective d'une succession de cinq à six cent mille francs à recueillir, dans un temps plus ou moins éloigné, mais qui dans aucun cas ne pouvait atteindre la longévité centenaire que monsieur Flourens promet à l'homme; cette perspective était de nature à atténuer un peu beaucoup sa contrariété.

La mise en vente du château de Saulty rendait facile l'exécution immédiate du plan de monsieur Granger. Il trouva distingué, pour ce qui le concernait, cette caricature de vieux castel, comme il devait le faire en sa qualité de marchand de nouveautés retiré du commerce; et quant à ce qui concernait Régina, l'isolement complet de la propriété, en dehors d'un village où il n'y avait pas une seule famille bourgeoise qu'on pût fréquenter, cet isolement lui parut être la meilleure garantie possible contre toute occasion de faillir; en attendant, bien entendu, qu'on ait créé des compagnies d'assurances contre ce genre de sinistres, comme il y en a déjà contre la grêle, l'incendie et l'épizootie.

L'installation des deux époux avait lieu le jour même où commençait cette véridique histoire.

Jugez donc de la stupéfaction du nouveau propriétaire, lorsque, dès le lendemain, il aperçut sa femme, près de la grille du parc, en compagnie de Léon, un élégant chasseur, un de ces hommes que les Anglais appellent des gentlemen, et que monsieur Granger continuait à appeler des muscadins, des mirliflors!

. . . .

VII

— Mon Dieu! mon Dieu! — s'écria monsieur Dominique Granger, dont l'œil flamboyait à travers ses lunettes bleues, — dans quelle île déserte faudra-t-il donc vous conduire, Régina, pour ne point vous exposer aux téméraires entreprises de quelque suborneur? Comment! je vous arrache aux tromperies de ces princes valaques qui abusent tant de jeunes filles à Paris; je vous épouse, je vous amène dans une de ces petites villes où l'on prétend que la candeur se réfugierait si elle disparaissait du reste de la terre; je vends mon établissement pour vous soustraire aux enivrements du comptoir; je vous arrache même aux vertiges du bal, du théâtre et de la promenade, dont j'étais loin de soupçonner la puissance dans une localité telle que Doullens. Et en effet, m'y étant toujours comporté en homme honnête qui ne séduit jamais personne, je ne pouvais penser qu'elle était peuplée elle-même d'abominables séducteurs. C'est la faute des chemins de fer, comme l'a si bien dit l'archevêque de Rennes. Enfin, je vous amène ici, loin de tout péril, dans un pays presque sauvage, et voilà que, douze heures à peine après notre installation, je vous vois déjà, de loin, en grande conversation avec un godelureau!... Ah! le prince valaque m'a rendu un bien mauvais service en vous abandonnant lâchement! S'il eût rempli ses devoirs envers vous, vous seriez maintenant assise sur le trône de Bucharest, et moi, je serais dans mon comptoir de Doullens, parfaitement calme, sans amour sans doute (car je ne pouvais aimer que vous sur la terre), mais aussi sans cette horrible torture qu'on appelle la jalousie!

— Hé! monsieur, de pareils soupçons finissent par être des outrages! — répondit Régina qui se sentait forte de son innocence actuelle.

— Comment! vous osez dire que vous n'étiez pas ici avec un godelureau!... Ce sera encore une de mes hallucinations, n'est-ce pas?... Mais vous n'êtes pas tout à fait pervertie, je le vois avec plaisir, car, tandis que votre bouche essaye de mentir, votre rougeur et votre embarras disent vrai.

Régina avait rougi en effet. C'est une chose digne de remarque que beaucoup de femmes, je dirai même beaucoup d'hommes, rougissent devant une fausse accusation, qui restent parfaitement calmes devant une vérité.

— Si je rougis, si je suis émue, — répondit Régina avec fermeté, — c'est d'indignation!

— Comment! vous persistez à soutenir qu'il n'y avait pas là, près de vous, tout à l'heure, un godelureau!... Allons! un bon mouvement de franchise!... Avoue-le... avoue-le, Régina; je t'en supplie! avoue qu'il y avait là un godelureau, et je te pardonne encore, en considération de ta sincérité... Mais, prends-y garde!... si tu persistes dans ce système d'hypocrite dénégation... je ne réponds de rien. Oh! tout cela finira par quelque malheur à épouvanter le monde!

— Mais, en vérité, mon ami, — interrompit Régina qui crut devoir prendre un ton plus doux pour calmer le pauvre exalté, — je vous le dis, la main sur ce cœur...

qui vous appartient plus que vous ne croyez... vous êtes dans l'erreur aujourd'hui... comme toujours.

— Comment ! ce n'était point un godelureau !

— Non, non, mille fois non, mon ami ! Je ne sais ce que vous entendez par ce mot... que vous prononcez dans vos colères... et dont j'ignore le sens... mais ce que je sais, c'est que vous l'appliquez injustement sans doute au fils d'un de vos meilleurs amis.

— Comment cela ! — dit vivement monsieur Granger, qui, semblable à tous les jaloux, ne demandait pas mieux que d'être rassuré.

— C'était monsieur Léon Mervel, — répondit Régina.

— Hé ! quoi ! c'était le fils de ce pauvre Mervel avec qui, lorsqu'il venait à Doullens pour ses farines, j'ai fait de si bonnes parties de piquet !... De temps en temps je venais même passer quelques jours chez lui, aux époques de morte saison pour les nouveautés. Je me rappelle parfaitement avoir vu Léon tout bambin et l'avoir fait danser sur mes genoux. A en juger par le caractère taciturne, sombre, je dirai même un peu sauvage qu'il avait alors, il promettait d'être un homme posé, réfléchi, n'aimant à s'occuper que de choses sérieuses, un futur membre de conseil général, par exemple, un député, un juge, un diplomate, un homme grave enfin. A-t-il tenu sa promesse ?

— J'ai trop peu causé avec lui pour pouvoir le juger complétement ; mais je crains fort que vous n'ayez eu une trop bonne opinion de son avenir. Il m'a paru lourd d'esprit, commun de langage, gauche de manières, et laid !...

— Ah ! il est sot et laid ? — demanda monsieur Granger avec une sorte de joie. — J'en suis vraiment fâché, puisque c'est le fils d'un de mes bons amis.

— Du moins il m'a semblé tel, — reprit Régina. — En revanche, il paraît avoir bon cœur, car il a conservé de vous un excellent souvenir, et il désire vivement vous présenter ses compliments.

— Eh bien ! pourquoi n'est-il pas venu tout de suite me donner une poignée de main ?

— C'est un homme trop timide... ; il a craint d'être importun le lendemain de notre installation.

— Bah ! il a eu tort. Est-ce qu'à la campagne on doit s'en tenir rigoureusement à l'étiquette ? Mais alors... dans quel but venait-il donc ? — ajouta monsieur Granger, dans l'esprit de qui les papillons jaunes de la méfiance recommençaient à voltiger.

— Il avait envie d'acquérir cette propriété, et il venait s'informer en passant si elle était encore à vendre.

— Ma foi ! j'en suis fâché pour lui, en souvenir de son père ; mais je ne la lui céderais pas maintenant pour tout l'or du monde. Cet aspect gothique me plaît. C'est bâti avec infiniment d'art. Le seul inconvénient c'est que la cuisine me paraît un peu loin de la salle à manger. La cuisine est dans les caves, de vrais souterrains d'autrefois, et la salle à manger est au premier étage. Le potage a le temps de refroidir dans un pareil trajet. Je sais bien que l'architecte ne pouvait arranger les choses autrement, à ce que m'a expliqué le portier... Que dis-je, le portier ?... c'est le conservateur qu'il faut dire ; oui, celui des domestiques qui est censé représenter la garnison d'hommes d'armes, et qui serait justement blessé si je le traitais de portier. Selon lui, il fallait, en effet, par respect pour la tradition, placer au rez-de-chaussée la salle d'armes, la salle de haute et basse justice, la salle du trône ducal et la salle des tortures. C'était de toute nécessité. Nous mangerons froid, mais du moins nous mangerons dans les règles. A propos de la salle des tortures, as-tu jeté un coup d'œil sur les richesses qu'elle renferme ?

— Non, mon ami ; cela m'eût causé trop de peur.

— Rassure-toi : l'architecte a fait en même temps de ce local un délicieux boudoir, avec tapis capitonné, fauteuils Voltaire, ganaches, causeuses, divans, vis-à-vis, dos-à-dos, tout ce qu'il y a de plus moderne. Seulement, il a garni les murailles, restées nues, et les encognures, de tous les instruments de supplice dont se servaient nos bons aïeux : scies, chevalets, entonnoirs, tenailles, fourneaux, creusets à fondre du plomb dans les oreilles, brodequins à serrer les jambes comme dans un étau, que sais-je ? la collection est complète, à ce que m'a dit le conservateur. C'est vraiment un charmant coup d'œil pour un amateur. Cette collection vaut à elle seule le prix que j'ai payé pour la propriété tout entière. Nous avons réalisé là une excellente opération. Tu vois, du reste, que l'architecte a su mêler l'agréable à l'utile. Il en est de même des oubliettes, où l'on précipitait tout vivants les gens dont l'opposition vous ennuyait, ou seulement même dont la figure vous déplaisait. Les pauvres diables (toujours au dire du conservateur) tombaient d'étage en étage, à partir du haut de la tourelle, jusqu'au fond d'un abîme tout garni de lames d'acier et de pointes de fer. C'était un genre de mort très-ingénieux. Enfin, pour comble de couleur locale, figure-toi que la tour du Nord... celle qui a été construite en manière de ruine... ce qui ne devait pas être facile... figure-toi qu'elle est remplie de chauves-souris, d'orfraies, de chouettes et de chats-huants, qui ont fait la nuit dernière un sabbat de tous les diables. C'était charmant. Une seule chose m'a paru être en souffrance sous le rapport de la vérité historique. Je veux parler des fossés qui entourent le castel. Il n'y a presque pas d'eau, et pas du tout de grenouilles. C'est la faute des précédents propriétaires ; mais nous réparerons leur négligence.

— Allons, mon ami, — répondit Régina d'un ton qu'elle s'efforça de rentre triste et affectueux, — je suis ravie que ce séjour vous plaise. Je n'étais pas précisément enthousiasmée d'y venir, vous le savez ; j'ai même manifestée d'abord une certaine répugnance...

— Oh ! mieux que cela, il m'en souvient, et pas plus tard qu'avant-hier, des pleurs, des cris, des attaques de nerfs !...

— Que voulez-vous ! c'était l'horreur que j'ai pour la campagne... pour la solitude... mais la réflexion étant venue, je me suis dit qu'en définitive la solitude... la solitude à deux, a bien aussi son charme ; — ajouta-t-elle en tendant gracieusement une de ses jolies mains, à son mari. — Et puis notre existence, à nous autres femmes, ne doit-elle pas être un sacrifice continuel ?

Monsieur Granger saisit vivement la blanche main de Régina et la couvrit de baisers.

— Ah ! tu es une enchanteresse quand tu veux !... — s'écria-t-il dans un transport de joie. — Pourquoi ne veux-tu pas plus souvent !... Si tu voulais toujours, ce ne serait plus de chagrin, ce serait de bonheur que je risquerais de perdre la tête ! Voilà qui me fait trouver cette habitation encore plus ravissante, puisqu'elle produit déjà de si bons résultats sur ton humeur. Je ne conseille pas à Léon Mervel de venir m'en demander la cession !

— Ce n'était pas lui, à ce qu'il paraît, qui en avait grande envie ; c'était sa femme.

— Ah !... il est mar...? — dit à son tour monsieur Granger, à qui cette circonstance parut causer un sensible plaisir.

— Oui, mon ami, et, s'il faut l'en croire, sa femme est ravissante. Il en est amoureux fou. Il ne m'a presque parlé que de sa beauté, de son intelligence, de sa grâce, de ses éminentes qualités, de ses rares vertus...

— Et elle... l'aime-t-elle aussi, quoique tu le dises fort laid ?

— C'est probable. Est-ce qu'une femme n'aime pas toujours son mari... plus ou moins !

— Tu crois ?

— Hé ! sans doute !...

— Cependant... quand elle a l'air de le détester...

— Pure comédie ! c'est pour qu'il n'abuse pas de l'empire qu'il saurait avoir sur elle. Mais elle ne l'en aime peut-être que davantage tout bas. Ah ! messieurs, messieurs, vous ne comprendrez jamais rien aux femmes.

— J'avoue que, pour ma part... Mais, dis-moi, puisque Léon est marié..., qu'il a une femme charmante... et qu'il l'aime passionément... c'est un voisinage qui me paraît très-honorable. Ne penses-tu pas que les plus simples convenances nous obligent à leur faire une visite de bienvenue.

— Vous, mon ami, je le comprends, puisque vous étiez l'intime ami du père; mais moi, c'est bien différent, et je ne tiens pas du tout à faire leur connaissance.

— Il ne s'agit pas de se lier intimement. C'est une simple question de politesse, une visite de bon voisinage, voilà tout. Si tu m'y laisses aller seul, cela pourrait donner lieu à des suppositions désagréables, comme il en a tant couru à Doullens. On penserait que nous sommes encore brouillés, que chacun de nous a sa société, que les amis de monsieur ne sont pas ceux de madame, que sais-je? Cela nous poserait mal dans le pays. Je te supplie donc, d'y venir avec moi le jour qu'il te plaira. Je t'en saurais bien bon gré.

— Soit! je ne sais rien vous refuser, — répondit Régina, comme si elle faisait un pénible effort pour vaincre sa répugnance; — je vous accompagnerai, mon ami, puisque cela vous est agréable.

— Vraiment! tu es adorable aujourd'hui! et, permets-moi de te le dire, c'est étonnant comme la campagne exerce une heureuse influence sur ton caractère, ou plutôt sur ton système nerveux! Les médecins devraient la prescrire plus souvent en cas de brouille dans les ménages. Ce qui m'étonne, c'est qu'il puisse y avoir encore au village des femmes qui malmènent leur mari, et des maris qui battent leur femme. Il est vrai que les meilleurs remèdes perdent à la longue de leur efficacité. Quoiqu'il en soit, je te remercie cordialement de ce nouveau sacrifice; d'autant mieux que, s'il faut tout avouer, il se mêle bien à ma requête un petit grain de vanité. Puisqu'il a choisi une si jolie femme, — dit-il, — dame! je ne suis pas fâché de lui montrer que je n'ai pas eu non plus la main trop malheureuse.

VIII

Le lendemain des scènes que nous venons de raconter, Léon se leva de très-bonne heure, après une nuit fort agitée. — Je ne sais ce que j'ai, — se dit-il, — je ne puis dormir, je ne puis tenir en place; mes idées courent la pretentaine, ma tête est en feu, mes nerfs sont agacés. Cette fois, par exemple, gare au gibier!... j'éprouve le besoin de casser quelque chose, de détruire n'importe quoi, et, ma foi! messieurs les lièvres porteront la peine de ce malaise incompréhensible. — Et tout en se parlant ainsi il revêtit son costume de chasse, le seul qu'il portât d'ailleurs tout le long de l'année, à l'exception de rares et solennelles circonstances; puis il prit son fusil et sa gibecière et se disposa à sortir. Arrivé à la porte, il s'arrêta, revint sur ses pas, reposa son fusil et sa gibecière à leur place, et se promena à grandes enjambées sans mot dire. Cinq minutes après, il reprit gibecière et fusil, puis les remit aussitôt en place. Bref, il recommença plusieurs fois ce manége. — Ah çà! voyons, est-ce que je deviens fou? — se dit-il enfin, en reprenant résolûment son attirail. — Pourquoi n'irais-je pas à la chasse! C'est dimanche, et Henri n'est pas ici : double raison de me distraire un peu. C'est étonnant comme je me sens désœuvré le dimanche! Le dimanche est le jour du repos; hé bien! c'est justement ce jour-là que j'ai le plus envie de travailler. Il est vrai que c'est le seul!... O bizarrerie de l'espèce humaine!... Il y a bien encore une autre raison pour que je m'éclipse de la maison sans rien dire. Si j'étais présent à l'heure de la messe, Émilienne ne manquerait pas de passer son joli bras sous le mien, et me dirait de sa voix câline : « Allons, monsieur, » venez remplir vos devoirs de bon chrétien. » Le moyen de ne pas céder à de si douces paroles? le moyen de ne pas la suivre au bout du monde, et même à la messe, quand vous sentez son bras sur le vôtre. Partons donc, car je ne suis pas du tout en appétit de sermons aujourd'hui. Mais... vers quelle contrée dirigerai-je mes pas incertains? comme nous disions en rhétorique... Pourquoi pas du même côté que ces derniers jours?... Le gibier doit y être d'autant plus abondant que nous ne lui avons pas fait grand mal depuis quelque temps. Et puis cette partie de la campagne est vraiment charmante. Voilà qui est convenu. Partons.

. . . .

Léon descendit rapidement à la cour, siffla Miraut, et sortit de la maison en évitant de passer sous les fenêtres d'Émilienne, tant le prône de monsieur le curé lui paraissait peu attrayant dans la disposition fébrile de son esprit.

Il prit naturellement le chemin qui passait devant le castel. Il plongea ses regards, naturellement encore dans tous les coins et recoins du parc et du château; mais il n'aperçut âme qui vécût, si ce n'est le soi-disant conservateur, occupé à barbouiller de poussière certaines parties de l'édifice qui avaient eu le mauvais goût de blanchir. C'était un vieux bonhomme qui ne savait réellement conserver que sa place, à l'exemple de beaucoup de conservateurs.

Cette absence de tout autre habitant parut contrarier Léon. Rien ne pousse à la mélancolie comme les déceptions. Il continua donc assez tristement son chemin.

Quelques instants après, un lièvre ayant traversé brusquement la route à vingt pas de lui.

— A moi, Auvergne! — s'écria-t-il à la manière du chevalier d'Assas; — voilà l'ennemi! — C'était à Miraut qu'il donnait ce nom fameux. Auvergne ne répondit pas à ce glorieux appel. Léon se retourna pour le chercher des yeux : Auvergne était absent. Et cependant Léon l'avait très-bien vu se dresser dans sa niche au moment où il l'avait sifflé. Miraut s'était relevé en effet, par habitude, à ce signal connu, mais à la vue du fusil et de la gibecière, il était resté immobile, s'était assis gravement, avait regardé partir son maître avec une dédaigneuse indifférence, et s'était recouché tranquillement.

— Hé! quoi! — s'écria Léon, — monsieur Miraut lui-même se permet de sanglants sarcasmes! Tout me manque donc à la fois!... *Elle*, Henri, mon caniche, tout! — Et il se mit à entonner à la façon de Blondel :

O Léon, ô mon roi!
L'univers t'abandonne.
Sur la terre il n'est donc que toi
Qui s'intéresse à ta personne!

— Et encore, — ajouta-t-il, — je ne suis pas bien sûr de m'intéresser à moi-même en ce moment. Je me fais horreur, je me prends en grippe. Décidément, je ne suis pas en bonne veine aujourd'hui. Rentrons. — Il rentra, et la première personne qu'il rencontra en mettant le pied chez lui, ce fut Henri qui arrivait de Doullens en même temps. En voyant par quel côté Léon revenait au logis, Henri fronça le sourcil, mais la mine piteuse de son ami le rassura bientôt.

— Ah! ah! — s'écria Léon en serrant cordialement la main d'Henri; *Salus, honor et argentum, atque bonum appetitum!* — comme dit Poquelin. — Te voilà donc revenu de Doullens? Je n'en suis pas fâché. Je commençais à m'ennuyer furieusement. Vingt-quatre heures sans te voir, c'est dur!

— Ce cher Léon!

— Oui, c'est cela, intrigant!... Ce cher Léon! et puis tout à l'heure tu abuseras peut-être de ma faiblesse. Mais causons sérieusement; donne-moi des nouvelles.

Comment as-tu terminé l'affaire des quatre cents sacs de farine?

— Très-bien. Il y a eu quelque discussion sur le prix moyen de la marchandise au jour de la livraison, mais j'ai suivi exactement les instructions que tu m'avais données, tu sais?

— Ma foi! je ne m'en souviens plus, mais n'importe, va toujours!

— Elle étaient si claires, si précises, — ajouta Henri en souriant, — que j'ai triomphé sur toute la ligne.

— Bravo! montons au Capitole, et rendons grâce aux dieux de la farine.

— Mais toi, qu'as-tu fait depuis hier matin?

— Rien de plus innocent; j'ai fumé, j'ai bu sec, j'ai fumé, j'ai mal dormi, j'ai fumé, j'ai chassé, j'ai fumé, je n'ai rien tué et j'ai fumé: voilà tout.

— Es-tu bien sûr de ne rien oublier?

— Ah! ah! prends garde! Tu sais que la vie privée doit être murée. Pas d'effraction, pas d'escalade!

— Non, sans doute; mais la vie privée se borne à l'enceinte où nous sommes, et l'extérieur n'en fait point partie; or, c'est l'extérieur qui m'intéresse en ce moment.

— Je comprends; ce qu'on appelle en politique le département des affaires étrangères. Mais es-tu donc sergent de ville, gendarme, commissaire de police ou juge d'instruction pour m'interroger ainsi? Où est ton tricorne, où est ta toque, où est ton écharpe? Allons, montre-moi ton écharpe, et alors je te répondrai par respect pour le grand principe d'autorité.

— Tes fins de non recevoir suffisent à me prouver que, si tu es sans peur, tu n'es pas du moins sans reproche.

— Hé bien! puisque péché avoué est à demi-pardonné, je te l'avoue: je l'ai revue, elle, mais pas assez. Je l'ai revue hier; aujourd'hui, néant! J'avoue même que j'ai eu l'outrecuidance de lui parler, de lui demander pardon... pour toi, bien entendu... et de lui faire une multitude de compliments, point trop mal trouvés, je m'en flatte. Ah! mon cher, aussi spirituelle que jolie! Cette femme-là est ravissante! Nous aurons là un charmant voisinage. Car, il faut que tu le saches, c'est son mari, monsieur Dominique Granger, un ancien ami de mon père, qui s'est rendu acquéreur de l'affreuse antiquaille qu'on appelle le château.

— Heureux voisinage, en effet! — s'écria Henri à qui cette nouvelle parut causer la plus vive contrariété. — Mais c'est ta faute! Si tu avais été moins lambin, la propriété t'appartiendrait et nous n'aurions pas à déplorer ce malheur!

— C'est étonnant, — répondit Léon, — comme ce bas-monde est divisé d'opinions! *Et tradidit mundum disputationibus eorum*, et *il* (je ne sais qui) a livré le monde à leurs disputes. Pourquoi, je l'ignore, d'autant plus qu'*il* aurait très-bien pu n'en rien faire. Tant il y a que nous avons chacun une lorgnette différente pour voir les choses. Aussi, ce qui te semble un affreux malheur, je le regarde, moi, comme un bonheur très-grand.

— Tu ne parlerais pas de la sorte si tu avais pu entendre tout ce qu'on vient de me raconter à Doullens sur ce triste ménage. Monsieur Granger a la tête un peu faible, mais c'est un parfait honnête homme; on le plaint, voilà tout.

— Parbleu! il ne lui manquerait plus que d'être blamé!

— Quant à sa femme, elle a suivi dignement depuis son mariage les précédents que je t'ai fait connaître hier. C'est une coquette fieffée. Il y a eu des ménages brouillés à cause d'elle à Doullens; il y a eu des amitiés brisées, des fiançailles rompues, et même de terribles duels.

— Que le restaurateur a arrangés sans doute?

— Du tout! qui se sont terminés par mort d'homme.

— Diable!... mais de pareils faits rehaussent singulièrement la valeur d'une femme!

— Ah! crois-moi, tu as grand tort de chercher à la revoir. Qu'espères-tu?

— Rien. Mais si tout le monde l'aime, c'est qu'elle est vraiment aimable. Est-ce donc une raison pour fuir sa présence? Je crois que c'est tout le contraire. Tu me fais l'effet d'un critique qui dirait à ses lecteurs: « La pièce » dont nous vous rendons compte est si intéressante » qu'elle obtient un succès de vogue. Gardez-vous d'al- » ler la voir! » Le lecteur se rirait d'un pareil conseil, et c'est ce que je fais du tien. Mais, chut! j'aperçois tout notre monde qui rentre.

Emilienne, madame Mervel la mère, la vieille Thérèse et le petit Jules faisaient en effet leur entrée dans la cour, chargés chacun d'un gros livre d'heures.

— Bonjour, Henri, — dit gracieusement Emilienne à Germin, — Avez-vous fait un bon voyage?

— Excellent, madame.

— Tant mieux, mon ami. Ah! vous voilà monsieur le déserteur? — dit Emilienne à Léon, en prenant un petit air boudeur. — Venez, venez que je vous gronde! Vous m'aviez bien promis la dernière fois de m'accompagner régulièrement à la messe. Est-ce ainsi que vous tenez vos engagements?

— Pardonne-moi, chère amie... mais je suis resté pour travailler!... La besogne avant tout! Comme disent les économistes religieux: de toutes les prières, la plus agréable à Dieu c'est le travail. Je ne me m'explique pas bien comment et pourquoi Dieu peut se plaire à voir l'homme travailler; mais du moment que les économistes le disent, je m'en rapporte à eux.

— Hé bien! monsieur, tant pis pour vous! — reprit Emilienne. — Si vous aviez daigné m'accompagner à la messe, vous auriez eu le plaisir d'y voir les nouveaux seigneurs du village, monsieur et madame Granger, acquéreurs de la châtellenie de Saulty, que vous avez eu la maladresse d'abandonner à d'autres.

— Comment! chère amie, monsieur et madame Granger?... Ah! — se dit Léon, — je suis un vrai nigaud!... tandis que je cherchais à gauche, elle était à droite. Hé bien! — reprit-il tout haut en affectant l'insouciance, — comment as-tu trouvé nos seigneurs suzerains?

— Monsieur Granger, — répondit Emilienne, — est un homme de cinquante et quelques années, dont la figure n'est ni très-belle ni très-intelligente, mais dont la physionomie est des plus sympathiques par sa douceur, sa mélancolie et son air de bonté. Quant à sa femme, elle m'a paru fort jolie, fort intelligente et surtout très-pieuse.

— Pure hypocrisie! — interrompit madame Mervel la mère. — Je ne la connais ni d'Ève ni d'Adam, mais je ne sais quel instinct me dit que ce doit être une méchante femme, et que sa dévotion est trop exagérée pour être sincère.

Tandis que la mère de Léon exprimait ainsi la mauvaise impression que lui avait causée Régina, la vieille Thérèse qui connaissait par Henri les antécédents de la coquette, haussait légèrement les épaules, secouait la tête et levait les yeux au ciel comme pour protester contre l'opinion trop favorable qu'en avait conçue Emilienne.

— Je crois, bonne mère, — répliqua la jeune femme, — je crois que vous êtes bien sévère pour cette jolie personne.

— Je le souhaite, mais ce serait la première fois que mon instinct m'aurait trompée. Elle est jolie, c'est possible, mais elle ne doit pas admettre qu'une autre femme soit plus jolie qu'elle. Avez-vous remarqué comme elle regardait de notre côté, quand elle pensait que nous n'y faisions pas attention. J'ai surpris ainsi quelques-uns de ses regards; ils m'ont semblé chargés d'envie et de méchanceté.

— Assurément vous avez mal vu, bonne mère, — répondit Emilienne avec sa modestie ordinaire, — car je n'ai pas la prétention de rivaliser de beauté avec elle.

— Ah! ma bonne amie, — interrompit étourdiment

Léon, — quand à cela, sans flatterie, je crois que si l'une de vous a sujet d'envier l'autre, c'est elle et non pas toi.

— Comment le sais-tu ? — dit Emilienne avec étonnement.

— Ah ! oui, c'est vrai... — se hâta de répondre Henri pour venir au secours de Léon, qui restait coi ; — j'ai oublié... nous avons oublié de vous dire que nous l'avions rencontrée sur la route, avant-hier.

— Et puis, — reprit encore madame Mervel la mère, — avez-vous remarqué l'ostentation qu'elle a mise au moment de la quête, à laisser tomber une pièce d'or dans la bourse de monsieur le vicaire, tandis que vous, Emilienne, vous n'y aviez déposé qu'une grosse pièce blanche ? Evidemment c'était pour faire de l'effet à vos dépens sur l'esprit des paysans, et cela n'a pas manqué. Tous ces imbéciles sont restés ébahis d'admiration à la vue de tant de munificence. Monsieur le vicaire lui-même ne pouvait en croire ses yeux, lui qui, vos cinq francs excepté, ne voit guère tomber dans son escarcelle que des sous oxydés, des centimes, et même des liards qui n'ont plus cours.

—Vous interprétez sans doute fort mal,—dit Emilienne, —l'intention de madame Granger,en attribuant à la vanité un acte qui n'avait probablement d'autre mobile que sa générosité.

— Ah ! son but était visible. A peine installée au château depuis quarante-huit heures, elle a voulu se poser tout de suite dans l'opinion des gens du pays, en venant à la messe avec sa voiture, en affectant une dévotion extrême et en jouant à la magnificence. Croyez-moi, ce ne sont là que des escarmouches, mais la guerre est déclarée entre le château et l'usine.

— Bah ! chère mère, — interrompit Léon, — vous voyez tout en noir ; ce qui, permettez-moi de vous le dire, est un peu votre habitude.

La vieille dame allait répliquer vertement, lorsque le bruit d'une voiture se fit entendre à la porte de l'habitation.

L'instant d'après, un domestique annonça monsieur et madame Granger.

—Vous voyez,— ajouta Léon en s'adressant à sa mère, — vous voyez que les dispositions de nos nouveaux seigneurs ne sont pas aussi belligérantes que vous le supposiez.

— Ta, ta, ta, ce sont là des simagrées. Ce que j'en dis, du reste, ne s'applique nullement à monsieur Granger, que j'ai beaucoup connu du temps de feu mon mari, et qui est un parfait honnête homme. J'aurais beaucoup de plaisir à le recevoir, mais sans sa femme. Quant à elle, je maintiens mon opinion jusqu'à preuve contraire. Je m'abstiendrai donc de la voir.

— Moi aussi, — pensa la vieille Thérèse, — qui suivit madame Mervel la mère.

Emilienne, Léon et Henri se rendirent au salon pour recevoir les visiteurs annoncés.

Jules alla chercher son talpak polonais, sa sabretache, sa giberne, son sabre de bois et son fusil de fer-blanc pour participer plus convenablement à cette réception solennelle.

Monsieur Granger et sa femme furent introduits.

Après une première bordée de saluts silencieux :

— Madame, — dit monsieur Granger à Emilienne, — j'ai l'honneur de vous présenter ma femme.

— Madame... — répondit Emilienne en saluant gracieusement Régina, et en lui offrant un fauteuil.

— Quant à vous, mon cher voisin, — dit monsieur Granger à Léon, la présentation est inutile, puisque vous avez déjà fait connaissance avec madame Granger.

Emilienne ne put s'empêcher de manifester un nouvel étonnement à cette révélation.

— Oui, en effet,— répondit Léon qui parvint à maîtriser son embarras, — j'ai eu déjà l'honneur de voir madame, lorsqu'hier, en passant devant le château, j'ai voulu m'assurer auprès du gardien si la vente en avait réellement eu lieu.

Cette réponse très-plausible parut satisfaire Emilienne, qui continua d'adresser de gracieuses civilités à Régina.

— Ma foi ! mon cher monsieur Léon, je suis enchanté de vous revoir, — reprit monsieur Granger. — J'ai beaucoup connu votre père, et vous-même je vous ai placé bien souvent à califourchon sur mon genou. « A dada, à dada ! au pas, au pas ! au trot, au trot ! au ga- » lop, au galop ! » Ah ! il y a longtemps de cela ! et maintenant je ne me chargerais pas de vous servir de monture ! Tudieu ! comme vous avez grandi !... comme vous avez changé à votre avantage ! On a bien raison de dire : « Qui voit enfant ne voit rien. » Je ne vous aurais pas reconnu entre mille. C'est égal, je le répète, je suis heureux de vous revoir ; cela me rajeunit.

— Moi aussi, mon cher monsieur Granger, je suis très-heureux de revoir un ancien ami de mon père. Mais donnez-vous donc la peine de vous asseoir.

— Non, non, si vous le permettez, j'aime mieux rester debout. J'en ai tellement pris l'habitude dans mon magasin de nouveautés, que maintenant cela me fatigue d'être assis. Je préfère aller et venir sans cesse.

— En ce cas, — dit Léon, — nous visiterons le jardin et l'usine, si vous le voulez bien.

— Volontiers. Cela me rappellera d'agréables souvenirs.

Tandis que les deux jeunes femmes continuaient de causer, Léon et monsieur Granger sortirent du salon et descendirent dans le jardin.

— Hé bien ! ce monsieur ne vient pas avec nous ! — demanda monsieur Granger avec une sorte d'inquiétude.

— Qui cela ? Henri ?... à quoi bon ? et puisque nous brûlons tous deux la politesse à ces dames, c'est bien le moins qu'il leur reste un cavalier. Il a d'ailleurs l'habitude de tenir compagnie à mes dames, quand mes nombreuses occupations ne me permettent pas de le faire moi-même, ce qui m'arrive fort souvent.

— Comment ! vous ne craignez pas de laisser ainsi votre femme...

— Avec Henri ?... pas le moins du monde. C'est mon meilleur ami... mon commensal... un second moi-même, et je suis trop sûr de son amitié, ainsi que de l'affection de ma chère Emilienne, pour que leur intimité puisse me causer la moindre appréhension.

— Il a beau dire, — pensa monsieur Granger, — je ne serais point aussi confiant, d'autant moins que si sa figure, à lui, Léon, me plaît par son air de franchise et d'honnêteté, celle de l'autre ne me revient pas du tout. Je le crois très-sournois. Quelle mine affreuse il a faite, par exemple, quand nous sommes entrés, et quels regards étincelants il a lancés à Régina ! Je me méfierai de ce gaillard-là.

— Ah çà ! — reprit Léon, — par où commencerai-je l'exhibition de mes dieux potagers ? par le jardin, n'est-ce pas ?... Ah ! il ne faut pas croire que vous en serez quitte à bon marché. Vous savez que notre manie, à nous autres propriétaires campagnards, c'est de vouloir qu'on admire nos fruits et nos légumes. Nous ne faisons pas grâce d'un chou aux visiteurs qui nous tombent sous la main. Et tenez, à propos de chou, en voici un, j'ose le dire, qui se recommande effrontément à votre admiration.

— Oui, pardieu ! voilà un bien beau chou ! Au moins un mètre soixante centimètres de hauteur sur un mètre dix centimètres de large. On n'en voyait pas d'aussi beau de mon temps.

— Encore un effet du progrès universel. Et dire qu'il est des gens qui osent le nier ! Que pensez-vous aussi de cette carotte ? Elle a eu le prix d'honneur au concours de cette année.

— Elle en était digne !

— Cinq pieds de haut ! Convenez que la nature est

bien ingénieuse, bien originale et bien grandiose. Et ce potiron?... premier prix l'an dernier? Et ce melon?... j'avoue à sa honte qu'il a échoué à Paris, lors de la grande exposition. Mon Dieu! oui, *Habent sua fata meloni.*

— Plaît-il

— Ne faites pas attention... je voulais dire qu'il n'y a qu'heur et malheur pour les melons comme pour les livres. Celui-là avait des intrigants pour rivaux; il a perdu sur eux d'une demi-ligne; mais il est melon à prendre la prochaine fois une éclatante revanche. Quant à ce concombre, je le renie, je l'abandonne à votre juste mépris. Je n'ai jamais pu rien en faire. Le concombre est singulièrement rétif à toute éducation.

— Vraiment!... Mais à propos, dites-moi... — interrompit encore monsieur Granger, dont les yeux se reportaient à chaque instant du côté du salon avec une préoccupation invincible, — vous êtes bien sûr que monsieur votre ami... est un homme loyal... honnête... délicat... réservé?

— Parole d'honneur!

— Allons, tant mieux!... Continuez, mon jeune ami, ces détails m'intéressent vivement. Vous en étiez, je crois, au chapitre du concombre.

— Ah! ne m'en parlez pas! si cela continue, le concombre est déshonoré à tout jamais, et il ne sera plus bon qu'à faire de la pommade. Passons maintenant à l'usine; vous vous en vengerez quand j'irai vous voir.

— Je l'espère bien, car j'ai, moi aussi, des choses du plus haut intérêt à vous montrer, quoique dans un autre genre: une tour du Nord en ruines, des oubliettes, une salle de trône ducal, une salle d'armes, une salle de tortures.

— Je connais tout cela, mais j'aurais infiniment de plaisir à le revoir; ce sont là de ces choses dont on ne saurait se lasser. Hé bien! que dites-vous de mon moulin? Cent cinquante ouvriers, trois machines à vapeur et vingt-cinq meules. Il y aurait là de quoi moudre des montagnes: c'est moi qui ai organisé tout cela... Je dois avouer que ma femme et mon ami Henri m'ont un peu aidé.

— Franchement, voilà un superbe outillage! votre père était moins fort machiniste, mais quelle admirable aptitude pour sa spécialité! Je ne crois pas que la France possédât un second meunier de cette intelligence. Ah! je lui en souhaiterais beaucoup d'aussi capables! Dieu! comme cet homme-là connaissait son métier! il n'y avait pas à le tromper, lui, sur le rendement du grain. Il vous prenait une poignée de froment, de seigle, de n'importe quoi, et du premier coup d'œil il vous disait: « Cela vient de tel endroit; le sac pèse tant; le boisseau » rendra tant de gluten, tant de farine et tant de son. » On pariait, l'épreuve était faite, et il ne s'était pas trompé d'une once. Que de déjeuners il a gagnés ainsi, par gageure, les jours de grand marché à Doullens, sur les autres meuniers! Cela nous amusait beaucoup. Mais tel est, dans toutes les carrières, le résultat d'une véritable vocation jointe à une longue pratique. Moi qui vous parle, par exemple j'étais évidemment né pour les nouveautés. A première vue, je pouvais dire ce qu'une pièce d'étoffe produirait de robes, de mantelets, de pèlerines, de pince-taille, etc. Prix, tant; façon, tant; déchet, tant; bénéfices, tant. Il était rare que je me trompasse de cinquante centimes. Cela faisait beaucoup rire les témoins de l'expérience.

— Ah! — dit gaiement Léon, — ce sont là, en effet, de jolis talents de société. Il n'y a guère que les femmes, convenons-en, dont on n'arrive jamais à connaître exactement le caractère à première vue. Le temps même n'y fait pas grand'chose.

— Il n'est que trop vrai, — répondit monsieur Granger, que cette réflexion rappela à ses préoccupations habituelles. — Je ne sais plus quel grand écrivain a dit que la femme c'était la bouteille à l'encre. Il a dit là une bien grande vérité. Mais, à propos des femmes, si nous retournions auprès de ces dames?

— Volontiers. Tout bien considéré, il n'est encore ni machines ni légumes dont la vue soit aussi agréable. Allons.

— Je ne suis pas fâché, — pensait monsieur Granger, — de surveiller un peu ce monsieur Henri. Léon a beau vanter sa loyauté, je le crois sa dupe. Cet homme-là m'est particulièrement suspect.

IX

Pendant que Léon faisait admirer à monsieur Granger les merveilles de son potager et de son usine à vapeur, Emilienne et Régina étaient restées au salon avec Henri et Jules, comme nous l'avons vu dans le chapitre précédent.

Elles causaient de ces mille petits sujets, à peine effleurés, qui font ressembler la conversation des femmes au vol capricieux des abeilles et des papillons, touchant à tout, ne s'arrêtant à rien, particulièrement quand elles ne se connaissent pas, et que, ne se sentant aucune sympathie l'une pour l'autre, elles se maintiennent au diapason de la plus cérémonieuse politesse.

Henri les observait sans mot dire, très-ému des souvenirs tout à la fois doux et cruels que ravivait en lui la présence de Régina, sans doute en mémoire du malheureux Georges Dupé, et très-inquiet aussi des conséquences déplorables que pouvait produire l'avènement de cette femme au milieu de la famille de son ami Léon.

Il éprouvait d'ailleurs une singulière répugnance à voir le contact moral de ces deux femmes dont l'une était, un modèle de vertu charmante, et l'autre le type même de l'élégante perversité.

Comment empêcher le renouvellement de cet odieux contact?

Tel était le problème qu'il agitait vainement dans sa pensée.

Quant à monsieur Jules, ce joli petit drôle, coiffé de son shako polonais et armé de pied en cap, allait, venait, manœuvrait avec son fusil de fer-blanc, s'avançait la baïonnette croisée contre Henri, et faisait ainsi un turbulent vacarme qui paraissait agacer beaucoup le système nerveux de Régina.

Franchement, nous ne pouvons lui en faire un reproche. Il n'y a rien de déplaisant comme ces petits tapageurs, si ce n'est leurs parents quand ils tolèrent ce tapage.

Malgré la contrainte que Régina s'imposait, Emilienne s'aperçut de sa contrariété.

— Jules, Jules, — dit-elle, — venez ici, monsieur. — Jules s'approcha et lui présenta les armes. Emilienne l'attira à elle et l'embrassa tendrement, comme eût fait sa mère, ou peut-être aussi comme elle ne l'eût pas fait. — Voilà trop de tapage, mon enfant, — lui dit-elle. — Tu vois bien que tu importunes madame.

— Mais, non, madame... je vous assure... au contraire... — se hâta de répondre Régina; mais elle ne songea nullement à embrasser à son tour le petit garnement pour corroborer sa dénégation.

— C'est par indulgence, madame, que vous parlez ainsi, — répliqua Emilienne. — Allons, laisse-nous tranquilles, — ajouta-t-elle en donnant à Jules de petites tapes sur la joue; — va-t-en jouer sur la terrasse, à la porte du salon, et tâche de modérer un peu ton ardeur guerrière.

— Oui, madame, — répondit Jules en s'en allant.

— Je vous demande sa grâce, — dit hypocritement Régina, qui était charmée au fond de le voir exiler. —

Il est fâché... vous l'entendez... il vous appelle *madame!...*

— Mais il m'appelle toujours ainsi.

— Comment!... ce n'est donc pas...

— Mon fils?... hélas! non! Le ciel ne m'a pas encore accordé le bonheur d'être mère. C'est le neveu d'une bonne vieille femme que vous avez pu voir à l'église avec ma belle-mère et moi. Voilà cinq ans qu'il est ici. Nous devons ce double cadeau, la vieille tante et le petit orphelin, à notre excellent ami, monsieur Henri, qui les a amenés tous deux avec lui, — ajouta-telle en désignant Germin, lequel fit un geste comme pour protester cordialement contre cette expression de reconnaissance. — Hé bien! je l'avoue, — continua-t-elle, — j'aime cet enfant comme s'il était à moi.

. . . .

Il serait impossible d'analyser les divers sentiments qui s'entre-choquèrent dans le cœur d'Henri pendant toute cette scène, mais particulièrement lorsqu'il vit Régina s'impatienter de la turbulence du petit Jules, et Emilienne, au contraire, l'embrasser tendrement, tout en le grondant avec douceur.

Régina n'était pas moins troublée. Son visage était devenu très-pâle pendant le court récit qu'avait fait Emilienne. Les circonstances, les dates, tout lui paraissait impliquer un mystère étrange, et ses regards effarés allaient d'Emilienne à Henri, et d'Henri à l'enfant qu'on voyait batailler sur la terrasse, devant la grande porte vitrée du salon.

— Madame, — reprit Emilienne en changeant de conversation, — madame n'était jamais venue dans ce pays-ci?

— Non, madame, — répondit Régina qui était parvenue à se calmer. — Arrivée de Paris à Doullens avec mon mari, je n'avais jamais quitté cette ville.

— Hé bien! comment trouvez-vous ce petit coin du monde?

— Très-joli, très-pittoresque, et je crois que je m'y plairai beaucoup. Ce que je désire par-dessus tout, — ajouta-t-elle en jetant à Henri un regard significatif, — c'est la tranquillité.

— Quant à cela, — répondit Emilienne, — vous serez servie à souhait; mais si par hasard l'ennui vous gagnait quelque peu, si vous regrettiez parfois les distractions bruyantes de la ville, vous seriez obligée d'aller les chercher un peu loin, à Amiens, par exemple, et même à Paris. C'est ce qui nous arrive parfois à nous-mêmes, car la vie est ici un peu monotone l'hiver. Mais, en ce cas, après une courte absence, on ne revient qu'avec plus de joie se reposer ici dans le calme et la solitude. La ville, c'est le plaisir; la campagne, c'est le bonheur. — En ce moment, Jules, qui était allé faire un petit tour à l'office, ce qui lui arrivait assez souvent pour des motifs de gourmandise que le lecteur devine avec son intelligence ordinaire; Jules, disons-nous, vint annoncer à Emilienne que la cuisinière réclamait sa présence. Il s'agissait de la confection d'une crême au chocolat pour le dîner. C'était là un soin important que madame n'abandonnait jamais à personne. Elle était passée maîtresse en cette matière, et elle tenait beaucoup aux félicitations que son habileté lui valait de la part de ses chers convives.

— Vous permettez, madame? — dit-elle en se levant.

— Comment donc, madame! — répondit Régina, — mais je serais désolée de vous gêner le moins du monde. Je suis moi-même maîtresse de maison, et je sais toute la gravité de pareilles occupations. Ah! je ne me dérangerais pas le jour où je fais mes gelées et mes confitures.

Ce n'était pas vrai, mais Régina n'était pas fâchée de se poser en bonne et simple ménagère aux yeux d'Emilienne.

— Pardon, madame, — reprit celle-ci, — c'est l'affaire d'un instant. Je suis à vous tout de suite.

Quand elle fut sortie du salon, Régina contempla Jules un instant, puis tendit la main pour l'attirer aussi à elle et l'embrasser.

— Venez donc faire connaissance avec moi, — lui dit-elle; mais ce geste et ces mots étaient évidemment calculés. Ce n'était pas un intérêt véritable qui les inspirait; elle voulait simplement regagner quelque chose dans l'opinion d'Henri.

Henri ne s'y trompa point. Aussi s'interposant entre eux :

— Il est trop tard, madame! — dit-il sévèrement à Régina; — puis, poussant doucement Jules du côté de la terrasse : — Va jouer, mon ami, — lui dit-il, — et extermine-moi beaucoup de kaiserlicks.

— Monsieur, — lui dit vivement Régina quand ils furent seuls, — je suis sûre maintenant que vous n'avez point parlé; je vous en remercie. J'aime à croire que vous continuerez de garder le silence. Ce qui est passé est passé. Ce que je vous demande, c'est l'oubli de ce qui fut, c'est la paix. Toute indiscrétion serait odieuse. Je suis mariée, et le premier de mes devoirs est d'écarter de la pensée de mon mari tout ce qui pourrait lui causer un inutile chagrin. Ce devoir est aussi le vôtre. Vous le remplirez, car vous êtes un honnête homme. Mais si l'esprit de vengeance venait à l'emporter sur votre loyauté, prenez garde! la vengeance me serait également facile. Vous le savez, j'ai le moyen de la satisfaire, et autant que je puis en juger par ce que j'ai vu ici, ce moyen aurait des conséquences terribles pour vous. J'aime à croire que vous m'avez comprise.

Henri avait pâli en entendant ces paroles; il s'apprêtait à y répondre, mais il n'en eut pas le temps, car Emilienne rentrait au salon.

Régina, qui avait prononcé son speech comminatoire les lèvres pincées, les sourcils froncés et l'œil flamboyant, reprit tout à coup son air calme et serein.

— Hé bien! madame, — dit-elle à Emilienne avec un gracieux sourire, — avez-vous réussi dans cette succulente entreprise?

— Oh! parfaitement, et je compte sur l'enthousiasme de ces messieurs.

L'entretien continua sur ce ton de froid enjouement.

Pendant ce temps, Léon et monsieur Granger se rapprochaient de la maison. Quand ils furent arrivés dans la cour :

— Ah! pardieu! — s'écria Léon, — j'allais oublier, mon cher monsieur Granger, de vous montrer la chose la plus curieuse de céans. C'est monsieur Miraut, que j'aperçois là, dans sa niche.

— Comment! un chien?... un chien savant?

— Du tout. Celui-là, Dieu merci! ne vise à aucune académie; il ne joue nullement aux dominos, ne danse pas le moins du monde sur deux pattes, n'est pas plus fort que moi en mathématiques, et ne sait pas du tout deviner à la physionomie des gens quelle est la personne la plus amoureuse de la société.

— Hé bien! alors, en quoi le trouvez-vous donc si remarquable?

— Ah! voilà!... Vous avez certainement lu, mon cher hôte, ce que monsieur de Buffon, dans son style pompeux, coiffé à poudre, musqué, pommadé, orné de boucles d'or aux pieds et de fines manchettes aux mains, a écrit sur la race canine, sur son dévouement et sa fidélité.

— C'est bien possible, mais je n'en ai plus souvenir. Je ne me rappelle que ce qu'il a dit sur les vers à soie.

— Cela rentrait en effet dans votre spécialité. Hé bien! de ce que monsieur de Buffon a complétement négligé d'esquisser, c'est le chien qui méprise son maître. En voici un échantillon de la plus belle espèce. Vous allez en juger. Ici, Miraut! ici! — Miraut sortit de sa niche en rampant, humble comme l'esclave qui obéit par la crainte du fouet; mais sans remuer la queue, sans gambader, sans faire aucune de ces gentillesses par lesquelles les animaux de cette espèce témoignent leur joie et leur affection. Arrivé devant son maître, il s'assit, l'oreille basse, l'œil morne, la physionomie dédaigneuse, et il attendit. — Voyez cette mine piteuse et maugréante ! — dit Léon.

— En effet !... Et pourquoi ce chien se permet-il de vous mépriser, si toutefois il n'y a pas d'indiscrétion ?

— Il n'y en a pas. Il se permet cela parce qu'il trouve que je deviens un piètre chasseur.

— Ah ! saperlotte ! je voudrais bien voir qu'un chien se mêlât de censurer ma conduite ! Je vous trouve trop bon. Certes, je ne suis pas méchant non plus, je me rends cette justice, mais lorsqu'il s'agit de l'honneur, je deviens féroce ! et comme l'ambition de toute ma vie a été de conquérir l'estime de mes concitoyens, je ne voudrais certainement pas qu'un simple caniche risquât d'y porter atteinte.

— Vous avez raison, mais je sais le moyen de me réhabiliter dans son esprit. Au premier lièvre que j'abattrai (pour vous en faire hommage, mon cher monsieur Granger), Miraut me rendra toute sa considération. Cela ne tardera pas. Allons, c'est bien, monsieur Miraut ; vous pouvez rentrer dans votre domicile et vous y livrer sans crainte à vos sombres méditations.

Miraut ne se le fit pas répéter.

— Ah ! pardieu ! voilà un chien fort extraordinaire ! — s'écria monsieur Granger. — Vous devriez signaler le fait aux continuateurs de monsieur de Buffon.

— C'est fait.

Tout en causant ainsi, Léon et monsieur Granger étaient arrivés à la porte vitrée du salon. Là ils trouvèrent monsieur Jules, qui croisa la baïonnette devant eux, comme pour les empêcher d'entrer.

— Ah ! ah ! — dit Léon, — il paraît que nous sommes occupés militairement !... Bravo, Jules !... belle tenue !... Soldat, je suis content de vous !... Mais cela mérite une récompense... Laisse là ce sabre de bois et ce fusil de fer-blanc qui sont désormais indignes de toi. Tu sais bien ce joli petit fusil... un vrai fusil, celui-là... qui est accroché dans ma chambre ?.. Mon père me le donna lorsque j'avais ton âge... Hé bien ! va le prendre ; je te le donne à mon tour, en qualité d'arme d'honneur. C'est au nom du respectable monsieur Granger que je te fais ce présent, afin que tu te souviennes toujours agréablement du beau jour où il a bien voulu visiter le fils de son meilleur ami. Allons, crie : Vive monsieur Granger !

— Vive monsieur Granger ! vive monsieur Gr...

— Merci, merci, mon petit ami ! — interrompit monsieur Granger, avec ce geste paterne de la main droite, qu'emploient les princes modestes, lorsqu'ils daignent calmer l'enthousiasme trop bruyant des populations ; venez que je vous embrasse... il est vraiment charmant, cet enfant-là !

— Très-bien ! — reprit Léon. — Maintenant va chercher ton vrai fusil ; tu t'en serviras pour faire la guerre aux moineaux, en attendant mieux. Attention au commandement ! Par file à gauche, pas accéléré, en avant... arche !

Et sur ces mots, Léon saisit des deux mains le petit bonhomme, l'enleva en l'air, lui fit faire plusieurs pirouettes, l'embrassa à son tour, le replaça sur ses jambes, et lui donna une claque pour activer son départ. Mais Jules n'avait pas besoin de cet encouragement. Il se mit à courir de toutes ses forces pour monter dans la chambre de Léon, où l'attendait une si belle armure.

Léon et monsieur Granger rentrèrent au salon.

Henri et Régina avaient entendu la voix enfantine de Jules crier en fausset : « Vive monsieur Granger ! » et ils avaient vu monsieur Granger répondre à cette acclamation par une embrassade. Chose singulière, cette circonstance, si simple et si naturelle, leur avait causé à tous deux des impressions très-différentes. Régina avait eu sur les lèvres un sourire légèrement moqueur, tandis que la figure d'Henri avait exprimé un mélange de pitié et d'indignation.

— Mille pardons, mesdames, — dit Léon, — de vous avoir abandonnées si longtemps, mais, que voulez-vous ? dans ce pays presque sauvage, il m'arrive si rarement d'être visité par un homme intelligent, par un homme qui soit capable d'apprécier tout le charme de la nature... et de la mouture... que, ma foi ! je m'en suis dédommagé avec mon honorable ami monsieur du Granger.

— Comment, *du* Granger ? — répéta le mari de Régina. — Mais je m'appelle Granger tout court.

— Jusqu'à présent, oui, et cela fait l'éloge de votre modération ; mais vous auriez tort de continuer. Vous voilà seigneur de ce canton, puisque vous en possédez le château. Je ne prétends pas sans doute que vous deviez restaurer tous les droits superbes dont la noblesse jouissait autrefois. Il en est dont madame ne tolérerait certainement pas la restauration. Mais c'est bien le moins que vous vous donniez la simple et banale particule. Si j'avais l'intention d'acquérir le castel en question, ce n'était pas pour autre chose. J'ai toujours rêvé d'être appelé : Léon du Mervel ! Un meunier avec particule, c'eût été original ! Mais, hélas ! c'est partie remise. Ce qui me console, c'est que ce soit le meilleur ami de mon père qui profite de ce sacrifice.

— Mais, mauvais plaisant que vous êtes, — interrompit en souriant monsieur Granger, avec l'hésitation d'un homme à qui l'on offre une chose des plus agréables dont il ne veut pas avouer la convoitise, — qui vous dit que j'aie le désir d'en profiter ?

— La force des choses. Il y a mieux : vous n'aurez pas même besoin de vous en mêler. Vos domestiques, vos fermiers, votre épicier, votre boucher, votre boulanger, tous vos fournisseurs vous appelleront spontanément monsieur du Granger, surtout si votre consommation est considérable. Les gens du pays feront comme eux, surtout si vous leur distribuez d'abondantes aumônes. Enfin vos amis les imiteront tout naturellement, surtout si vous avez bonne table. Quant à moi, je me félicite d'avoir été le premier d'entre eux à en donner l'exemple, et cela d'une façon tout à fait désintéressée, vous me rendrez cette justice. Qui sait ? il est même probable que d'ici à quelques années tout ce monde-là vous aura promu au titre de comte ou de baron, etc. Nous avons comme cela en France une multitude de hauts et puissants seigneurs dont la noblesse n'a pas d'autre origine que la possession d'une masure à tourelles. A la seconde génération, cela devient indélébile, comme une infirmité héréditaire. Mais nous n'en sommes pas là. Ne devançons point les temps. J'approuve la sagesse de votre résolution ; pas de titre encore, mais la simple particule. Quant à moi, je vous la décerne désormais, bon gré mal gré, comme à mon suzerain ; je ne vous appelle plus que monsieur du Granger ; je me proclame votre vassal, ainsi que celui de madame, à qui tout le monde doit être heureux de rendre foi et hommage.

Monsieur Granger riait, mais de contentement.

Emilienne et Régina n'avaient pu s'empêcher de sourire elles-mêmes des excentricités de Léon.

Henri seul était sombre et soucieux.

Monsieur Granger en fit la remarque et en fut choqué. Il regarda son mutisme comme une personnalité.

— Décidément, — pensa-t-il, — cet homme-là me déplaît ! — Puis, frappant familièrement sur l'épaule de Léon : — Pardieu, mon jeune ami, — dit-il, — à vous voir si grave quand vous étiez enfant, je le disais hier à ma femme, on n'aurait jamais présumé que vous auriez plus tard une si charmante gaieté.

— Si j'étais grave autrefois, c'est que je connaissais mal encore les choses de ce monde, et que, les connaissant mal, j'avais la naïveté de les prendre au sérieux. Maintenant, c'est autre chose : je sais à quoi m'en tenir sur elles. Voilà pourquoi je les prends un peu plus gaiement.

— Ma foi ! quoi qu'il en soit, mon cher Léon, je vous

félicite de cette métamorphose. Malheureusement, il n'est plaisir si grand qui ne doive finir.

— Sauf à recommencer.

— Bien entendu. Aussi, en prenant congé de vous et de madame, emportons-nous l'agréable espérance de vous revoir.

— C'est du moins mon plus vif désir, mon cher monsieur du Granger.

— Hé quoi! encore? — s'écria celui-ci.

— Encore et toujours! — répondit Léon avec le geste d'un serment solennel.

Les dames se firent leurs compliments d'adieu, et l'on quitta le salon pour reconduire les visiteurs jusqu'à leur voiture.

Pendant le trajet, saisissant un moment où personne ne pouvait s'en apercevoir, Régina posa l'index sur ses lèvres, en jetant un regard significatif à Henri, comme pour lui commander de nouveau le silence.

Henri lui répondit par un regard de colère que monsieur Granger surprit, mais auquel il donna un tout autre sens. Aussi, prenant le bras de Léon, il le tira un peu à l'écart et lui dit :

— J'espère bien, mon jeune ami, que j'aurai souvent le plaisir de vous voir. Vous êtes le fils d'un homme que j'ai beaucoup affectionné; et puis, je l'avoue franchement, vous me plaisez, et je trouve votre conversation très-agréable; mais dites-moi... est-ce que vous et votre monsieur Henri, vous êtes tellement inséparables qu'il se croie obligé de vous accompagner toujours?...

— Pourquoi, mon cher *du* Granger?

Cette fois le brave homme ne formula aucune protestation contre la particule, et se contenta de hausser légèrement l'épaule.

— Parce que,—répondit-il simplement, —je juge à sa mine renfrognée que ce pourrait être une corvée pour lui, et que je serais enchanté de l'en dispenser. De mon côté, je ne me sens pas non plus une très-vive sympathie pour lui, et dois-je vous le dire?...

— Dites, dites, mon cher du Granger.

Cette dernière fois, l'épaule elle-même ne protesta pas.

— Hé bien! mon cher Léon, puisque vous l'exigez, je vous dirai que ce monsieur aurait peut-être plus de sympathie pour la femme que pour le mari.

— Ah bah!

— Je viens de surprendre à la volée un regard qu'il lui lançait, et dont la vivacité ne me laisse aucun doute sur ce point.

— Voyez-vous le sournois!... mais cela ne m'étonne pas... c'est un homme terrible, un séducteur comme il n'y en a pas eu depuis don Juan! Si Mozart vivait encore, je ne doute pas qu'il le mît en musique.

— Si vous le savez tel, pourquoi diable le laissez-vous vivre chez vous?

— Oh! moi, c'est bien différent. C'est mon ami d'enfance, et don Juan lui-même eût respecté ce lien sacré.

— A la bonne heure! mais moi qui n'ai point l'avantage d'un pareil préservatif, je désire infiniment peu cultiver la connaissance d'un homme si dangereux. Vous me ferez donc plaisir de l'amener chez moi... aussi peu souvent que possible.

— Je ferai mieux, pour vous être agréable : je ne vous l'amènerai pas du tout,—se hâta de répondre Télémaque, qui était enchanté de se débarrasser de la surveillance de Mentor, sans que celui-ci pût lui en faire un sujet de reproche.

— Merci, mon cher Léon... c'est un vrai service que vous me rendrez là!... Vous comprenez que je n'ai pas besoin d'introduire le loup dans la bergerie.

— Ah! pardieu! — répliqua Léon, — messieurs les loups s'y introduisent déjà beaucoup trop facilement eux-mêmes.

On était arrivé près de la voiture, monsieur et madame Granger y montèrent.

Emilienne et Régina s'adressèrent par gestes un dernier adieu.

Monsieur Granger salua profondément Emilienne, et ne daigna pas même s'apercevoir qu'Henri était là; puis, donnant une chaleureuse poignée de main à Léon :

— A bientôt donc, mon jeune ami,—dit-il.

— A bientôt, mon cher du Granger!

La voiture partit.

X

— Hé bien, chère amie, — dit monsieur *du* Granger à sa femme, pendant leur trajet de l'usine au vieux château, — regrettes-tu maintenant d'avoir consenti à cette visite de bon voisinage qui te causait d'abord tant de répugnance?

— Non, mon ami; je ne regrette jamais aucun des sacrifices que je puis vous faire. J'en suis heureuse après comme avant.

— Enjôleuse, va!

— Nous avons été d'ailleurs parfaitement reçus.

— N'est-ce pas?... Mais tu m'avais fait de Léon un portrait qui ne me paraît pas du tout ressemblant.

— C'est l'effet que produit souvent la photographie, par cela même qu'elle est trop vraie.

— Ce n'est pas ici le cas. Tu m'avais dit qu'il était laid de figure, lourd d'esprit, commun de manières; moi, au contraire, je lui trouve une figure très-avenante, un esprit pétillant de jovialité et des manières on ne peut plus convenables.

— Que voulez-vous, mon ami? chacun a son goût?

— En effet; à qui le dis-tu!... Et c'est heureux. C'est à cette extrême diversité que le commerce notamment doit sa splendeur. J'en sais quelque chose. Quand j'étais marchand de nouveautés, il me restait quelquefois des objets passés de mode, passés de couleur, passés de tout. Les chefs de rayon me disaient alors : « Ah! monsieur, » nous avons beau montrer cela aux pratiques et le leur » vanter comme étant du suprême bon ton, nous ne parviendrons jamais à vous en défaire.—Allez toujours,— » leur répondais-je; — ne vous découragez pas : l'amateur existe quelque part, soyez-en sûrs; toute la question est de lui donner le temps de venir. » Et, de fait, l'amateur venait tôt ou tard, et le *rossignol* s'envolait du magasin avec bénéfice.

— Oh! je ne doute pas non plus,—répondit Régina en souriant, — qu'il puisse se rencontrer des gens à qui ce monsieur Léon paraisse fort aimable; et d'abord vous en êtes la preuve; mais, quant à moi, vous me permettrez de persister dans ma première opinion.

— Comment donc, ma chère amie! les opinions sont libres, — répondit monsieur du Granger avec une satisfaction mal déguisée. — Et sa femme, comment la trouves-tu?

— Oh! quant à elle, c'est différent. Je la trouve aussi jolie que son mari est laid, aussi spirituelle qu'il est sot, aussi fine qu'il est butor, aussi distinguée qu'il est commun. Singulier couple!

— C'est-à-dire ce que nous appelions, nous autres, dans l'argot de la nouveauté, du satin doublé de futaine!

— Du reste, — continua Régina, — cette femme-là est d'une coquetterie dont je n'ai jamais vue l'égale.

— Elle, coquette?

— Oui, coquette! archi-coquette: Vous ne savez pas, messieurs, qu'il y a cent espèces de coquetterie. Telle femme est minaudière, telle autre est d'une simplicité primitive; l'une pose pour la figure, l'autre pour la taille, celle-ci pour la main, celle-là pour les pieds, cette autre pour l'esprit, ou pour la naïveté, ou la passion, ou l'austérité, ou la gaieté, ou la mélancolie, que dirais-je? ou le vice ou la vertu. Enfin, il en est qui se font une coquetterie de l'absence même de coquetterie, et ce n'est pas la moins adroite de toutes. Du reste, quel que soit le genre adopté, les yeux sont toujours de la partie, tantôt vifs ou langoureux, tantôt gais ou mélancoliques, tantôt hardis ou timides, tantôt provoquants ou dédaigneux, tantôt passionnés ou indifférents. C'est ce dernier genre que pratique admirablement la charmante madame Emilienne. Elle pose pour la simplicité, pour la douceur, pour la vertu et pour la crême au chocolat. Mais je l'ai bien observée, et j'ai surpris les coups d'œil passablement expressifs qu'elle vous a lancés plus d'une fois.

— A moi?

— Oui, à vous, mon ami. Certainement, j'ai trop de confiance dans votre affection pour m'alarmer sérieusement de ce petit manége. J'aime à croire qu'elle en sera pour ses frais de coquetterie; mais, néanmoins, je vous en préviens, j'aurai l'œil sur elle quand nous la reverrons!

— Parole d'honneur, je tombe des nues! — s'écria monsieur du Granger. — Je n'ai rien vu de semblable.

— C'est possible; mais moi, je l'ai vu, — répéta Régina, qui dut faire un grand effort sur elle-même pour ne pas éclater de rire.

— Mais, mon Dieu! — s'écria son mari, — s'il en est ainsi, ce monde n'est donc qu'un immense bal masqué où tout le monde se déguise pour tromper tout le monde!... Et, en effet, Régina, au moment même où vous me menaciez de surveiller une prétendue rivale... moi, de mon côté, je m'apprêtais à vous mettre pareillement en garde contre les manœuvres d'un... — Dominique s'arrêta court. Comment! lorsqu'une femme a eu l'adresse de prendre l'initiative de la jalousie, comment récriminer tout de suite? Il sentit la nécessité d'une transition. — Ce sont là des folies, — dit-il. — Laissons cela, et revenons au charmant intérieur de mon jeune ami Léon. Il n'est pas jusqu'à ce petit bonhomme, aux beaux cheveux blonds, aux yeux pétillants de malice, aux joues roses de santé, et aux allures si tapageuses, qui ne soit un ravissant bambin. Ma foi! je l'ai embrassé avec bien du plaisir!... Mais qu'avez-vous, Régina! vous paraissez souffrir...

— Ce n'est rien, mon ami... un léger battement de cœur. C'est passé... continuez!

— Eh bien donc! de tout ce que nous avons vu, il n'y a qu'une seule personne qui ait eu le don de me déplaire. Je veux parler de l'ami de Léon, de monsieur Henri Germin, — ajouta monsieur du Granger avec hésitation, et en observant attentivement Régina. — La jeune femme ne put s'empêcher de tressaillir à ce nom. — Elle est émue! — pensa son mari. — Plus de doute... c'est un homme à surveiller! — Puis il reprit tout haut, avec une intention machiavélique : — Comment le trouves-tu, lui aussi?

— Mais... fort bien, — répondit Régina, qui saisit cette nouvelle occasion de lui donner le change sur ses véritables sentiments. — Il est agréable de sa personne; il a de la tenue, de la distinction, de l'esprit...

— De l'esprit?... allons donc!... je ne l'ai pas entendu prononcer un seul mot.

— Hé! mais, c'est quelquefois ce qu'on peut faire de plus spirituel!

— Veux-tu que te dise pourquoi tu le trouves si bien? C'est parce qu'il t'a regardée avec admiration.

— Moi?

— Oui, toi, je l'ai vu, de mes yeux vu, ce qui s'appelle vu, comme on dit dans je ne sais quelle comédie. Et voilà bien les femmes! Qu'un charmant cavalier, Léon par exemple, n'ait pas l'air de les admirer, c'est un monstre, un idiot, un butor. Qu'un vrai monstre, au contraire, les regarde avec des yeux en coulisse, oh! celui-là, c'est tout de suite un homme de goût, de bonnes manières, de mérite et d'esprit, fût-il réellement bête comme une oie.

— Hé quoi! mon ami, — interrompit Régina qui voyait son mari tomber peu à peu dans une de ces exaltations dont elle s'accommodait fort peu; — allez-vous donc me faire encore, à propos de rien, comme hier, une de ces scènes de jalousie auxquelles vous m'aviez promis solennellement de renoncer?

— Oui, je l'ai promis, mais à la condition que, de votre côté, vous éviteriez désormais tout ce qui pourrait me porter ombrage.

— Hé bien! n'ai-je pas tenu ma promesse?

— Si fait... c'est-à-dire... si fait, si fait! aussi n'est-ce point un reproche que je vous adresse ici, c'est un simple avertissement que je vous donne... Certainement j'ai pleine confiance dans votre serment...

— Lequel, mon ami?

— Le dernier, celui qui a suivi notre réconciliation, après la longue maladie dont j'ai failli mourir tout récemment, et dont le désespoir... la crainte chimérique, si vous voulez, d'avoir perdu votre affection a été l'unique et terrible cause. Non, je ne puis croire que vous puissiez manquer jamais à un pareil engagement.

— Mais, mon ami, permettez-moi de vous le dire, vous ne faites pas autre chose du matin au soir.

— Vous vous trompez, ma chère Régina. Ce n'est pas contre vous que je suis en colère quand, depuis cette funeste maladie qui m'a singulièrement exalté le cerveau, j'en conviens, vous me voyez m'irriter, tempêter, jurer, bousculer, briser tout ce qui me tombe sous la main; non, ce n'est pas contre vous; c'est uniquement contre les séducteurs possibles qui oseraient tenter de me ravir encore votre tendresse.

— Purs fantômes, mon ami! vous vous battez là contre des moulins à vent.

— Je le souhaite, car, morbleu! ils auraient un mauvais quart d'heure à passer! Quant à l'homme dont il était question, il n'est pas si moulin à vent que vous voulez bien le dire. J'ai parfaitement surpris les regards étincelants qu'il vous a lancés. Léon, d'ailleurs, m'a prévenu que ce monsieur Henri était un vil séducteur, un diable à quatre, un vert-galant, comme le fut son royal homonyme.

— Comment, monsieur Léon vous a prévenu... — interrompit Régina avec un sourire presque imperceptible.

— Oui, Léon, mon jeune ami Léon; un homme moral, celui-là! un homme marié, qui a une femme charmante, qui adore sa femme; vous me l'aviez dit vous-même hier, et c'est la vérité, car il me l'a répété aujourd'hui; un homme enfin dans l'honnêteté duquel j'ai pleine confiance. Hé bien! par loyauté, et par esprit de corps sans doute, il a cru devoir m'avertir de la perversité de son ami, et m'a offert de ne jamais l'emmener avec lui. Hé! mon Dieu, il est assez juste que les maris se soutiennent réciproquement. Ils ont bien assez d'ennemis communs! Voilà, ma chère Régina, ce dont j'ai cru, moi aussi, devoir vous avertir à votre tour, afin de vous prémunir contre les perfides manœuvres de ce paltoquet. Il n'osera peut-être pas se présenter de lui-même, mais peut-être aura-t-il la hardiesse de vous écrire. Jurez-moi, Régina, de repousser ses lettres, ou mieux encore de me les montrer.

— Je vous le promets, mon ami; je n'ai rien à vous refuser quand il s'agit de votre repos, — répondit Régina en affectant un air de triste résignation qui augmenta la reconnaissance de monsieur du Granger à l'égard de Léon, mais qui n'était pas de nature à réhabiliter Henri dans son opinion.

En ce moment la voiture des deux époux arrivait à la grille de leur castel. Le soi-disant *conservateur* du monument gothique accourut pour la leur ouvrir.

— Est-il venu quelqu'un ou quelque chose pour nous? — lui demanda le nouveau propriétaire.

— Non, monsieur Granger, — répondit le vieux fonctionnaire.

La voiture passa et suivit l'allée qui aboutissait au perron du château.

— Monsieur Granger! monsieur Granger! — grommelait monsieur du Granger. — Je trouve ce portier-là, car en définitive ce n'est qu'un portier, je le trouve d'une familiarité révoltante. S'il ne change pas de langage, je ne crois pas qu'il fasse de vieux os chez moi.

Arrivés au château, les deux époux se séparèrent. Régina monta dans son appartement et son mari se rendit aussitôt dans la salle d'armes, qui devenait décidément sa galerie favorite.

Régina se jeta dans un fauteuil, appuya son coude sur la table et sa tête sur sa main, puis se mit à réfléchir, avec des alternatives de colère et de perplexité.

— Est-ce bien *lui?* — se disait-elle, se livrant à l'invraisemblance du monologue.—Oh! je n'en saurais douter. En pareil cas, l'instinct n'est pas aussi prompt qu'on se plaît à le dire... du moins chez moi... il n'a point parlé tout de suite... Ce n'est qu'à la longue... après réflexion... après mûr examen... après le rapprochement d'une foule de circonstances;... oui, ce n'est qu'après tout cela qu'il m'a parlé enfin... Et cet Henri qui possède mon secret!... S'il allait tout révéler!... Mais il n'osera pas, après la menace que je lui ai faite... Il l'a parfaitement comprise... et il sait que je suis femme à l'exécuter!... Chose étrange, malgré les graves inconvénients qui résulteraient pour moi de son indiscrétion, il est des moments où je désire qu'il soit indiscret... afin de me fournir le prétexte que je redoute en d'autres moments!... O bizarrerie du cœur!... Mais, en définitive, ces inconvénients seraient-ils aussi grands que je l'ai craint d'abord?... Qui sait?... Je connais l'esprit faible et crédule de mon mari; je connais sa tendresse et l'excellence de sa nature; il pardonnerait peut-être, et alors... plus de crainte relativement à ce fatal secret!... Oui, sans doute je connais son amour et sa bonté, mais je connais aussi sa jalousie, son irritabilité, sa violence, depuis surtout cette terrible maladie. Qui sait également s'il ne se porterait pas à quelque terrible extrémité?... Mais se bornât-il à détruire le testament qu'il a fait en ma faveur, après notre dernière réconciliation, que ce serait déjà un bien grand malheur pour moi. Certes, il ne faut pas que j'aie sacrifié à un pareil homme les plus belles années de ma vie sans obtenir le dédommagement d'un tel sacrifice... Et ce Léon... qui paraît m'adorer... que penserait-il de moi s'il venait à tout savoir! Cette appréhension est encore un de mes tourments. Je ne sais si je l'aime... je ne le crois pas... mais ce que je sais, c'est qu'il me mépriserait sans doute, et que son mépris me serait intolérable. Voilà pourquoi je déteste sa femme!... Je la déteste, surtout parce qu'elle est heureuse... parce qu'elle est honnête... parce qu'elle a conservé tous ses droits à la considération du monde... tandis que moi!... Cette pensée m'exaspère!... Oh! je punirai cette Emilienne!... je la punirai de sa réputation sans tache!... je la punirai de sa supériorité!... si ce n'est pas comme rivale, ce sera comme femme?... Que faire donc en ce qui concerne cet Henri de malheur?... Attendre... et prendre conseil des événements.

Tandis que Régina monologuait ainsi, son mari se promenait à grands pas dans sa salle d'armes, sous l'empire des dernières préoccupations qui avaient agité son esprit, et qui ne s'étaient pas encore tout à fait calmées. Cette salle était garnie de panoplies appartenant à toutes les époques et à tous les pays, depuis le glaive et le javelot romains jusqu'à la baïonnette et au briquet modernes; depuis la flèche et le casse-tête du sauvage jusqu'à la fameuse lame de Tolède et au bancal du monde civilisé. L'ancien marchand de peaux de lapin, à qui était due l'édification du castel, n'avait rien épargné pour rendre cette intéressante collection aussi complète que possible, lui qui n'avait jamais manié que le couteau à dépécer sa vulgaire marchandise.

Monsieur Granger s'arrêtait parfois devant un des groupes les plus formidables, et le contemplait en branlant la tête et en ricanant d'une façon sinistre.

— Ah! ah! — disait-il, — certains maris ne savent comment se venger des mirliflors qui se sont fait un jeu de voler leur bonheur! Ce n'est pas là ce qui m'inquiète, moi!... Qu'ils y viennent, messieurs les suborneurs!... Qu'il y vienne ce godelureau d'Henri!... il pourra se convaincre que je n'aurai eu que l'embarras du choix pour châtier sa criminelle audace!

Laissons le pauvre insensé, car il l'était véritablement dans ces moments-là, laissons-le tenter de résoudre cette question du meilleur choix possible, si difficile en toute chose, et rejoignons Emilienne, Léon et Henri, qui reviennent à pas lents au logis, par la belle allée du parc, après avoir vu disparaître la voiture des deux visiteurs.

Emilienne, son bras tendrement appuyé sur celui de Léon, lui disait d'un ton de doux reproche :

— Comment, fou que tu es, n'as-tu pas craint de blesser cet excellent Granger en l'anoblissant ainsi de ton autorité privée?

— Moi le blesser en lui donnant de la particule, en veux-tu, en voilà!... Détrompe-toi, chère amie. On ne blesse jamais les gens quand on flatte leur vanité. Un compliment, si monstrueux qu'il soit au fond, est toujours le bienvenu, pourvu qu'il n'ait rien d'ironique dans la forme. Comparez un laidron à Vénus, un Quasimodo à Apollon, un avocat bègue à Cicéron, un médecin cent fois homicide à Hippocrate, un piètre général à Alexandre, un imbécile à Voltaire, un infime pianoteur à Rossini, un abominable barbouilleur d'enseignes à Raphaël: ils prendront l'air modeste, repousseront votre éloge en souriant, y croiront ou n'y croiront pas, mais, franchise ou flatterie, erreur ou mensonge, peu leur importe! ils en seront également reconnaissants dans tous les cas. Ne crois donc pas que ce brave homme se soit offensé de la particule dont j'ai adorné son nom. Il n'a jamais été aussi aimable avec moi qu'après en avoir été décoré. Non, rassure-toi. Mais il est une chose qui l'a véritablement chagriné. Dois-je l'avouer? — continua Léon, en riant d'avance sous ses moustaches de l'étrange accusation qu'il allait répéter. — Oui, n'est-ce pas? Hé bien! ce qui a chagriné monsieur du Granger, ce qui l'a tourmenté, inquiété, tarabusté... c'est la conduite d'Henri envers sa femme!... Ma foi! tant pis! voilà la bordée lâchée!

— Que diable me chantes-tu là? — s'écria Henri en sortant de sa torpeur.

— La conduite d'Henri envers madame Granger? — répéta Emilienne. — Tu veux rire, mon ami!

— Du tout, c'est très-sérieux, sur mon honneur; monsieur du Granger s'en est plaint à moi. Il prétend qu'Henri n'a cessé de lancer à sa femme des coups d'œil incendiaires, qu'il l'a dévorée des yeux, qu'il a tenté de la fasciner comme le serpent fascine l'oiseau, par le magnétisme du regard. J'ai eu beau défendre Henri d'une pareille accusation, monsieur du Granger m'a répondu qu'il se connaissait en galantins, pour en avoir beaucoup vu sans doute; qu'Henri était un *Don Juan*, musique de Mozart, et qu'enfin il me suppliait de l'empêcher de nous accompagner lorsque nous irions au château.

— Quel amas de folies! — s'écria Henri. — Jamais encore tu n'en avais imaginé de pareilles!

— Des folies? — reprit Léon; — c'est possible, mais tu en es le seul coupable. Hé! mon Dieu! je ne t'en fais pas un crime. Cette femme-là est assez séduisante, du moins à ce que tu prétends, car moi, je la trouve fort insignifiante. Qu'y a-t-il donc d'étonnant à ce que tu l'aies regardée avec plus ou moins d'enthousiasme? Les yeux n'ont pas été faits pour autre chose. Monsieur du Granger n'a donc pas tort; et la preuve, c'est que, moi qui suis désintéressé dans la question, j'ai surpris aussi quelques-uns des coups d'œil flamboyants dont il se plaint.

— Ah! par exemple!...— interrompit Henri en levant les épaules.

— Hé! mais, mon cher Henri, — dit à son tour Emilienne avec un mélange de léger déplaisir et de douce raillerie; — hé! mais, moi aussi, je l'avoue, j'en ai saisi un au passage, un seul, il est vrai, mais c'est bien assez pour juger des autres.

— Hé quoi! vous aussi, madame, vous avez la cruauté de m'accuser!

— Je n'accuse pas, mon ami, je me borne à constater. Et tenez, voulez-vous savoir à quel moment j'ai fait cette découverte? c'est en rentrant au salon, après m'être absentée un instant pour présider à la confection de cette fameuse crème au chocolat, dont j'espère bien, messieurs, que vous me direz tout à l'heure d'excellentes nouvelles.

— Comment! chère amie, — interrompit Léon, en jouant l'épouvante et la consternation; — comment tu as eu l'imprudence de les laisser seuls?... Oh! alors, je ne m'étonne plus de l'incandescence de ce lovelace d'Henri, et du trouble que Clarisse Harlowe n'a pu toujours cacher. La déclaration a été faite, sois-en sûre, et probablement très-bien accueillie. O perversité de l'homme! ô faiblesse de la femme! ô douleur! ô désolation! ô abomination de l'abomination! comme dit l'Ecclésiaste. Et pendant que les chastes échos de notre salon répétaient à regret, j'aime à le croire, de si criminels aveux, dire que l'ordre et la marche de l'univers n'en éprouvaient aucune perturbation! dire que la lune ne se précipitait pas sur le soleil, que les planètes restaient en place et que les étoiles continuaient de briller! dire que, sur notre terre, les rivières ne remontaient pas vers leur source, que l'océan ne se soulevait pas d'horreur, que les montagnes ne dansaient pas comme des béliers, *sicut arieies*, que le tonnerre n'éclatait pas sur la maison, et qu'enfin le tourne-broche de la cuisine poursuivait tranquillement son petit bonhomme de chemin! Mais il n'y a donc plus de morale ni en haut ni en bas!... Si fait, si fait! il en reste chez moi... pas beaucoup peut-être, mais suffisamment encore pour vitupérer le séducteur et pour plaindre la victime... Oui, je te plains, pauvre du Granger! oui, je pleure amèrement sur ton sort... bien qu'il soit assez commun, — continua Léon qui se mit à rire aux larmes; — oui, oui, coulez mes pleurs! allez grossir le ruisseau du moulin, *super flumina Babylonis;* et surtout faites-le déborder, afin qu'il y ait au moins un témoignage visible de la colère des dieux!

Emilienne ne put entendre cette tirade biblique sans partager dans une certaine mesure la gaieté de celui qui l'avait déclamée.

— Vous voyez, Henri, — dit-elle en souriant, — à quelles terribles conséquences vous avez exposé le monde! Que cela vous serve de leçon!

— En vérité, — répondit Henri, que ces plaisanteries exaspéraient, car il n'était pas dans une disposition d'esprit à s'en amuser lui-même comme d'habitude; — en vérité, madame, je ne me sens pas de force à lutter contre des adversaires tels que vous deux. Je me déclare vaincu sans combattre. Permettez-moi donc de m'enfuir dans ma chambre, pour y gémir sans témoins sur ma scélératesse.

. . . .

— Que faire? — se dit à son tour Henri, lorsqu'il fut seul, en se promenant à grands pas et dans un état d'extrême agitation. — Je ne puis laisser Léon exposer son repos, celui de sa femme surtout, dans une pareille intrigue! Je ne puis non plus laisser Emilienne compromettre son honorabilité dans une fréquentation indigne d'elle!... Assurément, rien ne serait plus facile que de détourner ce malheur, au moins en ce qui la concerne. Il me suffirait de tout révéler. Mais si je parle... un malheur tout aussi grand me frappera au cœur moi d'abord, puis aura un déplorable contre-coup sur l'avenir d'un être à qui je dois aide et protection. Cette abominable créature, je n'en doute pas, est capable en effet d'exécuter sa menace!... Que faire?... Que résoudre?... Ah! c'est à en perdre la tête! Mais, j'y pense, — s'écria-t-il tout à coup, après un instant de réflexion; — oui, c'est cela! j'ai trouvé le moyen d'arracher les dents de cette vipère, et, si je ne m'abuse pas sur l'infaillibilité de ce moyen, ses morsures désormais ne seront plus à craindre!

A ce moment, la cloche du dîner se fit entendre. Henri rejoignit à la salle à manger Emilienne et Léon, qui s'étonnèrent de le voir si joyeux après l'avoir vu si sombre une heure auparavant.

Jules était là aussi.

A la vue du gentil petit garçon, Henri éprouva une émotion qu'il ne put maîtriser. Il le prit dans ses bras et l'embrassa avec une tendresse dont la vivacité surprit tout le monde, car il la déguisait d'ordinaire sous les apparences d'une affectueuse sévérité.

Le dîner fut très-gai, et Henri riposta vivement aux plaisanteries de son ami.

Inutile de dire que la crème au chocolat eut un succès d'enthousiasme, et que Léon ne parla de rien moins que de porter Emilienne en triomphe.

Enfin, au dessert, Henri annonça subitement sa résolution de partir pour Paris le lendemain même.

Emilienne, Léon et madame Morvel la mère furent stupéfaits à cette nouvelle.

Léon attribua d'abord cette résolution si imprévue au ressentiment des quolibets dont il avait criblé son ami toute la journée; mais celui-ci s'en défendit avec tant de franchise et de cordialité, que cette supposition tomba d'elle-même.

— En ce cas, pourquoi ce voyage? — lui demanda tout le monde à la fois.

— Je ne puis vous le dire, — répondit sérieusement Henri. — Peut-être vous l'apprendrai-je quelque jour. En attendant, qu'il vous suffise de savoir qu'il est indispensable, qu'il m'est dicté par les plus graves motifs, et qu'il y va peut-être de notre repos, de notre bonheur, de notre honneur à tous.

XI

Le lendemain, après le déjeuner commun, Henri Germin s'occupa de ses préparatifs de départ pour Paris. Ils ne furent pas longs, car il emportait peu d'effets, et la partie la plus importante de son bagage consistait en un portefeuille bourré de lettres d'écritures féminines, et de divers autres papiers qu'il tira de son secrétaire, et qu'il plaça soigneusement au fond de sa valise.

Emilienne le voyait s'absenter avec regret. Depuis cinq années qu'il habitait l'usine, c'était la première fois qu'elle allait être privée de ses conseils et de son aide dans l'administration des affaires. Léon Morvel la leur abandonnait avec une confiance fort honorable sans doute pour leur capacité, et fort heureuse aussi, car, lorsqu'il lui prenait fantaisie de s'en mêler pour faire acte d'autorité, on était sûr d'avance que tout serait brouillé. Il y avait donc économie de temps et de travail pour Emilienne et pour Henri à ce qu'il ne les aidât pas du tout. La mouche du coche avait cet avantage sur lui que, si elle ne faisait pas marcher le carosse, du moins ne l'empêchait-elle pas de marcher.

Henri s'aperçut, à la physionomie d'Emilienne, de l'inquiétude que son départ lui causait.

— Rassurez-vous, chère madame, — lui dit-il; — je ne pense pas être longtemps absent.

— Oh! ne te gêne pas! — se hâta d'interrompre Léon qui n'était point fâché de se voir débarrassé pendant quelques jours des semonces de son Mentor, au point de vue des projets galants qu'il ruminait alors dans sa folle cervelle. — Non, ne te gêne pas. J'aiderai Emilienne, et tu sais que je donne de rudes coups de collier quand je m'y mets!

— Ah! certes, nous en savons quelque chose! — répondit Henri en souriant.

— Voilà cinq ans que tu n'as bougé d'ici, — reprit Léon; — il est bien juste que tu prennes un peu de vacances. Le séjour de Paris ne manque pas d'ailleurs de charmes. Je ne te parle pas des concerts, des bals publics et des théâtres: c'est trop futile pour un esprit sérieux comme le tien; mais tu as les musées, les bibliothèques, les académies, les catacombes, les cabinets d'histoire naturelle. Et puis, tandis que tu séjourneras là, parmi les savants de la capitale, ce sera le cas de t'informer où en est cette fameuse question de la création spontanée des infusoires, à laquelle tu as fait faire jadis un si grand pas avec ton infortuné collègue, Georges Dupé. Pourvu, cela va sans dire,—continua Léon avec une sorte d'amertume, —pourvu que tout ton temps ne soit pas absorbé par la grave affaire qui t'appelle, et dont tu as bien voulu nous promettre... de nous faire part... tôt ou tard... peut-être!...

— Tu voudrais bien la connaître à l'instant, — répondit Henri;— mais tu as beau employer l'ironie pour me forcer à parler, tu ne sauras rien aujourd'hui. Nous verrons par la suite. Contente-toi, en attendant, de faire des vœux pour sa réussite, dans notre intérêt à tous.

— Des vœux! des vœux! — répéta Léon en haussant les épaules;— cela sert à grand'chose les vœux! Comme dans toute question, il y a nécessairement des gens intéressés à faire des vœux contraires, il en résulte que c'est absolument comme si l'on n'en faisait ni d'un côté ni de l'autre. Il en est de cela comme de deux armées ennemies qui invoquent simultanément la protection du Dieu des batailles. A qui diable veux-tu qu'il donne la préférence! Aussi laisse-t-il probablement les choses aller leur petit bonhomme de train. Ne compte donc pas sur mes vœux. Du reste, à ton aise, fais de la cachotterie, nous attendrons ton bon plaisir.

— Au revoir donc, mon cher ami, — répondit Henri, qui échangea deux cordiales poignées de main avec Léon et avec Emilienne, remit sa valise à un domestique, le suivit et monta dans la carriole de l'usine pour se rendre à Doullens, et gagner de là la plus prochaine station du chemin de fer.

Quant à Emilienne, elle se dirigea vers les bureaux de l'établissement, où sa présence était plus nécessaire que jamais.

— Veux-tu que j'aille t'aider? — lui demanda son mari.

— Non, non! — se hâta de répondre la jeune femme. — Sois tranquille... je te ferai prévenir quand j'aurai besoin de toi; il ne se décidera rien sans ton ordre.

Ce jour-là Emilienne fit, de sa propre inspiration, des opérations considérables, et dont le résultat pouvait être extrêmement avantageux, soit en achats de toutes sortes de grains, soit en livraisons de farines à terme.

Resté seul, Léon agita longuement en lui-même la question de savoir comment il remplirait son après-midi.

— Aller au château,— se disait-il,— c'est un peu bien prompt après la visite que les châtelains nous ont faite hier. Cet empressement pourrait paraître suspect à cet excellent du Granger, auprès de qui Othello me semble avoir été d'une confiance aveugle. Pour le moment il ne se méfie que d'Henri, mais il n'y a pas de raison pour qu'il ne se méfie pas de tout le monde, moi compris. Il me faudrait un motif... un prétexte... Hé pardieu! j'y suis!... du gibier à lui porter, puisqu'il l'aime, et une bonne nouvelle à lui apprendre, puisqu'il exècre Henri. En avant! en avant!

Sur ces mots, Léon prit son fusil, passa sa gibecière, descendit dans la cour et siffla Miraut. Miraut dormait dans sa niche et faisait entendre de ces petits jappements de ventriloque, qui révèlent l'ardeur guerrière des chiens de bonne race. Il était évident que Miraut chassait en rêve. A cet appel, il ouvrit un œil, reconnut son maître, referma la paupière et continua de ronfler dédaigneusement.

— Ah! ah! — dit Léon, — monsieur Miraut persiste à mépriser son seigneur et maître?... il a raison! mais comme je tiens à recouvrer son estime, il faudra bien qu'il m'accompagne, bon gré, mal gré.

Léon fixa au collier de Miraut l'un des bouts d'une corde dont l'autre bout fut attaché à sa gibecière; puis, l'ayant extrait de force du fond de sa niche, il se mit en route, l'entraînant à sa suite. Ce fut un spectacle assez comique pour les gens du village, dont il traversa la grande rue dans toute sa longueur. Malgré leur respect pour Léon, ils ne pouvaient s'empêcher de rire en le voyant traîner Miraut, qui résistait au point de labourer le sol avec ses pattes de devant. Le pauvre animal fut criblé de quolibets tout le long du chemin.

— Tu vois,—lui disait Léon,— tu vois à quoi te mène ton humeur séditieuse? A te rendre l'objet de la risée publique.

Mais, à l'extrémité du village, Miraut prit sa revanche. A force de se débattre en marchant, il finit par dégager sa tête du collier, qui resta pendillant à la gibecière de son maître. Miraut prit alors sa course à travers la campagne, où il se mit à chasser pour son propre compte.

Cette péripétie fit naturellement passer les rieurs de son côté.

Léon l'entendit au loin qui donnait de la voix à l'encontre de quelque pièce de gibier.

Force lui fut de l'imiter et de chasser seul.

Heureusement pour le succès de son expédition, comme il traversait une pièce de luzerne, un lièvre s'élança de son gîte à vingt pas de lui. L'ajuster et l'abattre fut l'affaire de quelques secondes.

Le bruit de la détonation fit accourir Miraut, dont les yeux alternèrent un moment du lièvre à son maître et de son maître au lièvre. Lorsque cet examen consciencieux l'eut bien convaincu de la réalité du fait, il se prit à japper de joie, à sauter autour de Léon, à lui lécher les mains, à lui poser ses pattes crottées sur la poitrine, en un mot à lui témoigner son enthousiasme par tous les moyens désagréables que l'ingénieuse nature a mis à la disposition de la race canine.

La réconciliation du maître et du chien était complète. Les lièvres, les perdreaux et les coqs de bruyère de la localité en payèrent bientôt les frais. La chasse qu'ils firent dès lors en commun fut d'un produit extraordinaire. On peut dire que ce fut une grande chasse, comme on dit des chasses humaines, que ce furent de grandes batailles, lorsqu'il s'y est tué beaucoup de monde.

Quatre lièvres, douze perdreaux et trois coqs de bruyère, tel fut le rapide résultat de cette mémorable affaire.

Aussi Miraut repassa-t-il fièrement, la tête haute et la queue en trompette, par la grande rue du village qui avait été le théâtre de son humiliation quelques heures auparavant.

Emilienne, en bonne ménagère, fut émerveillée à la vue de tant de rôtis futurs.

— Je vois avec plaisir, — dit-elle gaiement, — que tu t'es enfin réhabilité dans la considération de monsieur Miraut.

— Complétement, chère amie, — répondit Léon, qui reçut ces félicitations avec une adorable modestie. — Je souffrais cruellement d'être brouillé avec cet excellent ami. Mais ce que tu vois là ne doit pas t'étonner: c'est ce diable d'Henri qui nous faisait perdre notre temps en folies de toutes sortes. C'était au papillon, à l'hirondelle, au moucheron, au goujon, que sais-je? qu'il nous faisait tirer sans cesse. J'en passe, et des meilleures, comme dit un illustre poëte. Et il n'y avait pas moyen de lui résister, avec ses paris de cigares! Mais j'étais seul aujour d'hui, et tu vois : une véritable hécatombe. Reste à savoir ce que nous ferons de tout cela,— ajouta Léon, car, sous les apparences de l'étourderie, il n'abandonnait jamais sa secrète pensée, quand il en avait une.—Moi, d'abord, je me déclare incapable d'en dévorer ma part ; il y aurait de quoi me dégoûter du gibier pour le restant de mes jours. Avec ça que je ne puis déjà pas le souffrir, comme la plupart des vrais chasseurs. Le vrai chasseur tue pour tuer, et pas pour autre chose. C'est là le vrai plaisir.

— Rien de plus facile que de préserver ton avenir d'un pareil malheur, — répondit Emilienne en souriant. — Nous avons à l'usine de pauvres ménages qui n'ont certainement jamais goûté à de pareils mets ; ce sera pour eux une économie et une fête.

— Bravo ! — s'écria Léon. — C'est une excellente idée que tu as là ; mais tu n'en as jamais d'autres. Leur en fais-tu, de ces présents !... dans tous les genres et sous toutes les formes ! Tu as raison. Donc, voilà qui est entendu : la moitié pour eux !. . et que ton nom adoré se transmette d'âge en âge dans leurs familles... comme celui du *petit manteau bleu*. Mais j'y songe... si nous partagions le reste avec notre seigneur et maître, l'ancien marchand de crinolines, le vénérable du Granger ?

— Comme il te plaira, mon ami, — répondit Emilienne.

— Jolie idée ! — s'écria de son ton sec et tranchant madame Mervel a mère, qui entra sur cette proposition de son fils. — Pourquoi établir des relations familières avec... avec des gens qu'on ne connaît pas !...

— Comment, chère mère, — interrompit Léon,— vous ne connaissez pas le meilleur ami de feu votre mari ?

— Lui, si ! — répliqua la vieille dame avec une contrariété mal contenue. — Et encore je l'ai perdu de vue depuis si longtemps qu'en vérité je puis bien dire que je le connais plus. Je ne comprends donc pas pourquoi, Emilienne et toi, vous voulez...

— Je ne veux que la justice, — interrompit Léon. — Le partage en question me paraît être un acte de haute équité, je dirai même de suprême délicatesse. J'ai fait la plus grande partie des victimes ci-présentes sur les terres de ce haut et puissant seigneur. Il m'eût fait pendre jadis : c'est bien le moins qu'aujourd'hui, moi, simple vilain, je lui fasse manger une petite partie de ce qui lui appartient.

Madame Mervel haussa les épaules et sortit en grommelant, selon son habitude, surtout quand elle était sous l'influence de l'anévrisme dont elle souffrait depuis longues années.

Emilienne procéda à la répartition comme il avait été convenu.

Pendant ce temps, Léon écrivit la lettre d'envoi :

« Cher et honoré suzerain,

» Permettez au plus humble de vos vassaux de déposer à vos augustes pieds ce lièvre, ce coq de bruyère
» et ces trois perdraux, à qui vous ferez, seigneur,

» En les croquant beaucoup d'honneur.

» C'est le résultat d'une invasion à main armée que
» j'ai commise aujourd'hui, sur vos giboyeux domaines,
» et dont la plus vulgaire probité me fait une loi de
» vous offrir votre part. Ce sont de fidèles et succulents
» sujets que je rends à leur légitime souverain.

» C'est à moi seul et à ma chère femme que vous de-
» vez cette loyale restitution, car, sous l'empire des
» préoccupations que vous savez, j'ai trouvé ingénieux
» d'expédier monsieur Henri Germin, ce matin même
» à Paris, sous prétexte d'affaires importantes. En voilà
» donc la contrée débarrassée pour quelque temps.

» Ma chère Emilienne présente ses compliments à ma-
» dame Régina, et moi, je vous prie de lui offrir mes res-
» pectueux hommages.

» Sur ce, mon cher et honoré suzerain, je prie Dieu
» qu'il vous tienne en sa sainte et digne garde.

» Votre humble et dévoué vassal,

» LÉON MERVEL. »

L'adresse de cette lettre, que son facétieux auteur se garda bien de montrer à Emilienne, fut naturellement formulée en ces termes :

« A Monseigneur,
» Monseigneur du Granger,
» haut et puissant seigneur de Saulty,
» en son castel de Tourvieille. »

Léon remit sa missive toute cachetée au domestique qu'Emilienne avait chargé, de son côté, de porter la bourriche à destination.

Ce domestique fut arrêté à la grille du château par le soi-disant conservateur du monument, c'est-à-dire le portier, à qui monsieur Granger avait donné les instructions les plus précises pour ne rien laisser pénétrer de suspect. Ce fidèle fonctionnaire visita la bourriche avec soin et n'y trouva rien d'alarmant, mais, la suscription de la lettre lui ayant semblé louche, il crut devoir accompagner le tout jusqu'auprès de son maître pour faire preuve de zèle.

— Qu'est-ce que vous voyez donc d'étrange là-dedans ? — lui demanda celui-ci après avoir lu l'adresse à son tour.

— Mais... ces mots de monseigneur..., de haut et puissant... de castel... de *du* Granger... — balbutia le maladroit conservateur.

— Imbécile !... — interrompit l'ancien marchand de nouveautés en haussant les épaules. — Je sais d'où cela vient. Retournez à votre poste, que vous n'auriez pas dû déserter pour si peu. Une autre fois, laissez passer. C'est de mon jeune ami, Léon Mervel, mais n'oubliez pas mes autres recommandations.

— Non, monsieur Granger, — répondit humblement le conservateur qui ne comprenait rien à la mauvaise humeur de son maître. — Ah ! — pensa-t-il en se retirant, — j'ai bien peur d'être tombé sous la tyrannie d'un insensé !

Monsieur du Granger sourit en lisant la lettre de Léon, et se fit un plaisir d'en donner lecture à sa femme pour juger de l'effet qu'allait produire sur elle l'annonce du départ d'Henri Germin pour Paris.

Cette nouvelle causa, en effet, à Régina, une sorte de vague inquiétude dont elle ne pouvait s'expliquer nettement la cause.

Monsieur du Granger s'en aperçut, et fronça le sourcil.

— Plus de doute ! — pensa-t-il ; — il y a tendance réciproque. Heureusement le fourbe est loin en ce moment, grâce à ce cher Léon, et nous aurons le temps d'aviser ! Je dis *nous*, car je le regarde maintenant comme mon meilleur auxiliaire. — Un peu rassuré par cette pensée, monsieur du Granger continua la lecture de la lettre, qui amena plus d'une fois un sourire légèrement ironique sur les lèvres de Régina. — Hé bien chère amie, — lui demanda-t-il lorsqu'il eut fini, — cet envoi de gibier ne te semble-t-il pas comme à moi une charmante attention de la part de nos amis, les gens de l'usine ?

— Oui, mon ami, — répondit Régina, qui eut bien de la peine à ne pas éclater de rire au ton protectoral que monseigneur du Granger avait mis à prononcer ces derniers mots : les gens de l'usine.

— Hé bien ! — reprit-il, — puisque c'est aussi ton opinion, ne te semble-t-il pas également, comme à moi, que nous devrions les inviter à venir demain en manger leur part ?

— Mais, mon ami, ce serait peut-être un peu trop sans façon.

— Bah ! à la campagne !... Et puis, cet envoi cordial de voisin à voisin justifie parfaitement une invitation. Les gens de l'usine sont d'ailleurs des gens tout francs, tout ronds, qui ne tiennent certainement pas à l'étiquette comme l'entendait Louis XIV, et comme, probablement on la pratiquait ici-même sous nos prédécesseurs, les seigneurs de ce château. Je ne vois donc aucun inconvénient à leur rendre politesse pour politesse.

— Ce sera comme il vous plaira, mon ami, — répondit Régina, en prenant, comme d'habitude en pareil cas, son attitude de saule pleureur, le plus résigné de tous les arbres, à ce qu'il paraît.

Sans perdre de temps, monsieur du Granger formula par écrit son invitation, en son nom et en celui de Régina, ajoutant que madame Mervel la mère leur ferait un sensible plaisir si elle voulait bien se joindre à ses enfants et lui fournir ainsi l'occasion de renouveler connaissance avec la digne moitié de feu son meilleur ami.

— Hé bien! Dominique, — dit alors Régina de son ton le plus câlin, — si vous les invitiez à amener aussi ce petit garçon... vous savez?... il m'a paru très-gentil!

— Très-gentil, c'est possible, — répliqua monsieur du Granger en branlant la tête d'un air négatif, — mais très-tapageur aussi. Les enfants, cela ne s'invite pas. Pourquoi alors ne pas inviter pareillement monsieur Miraut, à qui nous devons sans doute d'avoir dépisté notre rôti. Ce serait plus équitable.

Régina n'osa pas insister.

L'invitation partit telle quelle.

Lorsque Léon et Emilienne en firent part à madame Mervel, la vieille dame répondit d'un ton sec :

— Je n'irai pas; et si Emilienne veut m'en croire, elle n'ira pas non plus.

— Et pourquoi? — demanda Léon avec un mélange d'étonnement et de dépit.

— Pourquoi, pourquoi? — reprit vivemet sa mère; — parce que, jusqu'à plus ample informé, cette femme ne me paraît pas être d'une fréquentation convenable pour Emilienne.

— Hé! qu'en savez-vous, chère mère? — répliqua Léon.

— Je ne parle pas d'après moi, j'en conviens, — répondit madame Mervel; — mais je parle d'après Thérèse, une femme honnête et de bon sens, en qui j'ai pleine confiance. Or, hier, pendant leur visite, à laquelle nous n'avions voulu assister ni l'une ni l'autre, Thérèse a cru faire acte de dévouement à notre égard en nous mettant en garde contre eux, ou, pour mieux dire, contre cette femme. Elle prétend avoir sur son compte des renseignements qu'elle n'a pu me révéler, car ce secret ne lui appartient pas, dit-elle, mais en me jurant, par ce qu'il y a de plus sacré, que cette femme n'est pas digne de fréquenter Emilienne. J'en étais sûre d'avance. Je l'avais jugée du premier coup d'œil à la messe. Mon instinct ne m'a jamais trompé.

— Laissez donc! — interrompit Léon avec une mauvaise humeur croissante; — allez-vous croire maintenant aux bavardages d'une vieille servante? Au surplus, à votre aise, ma mère. Libre à vous de rester ici à bavarder avec votre confidente. Nous irons seuls, Emilienne et moi.

— Pardon, mon ami, — interrompit la jeune femme avec embarras, et en jetant un regard suppliant à son mari. — Si tu le veux bien, je n'irai pas non plus... Cela contrarierait notre excellente mère... ce sera pour une autre fois... quand nous l'aurons fait revenir des préventions qu'on lui a inspirées... et que j'aime à croire mal fondées.

— A ton aise aussi, ma chère amie; j'irai seul, — répondit froidement Léon, qui, d'une part, n'était pas fâché d'être délivré de toute surveillance, mais qui, de l'autre, regrettait de voir s'élever des préjugés de nature à rendre difficiles, sinon même impossibles, d'amicales relations entre l'usine et le château.

Il fit aussitôt savoir à monsieur du Granger qu'il acceptait son aimable invitation, mais que sa mère et sa femme regrettaient de n'en pouvoir faire autant, Emilienne étant un peu indisposée, et madame Mervel se trouvant très-souffrante de son anévrisme.

Cette dernière scène lui avait singulièrement agacé les nerfs, il fut maussade tout le reste de la journée, et comme il était de ces natures obstinées que les obstacles irritent au lieu de les décourager, ce fut avec une vive impatience qu'il attendit le lendemain.

XII

Le lendemain, Léon quitta seul l'usine bien avant l'heure du dîner et *porta ses pas* vers le château de Tourvieille, comme on dit dans le grand style.

Je porte mes pas! c'est bête, car ce sont bien plutôt les pas qui vous portent que vous ne les portez; mais comme c'est sans vérité, sans couleur, sans pittoresque, les gens d'un goût pur regardent cela comme étant d'une grande élévation de forme, de pensée et de sentiment.

Lorsqu'il se présenta à l'entrée du parc, le conservateur du monument se réveilla à son appel, sortit de la loge, lui ouvrit la grille et le salua jusqu'à terre.

— Rien ne s'oppose, monsieur, à ce que vous entriez, — lui dit gravement le vieux fonctionnaire, qui, dans l'ancienne Rome, eût figuré très-agréablement au fond d'un tonneau, à la porte de la maison, avec une chaîne au col. Telles étaient, en effet, les loges où les riches païens plaçaient leurs concierges. Le christianisme a amélioré fort heureusement leur domicile.

— Comment, rien ne s'oppose, père Plumeau? — répéta Léon avec étonnement. — Je voudrais bien voir que quelqu'un m'empêchât d'aller serrer la main à mon vieil ami, votre excellent maître!

— Ce n'est certainement pas moi, monsieur Léon. Il y a exception formelle pour les gens de l'usine, comme il vous appelle, sauf monsieur Henri Germin. Quant à lui et aux autres visiteurs, halte-là! je dois m'informer des noms et intentions, et venir prendre les ordres de mon excellent maître, comme vous dites, avant de leur ouvrir la grille. Il en est de même pour les lettres, les journaux, les paquets, n'importe quoi: rien ne doit être remis à son adresse qu'après avoir passé par les mains de mon excellent maître. Ah! monsieur, vous ne le connaissez pas quand vous l'appelez ainsi! Je puis bien le dire, à vous qui êtes si bon. Figurez-vous, monsieur Léon, que c'est le plus capricieux despote que la terre ait jamais porté. Les deux premiers jours qui ont suivi son installation, c'est-à-dire vendredi et samedi, je dirai même une bonne partie d'avant-hier dimanche, ça n'allait pas trop mal encore, bien qu'il eût déjà le ton dur et le regard farouche. Mais, je ne sais pourquoi, à partir de la visite qu'il a faite à l'usine, il est devenu inabordable. J'ai beau me mettre en quatre pour lui plaire, rien n'y fait. Quoi qu'il me commande, « Oui, monsieur Granger, » me hâté-je de répondre, avec toute la déférence possible. « Imbécile! butor! » me répond-il brutalement. Il ne sort pas de ces deux épithètes.

— C'est monotone, en effet, — interrompit Léon avec le plus imperturbable sérieux. — Il pourrait varier un peu plus ses formules.

— Et puis, — continua le père Plumeau, — ce sont des ordres et des mesures d'un saugrenu qui approche de la folie. Figurez-vous, par exemple, monsieur Léon, qu'il m'est expressément commandé de ne pas laisser la grille ouverte un seul instant, de ne jamais m'absenter de mon poste, si ce n'est pour aller lui référer les cas douteux qui se présentent; de faire une ronde le soir, à la tombée de la nuit, dans tous les coins et recoins du parc; d'en faire une seconde vers minuit, avant d'aller goûter un instant de repos; d'en faire une troisième le matin, au petit jour. Ses deux domestiques mâles sont aussi obligés de faire de pareilles patrouilles dans l'intervalle des miennes et à des heures différentes, afin que la surveillance soit incessante. Ils sont également armés jusqu'aux dents. Chacun de nous est muni d'un petit flageolet, dans lequel il doit siffler quand il se met en marche et quand il rentre, pour lui prouver qu'on veille et qu'on fait bonne garde. Parole d'honneur! on se croirait dans une ville assiégée. Enfin, en cas d'alerte, nous avons ordre de tirer impitoyablement sur tout ce qui nous paraîtrait suspect. Il a aveint de la salle d'armes, vous savez? cette hideuse collection de bric-à-brac qu'avait faite, il y a soixante et dix ans, le marchand de peaux de lapin, fondateur de ce castel; oui, il a aveint de ce tas de ferraille des hallebardes, des pistolets et des arquebuses à rouet qu'il nous a remis à tous dans ce dessein homicide. C'est au point que le rez-de-chaussée de ma loge a l'air d'un corps de garde. Mon épouse n'ose plus y tricoter; elle a toujours peur que cela parte tout seul. Quant à moi, le plus souvent que je me servirai de ces abominables engins! Il est probable qu'avec de pareilles idées, mon excellent maître finira par périr sur l'échafaud; mais je n'ai pas envie d'y monter avec lui. Et pourquoi tout cela, je vous le demande?

— J'allais vous faire la même question, père Plumeau.

— Eh bien! s'il faut ne vous rien céler, monsieur Léon, je vous dirai qu'il n'est peut-être pas impossible qu'il soit jaloux.

— Ah bah! vous croyez?... Peste! quelle perspicacité!...

— Je ne le crois pas positivement; je ne fais encore que le soupçonner. Ce qui a commencé à me donner de vagues soupçons, c'est la recommandation qu'il a faite d'épier madame, sans en avoir l'air, lorsqu'elle se promène dans le parc, et de lui dire ensuite, à lui, si elle s'est promenée seule ou en compagnie.

— Joli métier qu'il vous donne là!

— N'est-ce pas?

— Il fait tout bonnement de vous un mouchard; et, ma foi, à tant faire que de l'être, j'aimerais mieux exercer, à votre place, pour le compte du gouvernement. La mission du moins devient alors des plus honorables!

— C'est également mon avis. Aussi je veux que la crique me croque si je lui dis un mot de ce que je pourrai voir! Enfin! ce qui a confirmé mes soupçons, ce n'est pas le pied de guerre sur lequel il a mis toute la garnison, car ce peut être une affaire de goût et de fantaisie dans un cerveau légèrement détraqué. Nous y trouvons d'ailleurs une augmentation de salaire. Non; ce sont les confidences que m'ont faites la cuisinière, le cocher, le valet de chambre de monsieur et la camériste de madame. Voici comment elles me sont venues. Le cocher et le valet de chambre m'ont prévenu qu'ils avaient à Doullens des parentes qu'ils recevraient quelquefois à l'insu de leurs maîtres. De leur côté, la camériste et la cuisinière m'ont prévenu de même qu'elles avaient, toujours à Doullens, la première, un cousin dans les pompiers de cette ville, et la seconde, un cousin aussi dans les dragons de la garnison; lesquels viendraient pareillement leur rendre visite, de loin en loin; sans que leur maître n'en sût rien. J'ai naturellement promis de n'en rien dire.

— Je ne vois pas en effet pourquoi vous mettriez obstacle à l'expansion naturelle de ces saintes affections de famille!

— Vous comprenez, monsieur Léon, que cette promesse de discrétion a dû établir tout de suite de bonnes relations entre eux et moi. Aussi, hier soir, comme ils étaient réunis tous les quatre dans mon domicile avec l'intention de m'offrir quelques rasades d'un délicieux frontignan, qu'ils s'étaient procuré, je ne sais où ni comment...

— Probablement à la société œnophile du village.

— Probablement. Hé bien! ils se sont mis à raconter sur leurs maîtres des choses... oh! mais des choses à faire dresser les cheveux. C'était à Doullens, que monsieur et madame ont quitté par suite de bisbilles avec la bonne société de l'endroit. Madame est peut-être bien un peu légère, ils en conviennent, mais c'est à monsieur qu'ils donnent tous les torts.

— Parbleu!

— Ils prétendent qu'à propos de bouquets, de lettres, de billets doux en vers, de promenades en ville et d'entrevues à domicile, monsieur ne cessait de faire à madame les scènes les plus ridicules.

— À quoi cela servait-il en effet?

— À rien du tout. C'est bien ce qu'ils disent. Or, c'est par suite de cette méfiance perpétuelle qu'il est venu se réfugier ici, ajoutent ils, afin de mettre madame à l'abri de toute séduction. Il est de fait que ce n'est point par les séducteurs que se distingue notre petit village. Elle y est donc parfaitement en sûreté. Mais ce n'en est pas moins une sorte de claustration. Aussi tous leurs gens plaignent-ils sincèrement madame et sont-ils furieux contre monsieur, les femmes surtout, car ce changement de résidence les éloigne beaucoup de leurs cousins. Et voilà pourquoi je commence à soupçonner monsieur d'être un peu jaloux.

— C'est un trait de lumière! père Plumeau; moi aussi je me laisse gagner peu à peu à cette conjecture.

— Ce qui m'y confirme, voyez-vous, monsieur Léon, c'est l'espèce d'observatoire qu'il a établi dans sa salle d'armes. Il y a placé des lunettes d'approche aux quatre points cardinaux, de manière à pouvoir observer sans qu'on s'en doute tout ce qui se passe dans les différentes parties du parc. Hé! mon Dieu, je ne voudrais pas jurer qu'au moment même où je vous parle il n'ait pas l'œil braqué sur nous. Heureusement il vous connaît, et je ne risque pas d'être encore traité d'imbécile et de butor pour avoir causé si longtemps avec vous.

— En tout cas, je vous quitte, père Plumeau, pour ne pas risquer de vous compromettre. Où pensez-vous que je le trouve en ce moment!

— Dans la salle d'armes, je le parierais. Il n'en bouge plus. C'est encore là un de mes griefs. L'avant-dernier propriétaire m'avait confié le soin de toute cette ferraille. Le dernier m'avait maintenu dans ces agréables fonctions. Il n'y avait rien à faire.

— Oh! mais alors, je le comprends maintenant, vous étiez un véritable conservateur.

— Aussi, m'en avait-on donné le titre et les émoluments. Cela consistait à remettre tôt ou tard en place les brimborions qui avaient été dérangés par les visiteurs; mais il n'y en avait jamais; et aussi à les épousseter de loin en loin. Ça m'allait parfaitement. Mais aujourd'hui, c'est autre chose. Je ne sais si mon tyran me laissera le traitement, mais ce qu'il a de sûr, c'est qu'il m'a déjà volé les fonctions. Il passe tout son temps à visiter ses armes, à les récurer et à les mettre en bon état. Il n'a pas fait autre chose depuis cinq jours qu'il est ici. Ça finira par ressembler une batterie de cuisine, c'est possible, mais à une antiquaille, jamais! Il faut qu'un musée soit malpropre; autrement ce n'est plus un musée. Ah! monsieur Léon, cet homme-là, je le sens bien, a résolu d'abréger mon existence.

— Du calme, père Plumeau; il faut savoir prendre les choses plus philosophiquement. Que diable! vous êtes conservateur ou vous ne l'êtes pas. Souvenez-vous que, pour un conservateur intelligent, conservation bien ordonnée commence par soi-même. Au revoir, je vais rejoindre votre affreux despote; mais, s'il faut vous parler franchement, père Plumeau, — ajouta Léon en baissant la voix et en prenant un air mystérieux, — chut! ne le répétez pas! hé bien! je partage votre soupçon: je commence à croire, moi aussi, qu'il pourrait bien être un peu jaloux.

— N'est-ce pas qu'il n'est peut-être pas impossible qu'il le soit? Et je vous demande à quoi bon! Comme si c'était un empêchement!

— C'est justement le contraire. Cela donne parfois envie de tromper à la femme qui n'y pensait pas. Il est vrai que, lorsqu'on est trop confiant, le résultat risque d'être absolument pareil, car alors c'est parfois la femme qui y pense toute seule, par cela même qu'on n'y pense pas?

— En ce cas, comment donc faire?

— Ne rien faire du tout, en se rappelant à l'occasion ces vers de La Fontaine, qui savait pertinemment à quoi s'en tenir :

Quand on l'ignore, ce n'est rien;
Quand on le sait, c'est peu de chose.

— A l'honneur de vous revoir, monsieur Léon, je retourne bien vite à mon poste.

Tandis que Léon se dirigeait vers le perron du château, le père Plumeau rentra dans sa loge, se rejeta dans le grand fauteuil de cuir qui lui servait comme de guérite, et se rendormit bientôt, ayant placé entre ses jambes croisées la vieille hallebarde dont l'avaient armé la jalousie et sans doute aussi la vanité de son maître.

Tout marquis veut avoir des pages,
Tout parvenu peut bien vouloir un suisse.

Léon trouva monsieur du Granger dans sa salle d'armes, comme l'avait présumé le père Plumeau. L'antiquaire de fraîche date s'était presque entièrement enveloppé d'un grand tablier pour se garantir de toute maculature dans son travail de récurement. Assis devant une table en chêne sculpté sur laquelle on voyait un vase d'eau, du grès pilé, du tripoli, des torchons, des morceaux de peau, des tenailles, un marteau et un tourne-vis, il s'occupait à nettoyer une espèce de vieux tromblon en cuivre, tout bossué, tout oxydé, dont il avait démonté la batterie à cet effet.

— Hé bonjour, mon cher Léon! — s'écria-t-il en tendant au visiteur une main que les drogues avaient jaunie comme celle d'un Iowai.—Soyez le bien venu! Je suis à vous tout de suite; le temps seulement de donner un dernier coup de torchon à cette arme précieuse.

— Ne vous dérangez pas, cher monsieur du Granger, —répondit Léon; — j'aime à vous contempler dans cette héroïque besogne.

— Hé bien! — reprit l'apprenti armurier, — nous l'avons donc expédié sur Paris, ce monsieur Henri Germin, que le ciel confonde! Merci, mon ami, merci de cette nouvelle preuve d'affection!

— A votre service! — répondit gravement Léon, — et toutes les fois que je pourrai vous en donner de pareilles, comptez sur moi.

— Je n'en doute pas. Allons, voilà qui est fait,—ajouta le châtelain en examinant son tromblon. — On pourrait maintenant se mirer dedans. Mais venez, mon jeune ami, que je vous montre un peu toutes les richesses accumulées dans ce musée, par le premier de mes prédécesseurs. Voici d'abord l'armure de François Ier.

— En êtes-vous bien sûr? — demanda Léon en souriant.

— Très-sûr. Voyez l'étiquette.

— C'est juste.

Il était évident que le brocanteur, qui avait fourni tout ce bric-à-brac à l'ancien marchand de peaux de lapin, fondateur du castel et dudit musée, avait dupé l'ignorance de l'acheteur, comme certains marchands de tableaux dupent celle de tant d'amateurs, en leur vendant d'ignobles croûtes pour des Raphaëls, des Véronèses, des Titiens, etc., etc.

— Voici maintenant, continua le naïf démonstrateur, — voici l'illustre armet de Mambrin.

— Quant à cela, le doute n'est pas possible,—répondit sérieusement Léon,—car il en est beaucoup question dans *Don Quichotte*.

— Voici maintenant le bouclier de Léonidas, — reprit monsieur Granger en désignant une espèce de lèchefrite en fer battu, sur laquelle on lisait en effet cette glorieuse indication.

— Oh! je le reconnais parfaitement, — dit Léon; — c'est celui qui a servi de modèle pour le fameux tableau du Louvre, où Léonidas n'a d'autre vêtement que ce même bouclier.

— Voici, maintenant,—continua monsieur Granger,— voici l'épée célèbre que Brennus jeta dans la balance où l'on pesait la rançon de Rome.

— Quel dommage que la balance n'y soit pas aussi! — s'écria Léon.

— Que voulez-vous? on ne peut tout avoir. Il faut bien se contenter de ce que l'on a. Voici maintenant la *Durandale* de Roland.

— Oui, cette épée incomparable qui tranchait les montagnes comme du beurre. Le musée d'artillerie en possède une aussi, je crois; mais elle ne vaut pas la vôtre. Continuez, de grâce. Cette revue vraiment historique m'intéresse infiniment.

— Voici maintenant le glaive qu'on croit être celui dont l'ange se servit pour chasser nos premiers parents du paradis terrestre. Et voici celui dont servit l'archange Michel pour terrasser Satan. Mais cela n'est pas certain. L'étiquette en doute elle-même.

— Cela fait bien l'éloge de la véracité de son auteur.

— Voici maintenant la framée de Clovis, le javelot de Xerxès, le cimeterre de Mahomet, les espèces de briquets dont se servirent les Horaces et les Curiaces. Voici une fiole du vinaigre qu'employa Annibal pour faire fondre les rochers qui le gênaient, et se frayer un passage en travers les Alpes. Voici le tomahawk des Mohicans, la massue d'Hercule, la mâchoire d'âne de Samson et l'arbalète de Guillaume Tell.

— Hé quoi! la pomme n'y est pas? C'est un oubli impardonnable.

— Je le réparerai. Voici maintenant la flèche du sauvage qui tua l'illustre capitaine Cook; voici la lance de Montgommery, qui creva l'œil d'Henri II à travers sa visière, et la preuve, c'est que voici également la visière.

— Cette fois du moins, la chose est complète; mais c'est étonnant comme les lances de ce temps-là ressemblaient aux broches à rôti du nôtre!

— Oui, j'ai déjà remarqué cette similitude.

— Et cette espèce de coupe-chou, qu'est-ce?

— C'est la hache de Jeanne Hachette.

— Et ce casque de pompier?

— C'est celui de Jeanne d'Arc. Voici maintenant le... skr... le skrama... aidez-moi donc; je ne peux jamais prononcer ce diable de nom.

— Le skramasax.

— Oui, c'est bien cela; le skram...

— Skramasax...

— De Dagobert. Le collectionneur aurait bien pu choisir un nom plus coulant.

— Ce skramasax doit être authentique, car le musée de Cluny le possède aussi, je crois. Continuez, je vous prie.

— Voici maintenant le bancal d'Horatius Coclès, la colichemarde de Bayard, une épée, celle-là, qui fut sans peur et sans reproche.

— Oui, mais pas sans rouille, à ce qu'il paraît.

— Soyez tranquille, je la récurerai. Voici maintenant la lorgnette de Napoléon Ier, la canne de bataille du grand Frédéric, la zagaie de Darius, la bonne lame de Tolède de Pierre le Grand, la sabretache d'Omar, la dague de César...

— La dague de César?...

— Les bottes à l'écuyère de Gengis-Khan, le hausse-col de Pompée, le bâton de maréchal d'Alexandre, les épaulettes de Thémistocle, le...

— Les épaulettes de Thémistocle?... — interrompit Léon, qui ne put contenir plus longtemps le fou rire qui l'étouffait, comme cela lui fût arrivé dans certaine galerie de tableaux, et qui, ne pouvant plus se soutenir debout, se jeta dans un fauteuil, les jambes en l'air, pour s'en donner à cœur joie. — Hé quoi!... les épaulettes..

les épaulettes de Thémistocle... font aussi partie de la bande?...

— Voyez plutôt... l'étiquette l'affirme positivement, — répondit imperturbablement monsieur du Granger, qui était fort étonné de l'hilarité de son visiteur.—Mais de quoi diable riez-vous? Est-ce que Thémistocle n'était pas libre d'avoir des épaulettes si cela lui faisait plaisir?

— Si fait, si fait!... Aussi n'est-ce point de cela que je ris. Je ris... — continua-t-il pour s'excuser, — je ris d'une pensée qui m'est venue à l'aspect de tous ces engins de destruction; je ris de voir que tout subit les fantaisies de la mode ici-bas : les cultes, les arts, les lettres, l'industrie, les sciences, l'amitié, l'amour, la guerre elle-même; je ris de voir combien de manières de s'entretuer les hommes ont inventés successivement dans le long cours des siècles.

— Mais elle est assez triste, votre pensée!

— Je ne ris jamais que de celles-là. Oui, la manière de s'entre-occire est elle-même une affaire de mode. Nous en sommes maintenant au canon rayé, au canon Paixhans, au canon Armstrong. Il y a dix ans, c'était autre autre chose; dans dix ans, ce sera autre chose encore. Et il en sera ainsi tant qu'il restera deux hommes sur la terre : chacun d'eux s'ingéniera sans cesse à qui exterminera plus sûrement l'autre.

— C'est pourtant vrai, — répondit l'ancien marchand de nouveautés : — tout n'est que mode ici-bas. On abandonne souvent d'excellentes étoffes, des étoffes à pleine main et solides de teint, pour adopter de vraies toiles d'araignées, dont la couleur ne fait qu'un déjeuner de soleil, comme on dit dans la partie. Vous avez raison; il en est de même en fait d'armes. Voici, par exemple, celle que j'étais en train de fourbir quand vous êtes entré. Vous le voyez, c'est un tromblon, une sorte de pistolet, dont l'orifice va en s'évasant comme un cor de chasse. On le bourre de projectiles, et, grâce à cette mitraille qui rayonne en s'échappant, on peut facilement tuer dix personnes d'un seul coup.

— C'est une fière économie de poudre et de temps!

— Hé bien! cette arme qui était certainement le beau idéal du genre, cette arme est passée de mode comme tant d'autres bonnes choses, et l'on ne peut plus l'admirer nulle part, si ce n'est dans les musées.

— Erreur! Les brigands dont jouissent l'Espagne et l'Italie s'en servent encore avec avantage contre les voyageurs.

— Hé bien! à l'occasion, moi aussi, je m'en servirai! — s'écria le mari de Régina, dont la physionomie devint tout à coup farouche, et dont les yeux flamboyèrent d'un éclat sinistre.— Oui, — continua-t-il en brandissant son tromblon, — si jamais... quelque mirliflor venait encore à rôder par ici, celui-là pourrait en dire de bonnes nouvelles! Oh! cet Henri Germin, par exemple... s'il était là, devant moi! avec quel plaisir je...

— Peste! mon cher hôte, vous n'y allez pas de mainmorte!... il n'est tel que les gens pacifiques lorsqu'ils s'en vont en guerre!

— Je l'avoue, je suis naturellement d'humeur débonnaire; mais quand une fois on arrive à m'exaspérer, gare de devant, je ne suis plus qu'un lion déchaîné!

— La, la! calmez-vous. Nous parviendrons à déjouer les mauvaises intentions de l'ennemi, à supposer que c'en soit un. Votre tromblon pourra rester une arme de parade. Mais à propos, quelle est donc sa glorieuse origine? vous avez oublié de le dire.

— Je vais vous faire un aveu, — répondit monsieur Granger en revenant à des pensées plus calmes. — Il n'y avait pas d'étiquette. Que faire? lui en donner une. J'ai donc imaginé de l'appeler le tromblon d'Alcibiade.

— Ah! ah!.. hé bien! ce n'est pas mal imaginé, car, en définitive, si les Grecs ne connaissaient pas la poudre ils auraient pu la connaître.

— Ce n'est pas précisément cette considération qui m'a décidé. Le nom d'Alcibiade manquait parmi tous ces noms illustres. J'ai voulu réparer une injustice, voilà tout. Et j'ai fait de même pour beaucoup d'autres parmi les armes que vous avez vues. Pas d'étiquettes. J'ai baptisé tout cela à ma guise.

— Je m'en suis douté plusieurs fois. Vous étiez du reste dans votre droit, et soyez bien persuadé qu'il est telles collections renommées où l'on n'a pas agi autrement pour beaucoup de merveilles qu'elles renferment. Votre armure de François Ier, par exemple, existe dans une foule de ramassis de ce genre. Il en est de même de certaines prétendues reliques dont il y a des centaines d'exemplaires, tous certifiés les seuls et uniques. Mais passons. N'avez-vous plus rien à me faire admirer, cher monsieur du Granger?

— Si fait, mon jeune ami. J'ai encore la tour aux oubliettes.

— Oh! je la connais. Le précédent propriétaire en avait fait un banal pigeonnier, de même qu'il lui arrivait parfois de changer en vulgaires ustensiles de cuisine les armes les plus précieuses de ce musée.

— Hé bien! cette tour est encore un pigeonnier par le haut; mais c'est le bas qu'il faut voir! Cinquante mètres de profondeur! Quel charmant genre de suicide pour un homme qui serait dégoûté de ce tas de sottises, de balivernes et de tromperies qu'on appelle l'existence! Je ne m'étonne pas si tant de désespérés choisissent la colonne Vendôme, l'arc-de-triomphe ou les tours Notre-Dame pour en finir. On doit passer de vie à trépas sans avoir même le temps de s'apercevoir de la transition. Allons voir cela.

— Non, pas maintenant : ce sera pour une autre fois, si vous le permettez. La contemplation de tous vos instruments de mort m'a mis à bout de gaieté. Je serais encore tenté de rire à la vue de vos oubliettes, car c'est peut-être encore plus triste que toute cette ferraille, et cela me rendrait malade d'allégresse. J'en ai déjà un point de côté.

— Soit! remettons la partie. Nous sommes heureusement des gens de revue, n'est-ce pas? Moi d'abord, je vous affectionne déjà comme j'affectionnais votre père. Et tenez, puisque vous ajournez ma proposition, je vais vous donner encore une preuve de mon amitié. Rendez-moi un nouveau service, mon cher Léon.

— Très-volontiers, cher monsieur du Granger.

— En attendant le dîner, tandis que je resterai ici pour remonter la batterie du tromblon...

— D'Alcibiade?

— D'Alcibiade, c'est convenu... faites-moi le plaisir d'aller présenter vos compliments à ma femme, qui doit être au salon. Amenez, adroitement, la conversation sur cet infernal Henri, tâchez de savoir au juste ce qu'elle pense de lui, et surtout peignez-le à ses yeux sous les couleurs les plus abominables. Vous comprenez pourquoi?

— Oui certes, — répondit Léon, qui se donna l'air d'hésiter; — mais la mission est délicate, et je ne sais en vérité si je dois...

— Pardon si j'insiste, — reprit le naïf époux de Régina; — je sais bien que je risque d'abuser de votre obligeance, mais j'attends le meilleur effet de cette tactique...

— Elle est très-habile, en effet.

— Et, je le répète, c'est un vrai service d'ami que je vous demande. Je vous en serai on ne peut plus reconnaissant.

— Allons, — dit Léon en se décidant comme à regret, — je ne sais quel empire vous exercez sur mon affection, mais le fait est que je ne puis rien vous refuser. Je me dévoue!

— Excellent jeune homme! — se dit monsieur Granger en voyant Léon sortir du musée pour aller rejoindre Régina au salon. — Voilà bien la perle des jeunes gens! Pourquoi ceux que j'ai rencontrés sur mon chemin depuis notre mariage ne ressemblaient-ils pas tous à celui-ci?

XIII

Régina avait eu connaissance par sa caméristе de l'arrivée de Léon Mervel au château. Elle était alors descendue au salon, dans une toilette de la plus élégante simplicité, car elle possédait à fond tous les raffinements de la coquetterie, et elle savait que, comme certaines femmes, elle n'était jamais plus attrayante que lorsqu'elle n'avait fait aucun frais pour l'être.

Elle s'était assise dans un grand fauteuil de velours vert dont le dossier sculpté encadrait sa figure de fines arabesques et en faisait ressortir la mate blancheur. Son attitude renversée était pleine de grâce; elle appuyait son coude sur un guéridon, et tenait un livre à la main pour se donner une contenance, mais elle eût été bien embarrassée d'analyser ce qu'elle semblait lire. Elle était de ses femmes qui sont amoureuses, avant tout, du bruit, du mouvement, de l'agitation, des bals, des spectacles, des fêtes, des promenades à cheval ou en calèche, des voyages aux bains à la mode, voire même des simples parties de campagne à ânes, qui trouvent les arts insipides, et pour lesquelles la lecture n'est qu'une pose de plus.

En ce moment, d'ailleurs, sa pensée était loin de son livre. Elle s'étonnait du retard que Léon mettait à venir lui présenter ses hommages de visiteur, et son joli petit pied commençait à tambouriner d'impatience sur le parquet.

Quelle était la cause secrète de son dépit? Se sentait-elle disposée à aimer véritablement Léon, et désirait-elle le voir plus tôt, ce qui eût été naturel? Nous ne le pensons pas.

Régina était également de ces femmes, froidement légères, qui peuvent être entraînées dans l'irrégularité, dans le désordre, dans le scandale même, non point par la passion, par le cœur ou par la tête, mais simplement par la curiosité, le désir de plaire, le goût des adulations, l'ennui, le besoin de distractions, et surtout l'amour de l'intrigue. Elle eût échoué dans une île déserte, qu'elle y eût sans doute trouvé le moyen de s'y faire l'héroïne d'un roman quelconque. C'était une de ces comédiennes du sentiment qui veulent absolument un rôle de femme adorée dans ce grand mélodrame comico-tragique qu'on appelle le monde, mais qui, superbes d'émotion simulée tant qu'elles sont en scène, redeviennent impassibles dès qu'elles rentrent dans la coulisse.

Et c'est précisément là ce qui explique l'empire absolu que les femmes de ce caractère exercent souvent sur l'esprit de certains hommes. Jamais de trouble, jamais de vertige, jamais d'entraînement chez elles. Tout y est calcul, tout y est combinaison. En intrigue amoureuse, comme dans toutes les intrigues de la vie, la première condition pour rester maître des autres, c'est de l'être de soi-même.

Y a-t-il néanmoins une petite place pour un sentiment vrai dans ces cœurs secs et froids que l'égoïsme semble remplir tout entiers? Ce n'est point impossible. Il s'y trouve parfois un tout petit coin pour l'amitié, ou l'affection filiale, ou la tendresse maternelle. Il est rare que la nature fasse des monstres de complète insensibilité.

Lorsque Léon parut enfin au salon, Régina lui fit de la tête un salut gracieux, mais glacial, et lui indiqua de la main un siége vis-à-vis d'elle.

Après les premiers salamalecs d'usage :

— Comment se porte aujourd'hui madame votre mère? — lui demanda Régina.

— Toujours bien souffrante de son anévrisme. Je vous rends grâce pour elle, madame.

— Et madame Emilienne? — ajouta Régina.

— Quant à elle, parfaitement, madame, — répondit étourdiment Léon, sans songer que cette réponse était en contradiction avec le refus d'Emilienne de venir dîner au château.

— Ah! tant mieux! — dit Régina d'un ton légèrement ironique. — Cette circonstance adoucit un peu le regret que nous éprouvions, monsieur Granger et moi, de ne pas la voir vous accompagner. Je suis charmée que ce soit une cause autre que sa santé qui nous prive de ce plaisir.

— Je viens de commettre une sottise, — pensa Léon. — Tâchons de la réparer. — Et il reprit tout haut : — Quand je dis qu'elle se porte parfaitement bien, c'est relativement bien que je veux dire. Hier elle était très-malade... sans l'être...; vous savez, madame... une de ces atroces migraines... qui passent comme elles sont venues... Elle en souffre encore beaucoup aujourd'hui.

— Décidément, — pensa Régina à son tour, en fronçant le sourcil, — décidément il y a de mauvaises dispositions pour moi à l'usine. Qui les inspire!... Est-ce Henri?... Oh! si je le savais!... mais je le saurai...

Léon devina la pensée qui l'inquiétait, aussi se hâta-t-il d'ajouter :

— Je dois dire aussi, pour la justification de ma femme, que le départ d'Henri Germin pour Paris lui occasionne un surcroît d'occupation, quoique je me sois empressé de le suppléer.

— Ah! monsieur Henri... l'ingénieux parieur de cigares... est parti pour...? — interrompit Régina, qui feignit de n'en rien savoir.

— Oui, madame.

— Et sera-t-il longtemps absent?

— Je l'espère, madame.

Un peu rassurée par cette dernière circonstance, Régina déplissa son beau front, redonna à sa physionomie la gracieuse placidité d'auparavant, et elle dit à Léon, qui restait un peu déconcerté de sa première balourdise :

— Ah? je regrette que madame Émilienne souffre encore à ce point, monsieur; vous m'aviez fait une fausse joie. Mais ce n'est pas étonnant : la migraine est un mal affreux... souvent très-tenace : j'en sais quelque chose... Quelle est la femme un peu nerveuse qui n'en souffre pas, plus ou moins?... Il en est même, dit-on, qui font parfois semblant d'en souffrir... C'est, en effet, un mal très-bien porté... un mal de bonne compagnie... un mal qui sert d'excuse polie a bien des refus. Rien de plus commode... mais aussi rien de plus contestable, — ajouta Régina sur le ton de l'enjouement, — et c'est justement à cause de ces fausses migraines, tant reprochées à notre malheureux sexe, qu'on plaint généralement fort peu les véritables. Mais que ne nous reproche-t-on pas, à nous autres pauvres femmes! On nous reproche nos bonnes qualités mêmes!

— Oh! mesdames, convenez-en, vous ne nous épargnez guère non plus, — se hâta de répondre Léon, qui était charmé de voir la conversation glisser naturellement sur ce terrain. — Quant à moi, bien loin de leur reprocher leurs bonnes qualités, je ne leur reproche pas même leurs mauvaises, à supposer qu'elles en aient, ce qui ne semble pas suffisamment démontré. Veut-on parler de leur coquetterie, de leur manque de franchise? de leur prétendue perfidie? Qu'est-ce que cela! Si elles sont coquettes, n'est-ce pas pour nous mieux charmer! Si elles ne nous dévoilent pas toujours le fond de leur pensée, n'est-ce pas pour nous laisser l'ineffable plaisir de le deviner nous-mêmes, après d'enivrantes incertitudes? Et d'ailleurs, leur joli vocabulaire n'est-il pas une simple convention comme toute autre langue? du moment qu'il est reconnu, par exemple, que leur Oui signifie Non, et que leur Non signifie Oui, qu'importe? on sait parfaitement à quoi s'en tenir. Ainsi du reste. Quant à leur perfidie, je me rappelle avoir lu (dans un livre, exécrable d'ailleurs, aussi mal pensé que mal écrit, intitulé les *Femmes*, par un nommé Louis Dérayer, Dévoyer, Dénoyer, je ne sais trop comment) qu'on blâme la perfidie des femmes quand on en subit l'effet, mais qu'on la trouve fort louable quand on en est la cause. Cette pensée m'a frappé, précisément parce que c'était la seule chose à peu près passable que renfermât ce stupide ouvrage.

— Les femmes, monsieur, seraient enchantés de se savoir des défenseurs tels que vous, dont l'indulgence devrait leur être d'autant plus précieuse qu'elle est plus rare.

— Pas aussi rare que vous ne le pensez, madame. Les hommes (je parle des hommes de bon sens) ne font guère aux femmes qu'un reproche sérieux. Ah! par exemple, quant à celui-là, je ne dois pas vous le cacher, il y a unanimité!

— En vérité, monsieur, voilà qui est effrayant!

— Il s'agit d'un défaut capital, énorme, monstrueux!

— Et ce défaut?

— C'est leur insensibilité, leur indifférence. Voilà ce que nous sommes unanimes à leur reprocher.

— Unanimes, non; permettez-moi d'en douter... Il faut naturellement en excepter aussi ceux qui n'ont point à en souffrir.

— Cela va sans dire; mais, hélas! c'est le bien petit nombre. En général, voulant plaire et ne voulant pas aimer, voilà les femmes. Par conséquent, beaucoup d'appelés et bien peu d'élus, voilà les hommes. Cela posé, n'est-ce pas, pour celui qui aime, un supplice atroce que d'aimer sans espoir de retour, comme on dit dans les romances?

— Oui, pour celui qui aime; mais, d'abord, y a-t-il des hommes qui soient capables d'aimer véritablement, absolument, exclusivement, fidèlement, et surtout... éternellement?

— Oh! madame, vous avez moins que toute autre le droit d'en douter?

— Ceci, monsieur, est de la galanterie; ce n'est pas une réponse.

— Je ne puis répondre que pour moi, madame, et même si j'avais un conseil à donner aux femmes, ce serait peut-être de se défier sous ce rapport de tous les hommes, moi excepté.

— Je comprends que vous vous feriez ainsi une fort belle part.

— Et ce serait justice. Oui, madame (et je le répète, je parle ici pour moi seul : je laisse aux autres le soin de se défendre).

— Oh! en effet, ils s'en acquitteront fort bien eux-mêmes.

— J'avoue que c'est probable. Quant à moi, oui, madame, je me sens capable d'aimer éperdûment, mot qui répond à toutes les exigences que vous venez de poser.

— Non, monsieur. La question d'éternité reste en dehors. On peut aimer éperdûment un mois, une semaine, un jour même.

— Cela se voit quelquefois, j'en conviens, mais c'est qu'alors on n'aime pas véritablement. Or, vous avez dit *véritablement*, madame. La question d'éternité est d'ailleurs entièrement subordonnée à celle de la personne qu'on aime ou qu'on croit aimer. Quand une femme n'est aimée qu'un instant, c'est qu'elle ne mérite pas de l'être davantage; c'est que l'illusion a fait tout de suite place à la réalité. Mais, au contraire, s'il s'agit d'une femme accomplie sous tous les rapports, comme j'en ai vu... pas beaucoup... mais au moins une; d'une femme dont les traits aient une finesse exquise, — continua Léon en suivant du regard, sur Régina, chaque beauté féminine dont il faisait l'éloge; — d'une femme dont les yeux, frangés de longs cils, et surmontés de sourcils qu'un peintre serait fier d'avoir dessinés, semblent lancer des éclairs... des éclairs noirs, à incendier tous les cœurs; dont les lèvres fines et roses aient des sourires de perle; dont la taille ait la souplesse onduleuse d'une fleur sur sa tige; dont les jolies mains, dont les pieds mignons concourent à la perfection de l'ensemble, par l'élégance de leur forme; dont chaque geste, chaque mouvement, chaque attitude ait une grâce incomparable; dont la toilette elle-même, ce qui ne gâte jamais rien, révèle un goût délicieux; dont l'esprit soit tout à la fois caustique et aimable, ingénieux et solide, capable de passer, avec la même aisance et le même charme, du grave au doux, du plaisant au sévère; d'une femme enfin... qui vous ressemble, madame...

— Oh! monsieur, — interrompit Régina, que ces louanges détournées et la chaleur toujours croissante que Léon mettait à les prononcer avaient un peu émue, non pas dans son cœur, mais dans sa vanité; — oh! monsieur, que dites-vous là!... je suis à mille lieues de me reconnaître dans le portrait de fantaisie que vous venez de tracer, et qui ne prouve qu'une chose : le coloris brillant que votre imagination sait donner aux objets. Ne l'oubliez pas, d'ailleurs, la question que nous débattons est purement théorique, purement générale; toute personnalité est sévèrement interdite.

— Soit, madame; restons dans les généralités; je me contenterai d'en faire l'application tout bas. Hé bien! madame, lorsqu'il s'agit d'une femme, telle que je viens de l'esquisser d'une façon si incomplète, si grossière même; un vrai miracle d'esprit et de beauté; pensez-vous que le mot éternel soit exagéré relativement à l'amour qu'elle inspire? Non certes, et, quant à moi, je le trouve insuffisant, je le trouve fade et plat. Ce n'est pas une seule éternité d'adoration qu'il faudrait consacrer à une telle merveille, c'en serait deux, c'en serait dix, c'en serait mille! Car, raisonnons...

— Pardon, monsieur, — se hâta d'interrompre Régina, — je crois entendre le pas de monsieur Granger.

Monsieur Granger fit en effet son entrée au salon.

— Oui, le temps est superbe depuis quelques jours, — dit Régina, comme si elle continuait avec Léon une conversation météorologique; — et c'est heureux pour notre installation : cela m'habitue plus facilement à l'existence villageoise. Aussi mes goûts sont-ils un peu changés déjà sous ce rapport. Je détestais la campagne, ailleurs qu'au théâtre, où elle est toujours si belle, où les paysans sont toujours si propres et les paysannes si bien chaussées de souliers de satin. Hé bien! je commence à m'y plaire.

— Vous verrez, madame, — répondit Léon, — vous verrez que la vie calme et régulière qu'on y mène a bien plus de charme véritable que la stupide agitation des villes.

— C'est possible. Et puis, dans quel endroit une femme ne serait-elle pas heureuse quand elle se sent entourée d'affections sincères? — ajouta Régina en regardant Léon, en même temps qu'elle tendait gracieusement la main à son mari.

Tous deux furent enchantés. Et voilà comment une femme habile peut faire bien des heureux à la fois.

— Je venais vous annoncer que le dîner était servi, — dit monsieur Granger. Léon offrit le bras à la maîtresse de céans, laquelle continua en marchant de parler de la pluie et du beau temps; mais, pour compenser la banalité de ce sujet, je suis fort tenté de croire que son joli bras répondit légèrement à la douce pression de celui de Léon. Quand on fut dans la salle à manger, tandis que Régina affectait de vaquer devant le buffet à quelques soins préalables de bonne ménagère : — Hé bien! — dit tout bas monsieur Granger à Léon, — avez-vous parlé?

— Parbleu! — répondit celui-ci, — je n'ai fait que cela. Vous aviez raison : il existait certaines dispositions... vagues... indécises encore, qui pourtant ne laissaient pas d'être inquiétantes. Il en est des grandes passions comme des autres maladies : insignifiantes à leur début, elles deviennent mortelles quand on les néglige. Mais tout va bien... ou à peu près... Je lui ai fait d'Henri Gormin, mon intime ami, mais votre bête noire, un portrait qui n'a pas dû la charmer infiniment. Encore quelques coups de pinceau, et j'ai tout lieu de penser qu'elle ne pourra pas le voir, même en peinture.

— Merci, mon cher Léon, merci! — répéta monsieur Granger. — Promettez-moi de continuer.

— Je vous le promets.

— Il ne faut pas obliger à demi. Que dirait-on, dans le commerce, d'un homme qui se contenterait de prêter mille francs à son ami, lorsque ce dernier aurait besoin du double? Un service n'est service que lorsqu'il est complet.

— Je n'ose affirmer qu'il le sera, — répondit modestement Léon; — je me contente de l'espérer.

On se mit à table, le dîner fut très-gai, grâce aux bonnes dispositions d'esprit dans lesquelles se trouvait chacun de nos personnages. Léon surtout l'anima d'une foule d'anecdotes comiques et d'un feu roulant de plaisanteries qui firent sourire Régina, qui déridèrent son mari, et au milieu desquelles il eut l'art de flatter tour à tour, par d'adroites allusions, tantôt l'un, tantôt l'autre. Il n'était pas homme à négliger son double jeu. Deux ou trois fois même, recourant à la tactique, aussi vieille que le monde, des adorateurs qui veulent tâter le terrain, comme on dit vulgairement, il hasarda peu à peu son pied, sous la table, comme par mégarde, dans la direction de celui de Régina. L'histoire prétend que celui de Régina ne se retira pas tout d'abord. Mais comment se fier à l'histoire, ce plus invraisemblable de tous les romans?

Du reste, avec la manœuvre des allusions, des regards et des pieds, deux seuls incidents nous paraissent dignes d'être signalés.

Léon ayant trouvé excellents des pigeons en compote qui faisaient partie du menu :

— Cela vient de la tour aux oubliettes, vous savez? — dit monsieur Granger avec toute la satisfaction d'un propriétaire.

— Cela ne m'étonne pas, — répondit Léon. — Votre prédécesseur qui adorait les pigeons, avait transformé en volière le dessus de ladite tour; il avait réuni là les meilleures espèces : il y en avait de culbutantes, de pirouettantes, de dansantes, de valsantes, de voyageantes, que sais-je! Mais il ne les possédait pas toutes; j'en possédais aussi d'excellentes, et nous faisions des échanges pour compléter nos collections respectives. Car moi aussi, mon seigneur et maître, tout vilain que je suis, je possède un magnifique pigeonnier. Autrefois, avant la révolution... je parle de la grande... de la vraie... vous étiez les seuls, messieurs les châtelains, qui puissiez en avoir un. Ce privilége constituait un de vos droits les plus superbes, après, bien entendu, tels autres que je ne rappellerai pas. Hé bien! pour celui-là, comme pour tous les autres, égalité complète aujourd'hui. C'est à la révolution que nous devons l'égalité devant le pigeonnier, comme l'égalité devant le loi, comme l'égalité devant les fonctions publiques. Les fonctions ne sont obtenues que par un très-petit nombre, il est vrai, mais elles sont accessibles à tout le monde. L'invocation de la loi coûte cher en fait de justice, mais rien n'empêche le premier venu de l'invoquer, quand il peut payer. Enfin le moindre citoyen peut posséder un pigeonnier, quand il a les moyens de l'acheter. A la bonne heure! j'aime ça! Et voilà pourquoi, ne vous en déplaise, cher monsieur du Granger, mon haut et puissant suzerain, je tiens, moi aussi, sans compter beaucoup d'autres motifs, aux grands principes de 89, lesquels me permettent, tout aussi bien qu'à vous, de me régaler de ces délicieux volatiles, en compote, en rôti ou en crapaudine.

— Moi de même, — ajouta Régina, — j'aime beaucoup les pigeons, mais quand ils sont vivants, bien mieux encore que lorsqu'ils sont défunts. C'est à coup sûr l'oiseau domestique le plus gracieux qui existe. On ne saurait trop louer la vivacité de ses affections, la constance de ses amours, et cet attachement insurmontable aux lieux de sa naissance, qui l'y ramène, avec un instinct si sûr, de distances si considérables.

— Et puis, — ajouta monsieur Granger, — les espèces en sont si variées de plumage! Il y en a une surtout qui est la plus jolie que puisse offrir le commerce des nouveautés. Je veux parler de ces soieries miroitantes et changeantes qu'on appelle *gorge de pigeon*. Je me suis surpris quelquefois à rester devant, en extase, pendant des heures entières.

— Mais j'y pense, mon ami, — s'écria Régina, comme s'il lui venait une idée subite; — pourquoi n'en agiriez-vous pas avec monsieur Léon, comme il en agissait avec son ancien voisin? quand vous avez des espèces différentes, pourquoi ne feriez-vous pas des échanges?

— Très-volontiers, — dit Léon, fort surpris de la passion que la jeune femme manifestait pour la gent emplumée de ce genre.

— C'est entendu; les petits pigeons entretiennent l'amitié, — ajouta monsieur Granger, qui s'étonna lui-même d'avoir improvisé si facilement cette banale plaisanterie.

Le second incident eu lieu à propos des fraises qui figuraient au dessert, et dont monsieur Granger offrait à son convive.

— Oh! mon ami, — dit Régina, — n'insistez pas. Ces fraises sont affreuses en comparaison de celles dont j'ai aperçu quelques plates-bandes, avant-hier, à l'entrée du jardin de l'usine. Celles-là doivent être délicieuses.

— Hé bien! madame, — ne put se dispenser de dire Léon, — sans admettre la supériorité que vous daignez leur attribuer sur celles-ci, je serais charmé de vous en offrir quelques échantillons, si vous vouliez bien le permettre

— Avec plaisir, monsieur.

— Dès demain, madame, je m'empresserai de vous en faire hommage.

— J'accepte, monsieur... Et si vous voulez leur donner plus de prix encore, — ajouta Régina avec hésitation, — envoyez-les moi... je vous prie... par... par ce petit garçon que j'ai vu chez vous... Comment déjà s'appelle-t-il?...

— Jules, madame.

— Oui, par le petit Jules. Sa figure est intéressante, et son humeur espiègle m'a beaucoup plu; je ne serais pas fâchée de le revoir.

— Il sera fait comme vous le désirez, madame.

Il y eut bien un troisième incident, mais nous ne le relaterons que pour mémoire. C'est à savoir que, pendant la soirée, on entendit au loin, de temps en temps, des coups de sifflet qui firent sourire Léon au souvenir de ce que lui avait dit à ce sujet le portier conservateur.

Quant à Régina, elle se contenta chaque fois de hausser légèrement les épaules, tandis que son mari hochait la tête de l'air satisfait d'un général qui se dit : « Allons, » allons, je suis content de mes hommes, ils font bonne » garde! »

Après le café, le cigare et une heure de conversation générale, Léon prit congé de ses hôtes; monsieur Granger l'accompagna jusqu'à la grille et ne le lâcha que moyennant promesse de revenir le plus tôt et le plus souvent possible.

— Hé bien! — dit-il à sa femme en rentrant, — t'accoutumes-tu un peu à la société de ce brave Léon!

— Avec bien de la peine, — répondit Régina d'un ton dédaigneux. — Je le trouve plus sot et plus laid que jamais.

— Quant à la laideur, — répondit monsieur Granger, — il en est des figures comme des étoffes; à chacun son goût; mais, quant à la sottise, c'est autre chose. Moi, je le trouve fort amusant. Son esprit me fait l'effet d'un rayon de soleil qui pénètre, en se jouant, dans les ténèbres de ma vie. Tu t'y feras.

— C'est possible. On s'accoutume à tout, même à

l'ennui. Et puis, il vous plaît de le recevoir, cela doit me suffire, mon ami.

— Allons, tout va bien ! — se dit monsieur Granger en jetant un dernier coup d'œil sur son musée d'artillerie, avant d'aller dormir en paix.

XIV

Léon raconta naturellement à Emilienne la longue séance qu'il venait de faire chez les Granger, en exagérant à dessein les regrets qu'on lui avait exprimés sur l'absence de sa femme, en amplifiant les compliments affectueux dont on l'avait chargé pour elle, et en supprimant, arrangeant, dénaturant tous les autres faits, à sa guise, selon les besoins de la cause, à l'instar des soi-disant historiens, des portiers et des voyageurs.

A ce récit, combiné avec art, Emilienne ne put s'empêcher de regretter elle-même que les préventions de sa belle-mère l'eussent empêchée d'accompagner son mari chez des hôtes de si bonnes façons, et qui témoignaient de si flatteuses dispositions de bon voisinage.

Le lendemain matin, Emilienne fit cueillir les plus belles fraises du jardin, et les arrangea de ses blanches mains dans un joli petit panier recouvert de feuilles de vigne. Elle y joignit un bouquet des fleurs les plus rares.

Quand l'envoi fut prêt :

— Avance à l'ordre ! — dit Léon au petit Jules, qu'Emilienne avait débarbouillé avec plus de soin que jamais et à qui elle avait permis de prendre sa plus jolie casquette et sa blouse la plus élégante.

— Tu vas porter ce bouquet et ce panier de fraises au château pour madame Granger, — ajouta Léon.— Tu peux flairer les fleurs tant qu'il te plaira pour charmer les ennuis de la route; mais, quant aux fraises, elles sont comptées, le nombre en est inscrit sur ce grand diable de livre... tu sais?... qui est dans les bureaux de l'usine. Or donc, si tu t'avises d'en manger une seule, tu seras fusillé à ton retour, avec le petit fusil que je t'ai donné dimanche.

— Est-ce que je puis l'emporter? — demanda Jules avec un petit sourire espiègle, qui n'avait rien de rassurant pour les fraises.

— Du tout! il ne te manquerait plus que d'emporter aussi pour quinze jours de munitions et de vivres! Pourquoi diable voudrais-tu l'emporter ?

— Pour chasser, donc !

— J'aime cette noble réponse. Mais il faut mettre un frein pour le moment à ton ardeur guerrière. Ah! pardieu! tu chasses bien assez, depuis que j'ai eu la sottise de t'armer chevalier de Saint-Hubert. Voilà deux jours que tu ne fais pas autre chose. C'est un feu roulant tout autour de l'usine : on dirait d'une ville prise d'assaut. Tous les moineaux, à une lieue à la ronde, sont dans un état d'épouvantement qui fait peine à voir. Que de veufs, que de veuves, que d'orphelins tu as fait déjà, monstre que tu es ! ah ! tu es heureux qu'Henri, ton farouche parrain, ne se trouve pas là ! il saurait mettre obstacle, lui, à ta férocité, et te renverrait bien vite à tes livres; mais, moi, j'en conviens, je suis malheureusement, à ton égard, d'une faiblesse de poule mouillée !

— Mais pas déjà tant, puisque vous ne voulez pas que j'emporte mon fusil, — répondit Jules, en faisant sa petite moue et en donnant à son haut-le-corps ce demi-pirouettement sur place par lequel les enfants expriment si bien leur mécontentement.

— Cet enfant est vraiment d'une logique effrayante. Je ne suis pas de force avec lui. Quel philosophe cela promet un jour à la France ? Ecoute. Veux-tu que je te dise le fin mot de mon refus ?

— Mais, dame !

— Hé bien ! le vrai motif, c'est que, si tu allais au château avec ton petit fusil, monsieur Granger serait capable de te le voler pour enrichir sa collection d'armes. Il y mettrait une étiquette n'importe laquelle, pour lui donner une glorieuse origine, et qui sait? pendant qu'il serait en train, je le crois d'humeur à te voler toi-même, à t'empailler, à te ficher sur un piédestal, à t'étiqueter et à faire de toi quelque grand homme.

Un peu mieux convaincu par cette mauvaise raison qu'il ne l'avait été par les bonnes, ce qui n'est pas exclusivement le propre des petits enfants, mais ce qui arrive aussi aux grands, Jules n'insista pas. Il partit aussitôt sans fusil, ne fût-ce que pour venir le reprendre plus tôt.

Nous ne voudrions pas accuser à la légère la probité d'un enfant, mais notre sincérité nous oblige à l'avouer : quelqu'un, qui eût pu voir le panier de fraises au départ et à l'arrivée, eût certainement constaté avec douleur qu'il avait bien diminué d'un bon quart en chemin. Par exemple, les fleurs et les feuilles de vigne étaient restées parfaitement intactes.

Quand le gentil messager se présenta devant la grille du château, le père Plumeau déposa sa hallebarde et sortit de sa loge, au frontispice de laquelle on lisait en grandes majuscules : **PARLEZ AU CONSERVATEUR.**

— C'est le petit garçon de l'usine, — dit-il. — Que veux-tu, mon petit ami ?

— Je veux madame Régina, — répondit Jules.

— Oh ! oh !... madame Régina ?... attention !... Et de quelle part viens-tu ? Est-ce monsieur Henri qui t'envoie ?

— Non, ce n'est pas mon parrain. A preuve qu'il n'y est pas. C'est monsieur Léon et madame Emilienne.

— Très-bien, tu peux entrer.

Le père Plumeau ouvrit la grille.

— Mais avant d'aller plus loin, laisse-moi voir un peu ce que tu apportes là.

— C'est des fleurs et des fraises, pardine ! c'est pas malin à voir.

— C'est pas malin, c'est pas malin ! tu crois cela, toi, innocent que tu es ! Mais comme le dit mon excellent maître... (que le ciel confonde ! — ajouta mentalement le père Plumeau —), les serpents se cachent parfois sous les fleurs, et la séduction peut prendre toutes les formes.

Le père Plumeau ne jeta qu'un coup d'œil superficiel sur les fleurs, mais l'inspection du panier de fruits fut aussi consciencieuse que possible.

— Oh ! les magnifiques fraises ! — s'écria-t-il avec admiration. — Quel grosseur !... quel coloris !... quel parfum !... Mais sont-ce bien là de vraies fraises ?... j'en doute tant elles sont belles... La nature ne fait pas auss bien que ça... Goûtons-en pour nous en assurer... Oui, cela y ressemble diantrement... mais j'en doute encore... Décidément, ce sont bien des fraises. Tu peux donc les porter à leur adresse. Suis la grande allée, tu arriveras au perron du château, et là tu trouveras une sentinelle, le grand François, qui t'indiqueras où tu pourras trouver madame.

Arrivé au perron, le panier fut l'objet d'une nouvelle inspection de la part de François, qui, non moins consciencieux que le père Plumeau, goûta plusieurs fois aux fraises pour bien s'assurer de leur réalité.

— Oui, ce sont bien des fraises, je n'en saurais douter. Tu peux monter maintenant, — dit à son tour le grand François à Jules. — Tu trouveras en haut une femme de chambre qui t'indiquera où est sa maîtresse.

Arrivé en haut, le panier de fraises fut l'objet d'un troisième examen avec essais répétés, car c'était à qui lutterait de conscience et de dévouement à ses devoirs parmi les domestiques de cette maison modèle.

— Oui, ce sont bien des fraises, même qu'elles sont excellentes, — dit à son tour la caméristе. — Merci, mon petit ami ; je vais porter cela à ma maîtresse.

Pendant ces deux dernières investigations pratiquées sur les fraises, le père Plumeau avait pris, lui aussi, le chemin du château pour aller faire son rapport au commandant de place, c'est-à-dire à monsieur Granger. C'était l'ordre pour chaque incident, sans compter le rapport général sur les événements de la nuit que chaque domestique était tenu de venir lui faire dès le matin.

Monsieur Granger reçut donc trois fois le même avis, relativement au bouquet et aux fraises, dans l'espace de dix minutes.

— J'ai l'honneur de prévenir monsieur qu'il vient d'arriver de l'usine, pour madame, un vrai bouquet et un vrai panier de vraies fraises, — lui dit François, qui avait servi dans de bonnes maisons et qui savait qu'on ne doit jamais parler à ses maîtres qu'à la troisième personne.

—C'est bien,—répondit doucement monsieur Granger.

La cameriste, qui n'était pas moins bien stylée, employa exactement la même formule, et obtint la même réponse bienveillante.

Mais quand vint le tour du père Plumeau, dont l'éducation était complétement manquée, sous le rapport des bonnes manières et du beau langage d'antichambre, les choses se passèrent autrement.

— Monsieur Granger, — dit-il en parlant directement à son maître et avec toutes les formes de la plus humble déférence, — je vous avertis qu'il vient d'arriver...

— Laissez-moi tranquille, butor! — interrompit monsieur Granger.

— Un vrai bouquet et de vraies fraises...

— Allez au diable, imbécile!

— On y va, monsieur, on y va, — répondit tout tremblant le père Plumeau, qui, ayant lu Granger tout court sur l'acte de vente du château et sur les lettres qui arrivaient de Doullens pour son nouveau propriétaire, ne pouvait pas se douter que ce fût surtout la suppression de la particule décernée à ce dernier par Léon, qui lui valût, à lui, Plumeau, dix fois par jour, l'application de ces deux épithètes d'une périodicité si monotone. — Imbécile! butor! — grommelait le pauvre conservateur en regagnant tristement sa loge. — Toujours, toujours de même!... Et pourquoi? je me le demande en vain. Ah! certes, s'il n'est pas jaloux, ce que je ne fais encore que soupçonner, je finirai du moins par croire que c'est un insensé.

Le père Plumeau eut pu commencer par là sans être accusé de trop de précipitation dans ses jugements.

Mon Dieu, oui, lecteurs, je ne sais pas si vous vous en êtes aperçus, mais le mari de Régina est insensé, autrement dit non sensé. Il appartient à la catégorie de ces monomanes dont on dit vulgairement qu'ils sont timbrés, qu'ils ont reçu un coup de marteau, qu'ils ont l'esprit toqué, qu'ils ont le cerveau fêlé, etc. Le monde en est plein, et les plus beaux échantillons du genre ne sont pas toujours à Charenton. Je ne sais même pas pourquoi on les y enferme quand ils sont inoffensifs, et la plupart sont tels. En pareils cas, j'ai toujours été tenté de supposer que leur état mental n'était qu'un prétexte pour les familles de quelques-uns, et que le désir d'avoir l'administration et l'usufruit de la fortune qu'ils peuvent posséder était la véritable cause de leur séquestration.

Causez avec eux sans avoir été prévenus de leur insanité : vous serez étonnés parfois de la lucidité, de la cohérence et même de l'élévation de leurs idées sur toute espèce de sujets, un seul excepté. Si celui-là n'est pas attaqué, vous les quitterez, au bout d'une heure de conversation, bien persuadés que vous avez eu affaire à des gens du meilleur sens. Mais si le cours de l'entretien l'amène par hasard, ils se mettent à divaguer de la façon la plus étrange. L'un se croit Alexandre, l'autre Homère, celui-ci Mahomet, celui-là Jupiter, cet autre Jésus-Christ. Ainsi de suite.

Je les comparerais volontiers à ces armes chargées que vous pouvez manier et remanier sans crainte, à la condition de n'en pas tirer la gâchette, mais si vous la tirez, pan! le coup part à votre grand émoi.

Hé bien! quel mal y a-t-il à ce qu'un homme se croie Jésus-Christ, Alexandre, Mahomet ou Jupiter! Est-ce que nous ne voyons pas tous les jours circuler librement des gens, fort intelligents, du reste, qui sont atteints d'une monomanie de ce genre : des usuriers, par exemple, qui se croient de grands financiers, des poëtereaux qui se croient des Racine, des peintres qui se croient des Raphaël, d'ennuyeux orateurs qui se croient des Démosthènes, de médiocres hommes d'Etat qui se croient des Montesquieu, d'infimes musicastres qui se croient des Rossini, de prétendus inventeurs qui se croient des Fulton, etc.

Franchement, insensés pour insensés, j'aime encore mieux ceux qui se croient Jupiter. Ce n'est pas plus dangereux, et c'est plus drôle. Je demande donc qu'on relâche les uns, ou qu'on enferme aussi les autres.

Hé bien! tel était le genre d'insanité dont monsieur Granger se trouvait atteint. Son cœur aimant, sa tête naturellement exaltée et son organisation délicate n'avaient pu résister aux tourments d'une incessante jalousie. Resté calme, sensé et bon sur toute autre question, après la longue et cruelle maladie qui en avait été récemment le résultat, il devenait farouche, furieux, impitoyable, dès que la crainte d'être de nouveau trompé venait à lui bouleverser l'esprit, et alors il n'était sorte d'extravagances qu'il ne fût capable de commettre.

Mais revenons à ce malheureux panier de fraises dont le sort ne laisse pas d'être inquiétant, à travers tous les dégustateurs que lui impose l'insanité même de notre pauvre jaloux.

Régina, chez qui l'amour maternel s'était éveillé à la suite d'un si long sommeil, Régina attendait Jules avec une impatience croissante.

L'amour maternel a aussi sa coquetterie.

Une mère est heureuse de paraître belle aux yeux de ses enfants. Il lui semble que l'admiration de sa beauté ne peut qu'augmenter leur affection. Cela est vrai.

« Ma belle maman! ma belle maman! » On ne saurait dire avec quelle joyeuse fierté un enfant se plaît à prononcer ces mots.

Régina avait donc fait une toilette de circonstance. Elle avait apporté dans le choix de ses ajustements cet instinct qui ne trompe presque jamais les femmes. C'est-à-dire qu'au lieu de l'élégante simplicité adoptée la veille pour recevoir Léon, elle avait déployé, pour plaire au petit Jules, tout ce que sa garde-robe, ses cartons et ses écrins pouvaient lui fournir de splendeur. Elle avait passé sa robe la plus *voyante*, employé ses dentelles les plus luxueuses, étalé sur son col et sur ses bras ses bijoux les plus précieux.

C'était à aveugler.

— Mon Dieu! — se dit sa caméristе, — qui donc madame a-t-elle l'intention de recevoir aujourd'hui? C'est donc un roi, un saint-père le pape, un prince quelconque?

Régina eût pu lui répondre :

— Non! sotte que vous êtes! ce n'est ni un prince, ni un pape, ni un roi; c'est bien mieux que cela : c'est un tout petit bonhomme de six à sept ans; mais ce petit bonhomme pour qui je fais tant de frais de parure, c'est mon enfant!

Et ce mot d'enfant eût expliqué à la caméristе, qui l'eût compris elle-même, comme femme, c'est-à-dire comme future mère, sinon peut-être comme mère passée : cela ne nous regarde pas, pourquoi sa maîtresse s'était faite si riche et si éclatante.

Après la beauté, c'est en effet la richesse que les enfants admirent le plus dans leurs parents. Quel orgueil ne mettent-ils pas à se faire remarquer, les uns aux autres, tout ce qui peut donner une haute idée de l'opulence de leur famille! Il faut les voir se pavaner au jardin des Tuileries, il faut les entendre causer entre eux pour s'en faire une comique idée.

Enfin, Régina savait que les enfants, comme les badauds des deux hémisphères, comme les nègres noirs et comme les nègres blancs, en un mot comme tous les êtres dont le bon goût n'est pas formé, ne se laissent fasciner que par le clinquant et le reluisant. Les peuples eux-mêmes, considérés en masse, sont de véritables alouettes sous ce rapport. Appelez-les doucement en leur offrant d'excellent grain : elles s'enfuient à tire d'ailes ; faites miroiter à leurs yeux quelque chose de brillant : elles accourent et vous tombent, non pas toutes rôties, mais, à en juger par leur empressement, avec le plus vif désir de l'être.

Quand Régina se regarda dans la glace de sa psyché pour s'assurer que rien ne manquait à l'exhibition de ses trésors somptuaires, elle ne put s'empêcher de se moquer un peu d'elle-même en se voyant ainsi parée comme une châsse. Son bon goût se révoltait contre un étalage à tirer les yeux, et qu'elle complétait en ce moment par une sorte de diadème en perles fines. C'était un de ces nombreux cadeaux qui lui avaient été faits successivement aux premiers jours de l'an et aux jours de sa fête.

Par qui?

On n'a jamais pu le savoir.

C'étaient, avait-elle dit à son mari, des objets gagnés par elle à des loteries de bienfaisance.

Monsieur Granger en était resté convaincu. Nous n'avons donc pas à en demander davantage. Nous n'avons pas le droit d'être plus sceptique que lui. Le fait est, pas moins, que cette femme-là avait bien de la chance! Mais elle n'est pas la seule, tant s'en faut, que le sort favorise avec tant d'acharnement, et bien des gens pourraient en citer un certain nombre de leur connaissance qui gagnent à coup sûr chaque fois qu'une de leurs amies imagine quelque loterie.

A charge de revanche.

— Hé bien! Rosine, — demanda Régina en souriant à sa caméristе qui restait toute ébaubie à la contempler des pieds à la tête, — comment me trouvez-vous dans cet attirail?

— Ma foi, puisque madame veut bien me demander mon avis, — répondit Rosine en mettant la main sur ses yeux, comme si elle ne pouvait soutenir tant d'éclat, — j'avouerai à madame que je n'ai jamais rien vu d'aussi éblouissant. Avec tous ces bijoux, madame ne me fait plus l'effet d'une personne naturelle; elle me fait l'effet d'une madone. Il y en a justement une à Doullens dans la chapelle de la Vierge qui est habillée de brocard vert, coiffée d'une couronne en pierreries et toute chargée de verroteries. Elle ressemble à madame comme deux gouttes d'eau.

— En vérité, — reprit Régina sur le ton de l'enjouement, car la certitude d'embrasser bientôt son enfant la rendait toute joyeuse et toute affable, — voilà une ressemblance des plus flatteuses. Hé bien! supposons un instant que je sois réellement cette madone, quelle grâce auriez-vous à lui demander, ma fille?

— Hé quoi! Madame daignerait?...

— Voyons, dites. C'est accordé d'avance.

— Mais... puisque madame est si bonne... aujourd'hui... je... prierai madame de vouloir bien m'accorder la permission... de sortir ce soir... pour aller... promener un peu dans le pays... avec mon cousin...

— Ah! oui, celui qui est dans les dragons, en garnison à Doullens?...

— Oui, madame. Il a obtenu la permission de venir ici...

— Et vous aussi, Rosine, vous voudriez une permission... de dix heures?...

— Oui, madame. C'est pour des affaires de famille dont nous avons à parler.

— C'est assez naturel; malheureusement vous savez que je n'ai pas le droit de vous accorder cette faveur. Adressez-vous à monsieur Granger.

— Je l'ai fait, madame, mais il m'a refusé net. Quelle singulière manie monsieur a-t-il donc prise de ne vouloir pas qu'on mette le nez hors d'ici depuis que nous y sommes! Ce n'est plus un château, cela, c'est une prison, c'est un cachot!

— Hélas! — soupira Régina. — Mais, — ajouta-t-elle, — puisque je ne puis vous faire un tel plaisir, je veux au moins vous dédommager de cette contrainte autant qu'il est en moi. Tenez, tenez, Rosine; tout cela est pour vous. Je ne veux pas que ce jour, que je regarde comme un des plus beaux jours de ma vie, soit un des plus tristes de la vôtre. Prenez, prenez, ma fille.

Et Régina lui donna une foule de jolis objets de toilette.

— Merci, madame, — dit Rosine en les emportant. — Par malheur, — ajouta-t-elle tout bas, — à quoi cela servira-t-il si je ne puis m'en parer pour causer du pays avec mon cousin le dragon!

— Allons, allons — se dit Régina avec un sourire de satisfaction, — ainsi attifée, je suis sûre de faire la conquête de monsieur Jules. Comme ce doit être bon d'embrasser son enfant! — ajouta-t-elle avec une émotion, tout à la fois vive et douce, qu'elle avait ignorée jusque-là.

Puis elle regarda la pendule avec impatience comme pour hâter la marche des paresseuses aiguilles.

XV.

Enfin Rosine vint apporter à sa maîtresse le bouquet et le panier de fraises qui étaient envoyés par Léon et par Emilienne.

Les fleurs étaient intactes; mais, à force d'avoir été examiné par les différentes douanes établies par monsieur Granger autour de sa femme, le contenu du panier était diminué de moitié.

Régina pâlit légèrement à la pensée que, contrairement à la promesse de l'expéditeur, ces objets avaient été apportés peut-être par un commissionnaire quelconque.

— Qui donc, Rosine, vous a remis cela? — demanda-t-elle d'une voix mal assurée.

— Un tout petit bonhomme, madame; un vrai petit chérubin.

— A la bonne heure!... Je respire!... Hé bien! où donc est-il?

— Il est reparti, madame.

— Reparti! — s'écria Régina avec colère. — Il est reparti sans que je l'aie vu!... Et vous avez eu la sottise de...

— Il ne doit pas être bien loin, madame, — se hâta de dire Rosine.

— Hé bien! courez, courez!... Ramenez-le; je veux le voir... je veux l'embr... Mais courez donc!...

— Oui, madame.

— Il est bien juste que je le récompense de sa peine.

Rosine rattrapa Jules comme il sortait du château, et elle le ramena presque de force à sa maîtresse.

— Mais lâchez-moi donc! — disait Jules en tâchant de se dégager des mains de la caméristе. — Lâchez-moi donc!... vous m'ennuyez!

— Soyez tranquille, mon petit homme, — lui répondait celle-ci; — on ne veut pas vous manger. Au contraire, on veut vous donner une récompense honnête.

— Je me moque pas mal de votre récompense! J'ai fait ma commission : je veux retourner à mon fusil.

— C'est bien, Rosine, — dit Régina. — Laissez-nous, ma fille. — Jules n'avait pas aperçu jusqu'alors Régina, tout occupé qu'il était du soin de recouvrer sa liberté. Il jeta les yeux dans la direction de la nouvelle voix qu'il entendait, et resta tout confus en apercevant la grande dame si bien parée qui venait de parler. Il ôta vivement sa casquette, la tourna et retourna dans ses mains, baissa les yeux et se mit à frotter l'une de ses jambes avec l'autre, ce qui, chez les enfants, est un des gestes par lesquels ils traduisent le mieux leur embarras. — Ma magnificence produit son effet, — pensa Régina en souriant.

Mais, malgré ce sourire, on pouvait voir, à la pâleur de ses lèvres et à son attitude incertaine, qu'elle avait l'esprit pour le moins aussi troublé que Jules. La mère tremblait devant son enfant. Son émotion tenait à la fois de la joie et de la douleur, de la fierté et de l'humiliation.

. . . .

Oui, Régina se sentait humiliée d'avoir là son enfant devant elle et de ne pouvoir lui dire : « Viens dans mes bras, je suis ta mère ; » et c'était avec un cuisant remords qu'elle s'accusait de cette impossibilité, juste et cruelle conséquence de son coupable abandon.

Enfin, quand elle fut parvenue à dominer son émotion :

— C'est donc vous, mon petit ami, — balbutia-t-elle de son ton le plus doux, — c'est donc vous qui avez pris la peine de m'apporter ces fleurs et ces jolies fraises ?

— Oui, madame, — murmura Jules d'une voix presque inintelligible.

— Je vous en sais bien bon gré. Mais venez donc près de moi, que je vous remercie. — Jules ne bougea pas, mais fit pirouetter sa casquette plus vivement encore dans ses mains, et se frictionna la jambe gauche avec la droite avec un redoublement d'ardeur. — Est-ce que je vous fais peur ? — lui demanda Régina.

— Oh ! non, madame. Moi, d'abord, je n'ai jamais peur ! — répondit Jules en relevant la tête avec une gentille crânerie. — Mon ami Léon m'a bien défendu d'avoir jamais peur de rien. Aussi je ne crains ni les loups-garous ni même les revenants.

— Hé bien ! alors, pourquoi ne voulez-vous pas vous approcher de moi !

— Parce que... je n'ose pas.

— Mais c'est de la peur, cela !

— Oh ! non.

— En ce cas, pour quel motif ?

— Parce que... vous êtes trop belle.

— En vérité, c'est cela qui vous intimide ?

— Oui, vous ressemblez tout plein à la madone de l'église du village.

— Allons, bon ! — pensa gaiement Régina, — voilà qu'avec ces fanfreluches, je ressemble à toutes les madones du monde. Eh bien ! — reprit-elle tout haut, — puisque je ressemble à la madone, voulez-vous être mon petit Jésus ? Venez, venez.

— Pourquoi faire ? — demanda Jules.

— Pour causer tous les deux. — Et, sans attendre sa réponse, Régina s'avança, lui prit la main et l'entraîna doucement vers un fauteuil, où elle s'assit. Là, l'ayant attiré à elle, Régina entoura de l'un de ses bras la taille de Jules, pour le retenir, et, caressant de la main qui lui restait libre les belles boucles de ses cheveux blonds, elle le contempla quelques instants en silence. Elle le trouva naturellement d'une beauté incomparable. — C'est pourtant moi... moi... moi... qui ai fait cela ! — se répétait-elle avec orgueil. — Puis, cédant à un élan d'irrésistible tendresse, elle attira Jules plus près d'elle encore, lui prit la tête à deux mains, et couvrit de baisers sa chevelure, son front et ses joues. Elle l'eût ainsi dévoré de caresses pendant longtemps, mais elle dut s'arrêter, car Jules finissait par se débattre contre cette avalanche d'affectueuses démonstrations. Cela l'ennuyait évidemment, car, à l'exemple de je ne sais plus quel personnage de théâtre, il jetait de temps en temps les yeux du côté de la porte, d'un air qui semblait dire : « Je voudrais bien m'en aller ! » — Et toi, — lui dit Régina, — ne veux-tu pas m'embrasser aussi... une fois... une seule fois ?... je t'en prie !

— Comme vous voudrez, — répondit Jules d'un ton comiquement blasé : et il appuya son petit museau rose sur une des joues de Régina, mais si légèrement que ce fut à peine si elle le sentit.

— Et l'autre joue, — dit-elle, — tu l'oublies ? Il ne faut pas ! elle serait jalouse !

— Ça m'est égal, — répliqua Jules du ton d'un homme qui est à bout de complaisance ; et il ne fit faire cette fois à sa bouche que la moitié du chemin.

Régina fut obligée de faire l'autre moitié, mais elle usa de ruse, et quand elle sentit le contact des lèvres de l'enfant, elle lui saisit vivement la tête par derrière et le tint appuyé sur sa joue un long moment.

C'était abuser, à ce qu'il paraît, de l'extrême obligeance de monsieur Jules, car, lorsqu'elle lui eût rendu sa liberté, il s'essuya vivement la bouche du revers de la main.

Régina souffrait cruellement de cette indifférence, nous dirions presque de cette espèce de répulsion qui avait succédé chez Jules au premier instant d'intimidation.

Dans le but de vaincre cette froideur toujours croissante, elle voulut employer le grand moyen, celui de la gourmandise, dont le succès est presque infaillible sur les enfants, tant il semble qu'à cet âge le cœur soit près de l'estomac. Ce n'est qu'un faux semblant, car il en est de même à tous les âges.

— Mais à propos de fraises, — lui dit-elle en s'efforçant de sourire, — as-tu goûté du moins à celles que tu m'as apportées ? C'était bien juste pour ta peine.

Cette question fit quelque peu rougir le jeune maraudeur.

— Un peu, — dit-il en baissant la tête.

— Un peu, ce n'est guère ; et guère, ce n'est pas assez, — reprit Régina.

— Mais ce n'est pas moi qui ai mangé tout ce qui manque, — s'empressa d'ajouter Jules pour se disculper ; — ce sont les autres. Ils prétendaient que ce n'étaient pas de vraies fraises, et ils voulaient s'en assurer.

— Hé bien ! — reprit Régina, — veux-tu que nous mangions ensemble ce qui reste ?

— Je veux bien, — répondit Jules dont le front se dérida.

— Comment les aimes-tu ?... au naturel... au sucre... à la crême... au bordeaux... au champagne... au kirsch... au marasquin ?...

— Je ne sais pas. Je les aime comme elles sont meilleures.

— Va donc pour le marasquin. En attendant, tiens, voici des bonbons. Bourres-en tes poches, manges-en à ta fantaisie ; cela te fera prendre patience.

Jules ne se fit pas répéter l'invitation.

. . . .

Régina sonna sa femme de chambre, qui eut bientôt dressé une délicieuse collation composées de gelées, de fruits confits, de gâteaux, de friandises de toute sorte qu'elle avait eu la précaution de commander à l'office, et au milieu desquelles, comme plat d'honneur, figuraient les fraises au marasquin.

Jules fit honneur à tout, et l'arrosa plusieurs fois d'excellent muscat. Aussi, à la fin de ce petit goûter, se trouvait-il beaucoup mieux disposé à faire de la camaraderie avec la belle madone qui le lui avait offert.

— Maintenant, — dit-elle, quand la camériste les eut de nouveau laissés seuls, — veux-tu causer ensemble ?

— Je veux bien, madame, — répondit Jules.

Régina le fit asseoir à ses pieds, sur un tabouret, de manière à pouvoir lui caresser les cheveux tout en causant.

— Tu m'appelles madame... c'est bien froid pour deux bons amis tels que nous.

— Mais comment donc voulez-vous que je vous appelle?...

— Je veux que tu m'appelles ta mè... — Régina allait dire « ta mère, » mais elle comprit l'imprudence de ces mots et s'arrêta.— Je veux que tu m'appelles ton amie... ta bonne amie.

— Oui, madame bonne amie, — répondit Jules.

— Ah! tu vois bien que tu m'aimes déjà... un peu... puisque tu m'appelles ta bonne amie.

— Pas encore trop, — répondit l'enfant terrible.

— Mais ce ne sera jamais trop. Et monsieur Léon, l'aimes-tu aussi?

— Oh! oui, que je l'aime, madame bonne amie.

— Il ne faut pas dire « madame, » il faut dire simplement : « ma bonne amie. »

— Oui, madame bonne amie. — Régina ne put s'empêcher de sourire. — Moi, d'abord, — reprit Jules, — j'aime ceux qui font toutes mes volontés.

— Ah! oui-da! et il paraît que monsieur Léon...

— Mon ami Léon? il fait tout ce que je veux, surtout quand je me fâche après lui.

— Et moi, tu m'aimerais donc de même, si je faisais aussi tout ce que tu voudrais?

— Je vous aimerais peut-être un peu plus.

— Hé bien! je suis enchantée de savoir cela... On tâchera, monsieur, de vous plaire à force d'obéissance. Et... monsieur Henri... l'aimes-tu aussi?

— Oui, madame bonne amie; mais pas de la même manière que mon ami Léon. Je l'aime, monsieur Henri, mais je le crains... pas beaucoup cependant... un peu seulement... quand je n'ai pas été sage... Autrement, il a beau faire de gros yeux et prendre sa grosse voix pour paraître méchant quand il veut que j'étudie, je sais bien qu'au fond c'est peut-être lui, avec madame Emilienne, qui m'aime le plus de toute la maison, et qu'à la fin des fins il finit toujours par me laisser faire à ma tête.

— Eh mais! monsieur Jules, il paraît que vous n'aimez guère le travail!

— Ma foi! non! C'est ennuyeux, le travail. J'aime bien mieux m'amuser, faire des cocottes, jouer au soldat, à la main-chaude, à colin-maillard, à rien du tout, et surtout chasser.

— Comment! tu chasses déjà?

— Oui, depuis dimanche. J'ai un beau fusil, allez, madame bonne amie! oh! mais, pas un fusil de fer-blanc, comme avant; pas un fusil pour de rire; un fusil pour de bon, un vrai fusil, avec de la vraie poudre et de la vraie cendrée! C'est mon ami Léon qui m'en a fait cadeau. Je ne l'ai pas quitté depuis dimanche, mon joli fusil; je le fais coucher avec moi. Je voulais l'apporter ici, mais mon ami Léon m'a dit comme ça que monsieur Granger me le prendrait, et même qu'il m'empaillerait tout vivant, avec une étiquette sur le dos. Je ne sais pas ce que c'est, mais tout de même je l'ai laissé à la maison! Il me tarde d'aller le reprendre. Adieu, bonsoir, madame bonne amie!

— Attends donc encore un peu, — dit Régina en le retenant par le bras. — Nous avons encore à causer. — Jules se résigna à rester, en souvenir sans doute des fraises au marasquin; il comprit que l'estomac ne peut pas se montrer si tôt ingrat; mais, pour passer son temps plus agréablement, il se mit à jouer avec les nombreuses pierreries dont la vivante madone était ornée, ce qu'elle lui laissa faire avec joie, bien qu'il risquât plus d'une fois d'en briser la monture.— Et madame Mervel? — reprit Régina, — tu ne m'en as rien dit encore.

— La mère de mon ami Léon? je l'aime si vous voulez; c'est-à-dire je l'aime sans l'aimer; elle est trop grondeuse. Je l'aime, mais pas tant que ma vieille Thérèse, et surtout pas si fort que maman Emilienne.

— Maman Emilienne! — répéta Régina, que l'association de ces deux mots fit tressaillir de dépit.

— Oui, maman Emilienne, — répéta Jules. — Oh! celle-là, je l'aime de tout mon cœur.

— Pourquoi l'appelles-tu ta maman?... Ce n'est pourtant pas ta mère... ta véritable mère... celle qui t'a donné le jour...

— Dame! je n'en connais pas d'autre...

— Tu en as une pourtant... et qui t'aime déjà bien.

— Pourquoi alors n'est-elle jamais venue me voir?

— Que sais-je? des obstacles sans doute...

— Vous la connaissez donc, vous, madame bonne amie?

— Qui?... moi?... oui... c'est-à-dire... non; j'ai seulement entendu parler d'elle. Mais un jour... probablement... tu la connaîtras, toi.

— Je n'y tiens pas!

— Elle te réclamera peut-être...

— Je ne veux pas d'elle. Je ne veux que maman Emilienne. J'ai bien assez d'une maman!

Régina posa la main sur son cœur pour en comprimer les douloureux battements.

— Et pourquoi l'aimes-tu tant, cette Emilienne? — reprit-elle après s'être un peu calmée.

— Elle est si bonne!... et si belle!... et si riche!... — répondit Jules.

— Hé bien! moi, est-ce que je ne suis pas riche aussi?...

— Je crois que oui.

— Et... belle?

— Oui, vous avez une bien belle robe, et de bien jolis joujoux.

— Et bonne?

— Oui, à preuve que vous avez de bien bonnes confitures, et de bien bons gâteaux, et de bien bonnes dragées, et de bien bon muscat.

— Hé bien! alors, appelle-moi ta maman Régina.

— Oh! non, vous n'êtes pas une maman, vous; vous n'êtes qu'une madame bonne amie.

— Pourquoi pas une maman aussi bien que ta madame Emilienne? — demanda Régina, qui accentua ce nom avec amertume.

— On ne peut pas avoir deux mamans, — répondit Jules. — Et puis je ne vous connais pas, vous.

— Mais nous ferons plus ample connaissance. Et d'abord, promets-moi de venir me voir souvent.

— Je veux bien, si l'on m'envoie encore vers vous en commission.

— Tu trouveras toujours ici quelque chose qui te plaira. Et puis, qui sait?... Un jour viendra peut-être où tu quitteras l'usine, où tu demeureras ici... où tu ne me quitteras plus.

— Ah! mais non! je ne veux pas quitter l'usine, moi! je ne veux pas demeurer avec vous, moi!

— Je t'aimerais pourtant bien, j'aurais bien soin de toi, je te donnerais autant de joujoux que tu en désirerais, beaucoup de fusils et de bonnes petites friandises.

— Mais j'en ai là-bas tant que je veux. Ce n'est pas l'embarras, je quitterais bien encore madame Mervel, et peut-être bien aussi la vieille Thérèse, parce qu'elle n'est pas amusante du tout; elle radote toujours; mais mon ami Léon, et mon parrain Henri, et surtout maman Emilienne?... Jamais, jamais!... Je viendrais les retrouver du bout du monde, et de plus loin encore! Et tenez, à force que vous me parlez d'elle, voilà que j'ai une envie terrible de l'embrasser. Adieu, bonsoir, madame bonne amie!

— Soit! je vais te laisser partir, — dit tristement Régina, — mais, tu sais? à la condition que tu reviendras.

— Oui, oui, si l'on m'envoie, — répétait Jules, qui ne fit qu'une enjambée vers la porte.

— Eh bien! eh bien! est-ce qu'on se sépare ainsi entre bons camarades? — dit Régina en le rattrapant. — Comment! tu ne m'embrasses pas une dernière fois avant de partir?

— Une dernière fois, si; mais vous me lâcherez tout de suite après, n'est-ce pas? Il me tarde de revoir maman Emilienne!

Quand Jules fut sorti de la chambre, Régina passa dans

une pièce voisine, du balcon de laquelle on pouvait le suivre des yeux jusqu'à la grille du parc. Jules, s'étant retourné pendant le trajet pour mettre en joue un beau papillon avec son bras droit et son bras gauche, aperçut Régina qui lui envoyait des baisers. Il ôta sa casquette et l'agita en l'air, par manière de dernier adieu. Le vent souleva alors les longues boucles de sa blonde chevelure, et son frais visage disparut un instant sous ce voile d'or.

Le portier conservateur sortit de nouveau de sa loge pour lui ouvrir la grille.

— Ah! ah! — dit le père Plumeau, — c'est le gentil petit messager aux fraises; car c'étaient bien de vraies fraises, je vous rends cette justice, mon petit ami... En apporterez-vous encore bientôt?

— Je ne sais pas.

— Tâchez, tâchez! Ne vous gênez point. Il paraît que vous avez vos entrées, vous. Mais je m'assurerai toujours si elles ne sont point fausses : le devoir avant tout.

Jules avait disparu depuis longtemps que les yeux de Régina le cherchaient encore dans l'espace.

Enfin elle regagna sa chambre, se jeta dans un fauteuil et se prit à verser de brûlantes larmes.

— Oh! cette Emilienne, — disait-elle, — je savais bien que je la détesterais! Elle m'a volé mon enfant!... J'ai eu beau sonder tous les replis de cette jeune âme, partout, comme dans un sanctuaire, j'y ai trouvé l'image abhorrée de cette femme. Quant à moi, je suis punie par où j'ai péché. J'ai abandonné mon fils; mon fils m'abandonne à son tour. C'est juste, mais c'est horrible!... Hé quoi! quand je le comblais de bonnes paroles et de douces caresses, rien n'a battu dans son cœur pour lui révéler que j'étais sa mère!... Oh! la voix du sang!... encore un mensonge! encore une illusion!... Je le vois trop : on n'est pas mère par la nature, on ne l'est que par les soins prodigués à son enfant. Ah! si je pouvais le lui reprendre à cette Emilienne!... Peut-être qu'à force de tendresse je réparerais le temps perdu, je l'amènerais à m'aimer autant qu'elle... plus qu'elle!... Oui, mais par quel moyen?... Si je le redemandais, comme c'est mon droit, cet Henri raconterait tout, pour se venger. Et alors la honte... le mépris... Oh! rougir un jour devant mon fils!... j'aimerais mieux mourir!... j'aimerais mieux le voir mort lui-même!...

Régina avait raison. Ce qu'on appelle la voix du sang est une voix bien enrouée, à supposer qu'elle existe. S'il en était autrement, Œdipe n'eût pas tué son père sans s'en douter, et n'eût pas épousé sa mère sans le savoir. Quel irréparable dommage! Nous aurions été privés ainsi d'une des plus belles tragédies de l'antiquité. Non, la voix du sang ne se fait entendre à notre cœur que lorsqu'elle n'a rien à lui apprendre, c'est-à-dire lorsque le père et la mère connaissent leur enfant et que leur enfant connaît son père et sa mère. Les bons soins, les égards, l'habitude, la raison, la conscience et l'éducation font le reste. Mais les mêmes causes peuvent produire exactement les mêmes effets, entre des êtres parfaitement étrangers d'origine, et à qui la voix du sang n'a conséquemment rien à dire. C'était ainsi qu'Emilienne s'était faite la vraie mère de Jules, et que Jules était devenu le vrai fils de son adorable protectrice. L'âme d'Emilienne s'était fondue dans cette jeune âme; elle avait vivifié le cœur de Jules aux battements de son cœur; elle en avait gagné toutes les tendresses par sa propre tendresse. Et voilà pourquoi Régina avait trouvé prise la place qu'elle voulait y conquérir.

. . . .

Régina était plongée depuis quelques instants dans ces douloureuses réflexions, lorsque Rosine, ayant gratté à la porte, entra pour lui annoncer la visite de monsieur Léon Mervel.

A ce nom, Régina bondit de son siége en s'écriant :

— Non, non, je ne veux pas le voir!... Dites que je suis occupée..., que je suis indisposée... C'est cela... dites que j'ai aujourd'hui la même migraine que sa charmante femme avait hier.

En congédiant Léon, Régina, rendons-lui cette justice, Régina cédait à un très-bon sentiment! Nous pourrions dire qu'elle ne voulait pas lui montrer ses beaux yeux rougis par les larmes; qu'elle savait fort bien que sa toilette était ridiculement superbe pour tout autre qu'un enfant, et qu'enfin elle ne se sentait pas assez de liberté d'esprit pour pouvoir deviser sur l'amour d'une manière agréable. Beaucoup d'autres romanciers ne se feraient aucun scrupule de jeter ainsi quelques doutes sur son véritable mobile. Mais nous nous sommes promis de dire la vérité, rien que la vérité, toute la vérité, d'un bout à l'autre de cette histoire. Nous proclamerons donc que Régina se fût fait horreur à elle-même si elle eût accordé à son adorateur l'occasion de lui débiter de nouveau ses galantes fariboles. C'eût été, selon elle, une profanation, un sacrilége, que de leur prêter une oreille plus ou moins complaisante, le jour même où elle venait d'entendre pour la première fois la voix douce et pure de son enfant. Ce sentiment lui fait honneur, et c'est ainsi que, dans les natures même les moins louables, l'amour maternel peut éveiller de suprêmes délicatesses.

Rosine vint apporter la réponse de sa maîtresse à Léon, qui attendait dans l'antichambre.

— Madame m'a chargée de dire à monsieur qu'il était impossible à madame de recevoir monsieur, parce qu'elle a... Pardon... comment a-t-elle dit cela?... Ah! je me rappelle... parce qu'elle a eu hier la même migraine que madame Emilienne a aujourd'hui; c'est-à-dire, non... je me trompe... c'est tout le contraire... parce que madame a aujourd'hui la même migraine que madame Emilienne avait hier.

Léon dut se retirer devant cette consigne dont la forme ironique le surprit et l'intrigua fort.

Comme cela avait été convenu la veille, sur la demande de Régina, il était venu au château dans l'après-midi, accompagné d'un domestique, pour apporter à monsieur Granger trois paires des plus belles espèces de ses pigeons, dont ce dernier ne possédait pas d'échantillons. De son côté, monsieur Granger avait fait remettre au domestique de Léon quelques paires d'espèces qui manquaient pareillement au colombier de l'usine.

— Surtout, — dit Léon à monsieur du Granger, — ayons soin de les enfermer jusqu'à ce qu'ils se soient accoutumés de part et d'autre à leur nouveau domicile, si toutefois ils ne sont pas déjà trop âgés pour s'y faire. Autrement, chacun d'eux reviendrait à son gîte natal; et ce serait à recommencer sans cesse.

Cet échange opéré, monsieur du Granger avait exhibé à Léon quelques-unes des richesses historiques de son musée d'armes oubliées la veille, et entre autres la fameuse arquebuse dont Charles IX s'était servi au balcon du Louvre dans la nuit de la Saint-Barthélemy, pour tirer sur son peuple adoré.

Puis, toujours fidèle à sa monomanie, il avait prié Léon de retourner auprès de Régina pour achever l'éminent service, si bien commencé la veille, de désillusionner tout à fait la jeune femme sur le compte d'Henri Germin.

Léon avait accepté ce complément de mission avec tout le dévouement que nous lui connaissons.

On a vu l'insuccès de sa démarche.

Comme il reprenait le chemin de l'usine tout en pestant contre les incompréhensibles caprices des femmes, le père Plumeau lui dit tout bas, en lui ouvrant la grille :

— J'ai bien réfléchi depuis hier, monsieur Léon, à ce que vous m'avez fait l'honneur de me suggérer. Décidément, je partage votre soupçon : je commence à croire que monsieur Granger pourrait bien être un peu jaloux. Du reste, toujours aussi brutal, je dirai même aussi impoli à mon égard. Je l'ai revu cinq fois, pour différents rapports, et chaque fois il a continué de me traiter de butor et d'imbécile. J'avoue que, le jour où je pourrais me venger de tant d'affronts, sans qu'il s'en doute, bien entendu, sera véritablement le plus beau jour de ma vie.

Ce n'était peut-être pas sans une machiavélique intention que le portier conservateur du château laissait échapper cette menace devant un visiteur jeune et beau, dont l'assiduité, ainsi que les envois de fraises et de fleurs commençait à lui donner sérieusement à penser.

— Mon pauvre père Plumeau, — lui répondit Léon,— je gémis, croyez-le bien, sur votre auguste infortune; mais vous avez du moins la consolation de n'en pas changer, puisque vous avez affaire à un monomane. Vous savez à quoi vous en tenir d'avance. Vous vous dites : « Il va encore m'appeler imbécile et butor; » et, en effet, vous n'avez qu'à l'aborder, il vous appelle butor et imbécile; cela ne rate jamais. Quand ces choses-là sont régulières, on s'y fait peu à peu, par la force de l'habitude, si désagréables qu'elles soient d'ailleurs. Mais vous n'auriez pas cet avantage s'il avait des caprices, lui aussi, comme en ont les femmes en général; si, par exemple, il vous comblait de politesses aujourd'hui, et s'il vous vous bousculait demain. Cela soit dit, du reste,— ajouta Léon avec une intention non moins machiavélique, — cela soit dit sans vouloir vous détourner le moins du monde de vos projets de vengeance. Je les trouve légitimes. La vengeance est le plaisir des dieux et des conservateurs. Au revoir donc, père Plumeau, et bonne chance à première occasion.

— Oui, je commence à soupçonner une foule de choses, — se dit le père Plumeau lorsqu'après avoir refermé la grille derrière Léon il se fût réinstallé dans son fauteuil de cuir, la hallebarde toujours fichée entre ses jambes; — oui, une foule de choses étranges! Et d'abord, c'est arrêté, je commence à soupçonner que cet odieux Granger pourrait bien être un peu jaloux. Je commence à soupçonner pareillement que madame pourrait bien lui avoir donné quelque sujet de l'être. Je commence à soupçonner aussi que monsieur Léon est beaucoup trop l'ami du mari pour ne pas l'être un peu de la femme. Enfin, aux paroles de mauvaise humeur qui viennent de lui échapper, je commence à soupçonner également qu'il s'est élevé aujourd'hui, entre lui et madame, quelque petit nuage qui se dissipera sans doute demain. N'oublions aucune de ces conjectures : elles pourront faciliter ma vengeance. Elle va commencer dès ce soir, ma vengeance! L'affreux tyran a eu la cruauté de refuser à cette charmante Rosine la permission de sortir pour se promener avec son cousin le dragon. Eh bien! je la lui accorde, moi, cette permission, sans compter que j'en accorderai bien d'autres, de mon autorité privée, s'il continue de me traiter d'imbécile et de butor! Il apprendra ce qu'il en coûte d'exaspérer d'honnêtes et fidèles serviteurs, surtout quand ce sont eux qui tiennent les clefs de sa porte.

XVI

Le premier mouvement de Jules, en rentrant à l'usine, fut de courir à Emilienne, qu'il aimait encore mieux que son petit fusil selon toute apparence. Il se jeta dans ses bras, se pendit à son col et l'embrassa vingt fois de suite. Il lui semblait avoir une grave infidélité à réparer à son égard, en raison des baisers qu'il s'était laissé prendre par la dame du château, et surtout de ceux qu'il lui avait rendus bien à contre-cœur.

Emilienne fut obligée de mettre un terme à ses caresses, comme on est forcé de le faire pour un jeune chien dont les démonstrations affectueuses menacent de durer éternellement.

— Allons, allons, en voilà bien assez pour une fois,— lui dit-elle avec un sourire, et en se dégageant de ses petits bras.

Madame Mervel et la vieille Thérèse étaient présentes. Thérèse eut deux bons gros baisers seulement, et madame Mervel risquait fort de n'en pas avoir un seul, si elle n'en eût pris l'initiative en attirant à elle le gentil distributeur.

En ce moment Léon fit sa rentrée lui-même, au retour du château. On eût pu voir à l'expression maussade de sa physionomie, qu'il était peu flatté de la déconvenue que Régina lui avait fait subir en refusant de le recevoir.

Jules lui sauta à califourchon sur le dos et lui passa les bras autour du cou, ce qui était assez souvent sa manière de lui présenter ses hommages.

— Satané gamin, veux-tu bien me laisser! — s'écria Léon en le secouant de toute sa force pour lui faire lâcher prise.

— Bonjour, bonjour, bonjour! — répondit gaiement le petit cavalier en se tenant ferme en selle.

— Parole d'honneur, je me suis montré trop bon prince jusqu'à présent pour ce mioche-là! Il abuse de ma magnanimité! Il finit par me prendre pour un soliveau, et le voilà qui me grimpe dessus, comme les grenouilles de la fable sur leur potentat. Je ne sais pas où cela nous conduira. Où allons-nous? où courons-nous? Mais il faut que cela finisse! Attends, attends, va! Rends-moi un peu la liberté de mes mouvements, et tu verras que je sais être aussi une vraie grue, quand je m'y mets. Gare les oreilles!

— Pas si bête,— dit Jules. — Au pas, au pas! au trot, au trot! au galop, au galop!

Et en parlant ainsi, comme d'habitude, il excitait sa rétive monture par de petits coups de talon qu'il lui appliquait dans les jambes.

Emilienne ne pouvait s'empêcher de rire à ce spectacle; madame Mervel haussait les épaules, car elle ne comprenait rien aux choses de sentiment, à moins qu'elles ne fussent solennelles, et la vieille Thérèse branlait la tête d'un air de satisfaction, ce qui était rare.

— Veux-tu bien me lâcher, que tu m'étouffes! — répéta Léon en secouant de plus belle son cavalier.

Jules finit par sauter à bas de cheval, non point par obéissance, mais par lassitude, et aussitôt, pour éviter la feinte colère de son grand ami, il se dirigea vivement vers la porte.

Il avait d'ailleurs à dire aussi un amical bonjour à son petit fusil.

Mais Emilienne le rappela, comme il allait sortir.

— Hé bien! hé bien! Jules, — lui dit-elle, — tu t'en vas sans nous dire de quelle façon l'on t'a reçu au château?

— Comment! — interrompit madame Mervel, — vous avez envoyé cet enfant chez les Granger!

— Mais oui, — répondit Jules, — pour y porter des fleurs et des fraises.

La vieille Thérèse cessa de tricoter et leva les yeux au ciel.

— Des fleurs et des fraises?— répéta madame Mervel, avec l'expression du plus vif mécontentement.

— Allons, — dit à son tour Léon à Jules, — raconte-nous tes impressions de voyage, et tâche d'y mettre un peu de cette verve qui distingue les Dumas, les Gautier, les Solié, les Vautrain, les Texier, les Comettant, tous ces Christophe Colomb de notre époque. Je te pardonne, mais à cette condition. Je ne suis pas fâché, — pensa-t-il, — de savoir comment on a traité cet odieux rival. Car on l'a reçu, lui; c'est le préféré, à ce qu'il paraît; tandis que moi...

— Voyons, parle, — dit gaiement Emilienne.

— Eh bien! — commença Jules, — c'est donc pour vous dire que le vieux de la grille...

— Oui, le père Plumeau, — traduisit Léon.

— Le vieux de la grille a d'abord mangé une partie des fraises pour s'assurer qu'elles n'étaient pas fausses.

— Vain prétexte, — se dit Léon ; — c'était le commencement de sa vengeance.

— Puis, — continua Jules, — le grand diable du vestibule en a mangé aussi ; puis, la jeune femme de chambre en a fait autant, et enfin, moi j'ai mangé le reste.

— Comment, monsieur, — s'écria Emilienne, — vous avez mangé les fraises que j'avais confiées à votre loyauté... Allez, vous n'êtes qu'un dépositaire infidèle !

— C'est-à-dire que cela mérite tout bonnement les galères, — ajouta Léon.

— Mais ce n'est pas ma faute, — reprit Jules.

— Voyons les circonstances atténuantes, — dit gravement Léon.

— C'est la dame elle-même qui m'a forcé de les manger, et à une sauce qui était bonne comme tout.

— C'est différent, — répondit Emilienne.

— Il y a, en effet, circonstances atténuantes, — ajouta Léon. — Continue ce récit plein de charmes.

— Et puis, — reprit Jules, — elle m'a fait manger des dragées, et des confitures, et des gâteaux, et boire de je ne sais quoi, oh ! mais qui était doux comme du sirop.

— Allons, — dit Léon, — je vois que cette dame t'a traité avec tous les honneurs dus à ton rang.

— Oui, — répondit naïvement Jules. — Il n'y avait qu'une chose d'ennuyeuse : c'est qu'elle voulait toujours m'embrasser.

— Ingrat ! voilà de ces corvées dont tu ne te serais pas plaint dans quinze ans d'ici.

— Et puis, — continua Jules, — elle voulait me garder avec elle. — A cet endroit du récit de Jules, la vieille Thérèse leva de nouveau les yeux vers le ciel. Nous continuons de dire vers le ciel, cette locution étant consacrée de temps immémorial : mais il serait plus exact de dire : « vers le plafond. » Et, en effet, la terre étant devenue ronde depuis Copernic, et ce qu'on appelle le ciel n'étant que l'espace même dont elle est entourée dans tous les sens, il est évident qu'en disant : « Lever les au ciel, » on dit une chose fausse, car le ciel est de tous les cotés, à droite, à gauche, en avant, en arrière, en haut, en bas, au-dessus de nos têtes, et par-dessous nos pieds. On ne lève donc pas les yeux vers le ciel, car on ne les lève que vers un point infiniment petit de ce même ciel, et, au lieu de les lever vers les autres points, on les détourne au contraire de ceux-là. Mais laissons l'astronomie et la linguistique pour revenir au drame. — Oui, — poursuivit Jules, — elle voulait me garder; elle me disait qu'elle m'aimerait bien, que je finirais par l'aimer mieux que maman Emilienne, que maman Emilienne n'était pas ma vraie maman, que j'en avais une autre, que cette autre viendrait peut-être me chercher un jour, et je ne sais plus quoi encore.

Emilienne avait pâli légèrement.

— Et toi, — demanda-t-elle d'une voix émue, — que lui as-tu répondu ?

— Je l'ai joliment envoyée promener avec son autre maman ! Comme si je pouvais en aimer une autre que vous !

A cette réponse, Emilienne prit Jules dans ses bras et l'embrassa avec un élan de tendresse vraiment maternelle.

— Cela vous apprendra, — dit sérieusement madame Mervel, — à l'envoyer chez cette femme ! Vous voyez bien qu'elle n'a que de mauvaises intentions !

— Bah ! — répondit Léon, — vous devriez comprendre qu'elle a voulu tout bonnement s'amuser de la naïveté de ce bambin.

— J'aime à le croire, — reprit avec quelque tristesse Emilienne, — car lui tenir un pareil langage, sans autre but que le dessein de nuire, ce serait le fait d'une impardonnable méchanceté.

A ce moment, la vieille Thérèse leva, non-seulement les yeux, mais les deux bras aussi vers le ciel, ou vers le plafond, comme vous aimerez mieux. Léon remarqua cette attitude vraiment épique.

— Allons, bon ! voilà notre bonne vieille Thérèse qui prend les poses de la Cassandre d'Homère.

— Ah ! monsieur, — balbutia-t-elle, — je ne connais pas les personnes dont vous parlez là, mais ce que je sais, c'est que le voisinage de cette femme risque fort de nous porter malheur à tous.

— Bravo, — répondit Léon, — je maintiens ma comparaison. C'est tout à fait l'antique Cassandre, et ce sont ses paroles, en même temps que ses poses. Elle aussi, elle prophétisa malheur, au siége de Troie, lorsqu'on y introduisit le cheval de bois. Seulement, elle avait raison, tandis que vous avez tort. Voilà-t-il pas un beau motif de sinistre appréhension, parce qu'un enfant charmant... (Diable ! je ne songeais plus qu'il était présent...) parce qu'un affreux bambin va porter des fraises à une femme spirituelle et gaie, que cette femme l'accable de caresses et de friandises, et qu'elle s'amuse à le taquiner un peu sur des sentiments qu'elle est certainement la première à trouver naturels et louables !

— Ah ! mon fils, vous ne croyez pas aux pressentiments, vous ? Et d'abord je ne sais plus si vous croyez à rien. Vous êtes bien différent de ce que vous fûtes dans votre enfance : vous promettiez d'être un homme grave et sensé.

— Merci bien, ma mère, — répondit ironiquement Léon ; — mais qui voit enfant ne voit rien; vous le savez bien, vous, la raison même, et qui ne parlez que par proverbes et par sentences !

— Oui, certes, et je vois avec douleur, mon fils, qu'il ne vous est rien resté de votre première éducation. Vos voyages et le séjour de Paris n'ont guère profité à vos croyances !

— Vous vous trompez, ma mère, — répliqua de nouveau Léon, avec une amertume croissante ; — je crois aux pressentiments, je crois aux rêves, je crois à la chouette qui crie, je crois au sel renversé, je crois au vendredi, je crois aux treize à table; en un mot, je crois à tout ce que les prétendus esprits forts regardent à tort comme des billevesées. Vous voyez, ma mère, que je n'ai pas perdu entièrement les bienfaits de l'éducation première dont j'étais redevable à vos lumières.

— Léon, Léon ! — interrompit Emilienne, avec un geste suppliant.

— Laissez, laissez-le dire, ma fille. Sa mère n'en a pas pour longtemps peut-être à subir son ingratitude !

Cette pensée funèbre qui rappelait l'âge et l'état de souffrance ordinaire de madame Mervel, calma subitement Léon.

— Pardon, pardon, chère mère, — lui dit-il d'une voix attendrie et en baisant ses vieilles mains ridées. — Mais c'est qu'en vérité je ne m'explique pas l'espèce d'acharnement, — ajouta-t-il en regardant du côté de Thérèse, — qu'on vous a sans doute inspiré contre une femme qui vous est inconnue. Emilienne ne le partage assurément pas, et cependant, par égard pour vous, elle ne lui a pas encore rendu la visite qu'elle lui doit. La plus vulgaire politesse lui en fait une loi. Il ne s'agit point de former une intimité, si l'on ne se convient pas réciproquement, il s'agit tout bonnement d'un acte de bon voisinage, et j'espère bien qu'Emilienne s'en acquittera le plus tôt possible. Une plus longue attente tournerait à la grossièreté. Je ne veux pas que ma femme se donne de pareils torts sans motif raisonnable.

— Mon ami, — répondit Emilienne avec embarras, — je crois que la douce paix de notre intérieur doit l'emporter ici sur toute autre considération, quelque puissante qu'elle soit. Tu as pu te convaincre ce matin, par l'empressement dont j'ai fait preuve dans l'arrangement des fleurs et dans l'envoi des fraises ; oui, tu as pu te convaincre que ta complice n'a aucun sentiment d'hostilité contre des gens qu'elle ne connaît pas, et qui d'ailleurs se sont conduits jusqu'ici avec une parfaite urbanité. Mais, tu le vois : ta mère désapprouve hautement une pareille démarche ; elle en serait irritée, affligée, et, tu seras sans aucun doute de mon avis, il vaut mieux cent fois lui épargner une grande contrariété, que de donner à des étrangers une bien petite satisfaction d'amour-propre.

— Non, ma chère amie, je ne suis pas de cet avis, — répondit sèchement Léon. — Certes, mon plus vif désir est d'épargner tout déplaisir réel à ma mère; mais, en définitive, le respect filial ne peut pas s'étendre jusqu'aux préventions injustes qu'on lui suggère.

— Léon, Léon, modère-toi, je t'en prie, — lui dit de nouveau Emilienne.

— Ah! monsieur, — ajouta la vieille Thérèse en continuant de lever les yeux et les bras au plafond, — si vous saviez qu'elle est l'indigne femme que vous défendez-là!

— Allons, à l'autre maintenant! — s'écria Léon.

— Si vous saviez qu'elle a été sa conduite avant son mariage!

— Avant, qu'importe? cela ne regarde que son mari. Quant au reste du monde, le mariage efface tout. C'est un coup d'éponge, c'est une réhabilitation, c'est le pavillon qui couvre la marchandise, comme on dit au ministère de la marine.

— Je ne sais pas ce que c'est que le ministère de la marine, — reprit naïvement Thérèse. — Mais après le mariage ça été peut-être encore pire.

— Hé! que diable! — s'écria Léon exaspéré, — dites-nous le, puisque vous prétendez le savoir.

— Je ne le puis, monsieur. Ce n'est pas mon secret.

— Hé bien! alors, on garde le silence. Autrement on fait de la calomnie, de la calomnie par réticences, la plus abominable de toutes. Il faut laisser cela aux jésuites. Mais voilà bien les caillettes, les bavardes, les langues cancanières! Elles vous lancent des accusations mystérieuses, et, si on leur en demande l'explication, c'est impossible, c'est un secret.

— Hélas! oui, monsieur, c'en est un. Mais il appartient à monsieur Henri, et certainement s'il était là...

— Bravo, toujours!... S'il était là!... Vous invoquez son témoignage parce que vous le savez à cent lieues d'ici!

. . . .

Au moment même où Léon prononçait ces dernières paroles, on entendit dans l'avenue de l'usine le roulement d'une voiture qui s'arrêta devant la porte.

Deux minutes plus tard, Henri faisait son entrée au salon, à la stupéfaction de tout le monde.

Henri salua respectueusement madame Mervel, serra la main à Emilienne et à Léon, adressa un affectueux bonjour à la vieille Thérèse et pressa dans ses bras le petit Jules, qu'il embrassa plus tendrement qu'il ne l'avait jamais fait. On eût pu croire qu'il se sentait uni par un lien de plus à cet enfant...

— Hé quoi! déjà de retour! — s'écria Léon.

— Voilà un *déjà* qui n'est pas aimable, — répondit Henri en souriant. — Mais bah! je suis trop content pour t'en vouloir.

— Votre voyage a donc été heureux, mon ami, — lui demanda Emilienne avec intérêt.

— Aussi heureux qu'il a été court. Le temps d'aller à Paris, d'enlever mon affaire et de revenir. Les chemins de fer sont vraiment une merveilleuse invention!

— Tu aurais pu rapporter des pensées plus neuves de la capitale du monde civilisé, — dit Léon, qui paraissait contrarié de ce retour si prompt. — Mais, — ajouta-t-il, — tu n'as pas pris le temps nécessaire pour t'en approvisionner.

— Nous parlions justement de vous au moment où vous êtes arrivé, — dit à son tour madame Mervel, qui voyait probablement en lui un très-utile auxiliaire.

— C'est bien aimable à vous, — répondit Henri.

— Après cela, niez donc les proverbes! — ajouta Léon. — Encore un qui se vérifie à point : Quand on parle du loup...

— Et pourrait-on savoir, — reprit Henri, — à propos de quoi le loup avait le bonheur d'occuper vos pensées?

— Oui, certes, — se hâta de répliquer madame Mervel. — Nous agitions la question de savoir s'il convenait à une femme, telle que notre chère Emilienne, de fréquenter plus ou moins assidûment une femme, telle que madame Granger. Thérèse prétend que vous connaissez parfaitement sa vie, mais que vous avez seul le droit d'en divulguer le secret. Nous attendons qu'il vous plaise de nous éclairer sur ce point.

Henri hésita un instant avant de parler, puis, comme s'il prenait une résolution subite :

— Non, non, cent fois non! — répondit-il fermement. — Cette liaison serait monstrueuse. — Léon savait très-bien à quoi s'en tenir sur les faits qui dictaient la réponse d'Henri, puisque celui-ci, dans le but de le détourner lui-même de cette fréquentation, lui avait conté, sous le sceau du secret, les nombreuses aventures dont Régina avait été l'héroïne, après comme avant son mariage. Mais, pensant que son ami avait de puissantes raisons pour se taire, il crut qu'Henri continuerait de garder le silence, et que ce silence amènerait le triomphe de l'opinion que, lui Léon, avait si chaudement soutenue, contrairement à celle de sa mère et de la vieille Thérèse. Il fut trompé dans cet espoir, ce qui ne fit qu'augmenter son dépit. — Puisque tu ne parais pas suffisamment éclairé par les renseignements que je t'ai déjà donnés, — lui dit ironiquement Henri, — je crois devoir les compléter pour ton édification et pour celle de ces dames. Cette femme est désormais impuissante. Je puis parler dès lors sans crainte de compromettre la destinée de personne. Mais Jules est de trop parmi nous.

— Laisse-nous un instant, — dit Emilienne au petit garçon. — Va-t-en voir à l'office si le dîner ne sera pas bientôt prêt.

Quand Jules fut sorti, Henri raconta sommairement ce que nous savons déjà de l'histoire de Régina, par le récit qu'il en avait fait à Léon. Seulement il supprima, dans cette seconde édition, le personnage de Georges Dupé, et substitua nettement son propre nom à celui de cet être purement imaginaire.

— C'est égal, — dit Léon avec une aigreur mal déguisée, — ce nom-là te restera; c'est un pseudonyme indélébile, et désormais je ne t'appellerai plus autrement.

— A ton aise, — répondit Henri en haussant les épaules.

— Ainsi, — lui demanda Emiliene avec le plus vif intérêt; — ainsi Jules...

— Est mon fils, oui, madame.

— Oh! tant mieux! — s'écria la belle maman du gentil bambino; — j'en avais sans doute le pressentiment quand je lui donnais toute mon affection; mais je vais l'en aimer davantage, si c'est possible. Le fils d'un homme tel que l'ami de Léon, — ajouta-t-elle en tendant gracieusement la main à Henri, — ce fils ne doit-il pas être plus que jamais de la famille!

— Comment donc!... mais certainement!... certainement! — dit froidement Léon, qui se trouvait pris au trébuchet.

— Hé! quoi? mon fils, — interrompit madame Mervel avec une sorte de sévérité; — hé quoi! vous saviez tout cela, et cependant...

— Non, non, pas tout!... Ce diable de Georges Dupé ne m'avait fait que d'imparfaites confidences.

— Peu importe! — continua madame Mervel; — vous en saviez assez pour vous abstenir d'engager Emilienne à commettre sa réputation sans tache dans la société d'une pareille créature!

— Non, non, permettez!... que diable!... permettez, chère mère, — répondit Léon qui ne savait comment se tirer de ce mauvais pas. — Vous ne m'avez pas compris... je dissimulais... je faisais semblant de presser Emilienne... mais c'était à cent lieues de ma pensée... Je voulais, par cette ruse, forcer ce pauvre Georges Dupé à nous révéler complétement un secret dont je ne faisais que soupçonner la partie la plus intéressante, et qui ne pouvait qu'accroître notre affection pour lui... c'est-à-dire, pas pour lui... ce qui serait impossible... mais pour son jeune héritier présomptif. Voilà tout. Et maintenant prenez ma tête !

— Ah ! ce serait donc pour y mettre un peu plus de raison. Et en effet, pourquoi ces fleurs ? pourquoi ces fraises ? — ajouta madame Mervel assez peu convaincue.

— Il fallait bien dissimuler jusqu'au moment décisif.

— Et pourquoi l'envoi par Jules de ces étranges présents ?

— Franchement, n'y aurait-il pas eu de la cruauté à refuser à une mère l'occasion d'embrasser son enfant ?

— Vous appelez cela une mère !

— Mais dame ! je suis d'accord, pour le choix de ce vocable, avec tous les dictionnaires du monde.

— Enfin, pourquoi les visites que vous avez faites vous-même à ces gens-là ?

— Oh ! pour ce qui me concerne personnellement, distinguons, je vous prie, chère mère. Certainement si, cédant à mes feintes incitations, Emilienne avait consenti à m'accompagner au château, oh ! alors j'eusse dévoilé le fond de ma pensée, j'eusse été le premier à la prier de rester chez elle ; j'eusse même poussé la tyrannie jusqu'à lui défendre d'en sortir, et cela, le code à la main... article... je ne sais plus le numéro. Oui, voilà ce que j'eusse fait. Mais quant à moi, vous conviendrez qu'un homme n'est pas soumis aux mêmes convenances qu'une femme ; et, parce que monsieur du Granger, l'infortuné successeur de ce pauvre Georges Dupé, a le malheur d'être l'époux d'une moitié plus ou moins légère, je ne vois pas, en vérité, que moi, le fils de son meilleur ami, je doive le fuir comme un pestiféré. Le monde ne serait plus, à ce compte, qu'un immense lazaret. Enfin, les gens avec lesquels on puisse causer histoire et nouveauté, les gens même que je suis tenté d'appeler potables, en raison de leur excellente cave, sont assez rares dans ce pays agreste, pour qu'on accepte volontiers la société d'un homme qui possède des connaissances très-variées en soierie et en archéologie, et dont les vins...

Heureusement pour lui, Léon fut interrompu brusquement par le signal du dîner. Autrement, je ne sais trop comment il fût arrivé à la péroraison de ce discours, un peu diffus peut-être, mais fort habile, sans contredit, au point de vue des réserves qu'il lui importait de faire pour sa propre conduite à venir.

XVII

Dès le lendemain, Henri et Léon avaient repris leur ancienne habitude de se promener ensemble le matin, avant de déjeuner, dans le jardin, en fumant un cigare et en causant des affaires ou des plaisirs de la journée. Ce moment était le premier où, depuis son retour, Henri se trouvait sans témoins avec Léon. Il se hâta d'en profiter pour l'interroger sur le sujet qui le préoccupait vivement, dans l'intérêt de son ami, et surtout dans celui d'Emilienne.

— Hé bien ! — lui dit-il, — sans avoir l'air d'y attacher la moindre importance, qu'as-tu fait de bien... ou de mal, pendant mon absence ?

— J'allais te faire la même question, cher ami, — répondit Léon, qui ne voulait se confesser qu'à bon escient.

— Moi ? — reprit Henri ; — mais tu l'as dit toi-même ; je ne suis allé à Paris que pour savoir où en était le grand problème de la création spontanée des infusoires...

— C'est une belle mission que tu t'es donnée là, sais-tu ? On peut être fier d'être l'ami d'un savant tel que toi. Et... tu n'es allé à Paris que pour cela ?

— Que pour cela... et pour autre chose.

— Quelle tête !... mener de front l'énorme question des infusoires, et autre chose encore... sans en être le moins du monde incommodé !... Et... quelle était donc cette autre chose ?...

— Oh ! mon Dieu ! presque rien... un acte à faire dresser chez un notaire.

— Comment ! tu as fait libeller par-devant notaire la question des infusoires ?... Quelle idée !... On a constaté aussi, d'une façon authentique, que la priorité t'en appartient ?... Mais voilà un officier ministériel qui a dû ouvrir des lunettes bien étonnées en se voyant requis de prêter sa belle prose à un tel sujet !... Et... c'est tout ?

— C'est tout, — répondit Henri, qui ne voulait pas livrer son secret à Léon, si ses relations continuaient avec Régina, de peur que, par étourderie ou autrement, il en instruisît prématurément la jeune femme. — Mais toi, tu ne m'as rien dit encore de la manière dont tu as passé ton temps.

— Eh bien ! je vais imiter ta noble franchise, cher ami. Comme tes sermons me manquaient, et que le besoin s'en faisait généralement sentir, j'ai passé tout mon temps à lire ceux de Massillon et de Bourdaloue, pour faire compensation. Mais, je suis obligé d'en convenir à ton honneur, ceux-là ne valent pas les tiens. Tu enfoncerais, je crois, le père Ravignan lui-même.

— Tu me flattes ! Mais du reste je ne puis qu'approuver cette manière d'occuper tes loisirs. Je croyais cependant t'avoir entendu parler d'un dîner au château.

— Bah ! ici ou là, il faut bien toujours dîner quelque part. Car distinguons .. j'ai lu le *Petit Carême* de Massillon, soit ! mais je n'étais pas forcé de le mettre en pratique. Je n'en suis encore qu'à la théorie.

— En ce cas, tu as revu monsieur Granger ?

— Monsieur du Granger, s'il te plaît, à moins que tu ne veuilles être traité par lui de butor et d'imbécile. Depuis que je lui ai octroyé ses lettres patentes de noblesse, ah ! par la sembleu ! il ne fait pas bon de l'aborder sans sa particule.

— Soit ! tu as revu le noble du Granger... et sa noble compagne aussi ?

— Tu parles d'elle avec une amertume que je ne saurais blâmer dans la bouche de ce pauvre Georges Dupé. Tu as droit de la maudire, de la vouer aux Furies, de la livrer aux dieux infernaux. Je conviens en effet qu'elle s'est comportée envers toi avec une légèreté... que justifient sans doute de bien nombreux exemples, mais qui n'en était pas moins cruelle. Oui, mais je te répéterai ce qu'un philosophe éclectique disait à je ne sais quel mari, dont le langage était peu flatteur pour les attraits de sa femme : « Que diable ! — s'écriait notre philosophe, — si » madame a cessé de vous plaire, ce n'est pas une raison » pour en désenchanter les autres ! »

— L'exemple ne m'est pas applicable, — répondit Henri. — Il s'agissait peut-être d'une femme inoffensive ; il s'agit ici d'une femme dangereuse, dont la coquetterie peut amener de bien grands malheurs. Vois, à peine est-elle installée dans ce paisible village, que déjà sa seule présence a jeté la zizanie dans ton intérieur.

Henri aurait pu ajouter : Et jeté du froid dans notre vieille amitié.

— Heureusement, — répondit Léon, — tu es arrivé, toi, comme le Neptune de Virgile ; tu es apparu, armé du trident de ta sagesse ; tu as prononcé ton *quos ego*, et immédiatement la tempête s'est tue, les flots se sont apaisés, et les aquilons déchaînés sont rentrés dans leur outre.

Ce fut un beau spectacle à ravir la pensée.

Sais-tu bien, Henri, que ta vie n'est qu'un long sacerdoce ? Et dire que ce sont précisément les beaux caractères de ce genre que les femmes méconnaissent, les malheureuses, et qu'elles se plaisent à tromper de préférence!... Il est vrai qu'elles traitent les autres absolument de la même manière. Egalité parfaite. Quoi qu'il en soit, — ajouta Léon avec un sourire nuancé de dépit, — je ne t'en remercie pas moins de la parfaite sincérité que tu as mise dans le récit de ton voyage à Paris.

— Et moi, — répondit Henri avec un sourire nuancé de tristesse, — je te remercie, non moins vivement, des détails pleins de franchise que tu viens de me donner sur tes occupations durant mon absence.

— L'opéra-comique a raison, — dit Léon, qui se mit à fredonner :

Confiance,
Confiance,
C'est le refrain,
Du pélerin!

Ce doit être aussi celui de l'amitié. Mais, je crois qu'on nous attend à la salle à manger. Rendons-nous à cet intéressant appel sans plus tarder. L'exactitude est la politesse des gens qui ont faim.

Après le déjeuner, pendant lequel on parla naturellement de choses tout à fait étrangères aux questions dont chacun se préoccupait plus ou moins tout bas, Henri accompagna Emilienne aux bureaux de l'usine, où elle le mit au courant des importantes opérations qu'elle avait faites d'elle-même en son absence. Henri ne put que l'en féliciter, car elles pouvaient être fort avantageuses.

Pendant ce temps, Léon se dirigeait du côté du château, profitant ainsi sans retard de la liberté complète qu'il s'était réservée la veille, en sa qualité d'homme, dont l'honorabilité, imperméable aux yeux de l'opinion, ne peut subir aucune altération d'un contact plus ou moins inconvenant.

Il marchait lentement, fort inquiet de la manière dont il serait accueilli par Régina.

Les observations irritantes qu'elle lui avait values de la part de madame Mervel, d'Henri et de la vieille Thérèse, en même temps que la consigne ironique dont elle s'était servie la veille pour l'éloigner, tout cela ne faisait qu'augmenter d'ailleurs son désir de la revoir.

Il en est toujours ainsi chez les gens d'un caractère futile et vaniteux : la faiblesse et l'entêtement sont deux extrêmes qui s'y touchent toujours.

Son appréhension était fondée en ce qui concernait Régina, car, je ne sais par quelle bonne résolution ou par quel manége de coquetterie, elle lui fit de nouveau refuser sa porte, toujours sous prétexte de migraine.

Léon se rendit, on ne peut plus vexé, auprès de monsieur du Granger.

Là, par exemple, ce fut, comme les jours précédents, avec les démonstrations du plus vif plaisir que monsieur du Granger vit venir celui qu'il regardait comme son auxiliaire, comme son défenseur.

— Hé bien! qu'avez-vous? — lui demanda-t-il. — Vous paraissez soucieux.

— Et ce n'est pas sans motif. J'ai une mauvaise nouvelle à vous apprendre. .

— Vous m'effrayez!... Est-ce que vos nouveaux pigeons se seraient envolés de votre colombier!

— Non. Je les ai fait mettre à part, en lieu sûr.

— Moi aussi. Régina a trouvé les vôtres si beaux, qu'elle a voulu les avoir dans l'un des cabinets de sa chambre. Mais alors, qu'est-ce donc?

— Figurez-vous, mon cher du Granger... mais je ne sais si je dois vous lo dire.

— Oui, oui, dites toujours. Le pire des maux c'est l'incertitude.

— Hé bien donc, figurez-vous que ce scélérat d'Henri Germin est de retour.

— De retour!... — répéta monsieur Granger avec épouvante, les bras ballants et l'œil hagard.

— Il paraît qu'il ne pouvait plus tenir en place loin de l'objet aimé, — ajouta perfidement Léon.

— Oh! le monstre!... — rugit monsieur Granger. Et, sortant tout à coup de sa torpeur, il se mit à parcourir sa salle d'armes à grands pas, les bras en l'air, et en s'écriant : — Où est mon tromblon?... où est mon tromblon?... que j'extermine ce misérable suborneur!

— De grâce! un peu de calme, mon cher du Granger. La colère, vous le savez, est une conseillère maladroite. En amour, la diplomatie vaut mieux que la guerre. Ne suis-je donc pas là, moi, votre sincère ami, pour surveiller, pour déjouer les coupables manœuvres de l'ennemi?

— Oui, vous avez raison. Voyez Régina... tout de suite, tout de suite!... il y a urgence!... et achevez, aux dépens du monstre, l'œuvre de dénigrement que vous avez si bien commencée!

— Voyez Régina! voyez Régina! c'est bien facile à dire, — objecta Léon; — mais hier, elle a refusé net de me recevoir.

— Je le sais. Quel malheur!

— Et tout à l'heure encore, comme je passais devant son appartement pour me rendre auprès de vous, la femme de chambre m'a prévenu qu'aujourd'hui sa maîtresse ne serait pas encore visible... en Europe.

— Diable!... voilà qui est du dernier fâcheux?

— Je crois décidément que madame m'exècre.

— Hélas! je suis tenté de le croire comme vous. Mais tout n'est pas désespéré. Usons de ruse. Venez, venez; je vais tâcher de vous introduire dans la place par surprise, sans avoir l'air de rien.

— Ah! par exemple, si vous réussissez, voilà un mouvement stratégique, vraiment digne de Vauban et de Montecuculli! Ce sera de bon augure.

Léon suivit monsieur Granger jusqu'à la porte de Régina. Elle était fermée en dedans.

— Ouvre, ma bonne amie, c'est moi, — cria monsieur Granger à travers la serrure. La porte s'ouvrit. Régina ne put s'empêcher de sourire malignement en voyant Léon accompagner son mari. — J'étais inquiet de ta santé, — lui dit monsieur Granger, — d'après ce que ta camériste a annoncé à notre ami Léon, et j'ai voulu m'assurer par moi-même...

— Je vous remercie, mon ami, mais il n'y a rien de grave... un peu de migraine seulement, — dit-elle en souriant de nouveau.

— Allons, tant mieux, tant mieux!... En ce cas, permets-moi de retourner à mes affaires... L'ami Léon voudra bien te tenir un instant compagnie... Sa conversation te distraira.

Monsieur Granger partit en faisant un signe de supplication à Léon, lequel lui répondit par un signe d'encouragement.

Régina accueillit d'abord Léon avec une froideur moitié affectée, moitié réelle, car un habile chimiste en matière de sentiment eût pu y trouver encore quelques atomes des bonnes et salutaires impressions que la vue de son enfant lui avait laissées la veille. Mais le cours de l'entretien suivant les effaça peu à peu.

— Enfin, madame, j'ai donc le bonheur de vous revoir! — s'écria Léon, qui crut devoir prendre, autant qu'il était capable de le faire, le ton mélancolique et passionné que commandait la situation, et qui a distingué tous les amants célèbres, les Saint-Preux, les Roméo, les Desgrieux; les Abailard, les Werther et autres personnages fort peu réjouissants. — Combien vous avez été cruelle hier à mon égard! — continua-t-il sur le même ton.

— En quoi donc, monsieur?

— En refusant de me recevoir.

— Pensez-vous que madame Emilienne doive avoir le privilége des migraines.

— Non, certes; mais là... franchement, la vôtre, madame, était-elle bien réelle?

— C'est un de nos secrets, à nous autres femmes, et je ne pense pas que vous ayez la prétention de les deviner tous.

— Dieu m'en garde! — répondit Léon, dont le naturel, qu'il avait chassé un instant revenait déjà au grand galop, comme eût dit Despréaux. — Ce serait aussi présomptueux qu'indiscret,—ajouta-t-il.—Œdipe lui-même, le plus habile devineur de logogriphes qu'on connaisse, eût reculé devant une pareille tâche. Je suis loin, d'ailleurs, de regretter l'affreux mal que m'a causé votre cruauté. Je bénis au contraire la jolie main qui m'a frappé. Oui, madame, je suis comme l'exilé, qui ne comprend bien tout le charme de la patrie que lorsqu'il erre sur la terre étrangère. Moi de même, en ne vous voyant pas, j'ai bien mieux compris encore le bonheur infini que j'éprouve à vous voir. Oui, madame... car enfin je ne sais pas pourquoi je ne vous parlerais pas avec franchise, je ne sais pas pourquoi je vous tairais plus longtemps ce que vous avez deviné sans doute ..

— Moi, monsieur?... pas le moins du monde. Je ne cherche jamais à deviner... ce que je serais forcée de blâmer peut-être.

— Hé bien! madame, je veux vous épargner cette peine. Je ne sais ce qui se passe en moi depuis que je vous ai rencontrée, mais votre présence m'est devenue nécessaire, je ne puis tenir en place loin de vous, votre charmante image est toujours là, je pense à vous le jour, je rêve de vous la nuit, je ne sais plus ce que je fais, je ne sais plus ce que je dis, je réponds de travers à tout ce que l'on me demande, je fais des questions qui semblent tomber de la lune, j'en perds le boire et le manger, je...

— Hé quoi! le boire et le manger? — interrompit Régina en riant. — Mais voilà un état de santé qui commence à devenir alarmant!... vous feriez bien de consulter quelque docteur... un de ceux qui s'occupent particulièrement des affections du cerveau... et de l'estomac.

— C'est cela! moquez-vous de moi, madame!... criblez-moi de sarcasmes!... c'est le sort que la vérité a toujours eue en ce bas monde. Mais, pour être un objet de risée, la vérité n'en est pas moins vraie.

— Et... — reprit ironiquement Régina,—à combien de femmes, monsieur le véridique, avez-vous déjà fait part de vérités tout aussi vraies?

— Certainement, madame, je suis trop sincère pour prétendre qu'il ne m'est jamais arrivé de dire des choses... tant soit peu analogue... quand j'étais à Paris... parce qu'à Paris, vous le savez, madame, — ajouta maladroitement Léon, — quand on est libre, quand on est jeune, quand on n'a pas d'autre souci que le plaisir, on trouve d'innombrables occasions de jouer au sentiment!... Il y a là, dans le treizième arrondissement surtout, des femmes si séduisantes, si gracieuses, si bonnes, si peu austères...

— Et si crédules, n'est-ce pas? — interrompit Régina, dont le front s'était plissé au souvenir de Paris, et dont la main frappait de petits coups d'agacement sur le bras de son fauteuil.

— Hélas! oui, passablement crédules, — répondit Léon. — Je l'avoue, madame, vous m'accuseriez de mentir si j'osais dire le contraire. Mais qu'avez-vous, madame? Vous paraissez souffrir...

— Ce n'est rien, monsieur; un simple redoublement de migraine...

— Ah! tant mieux!...

— Je vous remercie, monsieur, de votre satisfaction.

— Pardon, madame! je voulais dire seulement!... que je craignais... Vous le voyez, je ne sais plus ce que je dis!... Tel est le piteux état où vous m'avez réduit! C'est à en perdre la raison!...

— Franchement, monsieur, je crois que vous ne courez pas grand risque sous ce rapport.

— Allons, bien! Accablez-moi! achevez-moi!... mais je vous dirai, comme je ne sais plus quel infortuné de jadis: « Frappe; mais écoute! » Ecoutez-moi donc, je vous en supplie, madame!

— Soit, monsieur, je vous écoute... Hé bien! vous vous taisez?...

— Encore un de ces tristes effets de votre rigueur, madame! Je ne sais plus où j'en étais.

— Vous en étiez, monsieur, à vos innombrables victimes...

— Oh! madame, la qualification n'est pas juste. Mes victimes se portent sans doute fort bien. Elles ne croyaient en mes paroles que ce qu'elles feignaient d'en croire, et moi non plus, je ne croyais pas grand chose aux leurs. Ce sont là de ces liaisons éphémères où le cœur n'est guère intéressé de part ni d'autre. Quelle différence avec le sentiment que vous m'avez inspiré, madame! C'est le jour et la nuit. Vous, vous!... mais vous absorbez toutes mes facultés, vous régnez en souveraine dans mon âme, je ne vis plus qu'en vous; en un mot... dussiez-vous m'accabler de votre colère, sachez-le, madame, je vous ai...

— Chut! — interrompit vivement Régina, qui venait d'entendre du bruit à l'une des portes de l'appartement, — je crois qu'on vous entend.

— Diable! — pensa Léon, — est-ce que mon commettant se défierait de son mandataire lui-même?... Est-ce qu'il serait aux écoutes pour s'assurer de la façon dont je remplis sa mission?... Tâchons bien vite de réparer ma faute. — Et changeant tout à coup d'éloquence, Léon s'écria de toutes ses forces, en se promenant à grands pas dans la chambre. — Oui, madame, voilà l'astucieux langage que vous tiendra sans doute Henri Germin, s'il a jamais l'honneur de vous voir. Il vous dira qu'il vous aime, qu'il n'a jamais aimé que vous et qu'il vous aimera éternellement. N'en croyez pas un mot, madame. C'est un perfide, un menteur, un roué, un imposteur, un tartufe, un monstre..., à la duplicité de qui vous seriez impardonnable de sacrifier l'affection si sincère de l'honorable monsieur du Granger!

A ce changement de langage et de ton, dont elle ne pouvait comprendre le motif, Régina se redressa, les deux mains appuyées sur le bras de son fauteuil, la bouche ouverte, les yeux fixés sur l'orateur; dans l'attitude, en un mot, de la plus profonde stupéfaction, et elle fut tentée de croire qu'il avait réellement perdu la tête.

XVIII

— Oui, madame,—continua Léon à très-haute voix, et en gesticulant de plus belle, comme un acteur du boulevard du Crime,—défiez-vous d'Henri Germin, si jamais il ose élever ses vœux jusqu'à vous; défiez-vous de cet infernal suborneur, défiez-vous de...

— Mais en vérité, monsieur, — interrompit Régina, à qui le nom d'Henri Germin rappelait des souvenirs peu agréables, et qui s'expliquait de moins en moins l'accès mélodramatique qui avait si soudainement saisi son interlocuteur; — à qui en avez-vous donc, je vous prie? Qu'est-ce que le nom de ce monsieur vient faire dans notre conversation? Pourquoi...

— Chut! madame,—dit à son tour Léon, en l'engageant du geste à ne pas le contredire. — De la prudence! — ajouta-t-il à voix basse. — Ne m'avez-vous pas dit que monsieur du Granger nous écoutait?

— J'ai dit simplement que c'était possible, — répondit Régina sur le même diapason.

— Hé bien! alors, vous concevez, madame, que j'ai dû lui donner subitement le change, dans le but de ménager sa sensibilité. Si le brave homme savait de quelle manière je fais ses commissions!

— Quelles commissions?

— Celles de dépoétiser complétement mon ami Henri à vos yeux.

— Oh! certes, il n'a pas besoin d'employer de tels moyens! — dit Régina avec un suprême dédain.

— Il s'imagine qu'Henri est amoureux de vous.

— C'est de sa part une erreur de plus. Je savais cela, du reste. Monsieur Granger m'en a parlé lui-même, au retour de notre visite à l'usine. Mais voyons donc si réellement la curiosité...

Et sans affectation, tout en causant de choses indifférentes, la jeune femme alla ouvrir successivement les deux portes extérieures de sa chambre.

Personne.

Au même instant, le bruit, qui l'avait inquiétée l'instant d'auparavant, se fit entendre de nouveau, mais, distinctement cette fois, dans le cabinet dont elle avait fait le domicile des jolis pigeons, apportés la veille au château par Léon. Régina ouvrit cette troisième porte. C'était en effet messieurs les pigeons qui, en se battant à outrance pour une Hélène emplumée, avaient renversé divers objets trop voisins de leur champ de bataille. Le sujet de la querelle était donc aussi une question d'amour et de jalousie.

— Vous le voyez, madame, — reprit Léon,—tout aime dans la nature, depuis le ciron jusqu'à l'éléphant, depuis le myosotis jusqu'au cèdre du Liban, depuis ces simples pigeons jusqu'à moi, qui vous aime à l'adoration!

— Si cela était, monsieur, cela ne prouverait qu'une chose : c'est que vous auriez le cœur singulièrement inflammable. C'est à peine si nous nous connaissons.

— Que dites-vous, madame?... mais il me semble que je vous ai toujours connue. Dès en vous apercevant, il y a cinq jours, je me suis écrié... en moi-même : « Voilà » une ravissante femme que j'ai déjà vue. Où? je n'en » sais rien, mais assurément quelque part. Si ce n'est » dans ce monde, ce doit être dans l'autre. » Croyez-vous à la métempsychose, madame?

— Pas beaucoup, je vous l'avoue, monsieur, — répondit Régina en souriant.

— Hé bien! j'y crois, moi; je crois à la migration des âmes de planète en planète, aussi fermement que les spiritistes. Et maintenant que j'y ai bien réfléchi, oui, je suis sûr d'avoir déjà eu l'honneur de vous rencontrer dans l'autre monde. Ah! par exemple, dans quel soleil, dans quelle lune, dans quelle étoile! voilà ce que je n'oserais préciser, dans la crainte de me tromper. Et vous, madame, vous le rappelez-vous un peu?

— Pas très-nettement, monsieur, mais j'ai toujours eu une mémoire détestable!

— Hé bien! moi, j'en suis plus que certain. Votre beauté est de celles qu'on ne saurait oublier, même au-delà du tombeau. Aussi parierais-je volontiers...

— Cinquante cigares, sans doute?

— Cinquante cigares, soit! car je les gagnerais encore.

— Folies que tout cela, monsieur! Vous ne réussirez pas à me convaincre d'une passion beaucoup trop soudaine pour qu'elle soit réelle.

— C'est au contraire, madame, ce qui caractérise les grandes passions. Ne me parlez pas de ces amours de tortue qui mettent dix ans à éclore, dix ans à se déclarer, dix ans à se payer de retour, et qui arrivent ainsi à la décrépitude avant d'avoir pu se prouver réciproquement leur existence!

— Allons, allons, vous jouez parfaitement votre rôle. On voit que vous en avez l'habitude. Savez-vous que vous eussiez fait un très-habile jeune premier? S'il était vrai que je vous eusse déjà vu quelque part, ce ne pourrait être qu'au Gymnase. Heureusement pour moi, malgré tout votre talent scénique, je ne crois pas un mot de ce que vous récitez avec tant d'art. Voulez-vous que je vous dise, monsieur, quel est votre unique mobile? Vous vous ennuyez dans cette campagne, dans cette espèce de désert, fort différent sans doute de ce que vous appeliez tout à l'heure le treizième arrondissement de Paris je ne sais pourquoi. — Léon dut faire effort pour ne pas sourciller devant la naïve ignorance qu'affectait Régina, lui qui savait qu'elle avait été, avant son mariage, une des plus joyeuses habitantes de ce fantastique arrondissement. — Or, — continua-t-elle,—cette thébaïde ne vous offrant à convaincre aucune crédulité qui fût digne de votre éloquence, et le hasard m'y ayant amenée, vous avez daigné jeter les yeux sur votre humble servante, à titre de distraction; autrement dit, faute de toute autre victime à faire, vous avez bien voulu me donner la préférence.

— Ah! madame, pouvez-vous bien parler ainsi de vous-même!... Vous, une victime passagère!... vous, une simple distraction!... vous! vous qui, comme grâce, comme beauté, comme esprit, méritez si bien qu'on vous respecte autant qu'on vous admire! Mais c'est du sacrilége!...

— Hé bien! monsieur, admettons, pour un instant seulement, qu'il y ait une parcelle de vrai dans la grande passion dont vous voulez bien m'honorer. Raisonnons, je vous prie, dans cette simple hypothèse. Je vais, moi du moins, vous parler sérieusement et en toute franchise.

— En toute franchise! — pensa Léon.—Quelle énorme contre-vérité peut-elle bien avoir à me dire?

— Voici, monsieur, ce que je vous répondrais. N'oubliez pas, je le répète, que c'est une simple hypothèse. Sans doute je n'ai pas pour mon mari une de ces passions frénétiques qu'on ne trouve que dans les romans..., si ce n'est dans votre brillante imagination, monsieur. De mon côté du moins, notre mariage n'a été qu'une affaire de convenance, de raison...; je devrais dire, d'imprudence aussi. Mais comment voudrait-on qu'une jeune fille,... naïve,... candide,... sans expérience,... qui n'a pas encore aimé,... à qui l'on fait voir en beau toutes les choses de la vie... oui, comment voudrait-on que cette jeune fille pût contracter une union si grave, avec toute la maturité d'esprit nécessaire, et en parfaite connaissance de cause, surtout quand une mère impérieuse lui impose tyranniquement sa volonté?

— Pas mal, pas mal! — pensa Léon, qui savait à quoi s'en tenir sur la jeune fille en question, sur sa candide inexpérience, et sur l'odieuse tyrannie de sa mère, la femme la plus consentante qui existât, ainsi que nous l'avons vu.

— Je vous le demande, monsieur, est-ce possible? — reprit l'intéressante victime.

— Certes, non, madame! Et ce qu'il y a de triste, de lamentable, c'est de penser que les dix-neuf vingtièmes des jeunes filles se laissent ainsi sacrifier par de barbares parents, lorsqu'elles sont sans expérience, comme vous l'étiez... alors. Aussi qu'arrive-t-il après des unions si mal assorties?... Ah! c'est ici que le tableau commence à devenir diantrement sombre!... une vraie bouteille à l'encre!...

— Pas toujours, monsieur; et vous me permettrez sans doute de me compter au nombre des exceptions. Si, comme tant d'autres femmes, je n'ai jamais eu d'amour pour mon mari, je l'estime du moins, je m'honore et l'affectionne sincèrement; et, à supposer que j'eusse le malheur d'en aimer un autre,... celui-là ne le saurait jamais, et je mourrais de désespoir plutôt que de manquer à mes devoirs envers l'honnête homme dont j'ai accepté le nom. Telle a été la règle invariable de ma conduite.

— De plus fort en plus fort, comme chez Nicolet! — pensa Léon. Puis il ajouta tout haut: — Ces sentiments vous font honneur, madame; je suis forcé de l'avouer, bien qu'ils soient de nature à faire mon malheur, à moi!

— Je n'ai pas cette crainte, monsieur; car, vous le savez, nous raisonnons ici par hypothèse. Or, la vérité vraie dont vous parliez,... c'est que vous ne m'aimez pas.

— Ah! madame!... mais que faut-il donc faire pour vous le prouver?... Parlez, ordonnez, commandez! Si c'est possible, c'est fait, comme disait je ne sais plus quel ministre, et, si c'est impossible, cela se fera!

— Oh! monsieur, je ne prétends pas vous imposer de si grandes difficultés. La preuve que je vous demande est bien plus simple. C'est, si vous m'aimez véritablement, c'est de m'aimer en silence.

— C'est-à-dire, madame, que c'est mille fois plus difficile que l'impossible même. Eh bien! n'importe! vous le voulez? vous serez obéie, dussé-je en étouffer de contrainte.

— Non, pas d'amour, monsieur; ce serait mal; mais là, de la bonne et sincère amitié, — ajouta Régina d'un ton de charmante simplicité, et en tendant cordialement à Léon une jolie main qu'il couvrit de baisers avant qu'elle songeât à la retirer.—Voilà qui est convenu,—continua-t-elle, — et, pour commencer, nous allons changer bien vite de conversation. Dites-moi... mon ami... comment va votre charmante femme? Souffre-t-elle donc toujours de cette vilaine migraine, que nous n'ayons pas encore eu le plaisir de la recevoir? Monsieur Granger m'en faisait l'observation ce matin, et moi, je vous l'avoue, je finis par m'en étonner sérieusement.

— Soyez assez bonne pour l'excuser, madame, — répondit Léon d'un air d'embarras qu'il ne put déguiser entièrement.—L'absence d'Henri Germin lui avait causé un surcroît d'occupation, et ne lui laissait véritablement pas le temps de faire la moindre visite. Mais Henri est de retour...

— Ah! il est déjà de retour? — répéta Régina avec une inquiétude sans motif précis, mais purement instinctive. — Son voyage à Paris n'aura pas été long.

— Malheureusement non!

— Quel en était donc le but?

— Je ne sais trop... Il paraît que c'était principalement de faire constater, par-devant notaire, que la grande question des animacules microscopiques, si généralement connus sous le nom des infusoires, lui appartient à lui seul, en toute propriété. Cela valait bien la peine, en effet, qu'il se dérangeât. Mais le voici de retour, et certainement le premier usage qu'Emilienne fera de sa liberté, ce sera pour remplir l'agréable devoir de vous présenter ses compliments.

— En êtes-vous bien sûr?

— Mais oui... à peu près.

— Tant mieux!... car voyez-vous, mon ami,— ajouta Régina en appuyant affectueusement sur ces derniers mots, — si cela n'était pas..., si,... par des motifs que j'ignore... votre charmante femme s'abstenait de paraître ici,... Hé bien!... quelque privation que je dusse en éprouver, je devrais renoncer au plaisir de vous y recevoir vous-même... Les convenances m'imposeraient ce pénible sacrifice. Que dirait-on à vous y voir si souvent, et à ne l'y voir jamais?... cette appréhension est si forte chez moi, que, si vous n'étiez assuré qu'elle me fera incessamment, demain même, l'honneur de sa gracieuse visite, je vous prierais, mon ami... d'agréer mon adieu dès aujourd'hui.

— Diable! — se dit Léon, — voici une résolution qui ne m'irait pas du tout. Tâchons de gagner du temps. Hé bien! chère madame, — répondit-il tout haut, — il faut bien que je vous fasse un aveu. Emilienne m'aurait accompagné ici, le jour même où j'y suis venu pour la première fois, mais ma mère l'en a dissuadée, sous l'empire d'absurdes préventions qu'hier le radotage d'Henri est venu aggraver encore.

— Henri!... — s'écria Régina qui pâlit à ce nom.

— Je demande s'il n'aurait pas mieux fait de rester à ses infusoires!

— Et... qu'a donc dit monsieur Henri? — reprit Régina avec l'anxiété la plus vive.

— Oh! mon Dieu .... rien de précis... rien de positif... des phrases *ab hoc et ab hac*, voilà tout!...

— Vous me trompez! — interrompit Régina avec force.

— Je vous assure que non... Je n'ai pas besoin d'ailleurs de vous jurer, chère madame, que je n'en ai pas cru un seul mot.

— Merci, mon ami, merci! — répondit Régina d'un air d'attendrissement plus ou moins réel.—A la rigueur, quand il s'agit de l'opinion des autres, je puis braver la calomnie;... mais je sens qu'elle me serait mortelle, si elle venait à me porter la moindre atteinte dans votre esprit. Car, voyez-vous, mon ami,— ajouta-t-elle, en donnant à chacun de ses mots l'accentuation la plus touchante,—le premier bonheur d'une femme, c'est l'estime de l'homme aimé... O ciel, qu'ai-je dit, imprudente! Non! non! ne le croyez point! —s'écria-t-elle, comme épouvantée des paroles qui venaient de lui échapper.

— C'est si beau, c'est si bon, — dit Léon avec transport, — que j'hésite en effet à le croire. Mais ne le rétractez pas, cet aveu si doux, je vous en conjure,—continua-t-il en fléchissant un genou devant elle, et en lui saisissant de nouveau une main qui trembla dans la sienne et qu'il couvrit de nouveaux baisers.

— Hé bien! non, — répondit-elle, d'une voix éteinte, et comme à bout de forces, — je ne le rétracterai pas! J'ai assez lutté, mon Dieu! contre ce fatal amour! Je ne puis plus le cacher plus longtemps. Oui, Léon, oui, je vous aime!

En ce moment, ce ne furent plus les pigeons qui annoncèrent leur présence, ce fut monsieur Granger lui-même qui annonça la sienne, dès l'antichambre, en grondant la caméristе, pauvre fille qui dormait malgré elle sur sa chaise, pour s'être promenée trop tard, la veille au soir, avec son cousin le dragon.

Léon se releva vivement; et à l'instant même où monsieur Granger entr'ouvrait lentement la porte, il s'écria:

— Ainsi donc, vous me le jurez, madame, au nom de mon ami l'honorable monsieur du Granger? Si jamais cet abominable Henri vous adressait quelque déclaration, vous l'accableriez de votre dédain, mais là, sévèrement, impitoyablement, de manière à le décourager de toute nouvelle tentative?

— Oui, monsieur, je vous le jure! et plus sincèrement que vous ne sauriez l'imaginer, — répondit vivement Régina.

— Ah! ah! c'est vous, mon cher seigneur et maître? —dit Léon à monsieur Granger, qu'il feignit d'apercevoir à l'instant même, et que la fin du dialogue précédent avait rendu tout rayonnant d'allégresse.

— Oui, c'est moi, mon jeune et véritable ami! — répondit monsieur Granger. — Et vous me voyez on ne peut plus content de ma journée. On a bien raison de dire qu'un bonheur n'arrive jamais seul. Figurez-vous que je viens de découvrir, derrière un vieux bahut, dans le coin le plus sombre de ma salle d'armes, le bâton qu'on suppose avoir appartenu à Bélisaire.

— Peste! mais vous voilà passé maître en fait de trouvailles! La première place vacante à l'Académie des incriptions et belles lettres vous appartient de droit, ou bien il n'y a plus de justice sur la terre.

— Venez, venez, mon cher Léon, que je vous montre cette merveille de conservation.

— Volontiers. Je ne serai point fâché de faire connaissance avec un si célèbre gourdin.

— Tu permets, chère amie, que je t'enlève ton interlocuteur? — dit gracieusement monsieur Granger à sa femme.

— Oui, mon ami. — répondit Régina en souriant; — je comprends toute l'importance d'une pareille découverte.

— A l'honneur donc de vous revoir, madame,— ajouta Léon en la saluant profondément. — Un dernier mot seulement. Ainsi donc, c'est bien convenu... Moi, je vous ai parlé en toute franchise!...

— Je me plais à le croire, monsieur.
— Et vous, madame ?
— Moi de même, monsieur.
— Vous le jurez ?
— Je le jure !
Léon et monsieur Granger sortirent de la chambre.
— J'ai bien fait réellement la découverte en question, — dit monsieur Granger d'un air fin ; — mais si j'avais hâte de vous voir seul à seul, c'était surtout pour savoir le résultat de votre entrevue.
— Tout va pour le mieux, — répondit Léon. — Je ne puis encore répondre tout-à-fait de cet infernal Henri, cela viendra, je l'espère ; mais je réponds de madame, et vous conviendrez que ce n'est pas peu dire, quand il s'agit du cœur des femmes.
Là-dessus l'infidèle mandataire donna à son mandant une foule de détails plus ou moins hétéroclites, mais qui le charmèrent d'autant.
Bref, Léon le laissa dans le ravissement.
Pendant ce récit, Régina, demeurée seule, examinait la situation avec tout le sang-froid dont elle était capable.
— Oui,—se disait-elle,—on sait tout à l'usine. Il a feint d'ignorer, par égard seulement, mais j'ai vu le contraire à l'embarras de son attitude et à la faiblesse de ses dénégations ; il sait tout. Hé bien ! qu'importe en définitive ! Le passé n'appartient qu'à moi. Quant à l'avenir, j'ai beau m'interroger : je ne sais pas encore si j'aime ce Léon, mais ce que je sais, c'est que je hais sa femme ; et cela suffit. Puisqu'elle m'a volé mon enfant ; moi, je lui volerai son mari. Je n'ai plus à craindre l'indiscrétion d'Henri, maintenant qu'il a parlé. Je puis donc redemander mon fils, comme c'est mon droit incontestable. Oui, ce serait me venger tout à la fois de ce voleur de jeune fille, et de cette voleuse d'enfant. Mais pour que cette vengeance soit possible, en ce qui le concerne, lui Henri, le consentement de monsieur Granger est nécessaire. L'obtiendrai-je ?... je n'ose l'espérer... Il est si bon... mais si jaloux !... Essayons du moins... Le voici justement qui revient. Il semble être dans d'excellentes dispositions d'esprit. Fasse le ciel que je réussisse !

XIX

Lorsqu'elle entendit dans l'antichambre le pas de son mari qui venait de reconduire Léon Mervel, Régina prit l'attitude mélancolique qui devait servir son dessein le mieux possible.
— Quel charmant garçon ! — s'écria monsieur Granger en rentrant dans la chambre où Régina l'attendait, nonchalamment assise dans son fauteuil gothique, la physionomie triste, le coude appuyé sur un guéridon et la joue posée sur sa main. — Quelle verve d'idées ! quel entrain de langage, et surtout quelle franchise ! Reviens-tu quelque peu sur son compte, chère amie !
— Quant à sa franchise, je n'ai, en effet, nul sujet d'en douter, mon ami, — répondit Régina avec indifférence ; — mais quant à ce que vous appelez sa verve et son entrain, je ne sais si je l'apprécie mal, en raison de la disposition d'esprit où m'ont mise ses étranges confidences, mais je vous avoue que jamais encore il ne m'avait fatigué l'esprit autant qu'aujourd'hui.
— Mais, de fait, — reprit monsieur Granger en observant avec une sorte d'inquiétude la figure attristée de sa femme, — tu parais préoccupée, soucieuse. Qu'as-tu, chère amie ?
— Moi ?... rien, mon ami.
— Si fait, si fait ! tu as quelque chose. Voyons, parle, je t'en prie. Est-ce que je ne suis pas là pour te consoler, s'il y a lieu ? L'assurance que m'a donnée ce cher Léon, et que m'avaient fait pressentir d'ailleurs les dernières paroles que vous avez échangées en ma présence, il n'y a qu'un instant, au moment de son départ ; cette assurance m'a rendu si heureux, qu'en vérité je voudrais trouver quelque moyen de te faire partager mon contentement. Voyons, désires-tu quelque chose ? As-tu une fantaisie quelconque ? As-tu envie de quelque colifichet ? de quelque objet de toilette ? de bijoux ? d'une robe ? de dentelles ? d'un châle de l'Inde ? de deux châles, de trois châles, de dix châles ? Parle, je vais écrire à mon successeur de Doullens et il nous enverra cela tout de suite, au prix de facture.
— Non mon ami, non ! je vous remercie. Ce ne sont point de telles futilités qui peuvent faire le bonheur d'une femme aimante. Vous ne m'avez jamais comprise ! —soupira Régina, dont c'était la formule favorite, comme c'est celle de toutes ses pareilles.
— Hé bien ! alors, qu'as-tu, mon adorée ? — insista monsieur Granger, en joignant les deux mains. — Réponds, je t'en conjure !
—Hélas ! il est donc écrit que je ne saurais vous cacher une seule de mes impressions ! Sachez-le donc, mon ami, puisque vous l'exigez : c'est justement mon entretien avec cet ennuyeux personnage qui a rempli mon âme d'amertume. Oui, j'ai cru deviner, à la nature de ses questions, et à celle de ses conseils, qu'il avait reçu de vous la blessante mission de sonder les replis de mon cœur, au sujet de son ami, monsieur Henri Germin. S'il en est ainsi, il a pu lire sans peine jusqu'au fond. Il a dû voir que vous le remplissiez tout entier. Monsieur Germin est sans doute un charmant cavalier : je ne vois pas pourquoi je dissimulerais cette opinion, parfaitement insignifiante. Je suis trop franche pour cacher ce que je pense. Mais entre le trouver agréable comme homme du monde, et l'aimer d'amour, d'amitié même, il y a tout l'abîme de l'indifférence. Mais, je le répète, vous ne m'avez jamais comprise, mon ami ! J'ai pu être légère, fantasque, vaniteuse, capricieuse, très-curieuse d'hommages, coquette même, mais, je le jure par ce qu'il y a de plus sacré, je n'ai jamais manqué à mes devoirs envers vous.
— Ah ! si je pouvais te croire !...
— Eh ! mon Dieu, quel intérêt aurais-je à vous le certifier, puisque, pour vous faire plaisir, je me suis laissé pardonner maintes fois des fautes que je n'avais pas commises ?
— Pour me faire plaisir, dis-tu ?... Singulier plaisir !
— Oui, sans doute, mon ami, puisque vous vous obstiniez à m'accuser sur des apparences mensongères, et malgré toutes les preuves que je vous donnais de mon innocence. Il fallait bien dire comme vous, pour vous apaiser plus vite, dans le double intérêt de votre repos et de votre santé. Or, à supposer que j'aie été coupable, ce qui n'est pas, grand Dieu ! vous avez pardonné ; je n'aurais donc plus aucun motif de dénégation. Le pardon efface tout ; autrement ce ne serait point le pardon.
— Aussi ne te parlé-je jamais du passé, quel qu'il ait été. Si je me laisse aller parfois à m'inquiéter encore un peu, un tout petit peu... c'est pour l'avenir seulement.
— Et voilà justement ce qui m'attriste, ce qui me désespère, — répondit Régina, qui continua ainsi du ton le plus tendre. — Comment pouvez-vous avoir le moindre doute sur mes sentiments, vous, mon ami, mon époux ; vous, le seul homme que j'ai véritablement aimé : les autres, qu'étaient-ce ? de stupides pantins que ma vanité se plaisait à voir danser devant moi, voilà tout. C'était un tort, sans doute, en même temps qu'un amusement ; je ne prétends point le contester : on doit toujours reconnaître ses torts ; mais ce n'était point un crime, et ne faut-il pas avoir quelque indulgence, sous ce rapport, pour une femme jeune et jolie ?... Vous me le disiez, du moins...
— Et je le dis toujours ! — interrompit monsieur Granger avec explosion. — Non, je ne crois pas qu'il y en ait sur la terre une seconde aussi belle que toi ! Je te vois en-

core dans notre comptoir de Doullens. Tu étais là comme une reine sur son trône. Dieu! quelle charmante créature! Et dans le monde, donc? Comme toutes les autres s'éclipsaient devant toi!... Elles me faisaient l'effet d'un simple droguet à côté du plus magnifique velours.

— Hé bien! moi aussi j'étais fière de ce peu de beauté que vous voulez bien m'accorder, en l'exagérant sans aucun doute; oui, j'en étais fière, mais pour vous surtout. « Admirez-moi, adorez-moi, messieurs, » pensais-je alors; « mais vous aurez beau me le répéter sur tous les tons, en prose, en vers et... en bouquets, cette beauté appartient à un autre, et cet autre est le seul que j'aie le droit d'aimer, c'est mon mari, c'est mon Dominique! »

— Oh! Régina, Régina! — s'écria monsieur Granger, éperdu de joie, en se jetant dans un fauteuil près de sa femme, dont il serra les mains avec transport; — oh! Régina! toi, mon seul amour, toi, ma vie, toi, mon unique bonheur sur la terre! Oh! si je pouvais te croire!... Tiens, vois, j'en ris et j'en pleure de joie en même temps.

— Libre à vous, monsieur, de m'accuser encore de mensonge, — interrompit Régina d'un ton triste et sévère. — Si je vous ai dévoilé le fond de mon âme, sans nulle nécessité, vous en êtes convenu, ce n'est pas dans l'espoir de vous convaincre : non, je connais depuis longtemps toute l'obstination de vos erreurs; c'est simplement par amour de la vérité, par respect pour moi-même, pour l'acquit de ma conscience.

— Hé bien! — reprit monsieur Granger, — pardonne-moi à ton tour mon stupide entêtement. C'est que, vois-tu, je t'aime tant, que la moindre appréhension est une torture dont tu ne peux pas te faire l'idée. C'est comme si l'on avait dans le cœur un serpent qui vous le rongeât Et puis, vous avez la bouche pleine d'amertume. Et puis, tout dans la nature vous paraît décoloré. Le soleil lui-même vous semble terne. Vous ne vous sentez plus de goût à rien. Vous n'espérez plus aucun bonheur ni en ce monde ni en l'autre. Vos idées sont confuses. Il n'y a plus qu'un désir qui survive en vous : c'est celui de la vengeance. Oh! la jalousie! la jalousie! Certainement, j'ai subi de bien cruelles émotions dans le cours de ma vie. Quand, par exemple, au début de ma carrière commerciale, d'importantes rentrées sur lesquelles je comptais pour mon échéance venaient à me manquer subitement, ah! la situation était peu réjouissante! Mais c'était du bonheur en comparaison de la jalousie. Oh! je ne souhaiterais pas à mon plus cruel ennemi d'éprouver le quart du demi-quart de ce que j'en ai souffert; et si je me félicite de quelque chose, Régina, c'est de t'avoir épargné un pareil tourment.

— Et qui vous dit cela, mon ami? — se hâta de répondre Régina, trouvant très-habile de récriminer sur le même sujet, à tort, cela va sans dire. — Savez-vous si je n'en ai pas souffert cruellement aussi, sans en avoir l'air? Entre autres circonstances qui m'ont appris à la connaître, vous rappelez-vous cette grande blonde que vous vous plaisiez à regarder sans cesse en souriant?

— Sans cesse, non, — répliqua naïvement monsieur Granger, — mais de temps en temps. Elle avait le nez démesurément long, affreusement rouge et planté tout de travers, ce qui lui donnait un aspect des plus drôles. Je ne pouvais pas la regarder sans rire.

— Et cette petite brune, la seule femme que vous fissiez danser au bal?

— Quant à celle-là, c'est différent : elle était bossue, et comme personne ne l'invitait jamais, je me dévouais, par pitié, une ou deux fois chaque soirée, pas davantage.

— Oh! je sais bien que vous ne manquerez pas de prétextes!

— Tu m'as déjà querellé plusieurs fois à ce sujet; je l'ai toujours juré la même chose.

— Je veux bien vous croire, mon ami, car il m'en coûterait trop de revenir sur ce chapitre. Ah! vous parliez de cet affreux mal qu'on appelle la jalousie!... Que de tourments il m'a fait subir! que d'insomnies il m'a causées! que de larmes il m'a fait répandre!

— En vérité?... — s'écria monsieur Granger tout à la fois joyeux et apitoyé.

— Je ne sais pas comment il peut m'en rester encore!

— Pauvre enfant!... Mais va, rassure-toi : tu n'auras plus à en verser une seule, du moins par ma faute. Plus de retour sur le passé! plus de soupçon dans le présent! plus d'appréhensions pour l'avenir! Embrasse-moi pour sceller ce nouveau traité de paix. Quelle bonne petite vie ton Dominique va mener désormais avec sa petite femme!... Hé bien! quel est encore ce léger nuage qui assombrit ton joli front?

— Je n'ose vous le dire, mon ami...

— Parle, parle sans crainte, et si c'est un vœu que tu formes, il est exaucé d'avance.

— Vos paroles sont bien douces, bien encourageantes, mon ami... et cependant... c'est qu'en vérité cela n'a pas le sens commun!... Aussi vais-je vous le dire, ne fût-ce que pour me punir d'avoir un tel regret!... Sachez-le donc, dans le cœur de toute femme, quelque rempli qu'il soit de la pensée de son mari, il y a place encore pour un autre sentiment. Ce sentiment, c'est celui de la maternité. Oh! que j'aurais été fière et heureuse de vous voir revivre dans un bel enfant qui eût été tout votre portrait, qui eût été un autre vous-même!

— Hé bien! je te l'avoue, — répondit monsieur Granger, — je partage tout bas ce regret.

— Malheureusement, — reprit Régina en levant ses beaux yeux, — le ciel n'a pas béni notre union, et de là viennent cette tristesse, cet ennui, cette indifférence apparente que vous avez attribués si souvent à de frivoles et même à de coupables préoccupations.

— Que veux-tu?... quand on a soi-même une idée fixe, on rapporte tout à cette sotte idée... Mais j'y pense... puisque le ciel, comme tu dis, n'a pas béni notre union, qui nous empêche de réparer nous-mêmes cette injustice? Qui nous empêche d'adopter un enfant sur lequel nous reporterons toute la tendresse que nous aurions eue pour un véritable rejeton?

— Ah! mon ami, quelle généreuse pensée vous avez là!... C'est le ciel qui vous l'envoie. Je vous reconnais à ce nouveau trait de bonté. Cela vaudra mieux pour mon bonheur, croyez-le, que le don des dentelles, des bijoux et des cachemires que vous m'offriez tout à l'heure.

— Et pour ma tranquillité aussi, — pensa monsieur Granger.

— Mais, — reprit Régina, — où trouver un enfant dont les parents consentent à nous confier son avenir? ou bien un orphelin dont nous puissions remplacer ici-bas, le père et la mère? Moi d'abord, je le veux beau, intelligent, espiègle. Hé! tenez, mon ami, comme celui que nous avons vu à l'usine, et qui m'a apporté des fleurs te des fraises de la part de madame Emilienne.

— J'y songeais aussi. Ce petit Jules est, en effet, un garnement des plus agréables. On le croirait fait exprès pour la circonstance.

— Vraiment, vous songiez pareillement à lui? Mais voyez donc, mon ami, comme nos goûts sympathisent, quand nous causons là de bonne et franche amitié!

— Laisse-moi faire; je vais le demander à mon jeune camarade Léon, et j'ai tout lieu d'espérer qu'il consentira à nous céder ce ravissant orphelin.

— Lui, c'est probable, car, avec son caractère futile, je ne le crois pas susceptible d'un attachement bien vif pour qui que ce soit.

— Tu te trompes, je t'assure, et la preuve, c'est l'affection sincère qu'il a pour moi, en souvenir de son père.

— Quoi qu'il en soit, — reprit Régina, — si nous avons à craindre quelque obstacle, c'est bien plutôt de sa femme qu'il nous viendra, car elle m'a semblé avoir beaucoup de tendresse pour ce bel enfant. C'est donc à elle qu'il faut s'adresser tout d'abord, et, comme femme, c'est à moi de le faire.

— Soit! chère amie, tourne-lui à ce sujet une jolie petite lettre bien persuasive.

— C'est ce que je vais faire sans aucun retard, puisque vous le permettez. Oh! mon ami, que vous êtes bon et que je suis heureuse de vous avoir rencontré dans le cours de ma vie! — s'écria Régina en tendant cordialement la main à son cher Dominique.

— Je suis bien plus heureux que toi,— répondit-il en baisant avec effusion la jolie main qu'elle lui présentait. — Je le suis doublement, moi, car je le suis de ton bonheur en même temps que du mien. Allons, allons, bon espoir! je te laisse à cette agréable correspondance.

Monsieur Granger quitta Régina sur ces mots et regagna sa salle d'armes.

— Je ne suis pas fâché de ce qui arrive, — se dit-il.— Cet enfant distraira son esprit, occupera son cœur et sera pour moi une garantie de plus. Parole d'honneur, je suis content de moi! j'ai très-bien joué mon rôle sur cette question! Je ne me croyais pas si fin, si retors! Me voilà tout à fait passé à l'état de roué. Allons, allons, c'est ce qu'on peut appeler une bien bonne journée! Régina m'a sincèrement expliqué le passé; l'ami Léon m'a garanti l'avenir, et moi, j'ai trouvé l'ingénieux moyen d'occuper le présent. Trois résultats précieux! Sans compter la curieuse trouvaille que j'ai faite ce matin de l'illustre bâton de Bélisaire.

Pendant la scène que nous venons de rapporter, Léon s'en retournait chez lui, on ne peut plus content aussi de celle qu'il avait eue l'instant d'auparavant avec Régina. La jeune femme lui avait avoué qu'elle l'aimait, autrement dit peut-être, qu'elle voulait bien faire semblant de l'aimer. Certes, notre conquérant n'ignorait pas qu'elle avait dû faire bien des fois ce même aveu plus ou moins sincère, mais la vanité est si ingénieuse à se créer des satisfactions, que, lorsqu'il s'agit de femmes dont la séduction consiste dans leur galanterie même, et non point dans l'honnêteté de leur nature, ce grand nombre de prédécesseurs est presque un attrait de plus pour beaucoup d'hommes. Bien qu'il ne soit question que du passé, c'est d'autant de rivaux qu'il leur semble avoir triomphé.

Tel était à peu près le sentiment qui dominait en ce moment chez Léon. Il y a des gens qui ont l'amour tendre et rêveur; il en est d'autres qui l'ont bavard et pétulant, comme les ivrognes ont le vin triste ou gai. Léon avait tout gai, l'amour aussi bien que le vin. Il n'en pouvait être autrement avec son caractère. Il marchait donc d'un pas leste, la tête haute, l'œil brillant, le teint animé, l'air guilleret, le chapeau incliné sur l'oreille, et il eût volontiers exécuté quelques entrechats d'enthousiasme, en traversant la grande rue du village. A défaut de ballet, pour danser sa joie, il recourait du moins à l'opéra pour la chanter. Il fredonnait en marchant le fameux air d'Arnold dans *Guillaume Tell :*

Il est donc sorti de ton âme,
Ce secret qu'ont trahit tes yeux! (*Bis*)
Ta flamme répond à ma flamme,
Dût-elle nous perdre tous deux, (*Bis*)
Oui...

Sa voix, dont l'étendue ne pouvait dépasser la chanson bachique ou grivoise, fit entendre, sur ce monosyllabe *oui*, un de ces sons criards qu'on appelle des *couacs* lorsque c'est un clarinette qui les commet.

— Peste! — s'écria-t-il, — voilà une bien belle note fausse! Je ne me serais jamais flatté de pouvoir chanter aussi mal! Tant il est vrai qu'il ne faut désespérer de rien. Essayons encore :

Oui...

— Ce *oui*-là ne vaut pas le premier; il est bien meilleur. Essayons de nouveau :

Oui...

— Oh! parfait!... encore plus atroce que le premier! Voilà pourtant où conduit l'exercice!... Tel est le mot de beaucoup d'énigmes. Je ne m'étonne plus que tant de chanteurs soient si pitoyables : c'est l'heureux effet de l'étude. Travaillons une dernière fois cette abominable vocifération :

Oui...

— Bravo! bravo! de plus en plus faux! et trois fois de suite! Les anciens augures eussent regardé cette persistance et ce crescendo comme d'excellent pronostic. Je m'explique maintenant l'éclatante prospérité de l'Académie impériale de musique.

Oui... ta flamme répond à ma flamme,
Dût-elle nous perdre tous deux!

— Bah! quand on se perd de cette façon, on est toujours sûr de se retrouver.

Tout en déraisonnant ainsi avec lui-même, notre Gueymard improvisé fit sa rentrée dans l'usine. Son air d'affolement ne pouvait échapper à Henri, qui s'en inquiéta.

— Comme te voilà gai!—lui dit-il en l'observant avec attention.

— Tu trouves?... mais c'est le défaut que tu me reproches sans cesse.

— Oui, mais il y a surexcès aujourd'hui. Que t'est-il donc arrivé de si heureux au château? car tu en reviens sans doute.

— Sans aucun doute. Tu l'as dit. Eh! d'où diable reviendrais-je, si ce n'était de là? C'est la seule distraction qu'offre cette contrée arriérée. Quant aux causes de ce que tu appelles mon surexcès de gaieté, elles sont innombrables. Il y en a trois. Et d'abord j'ai eu l'indicible plaisir de te dénigrer là-bas de la façon la plus abominable. Je ne te conseille pas de t'y présenter si tu tiens à être reçu avec enthousiasme.

— Il faudra pourtant bien que je m'y décide, dans leur intérêt à tous,— pensa Henri.

— J'ai eu ensuite l'heureuse chance d'y admirer le vénérable bâton de Bélisaire, que l'antiquaire de céans a découvert aujourd'hui derrière un vieux bahut. Enfin... mais c'est là mon secret. Tu n'as pas la prétention, j'imagine, d'accaparer la solution de tous les grands problèmes. Contente-toi de celui des infusoires. C'est bien assez de gloire pour un seul homme. Or, moi aussi, j'en poursuis un, et j'ose croire qu'il n'est pas moins intéressant que le tien.

— Je t'en félicite. Mais dis-moi?... que fais-tu d'ici au dîner?... Veux-tu faire un tour de chasse dans les environs? — demanda Henri qui, en prolongeant l'entretien, espérait tirer peu à peu quelque éclaircissement de l'étourderie de son ami.

— Un tour de chasse? — répéta Léon? — Non, non, j'en serais bien fâché! Je suis en ce moment de l'humeur la plus débonnaire. Le roi d'Yvetot ne viendrait pas à la cheville de ma bonhomie. Je me regarderais comme le plus odieux assassin si je tuais même la moindre mouche. Je rentre dans ma chambre pour y songer solitairement à la solution de mon grand problème. Permets donc que je te laisse, toi, avec tes infusoires.

Henri hocha tristement la tête, en regardant Léon s'éloigner.

— Décidément, — se dit-il,— mon pauvre ami est sur le bord de l'abîme. Que faire pour l'empêcher d'y tomber, et qui pis est, d'y entraîner peut-être tous les siens avec lui?

En ce moment parut Emilienne avec deux lettres à la main. Une seule était décachetée.

— Ah! mon ami,— dit-elle à Henri,— vous me voyez au comble de l'étonnement. Ecoutez ceci :

« Madame,

» Soyez assez bonne pour remettre à monsieur Henri » Germin la lettre que je joins à celle que j'ai l'honneur » de vous adresser.

» Je ne sais, madame, jusqu'à quel point il a poussé » l'indiscrétion et s'il croira devoir vous faire part, en » outre, du contenu de cette lettre; mais, quoiqu'il en » soit, j'ai trop de confiance dans votre loyauté pour » craindre, un seul instant, que vous cherchiez à le dé» tourner de la détermination qu'il adoptera sans nul » doute après en avoir pris connaissance.

» Veuillez agréer, madame, l'expression de ma par» faite considération.

» RÉGINA GRANGER. »

Henri partagea l'étonnement d'Emilienne. Il ouvrit avec hésitation la lettre qui lui était adressée, car il lui semblait que tout ce qui venait de cette femme devait être nécessairement funeste.

XX

Conformément à l'invitation de son mari, Régina avait écrit à madame Léon Mervel la lettre que nous venons de lire, mais c'était à Henri Germin qu'elle adressait naturellement sa véritable demande, à l'insu de monsieur Granger.

Voici dans quels termes :

« Monsieur,

» Vous avez manqué à tous vos devoirs d'honnête » homme, en révélant à votre entourage des faits dont » le secret n'appartenait pas qu'à vous seul, et dont la » divulgation, complétement inutile, n'a pu être de votre » part qu'un acte de lâche vengeance.

» Vous m'avez déliée ainsi des derniers scrupules qui » m'empêchaient de faire valoir mon droit.

» Je viens donc vous sommer de me rendre mon en» fant à l'instant même.

» La personne qui porte cette lettre est chargée de » l'amener auprès de moi.

» Malgré l'odieux de votre conduite à mon égard, dans » ces dernières circonstances surtout, je ne puis vous » croire assez misérable pour me forcer de demander » hautement à la justice ce que votre haine m'aurait » refusé. Mais si je me trompais de nouveau, ce serait » un acte de gratuite méchanceté que vous auriez encore » à vous reprocher.

» Je vous en préviens.

» C'est avec l'assentiment de mon mari que je fais » cette démarche.

» Aucune considération ne pourrait donc me retenir, » et nous verrions alors de quel côté se rangerait l'opi» nion des honnêtes gens, entre une mère qui réclame» rait son enfant et des étrangers qui voudraient le lui » voler.

» En un mot, monsieur, cet enfant est à moi, je le » veux, et je l'aurai, par n'importe quel moyen.

» Vous m'avez mise heureusement dans la position de » n'avoir plus rien à craindre, et par conséquent plus » rien à ménager.

» Je vous salue,

» RÉGINA. »

Emilienne resta stupéfaite après avoir entendu la lecture de cette lettre; mais Henri fit un geste de dédain.

— Rassurez-vous, chère madame, — dit-il; — Jules ne sera point privé de votre tendresse, et vous ne serez point frustrée de la reconnaissance qu'il vous doit. S'il y a lutte, la victoire nous restera.

— En êtes-vous bien sûr, mon ami? — demanda Emilienne d'une voix profondément émue.

— Sûr, non, — répondit Henri; — de quoi peut-on être absolument sûr en ce monde? mais j'ai tout lieu de l'espérer.

— Sur quoi votre espérance est-elle fondée?

— Permettez-moi, chère madame, de vous en faire encore un mystère, afin que le résultat, s'il est tel que je le souhaite, vous soit une surprise d'autant plus agréable.

— Henri écrivit rapidement quelques lignes qu'il mit sous enveloppe à l'adresse de Régina; puis, tendant ce billet à Emilienne : — C'est vous, — dit-il, — chère madame, que mon aimable correspondante a cru devoir prier de me remettre sa gracieuse requête; pourquoi? je l'ignore; mais comme elle n'est point femme à agir jamais sans tout calculer, il est à croire qu'elle avait un motif. Respectons-le; d'autant mieux que je tiens à épuiser toutes les chances de paix avant de me résigner à la guerre. Imitons-là donc. Soyez assez bonne pour placer ma réponse sous une seconde enveloppe dont vous allez écrire l'adresse de votre jolie écriture de femme; après quoi vous aurez l'obligeance de la remettre vous-même à l'ambassadrice qui l'attend.

Cette ambassadrice, qu'avait amenée le plus bel équipage du château, n'était autre que Rosine, la caméristе dévouée de Régina, et la charmante cousine de son cousin le dragon.

Quand le père Plumeau lui eut rouvert la grille à son retour de l'usine, il s'empressa, comme c'était son devoir, d'aller dénoncer le fait à son maître.

— Je viens, monsieur Granger...

— Hé! pardieu! je le vois bien, imbécile! — interrompit celui-ci en haussant les épaules.

— Vous prévenir, — continua humblement l'honorable fonctionnaire, — de la rentrée de mademoiselle Rosine, avec une lettre de madame Emilienne Mervel à l'adresse de madame Régina Granger.

— Régina Granger! Régina Granger! — répéta son noble époux en imitant en charge le ton de son malheureux conservateur! — Allez au diable, butor, je vous le répète, et restez-y cette fois!

— Oui, monsieur Granger, — répondit le père Plumeau, avec un de ces saluts qui lui donnaient la forme d'un accent circonflexe. — Ah! tu veux que j'y reste? — ajouta-t-il en regagnant sa loge; — hé bien, soit! on y restera. Puisque mes communications sont si mal reçues, qu'on envahisse désormais ton parc, qu'on pille ton château, qu'on enlève même ta femme, dont je te soupçonne d'être jaloux, ah! tu peux compter sur mon empressement à ne pas t'en souffler mot, animal!

— Quel buse que cet homme! — grommelait de son côté monsieur Granger. — Son langage n'a pas fait le moindre progrès. Et dire que cela répugnerait peut-être à manger du foin! Crétin, va!

Que de fois dans les relations du meilleur monde, deux personnes qui se sont accablées de politesse et même de compliments, s'en vont ainsi, après s'être quittées, se lançant tout bas de pareilles qualifications :

— Sot! bête! idiot! animal! crétin! paltoquet! etc., etc.

Mais revenons à la réponse d'Henri.

Elle était conçue en ces termes.

« Madame,

» La question que vous soulevez est assez grave pour » mériter qu'on y réfléchisse mûrement.

» Je désirerais en causer avec vous. Peut-être arrive» rions-nous ainsi à une conciliation satisfaisante pour » tout le monde, et bien préférable assurément au scan» dale d'un procès.

» Si telle est aussi votre opinion, madame, veuillez me » faire savoir où et comment je puis avoir l'honneur de » vous voir.

» J'ajoute qu'il est d'autres questions sur lesquelles » je serais charmé de m'entendre avec vous, dans votre » intérêt le plus pressant.

» Agréez, madame, l'assurance de mon profond respect.
» Votre très-humble, très-dévoué et très-obéissant ser-
» viteur,

» HENRI GERMIN. »

Sont-elles menteuse, la plupart du temps, toutes ces formules de civilité puérile et honnête dont on charge l'administration des postes !

On minute à quelqu'un quatre pages de reproches, de blâmes, et parfois même d'injures, et on clôt le tout par des protestations d'estime, d'obéissance et de haute considération.

— Que peut-il avoir à ma dire? — se demanda Régina après avoir lu la réponse d'Henri. — Dois-je consentir à cette entrevue?... Oui, sans nul doute, malgré la répugnance qu'elle me cause. Il a raison : la conciliation vaudrait mieux que la lutte. Et puis, quelles peuvent être ces autres questions, non moins importantes, dont il parle?... Auraient-elles rapport au testament olographe que mon mari s'est fait dicter par son notaire de Doullens, qui est aussi celui d'Henri?... J'en ignore les termes précis, et je me garderais bien d'interroger positivement monsieur Granger sur ce sujet... Cette curiosité le blesserait... Il a des idées si singulières!... Il lui semble que les femmes sont des espèces d'anges, de séraphins, de houris, de chimères, d'êtres immatériels, qui ne devraient ni boire, ni manger, ni avoir un centime dans leur porte-monnaie. Si fait pourtant! il trouve très-poétique qu'elles vendent des nouveautés, et le plus cher possible; car la nouveauté, pour lui, c'est le beau absolu, c'est l'idéal suprême. Mais songer à un héritage afin de s'assurer bon gîte et bonne table dans l'avenir? fi donc! c'est trivial, c'est ignoble, c'est indigne d'une femme qui se respecte, alors même qu'elle a sacrifié sa jeunesse au bonheur d'un véritable magot! Aussi ne m'a-t-il parlé que très-vaguement de ses dispositions testamentaires. Peut-être Henri les connaît-il plus précisément par le notaire, avec lequel il est fort lié, et qui a toujours exercé la plus grande influence sur l'esprit de monsieur Granger. En ce cas, peut-être veut-il me donner à ce sujet quelque utile avertissement. A coup sûr, ce ne serait point par enthousiasme pour moi; ce serait dans l'espoir d'arriver par ce moyen à la conciliation qu'il désire, et dont je ne me rends pas bien compte; car nous ne sommes plus au temps du roi Salomon, lequel avait une étrange manière de partager en deux les différends de ce genre. Quoi qu'il en soit, malgré la vivacité du sentiment tout nouveau que j'éprouve comme mère, j'avoue que si j'étais absolument obligée de choisir entre ce titre, et celui... d'héritière... je devrais... dans l'intérêt même de mon fils, renoncer... momentanément du moins... Mais non, non, non! ne posons point une pareille question! Il n'est pas vraisemblable, d'ailleurs, qu'Henri soit en mesure de la poser lui-même. C'est d'autres sujets qu'il doit avoir à me parler. Lesquels? Je ne puis le deviner. Nous verrons bien. Car, tout bien considéré, je dois accepter l'entrevue qu'il propose. C'est indispensable; mais c'est difficile, car, si mon mari s'en doutait le moins du monde, tout serait perdu! Le voici. Cachons-lui bien la lettre d'Henri.

— Hé bien! Rosine est revenue de sa mission. *Quell' nouvelle apportez?* — demanda gaiement monsieur Granger, en modulant légèrement ces derniers mots sur l'air de *Malbrough*. — Bonne ou mauvaise?

— Ni l'un ni l'autre, mon ami. Madame Emilienne ne refuse pas de s'entendre avec nous sur ce sujet; elle désire seulement en causer avec moi.

— C'est assez naturel. On ne plante pas là, sans hésitation, au premier mot, un enfant qu'on a pris la douce habitude de choyer, comme on jette au rebut, dans la nouveauté, un mantelet dont la forme est passée de mode. Elle veut sans doute stipuler des garanties pour l'avenir du petit bonhomme. Rien de plus juste. Hé! pardieu! son avenir est tout assuré. Il est évident que nous ne ferons pas les choses à demi, et qu'en fin de compte il sera notre héritier à tous deux.

— Votre héritier, soit, mon ami, et cela en vaudra la peine; mais moi, qu'ai-je à lui laisser, à ce pauvre enfant?...

— On ne peut pas savoir... on ne peut pas savoir...— répondit monsieur Granger, en clignant de l'œil. — Qui vivra verra. En tout cas, chère amie, tu ne peux pas refuser l'entretien qu'on te demande à ce sujet.

— C'est votre opinion, mon ami?

— Oui, assurément, — répliqua monsieur Granger, qui sortit en chantonnant sur l'air susdit :

> On ne peut pas savoir,
> Mironton, tonton, mirontaine,
> On ne peut pas...

Le reste de l'improvisation s'éteignit dans l'éloignement.

Régina s'empressa de répondre à Henri ces simples mots.

« Demain soir, à huit heures. La grille sera ouverte.
» Quelqu'un vous dira où. »

Elle cacheta ce billet et le mit sous une seconde enveloppe, à l'adresse de madame Emilienne Mervel, comme elle avait fait de sa première lettre.

Rosine fut chargée de porter aussitôt ce nouveau message, mais à pied cette fois, comme une simple mortelle.

— N'oubliez pas, monsieur Plumeau, — dit-elle d'un air mystérieux, en passant par la grille que lui ouvrait l'infortuné butor que vous savez; — n'oubliez pas ce que vous nous avez promis à tous...

— Je m'en garderais bien! — répondit-il à voix basse.

— Le frontignan sera encore meilleur que la dernière fois, — ajouta-t-elle.

— Meilleur, je n'y tiens pas, car il était excellent; mais il serait plus abondant qu'on n'aurait pas précisément à s'en plaindre.

— On tâchera, — répondit Rosine en s'éloignant.

— Certainement, — se dit le père Plumeau, — je ne méprise pas le frontignan; mais, en cette circonstance, ce n'est pas pour moi une simple question de muscat; c'est surtout une question de vengeance contre l'homme qui ne m'abreuve, lui, que d'injures et d'humiliations! Je ne sais si cet odieux contact me rend méchant moi-même, mais ce qu'il y a de sûr, c'est que j'aurais un bien grand plaisir à violer ses consignes, à transgresser ses ordres, à fouler aux pieds ses plus rigoureuses prescriptions. — Et en parlant ainsi, l'infortuné père Plumeau trépignait réellement des pieds, comme s'il eût eu quelque chose à écraser sous ses talons. — Mais calmons-nous, — continua-t-il en apercevant Régina qui s'avançait lentement de son côté, un livre d'une main, une ombrelle de l'autre, en femme qui se promène sans but déterminé. — Voici encore une de ses victimes; car plus j'étudie cet atroce tyran, plus je le soupçonne d'être dévoré de jalousie.

— Bonjour, bonjour, monsieur Plumeau, — lui dit Régina de son air le plus affable, — je vois avec plaisir que vous vous portez parfaitement.

— Vous êtes bien bonne, madame, — répondit l'honnête portier conservateur, en décrivant, comme salut, une des courbes les plus profondes qu'il eût jamais exécutées.

— Et madame Plumeau, comment va-t-elle? — ajouta Régina avec intérêt, — je ne l'ai pas aperçue depuis le lendemain de notre installation. Serait-elle donc indisposée.

— Non, madame. Bien obligé pour elle. Ça ne va pas trop mal; mais la pauvre femme a toujours été très-timide. C'était même un de ses agréments. Or, elle n'ose plus venir dans la salle d'en bas, depuis que le respectable monsieur Granger l'a ornée d'une foule d'armes de toute espèce.

— En effet, — dit Régina, en jetant un coup d'œil dans la loge; — cela ressemble assez à un corps de garde.

— Je ne sais pas trop à quoi cela peut servir, — reprit le père Plumeau, — car le pays n'est nullement infesté de brigands; mais ce respectable monsieur Granger prétend que cela donne très-bonne mine à son château gothique. Tant il y a que mon épouse en a des transes mortelles.

— Espérons que madame Plumeau s'y accoutumera peu à peu, — répondit en souriant Régina. Et, ayant fait un gracieux geste d'adieu, elle fit mine de continuer sa promenade; mais tout à coup, revenant sur ses pas : — A propos, monsieur Plumeau, — dit-elle, — j'oubliais de vous faire une recommandation.

— Je suis aux ordres de madame.

— Voici ce que c'est. J'ai à parler de choses sérieuses avec une personne que vous devez connaître... monsieur Henri Germin.

— Oh! oui, madame, l'ami de monsieur Léon.

— Précisément. C'est au sujet, notamment, de ce petit garçon de l'usine qu'on appelle Jules, je crois...

— Oui, madame... celui qui vous a apporté de vraies fraises, l'autre jour, de la part de madame Émilienne.

— C'est cela. Monsieur Granger désire fort s'attacher cet orphelin. Comme madame Émilienne et monsieur Léon pourraient hésiter à lui céder un enfant qu'ils affectionnent sans doute, je voudrais pouvoir, dans le but d'obtenir leur consentement, user de l'ascendant de monsieur Henri, qui paraît gouverner à son gré toute leur maison. Mais il faudrait que ce fût, jusqu'à nouvel ordre du moins, à l'insu de monsieur Granger, à qui je désire faire cette petite surprise. Or, voici mon plan. Demain soir, vers huit heures, vous laisseriez la grille ouverte, monsieur Henri, qui serait prévenu, s'introduirait à la faveur de l'obscurité, sans que personne l'aperçût. Je l'attendrais dans le pavillon chinois, qui est tout près d'ici; et là je pourrais causer un instant avec lui de l'objet qui intéresse si vivement votre maître.

— Ah! ah! — se dit avec joie le père Plumeau, — voilà qui sent furieusement l'intrigue!... Bravo!... Mais faisons-nous prier un peu... ça ne peut pas nuire. Hélas! madame, — répondit-il tout haut, — vous me voyez réellement désolé...

— Et pourquoi donc?

— Parce que votre désir, madame, est impossible à satisfaire. Il m'est expressément défendu de laisser la grille ouverte un seul instant; il m'est ordonné de signaler immédiatement toute personne étrangère qui entre; et enfin monsieur Henri m'est formellement désigné comme ne pouvant être admis, sous aucune espèce de prétexte, le feu eût-il pris au château.

— Voilà qui est étrange! — dit Régina, qui feignit de l'étonnement.

— Étrange, en effet! — répéta le père Plumeau. — A quoi bon tant de précautions, comme si nous étions une place guerre? Mais... (s'il peut être permis à un simple soldat d'interpréter les ordres de son général, comme nous l'appelons tous), hé bien! je le soupçonne... (pardon, madame, de la liberté) je le soupçonne... d'être un peu jaloux... ah! certes, bien à tort!... ce serait faire injure... mais enfin on n'est pas toujours raisonnable quand on est jaloux. En tout cas, ma consigne est précise, et, quelque regret que j'en éprouve, je ne saurais y manquer...

— Vous y manquerez cependant, mon cher monsieur Plumeau, — dit Régina en glissant quelques gâteaux, sous forme de pièces d'or, dans la main de l'incorruptible cerbère. — Oui, vous y manquerez, mais pour en observer une autre, car, moi aussi, j'ai le droit de commander ici.

— C'est pardieu vrai!... Je n'avais pas encore envisagé la question à ce point de vue. Vous serez obéie, madame.

— J'y compte, — ajouta Régina.

Et elle continua sa promenade.

— Ça marche, ça marche! — se dit joyeusement le père Plumeau en la voyant s'éloigner. — Mais qui eût pu penser que c'était monsieur Henri... et non pas monsieur Léon?... à moins toutefois que ce ne soit tous les deux... cela s'est vu... Mais non, ce n'est pas monsieur Léon, et je m'explique maintenant la consigne spéciale qui concernait l'autre. Ah! pardieu! elle sera joliment observée demain, la consigne, animal!... et de tous les côtés à la fois. Cela t'apprendra que, si butor, si imbécile qu'on soit, on a encore assez d'esprit pour se venger de ses oppresseurs!

XXI

Le lendemain, dès la tombée de la nuit, bien avant l'heure indiquée par Régina au père Plumeau, vous eussiez pu le voir entr'ouvrir discrètement la grille, dont il avait la garde, à deux jeunes femmes, en costume d'ouvrières, simple mais coquet, ainsi qu'à deux hommes, un dragon et un pompier, lesquels s'introduisirent dans le parc à quelque intervalle les uns des autres, et gagnèrent à pas légers la loge du vindicatif concierge. Vous eussiez vu, en outre, dans le cours de la soirée, deux hommes et deux femmes venir successivement du château par les petites allées du parc, et s'introduire de même dans la loge, où chacun d'eux semblait apporter d'assez volumineux paquets.

Qu'était-ce donc, mon Dieu! que cette mystérieuse réunion?

C'est ce que sans doute nous saurons tôt ou tard.

Enfin, à huit heures précises, Henri Germin parut à la grille. Le père Plumeau la lui ouvrit, en lui disant tout bas :

— *On* vous attend là, dans le pavillon chinois.

Il y avait tout un monde de conjectures et de félicitations dans la manière dont le père Plumeau prononça ce monosyllabe, *On*.

C'est qu'en effet ce mot *on*, un des plus petits du vocabulaire, est assurément un de ceux qui peuvent signifier le plus de choses, selon l'accentuation qu'on lui donne.

Il y a d'abord les *on* dit, les *on* prétend, les *on* assure, etc., qui sont si familiers à la calomnie, lorsqu'elle veut nuire sûrement, sans assumer la responsabilité de ses mensonges.

Il y a ensuite, lorsqu'il s'agit d'une femme aimée dont les sentiments à votre égard vous sont encore incertains, il y a les *on* pense à vous, *on* m'a parlé de vous, *on* a rougi à votre nom, *on* ira tel jour à l'Opéra, *on* vous attend demain, *on* vous aime, etc., lesquels, adressés à vous par une de ses indiscrètes amies, — et toutes les amies sont plus ou moins indiscrètes, — vous causent tant de délicieuses sensations.

Il y a aussi... Mais que n'y a-t-il pas? Ce serait un volume à faire sur l'immensité de ce tout petit mot, et nous n'en avons pas le temps.

Henri suivit l'indication donnée, et arriva dans le pavillon chinois, au fond duquel, à la faible lueur d'un rayon de la lune, il vit une forme blanche assise sur un canapé rustique.

C'était Régina.

Le cœur leur battit violemment à tous les deux. On (encore ce grand petit mot!), on a beau détester un homme par cela même qu'on l'a trompé, on a beau détester une femme par cela même qu'on eut le tort de la trop aimer, on ne peut se revoir sans une impression profonde; lorsque cet homme est celui qui vous a initié aux émotions de l'amour, lorsque cette femme est la première qui vous l'ait fait sentir.

Régina et Henri gardèrent un long silence, tout entiers aux souvenirs que ravivait en foule leur réunion, et qui les faisaient revivre subitement dans le passé.

Enfin Régina lui dit d'une voix tremblante : — Veuillez prendre un siége, monsieur. — Henri s'assit. Nouveau silence, pendant lequel on eût pu entendre, pour ainsi dire, leur cœur battre violemment dans leur poitrine. Mais cet attendrissement rétrospectif ne pouvait être que passager. — Vous avez désiré me voir, monsieur, — reprit Régina, après quelques instants, et d'une voix encore mal affermie. — Me voici. Veuillez me faire connaître le but de notre entretien.

— Je vais avoir cet honneur, madame, — répondit Henri, avec autant de calme qu'il put en affecter. — Vous m'avez demandé cet enfant... que vous appelez votre fils...

— Oui, monsieur, comme c'est mon droit incontestable.

— Incontestable?... C'est ce que nous aurons à examiner tout à l'heure, madame. Permettez-moi d'abord de vous faire observer que c'est vous y prendre un peu tard.

— Ceci me regarde seule, monsieur, et je m'y prends à mon heure.

— Je le vois, en effet, madame; mais je ne puis m'empêcher de trouver que votre heure s'est fait bien longtemps attendre!

— Je n'ai pas à vous rendre compte de mes convenances, monsieur, — répliqua Régina avec une aigreur de ton toujours croissante.

— Vous vous trompez, madame. Si vous êtes, ou plutôt si vous avez été un instant, un seul instant, la mère de cet enfant, je n'ai pas cessé, moi, d'en être le père. Mais non! il arrive qu'on donne le jour à un être dont la vie a besoin, pour ne pas s'éteindre aussitôt, de soins incessants, d'une tendresse infinie, d'un dévouement sans bornes. Qu'importe? On le confie à des mains mercenaires, on l'oublie complétement, au milieu des dissipations de la plus folle existence; on ne s'informe pas même une seule fois s'il est mort ou vivant; puis, un beau matin, après sept années d'oubli, parce que le hasard, vient à le placer sur votre route, il vous plaît de vous souvenir de lui, de le reconnaître et de le réclamer! En vérité, ce serait trop commode! Non, non, madame, il n'est plus temps. Votre abandon a rompu tous les liens naturels qui l'attachaient à vous. Cet enfant a cessé d'être le vôtre aux yeux de la nature. Je dirai plus...

— Silence, monsieur!... — interrompit tout bas Régina, que son interlocuteur eût pu voir, d'empourprée qu'elle était déjà par la colère, devenir pâle d'une terreur subite, s'il eût pu distinguer nettement sa figure dans la pénombre où ils se trouvaient. — Silence! — répéta-t-elle en prêtant l'oreille. — J'entends des pas d'homme, tout près d'ici, sur le sable de l'allée! — Puis, s'étant levée doucement, elle alla près de la fenêtre, souleva légèrement un coin du rideau, et regarda dans l'obscurité que projetaient les arbres d'alentour. — Oh! silence, silence! — dit-elle encore avec un geste d'effroi. — C'est lui!... c'est mon mari!...

Henri resta impassible, mais ne prononça plus un seul mot.

C'était en effet monsieur Granger, qui, par extraordinaire, n'entendant, ce soir-là, dans le parc, aucun de ces coups de sifflet au moyen desquels, comme nous le savons, ses gens étaient obligés à tour de rôle, de lui prouver qu'ils faisaient bonne garde, avait naturellement fini par douter de leur vigilance. Il voulut s'assurer du fait et les prendre en flagrant délit de négligence. Il avait donc quitté sa salle d'armes, où d'ailleurs, depuis que la sérénité était rentrée dans son âme, à la suite de ses derniers entretiens avec Léon et avec Régina, il s'occupait exclusivement de nettoyer les objets de nature inoffensive, tels que boucliers, casques, éperons, oriflammes, banderoles, plumes de grands capitaines, bâtons de Bélisaire, etc., etc.

Or, il passe par l'antichambre : personne!

Il traverse le vestibule : personne!

Il parcourt le parc : personne!

— Voilà qui est étrange!... — se dit-il. — Hé! mon Dieu! ce n'est pas que leur vigilance me soit nécessaire maintenant; non; je suis complétement rassuré, et j'allais même, dès demain, les relever de faction... jusqu'à nouvel ordre; mais ce que je blâme, ce que je ne saurais tolérer, c'est l'insubordination. Sans l'obéissance passive, rien de beau, rien de grand n'est possible ici-bas. Quand j'avais un magasin, mes commis étaient disciplinés comme de vrais troupiers. On les appelait les grognards de la nouveauté.

Tout en grommelant ainsi, monsieur Granger passa enfin près du pavillon chinois, en se dirigeant vers la loge du père Plumeau, et c'est alors que le craquement de ses pas fut entendu de Régina, à la grande terreur de la jeune femme.

Mais s'il n'avait trouvé personne jusque-là, certes, il fut amplement dédommagé de cette solitude par la nombreuse population à laquelle monsieur Plumeau donnait l'hospitalité en ce moment. On y voyait assis, le verre en main, autour d'une table chargée de tout ce que l'office et la cave du château avaient pu fournir de friandises, de vins et de liqueurs : la cuisinière et son cousin, le pompier de Doullens; le cocher et le valet de chambre, avec les deux cousines de ces messieurs; Rosine avec son cousin le dragon; et enfin monsieur Plumeau avec sa timide moitié.

On était au dessert. Chacun des convives chantait à son tour une petite chanson, dont l'auditoire répétait le refrain, et qu'on arrosait d'une nouvelle rasade de champagne ou de frontignan. Les rasades avaient été nombreuses, à en juger par la folle gaieté qui régnait dans cette touchante réunion de famille.

Quelle ne fut donc pas la stupéfaction de ses membres lorsque la figure irritée du maître apparut soudainement dans l'encadrement de la porte vitrée, qu'il avait ouverte d'un vigoureux coup de pied!

Les gens qui ont vu la fameuse tête de Méduse peuvent seuls avoir une idée approximative de l'effet terrifiant que produisit celle de monsieur Granger.

La timide madame Plumeau quitta bien vite ce rez-de-chaussée dont elle ne s'était décidée à braver l'effroyable armement qu'en raison du banquet solennel qui y réunissait tant de parents. La cuisinière se sauva comme elle au premier étage, Rosine se réfugia derrière la haute stature de son dragon, le valet de chambre se cacha sous la table, le cocher s'enfuit dans l'escalier de la cave, le dragon et le pompier se levèrent comme par l'effet d'un ressort, et prenant aussitôt la position du soldat sans armes, le haut du corps en avant, la main gauche le long de la jambe, l'œil fixe, la tête immobile, ils portèrent vivement la main droite à la hauteur du front, pour exécuter en l'honneur du bourgeois un salut militaire infiniment prolongé.

Quant à monsieur Plumeau, il représentait assez bien, au milieu de cette bagarre, le *justum et tenacem* d'Horace; ce juste qui reste insensible sur les débris du monde. Comme trait de ressemblance, il faut en excepter, toutefois, l'immobilité dont monsieur Plumeau ne se piquait guère en cet instant. A son attitude chancelante et à ses yeux clignotants, on pouvait se convaincre que le frontignan n'avait rien laissé à désirer, cette fois, sous le rapport de la quantité : Rosine avait tenu sa promesse.

Après le premier moment de stupéfaction, monsieur Granger s'écria de sa plus grosse voix :

— Malheureux! que faites-vous ici, quand un devoir sacré vous appelle ailleurs?

Monsieur Plumeau comprit, malgré le trouble de ses idées, que c'était à lui qu'incombait le rôle d'orateur au nom de tous ses hôtes. Il se leva, s'appuya d'une main à la table, et, tenant un verre encore plein de sa main tremblante, il prit la parole en ces termes, avec une voix pâteuse et ces inflexions susurrantes qui n'appartiennent qu'à l'ivresse aimable :

— Je vas vous dire, monsieur Granger... Ah! mon Dieu! — s'interrompit-il en regardant son maître, — voilà qu'ils sont deux maintenant!... c'était pourtant bien assez d'un!... — Monsieur Plumeau voyait double. — Non, ne vous fâchez pas, messieurs Granger, — reprit-il en parlant désormais au pluriel; — ne vous fâchez pas... avant de savoir le fin fond de la chose...

— Taisez-vous, ivrogne! — répliqua durement le maître.

— Allons, bon! — continua monsieur Plumeau, — voilà maintenant que je suis un ivrogne!... Décidément les deux font la paire pour la politesse... Mais n'importe!... de pareilles injures ne sauraient m'atteindre... Soyons calme soyons indulgent... L'homme qui fait son devoir n'a rien à craindre... Je ne crains rien, moi... au contraire... je mériterais une récompense honnête... C'était justement dans votre intérêt, messieurs, que nous étions tous réunis...

— Ah! par exemple!... — s'écria monsieur Granger.

— Oui, messieurs Granger, — répéta le père Plumeau, — c'était dans votre intérêt seul... à preuve que, vous soupçonnant d'être un peu jaloux tous deux... (il n'y a pas de mal à ça)... et qu'ayant vu rôder ce soir... devant la grille... des tas de gens suspects... des tas de séducteurs probablement... et, ma foi! ne me sentant pas de force à leur résister en cas d'invasion, moi et ma timide épouse... j'ai cru devoir appeler tout votre monde à mon aide... et requérir en outre la force armée, dans la personne de ces braves militaires...—Le père Plumeau désignait le dragon et le pompier, qui continuaient de rester immobiles et de saluer militairement. — Et voilà!... A votre santé, messieurs Granger, et à l'extermination de tous les amoureux! — ajouta l'orateur.

Puis il vida crânement son verre, et fit ensuite claquer sa langue en signe de parfaite satisfaction.

— Je ne veux pas me commettre plus longtemps avec un animal tel que vous! — dit monsieur Granger.

— Oh! non, non, pas animal, — répliqua le père Plumeau, — Moi, butor; moi, imbécile; c'est connu; mais moi, pas animal. C'est vous, au contraire, messieurs Granger, c'est vous qui êtes un animal!...

— Silence, insolent! Je vous laisse cuver votre vin, mais demain matin vous aurez à déguerpir. Je vous chasse!

Et, sur ces mots, monsieur Granger referma violemment la porte, et reprit le chemin du château.

— Bien le bonsoir, messieurs Granger! — continua le père Plumeau. — Bien des choses à mesdames vos épouses... dont je vous soupçonne de plus en plus d'être un peu jaloux. Ah! tu me chasses, messieurs Granger?... Hé bien, tant mieux!... ça m'est égal : je me suis vengé... d'abord, en ouvrant la porte à ton rival... et ensuite en buvant ton champagne et ton muscat... Ce brave monsieur Léon avait bien raison de dire que la vengeance était le plaisir des dieux... Je consentirais volontiers à me venger ainsi, tous les jours qu'il me reste à boire!...

— Quels gens!... quelle orgie!... quel spectacle d'abrutissement! — se disait tristement monsieur Granger en reprenant à pas mesurés l'allée qu'il avait déjà suivie pour venir. — Comme cela dégoûte de l'humanité!... Et c'est par de tels êtres qu'on est obligé de se faire servir!... Il est vrai que, s'ils étaient autrement, ils ne se feraient pas nos domestiques. Ah! comme ces gaillards-là auraient besoin de passer quelques années dans la Nouveauté, pour apprendre un peu le respect des autres et de soi-même!... Mais j'y pense... — continua monsieur Granger, dans la tête de qui quelques papillons jaunes se remirent à voltiger; — que diable cet imbécile entendait-il par ce tas (ce sont ses triviales expressions), ce tas de gens suspects qui rôdaient, à la nuit, devant la grille?... Il est bien possible que, là encore, il ait vu double, et triple, et centuple; mais enfin il n'aurait pas imaginé une pareille fable dans l'état dégradant où il est. *In vino veritas*, la vérité dans le vin, comme dit je ne sais plus quelle chanson de table. Il ne serait donc pas impossible qu'il y eût quelque chose... Oui, il est possible qu'il y ait quelque chose... Certainement il doit y avoir quelque chose... Décidément il y a quelque chose! Visitons bien le parc avant de rentrer au château, — ajouta-t-il à la suite de ce crescendo.

Et en parlant ainsi, monsieur Granger, dans l'esprit duquel il suffisait d'éveiller le moindre soupçon pour que ce soupçon devînt bientôt une certitude, monsieur Granger se mit à parcourir le parc, s'arrêtant, écoutant, marchant, écoutant encore.

Pendant ce temps, que se disait-il au pavillon chinois?

Lorsque Régina eut vu son mari se diriger vers la demeure du père Plumeau :

— Il passe outre, — avait-elle murmuré; — je respire.—Puis elle était revenue s'asseoir sur le canapé rustique, en face du siége qu'occupait Henri. — Continuez, monsieur, — dit-elle; — c'était une fausse alerte; mais expliquez-vous vite, car elle pourrait devenir menaçante.

— Je vous disais donc, madame, — reprit Henri, — je vous disais qu'aux yeux de la nature vous aviez perdu tout droit sur votre enfant, et j'allais ajouter que vous n'étiez pas même sa mère aux yeux de la loi.

— Pardon, monsieur, la question est grave; la situation, vous venez de le voir, est pressante; et vous n'avez point sollicité cette entrevue, j'imagine, uniquement pour me faire entendre des plaisanteries... fort spirituelles assurément... mais d'assez mauvais goût dans la circonstance.

— Je parle très-sérieusement, madame, et vous me rendrez cette justice si vous daignez m'écouter.

— Je vous écoute, monsieur.

— La loi, madame, exige certaines formalités pour l'état civil des enfants nés en dehors du mariage. La principale consiste, pour la mère, dans l'obligation d'aller signer, ou du moins de reconnaître pour véritable, d'une façon authentique, la déclaration faite, en son absence, par la sage-femme ou par le médecin, assistés de deux témoins, laquelle lui attribue provisoirement cette qualité. Autrement, la déclaration reste sans valeur. Malheureusement, beaucoup de mères, qui se trouvent dans le cas dont nous parlons, ne remplissent point cette formalité indispensable, soit par négligence, soit par indifférence, soit par ignorance. Et... c'est ce que vous avez fait, madame.

— Mais vous, monsieur, qui paraissez si bien instruit, comment se peut-il que vous ne m'ayez pas engagée à la remplir?... Vous aviez donc déjà la coupable intention de me voler mon enfant quelque jour?

— Non, madame, non; je... je vous aimais alors... je vous... estimais...

— Monsieur! — interrompit vivement Régina; puis, se radoucissant : — Mais j'ai tort de m'indigner... J'oubliais, hélas! que vous ne m'avez jamais comprise...

— Probablement, — répondit Henri avec un amer sourire. — Au surplus ce n'est pas la question. J'y reviens. J'ignorais moi-même, à cette époque, l'obligation de cette formalité.

— Mais... — objecta Régina, — n'est-il donc pas toujours temps de l'accomplir?

— Oui, madame; vous le pouvez assurément... avec l'autorisation de votre mari.

— Soit!... j'aviserai,— répliqua Régina.— Mais vous, monsieur, s'il m'en souvient bien, vous ne l'avez pas reconnu non plus...

— Cela est vrai, madame. A cette heureuse époque, où j'avais le malheur de ne pas vous comprendre... encore... de graves considérations de famille m'obligeaient à attendre ma majorité pour pouvoir donner mon nom à l'enfant, en même temps qu'à la mère. Est-il nécessaire de vous rappeler les circonstances qui m'ont empêché de réaliser ce projet ?

— Non, non, monsieur, je vous en dispense, — se hâta de répondre Régina. — Mais alors, si je ne suis point, dès ce moment, la mère de Jules aux yeux de la loi, faute d'une formalité... que je puis encore observer... que je trouverai certainement le moyen d'observer... vous, monsieur, qui l'avez négligée aussi, vous n'êtes pas non plus son père, et alors je ne m'expliquerais pas comment vous prétendriez avoir des droits que je n'aurais pas moi-même.

— Rien de plus simple, madame : c'est que cette formalité, je viens de l'accomplir pour ce qui me concerne, par déclaration notariée, dont mention est inscrite maintenant sur l'acte de naissance de l'enfant, conformément aux prescriptions légales. Le voyage que je viens de faire à Paris n'avait pas d'autre but, madame.

— Oh ! mais voilà qui est abominable ! — s'écria Régina qui ne put maîtriser sa colère. — Oui, voilà qui est horrible ! — continua-t-elle en élevant la voix et en se promenant à grands pas ; — mais c'est de la perfidie... de la trahison... du vol !... Savez-vous, monsieur, que vous êtes un infâme !

— Je le sais... Vous m'avez déjà fait l'honneur de me l'écrire hier, — répondit Henri avec un sang-froid imperturbable qui ne fit qu'augmenter l'exaspération de son interlocutrice. — Que voulez-vous, madame ! — continua-t-il ; — vous non plus, à ce qu'il paraît, vous ne m'aviez jamais compris !

A ce moment même, monsieur Granger repassait devant le pavillon, en continuant sa ronde. Il entendit confusément les paroles de Régina, mais il crut reconnaître sa voix. Un frisson glacial lui parcourut le corps, ses cheveux se dressèrent, il s'avança sans bruit près de la fenêtre, et là, l'oreille tendue, les dents serrées, les mains crispées, l'œil flamboyant, il écouta en frémissant la suite de l'entretien.

XXII

Nous avons laissé Régina et Henri Germin causant dans le pavillon chinois, tandis qu'à leur insu monsieur Granger, embusqué près de la fenêtre au dehors, entend plus ou moins distinctement la suite de leur entretien, avec des alternatives de stupéfaction, de pitié, de jalousie, d'indignation et de fureur.

Après les éclats de voix que la colère venait d'arracher à la jeune femme et qui avaient attiré son mari près du pavillon, elle comprit, à l'impassibilité de son interlocuteur, que la violence n'obtiendrait aucune concession. Elle voulut essayer de la sensibilité, se rassit sur le canapé rustique en face d'Henri, appuya ses coudes sur ses genoux, se voila le visage de ses deux mains et se prit à sangloter. Versait-elle réellement des larmes ? c'est ce qu'Henri ne pouvait distinguer, car la faible lueur du croissant de la lune, qui les avait à peine éclairés jusque-là, venait de s'éteindre sous d'épais nuages ; mais le fait est probable. Le dépit, l'humiliation, la colère ont des larmes aussi. Et d'ailleurs Régina était de ces femmes qui ont le précieux don de pleurer à volonté comme les crocodiles. Quoi qu'il en fût, malgré la parfaite connaissance qu'il avait des divers avantages dont la nature l'avait douée, Henri ne put se défendre d'un sentiment de pitié. Quel est l'homme qui resterait complétement insensible aux larmes d'une jeune et jolie femme ?

— Calmez-vous, madame, — lui dit-il avec douceur.

— Hé! le puis-je, monsieur, après le cruel refus qui vient de briser mon cœur de mère ?

— Son cœur de mère? — répéta en lui-même monsieur Granger que ce mot frappa de stupéfaction.

— Car enfin, — ajouta Régina, — malgré tous les arguments que vous opposez à la revendication de mes droits, je n'en suis pas moins la mère de Jules, comme vous êtes son père.

Henri garda un instant le silence. Il avait l'air de chercher une conciliation difficile à trouver.

— Comment ! — pensa monsieur Granger, — c'est ce misérable petit drôle qui est leur enfant !... Et la perfide ne m'en avait jamais parlé ! et c'était cet affreux bambin qu'elle voulait me faire adopter !... Quel tissu d'horreurs !... Mais j'y pense, — ajouta-t-il en se radoucissant à cette idée, — c'est donc là son auguste séducteur ?... C'est donc là Son Altesse Sérénissime le prince héréditaire de Valachie ?... Je n'en saurais douter, et quant à cela je n'ai rien à dire : elle m'avait avoué cette première faute, le jour même de notre mariage. C'était un peu tard peut-être ; mais néanmoins je lui avais pardonné en considération de sa franchise. Je comprenais d'ailleurs que l'éclat d'une couronne en perspective eût pu éblouir une jeune modiste sans expérience. Mais dans quel but me taire l'existence du petit prince, conséquence assez naturelle que j'aurais pardonnée comme le reste? Car enfin il faut être logique. Quand on admet la cause, on ne saurait contester l'effet. Et puis, que signifie la présence de Son Altesse en ces lieux et à pareille heure, après sept ans d'absence? Pourquoi cette entrevue nocturne ? Comment Son Altesse s'est-elle introduite ici?... Ne serait-ce point lui, par hasard, qui aurait rôdé ce soir, devant la grille, avec une suite nombreuse? Ce que le père Plumeau, dans son langage trivial, appelait *un tas de gens suspects ?* Oui, sans aucun doute, c'était Son Altesse ; et, en ce cas, cet ivrogne est un peu moins coupable qu'il n'en avait l'air. Le seul reproche que j'aurais à lui faire, après avoir appelé à son aide tous mes domestiques et même la force armée, ce serait de s'être grisé bêtement au lieu d'utiliser des forces si considérables. Mais j'entends de nouveau la voix de Son Altesse... écoutons.

— Je conçois, madame, — reprit Henri après mûre réflexion ; — je conçois tout ce qu'il y aurait de cruel pour une mère à être privée à tout jamais des caresses de son enfant. Aussi, tout bien examiné, et en raison du chagrin que paraît vous causer cette perspective, ne veux-je point vous imposer un si pénible sacrifice. Ce que tiens à garder exclusivement, et ce que la loi m'assure comme père, puisqu'il s'agit d'un garçon, c'est la direction absolue de l'éducation de notre enfant. J'ai pour lui des projets d'avenir dont toute autre influence pourrait contrarier la réalisation.

— Il s'agit sans doute du trône de Valachie, — se dit monsieur Granger. — Je comprends le désir de Son Altesse d'en élever seul l'héritier présomptif.

— Cette réserve faite, — continua Henri, — je consens volontiers à ce que vous le voyiez quelquefois, à des jours convenus, dans la pension où je vais bientôt le placer. C'est juste et naturel. J'ai le droit peut-être, mais non la volonté de m'opposer à ces visites, si vous les faites avec l'assentiment de votre mari. Je ne le connais pas personnellement, mais il jouit de l'estime et de la considération générales ; je serais donc désolé, pour ma part, de lui causer involontairement un déplaisir, et vous-même, madame, ne fut-ce que par reconnaissance et par dignité, vous devez ménager soigneusement et son honneur et son repos.

— En vérité, voilà un bien excellent prince ! — ne put s'empêcher de dire monsieur Granger.

— Merci, monsieur... merci, Henri !..., — s'écria Régina, enchantée de cette première concession, qu'elle espérait bien faire suivre de quelques autres.

— Comment, Henri !... elle l'appelle Henri ?... Ce serait là Henri ? — se dit monsieur Granger, dont les dispositions bienveillantes tournèrent immédiatement à l'aigreur.

— Oh ! je reconnais maintenant la noblesse de votre

caractère, mon ami, — continua Régina, qui graduait habilement ses formules affectueuses.

— Je n'y mets qu'une condition, — reprit Henri, — mais elle est absolue : c'est qu'à partir de ce jour vous cesserez d'accueillir mon ami Léon. C'était précisément là, dans ma pensée, le but principal de notre entretien.

— Pourquoi ? — demanda Régina du ton le plus naïf.

Henri réfléchit de nouveau, comme s'il hésitait à parler franchement.

— Décidément, — pensa monsieur Granger, — c'est cet abominable Henri Germin ! Je n'en puis plus douter. C'était là le prétendu prince Valaque !... Elle n'avait pas même à invoquer pour sa faute la circonstance atténuante du rang suprême !... Leur enfant, c'est tout bonnement un ignoble petit bâtard comme tant d'autres !... Horreur !... Et le pis, puisqu'il est jaloux des assiduités de ce cher Léon, c'est qu'il a renoué, ou tout au moins qu'il veut renouer ses relations avec elle. Le monstre !

— Vous voulez connaître, madame, le motif de cette condition ? le voici, — reprit Henri. — Je puis bien consentir à ce que la femme respectée de l'honorable monsieur Granger, visite mon fils, mais, pour rien au monde, je ne consentirais à ce que ce fût la maîtresse déconsidérée de mon ami! Allons, une bonne résolution, Régina. N'avez-vous donc pas brisé assez de cœurs dans votre vie !... n'avez-vous donc pas jeté le trouble dans assez de ménages !... sans vouloir ajouter à la liste quelques victimes de plus !

— Ah ! monsieur !... ah ! Henri !... que vous me jugez mal, si vous pensez que j'ai le moindre penchant pour ce monsieur Léon !... Bien au contraire ! c'est un fat, c'est un sot qui m'inspire une antipathie profonde, et, bien qu'il m'épargne l'ennui de toute galanterie, je l'eusse déjà congédié, si monsieur Granger n'avait pas pour lui une amitié très-vive, et que je me ferais scrupule de combattre dans l'état d'isolement où il se trouve ici.

— Ce cher Léon ! — pensa monsieur Granger. — En voilà un du moins qui n'est pas trompeur !

— Ce que vous dites-là est-il bien vrai, Régina ? — répliqua Henri, tout joyeux de penser que ses appréhensions au sujet de son ami avaient pu être mal fondées.

— Je vous le jure ! — répondit Régina d'un ton solennel. — Mais que voulez-vous ? — continua-t-elle en passant de la sensibilité maternelle à la coquetterie mélancolique ; c'est ma destinée à moi d'être sans cesse calomniée par de faux semblants !... Certainement, je n'ai pas l'intention de revenir sur un passé... que vous avez condamné... bien légèrement !... bien à tort...

— Ah ! par exemple... — s'écria Henri.

— Quel intérêt, mon ami... Oh ! laissez-moi vous donner ce titre... le seul qui me soit permis !.... Oui, quel intérêt aurais-je à me disculper aujourd'hui, puisque par suite de votre abandon, ma vie, sinon mon cœur, appartient à un autre ? Je l'avoue, dans les premiers temps de notre liaison, j'ai pu être légère, fantasque, vaniteuse, capricieuse, très-avide d'hommages, coquette même, mais je le jure par ce qu'il y a de plus sacré, je n'ai jamais manqué à mes devoirs envers vous !

— Hé quoi ! — pensa monsieur Granger, — elle lui répète exactement ce qu'elle m'a juré à moi-même ! Oh ! c'est à renverser d'effronterie !

— Vous me dites cela, Régina, d'un ton d'assurance qui me confond ! — interrompit Henri.

— C'est l'effet irrésistible de la vérité, — continua Régina, qui se méprenait sur le sens des paroles de son interlocuteur. — Mais, hélas ! je vous le répète, vous ne m'avez jamais comprise !

— Comme à moi encore, — se dit monsieur Granger.

— Ah ! si vous m'eussiez comprise, — poursuivit Régina, — vous ne m'eussiez pas abandonnée sur de fausses apparences. Et alors quelle vie d'enchantement nous eussions passée ensemble ! car... vous m'aimiez, Henri...

— Oh ! si je vous aimais ! — s'écria le jeune homme qui ne put empêcher son cœur de se gonfler à ce souvenir, et quelques larmes de lui mouiller les paupières.

— Et moi donc, vous aimais-je ! — reprit Régina, avec un long soupir. — Ah ! ah ! vous êtes le seul homme, croyez-le bien, oui, le seul que j'aie aimé jamais !

— Toujours comme à moi !... — se dit monsieur Granger en frissonnant.

— Et maintenant encore, — ajouta-t-elle, en donnant à sa voix le tremblement de la pudeur alarmée ; — oui, maintenant encore... quand je descends au fond de mon cœur... Mais je dois me taire... Tout ce que je puis vous avouer c'est que je suis bien malheureuse !... Etonnez-vous après cela si je tiens à voir mon enfant !... ce bel enfant dans lequel je vous vois revivre, qui est tout votre portrait, qui est un autre vous-même !...

— Comme à moi ! comme à moi ! — pensa encore monsieur Granger.

— Ah ! Régina, que dites-vous !... — s'écria Henri qui, la tête bouleversée, ne savait plus si c'était l'astuce ou le regret qui parlait par la bouche de cette femme.

— Ce que je dis ? — répéta-t-elle d'un ton navré. — Hélas ! je dis ce qui est. Croyez-vous donc, mon ami, que votre image puisse jamais s'effacer de mon pauvre cœur, de ce cœur qui est resté si plein de reconnaissance, et... d'un autre sentiment... peut-être ? Croyez-vous que ce soit mon mari qui ait pu vous remplacer dans mon affection ?... Non, vous ne le croyez pas !... Certainement, j'estime monsieur Granger, mais je le déteste, je l'exècre, et si ce n'était le désir de voir notre fils hériter un jour, par mon intermédiaire, de son immense fortune, ah ! certes, il y a longtemps que je me fusse réfugiée dans un couvent pour y pleurer mon bonheur perdu, pour y regretter, dans la solitude du cloître, les tant doux souvenirs de notre amour, plutôt que de rester rivée à cet odieux bonhomme !

Il serait impossible d'analyser les impressions poignantes qu'eut à subir monsieur Granger pendant ce colloque. Enfin, ne pouvant plus se contenir aux dernières paroles de Régina, il s'écria involontairement, de manière à être entendu :

— Quel tissu d'infamie !... Et je suis sorti sans armes !... et je n'ai pas le moindre tromblon !... et je ne puis pas exterminer les misérables !... Oh ! du moins, je veux les confondre, les écraser de mon mépris !

Et en fulminant ainsi à haute voix, monsieur Granger donna, sans le vouloir, en gesticulant, un violent coup de poing dans le châssis de la fenêtre près de laquelle il était posté, et dont plusieurs vitres volèrent en éclats ; puis il se précipita vers la porte du pavillon.

— Il était là !... — s'écria Régina au comble de la terreur. — Fuyez, fuyez ! — dit-elle à Henri ; et en même temps elle se réfugia derrière la porte qui s'ouvrait en dedans. — Le battant de cette porte la déroba naturellement aux regards de son mari lorsqu'il entra, la vue troublée d'ailleurs par la colère.

Henri n'éprouvait nulle crainte, mais pour tâcher de ne pas compromettre Régina, il sauta lestement par la fenêtre.

Monsieur Granger n'aperçut dans l'obscurité qu'une masse noire qui s'élançait au dehors.

— Ah ! il se sauve, le lâche ! — s'écria-t-il, — mais je saurai bien le rattraper !

Et sortant aussitôt du pavillon où il n'avait fait que quelques pas, il courut sur les traces du fugitif.

L'instant d'après il s'arrêtait, désespérant d'atteindre Henri dont il n'avait pu égaler l'agilité, et dont le fantôme s'était évanoui dans les fourrés du parc.

Monsieur Granger revint alors à grands pas dans le pavillon, mais il eut beau en fouiller à tâtons tous les coins et recoins, il n'y trouva plus personne.

Régina avait profité de cette courte absence pour s'échapper elle-même.

Aussitôt il se précipita dans la direction du château,

monta lestement l'escalier, et pénétra rapidement dans la chambre de sa femme.

O prodige de la chimie conjugale !

Régina était couchée et dormait du sommeil de l'innocence, le plus calme et le plus profond de tous les sommeils, à ce qu'il paraît, après celui du chloroforme.

Rosine était tranquillement assise près du lit, en simple négligé, comme une caméristé qui n'a pas quitté sa chaise toute la soirée, et elle semblait veiller sa maîtresse tout en raccommodant du linge, à la manière des reines et des princesses de l'antiquité.

La vérité, c'est qu'à la suite de l'algarade qui avait eu lieu chez le père Plumeau, Rosine était revenue bien vite au château, avait jeté bas les atours dont elle s'était parée pour recevoir son cousin le dragon, et avait repris sa besogne ordinaire comme si rien n'eût été.

— Vite, vite, ma fille, de l'éther et une tasse de n'importe quoi sur ma table de nuit ! — lui avait dit Régina en rentrant chez elle, tout essoufflée de sa course.

Puis, sans ajouter un mot d'éclaircissement, s'étant jetée toute habillée dans son lit, elle avait pris aussitôt la pose et la sérénité d'une dormeuse, sur laquelle Morphée aurait versé toute sa provision de pavots, s'en remettant d'ailleurs pour les éventualités possibles, à l'intelligence éprouvée de sa jolie suivante.

A tout hasard, Rosine jeta dans l'air quelques gouttes d'éther, pour donner à la chambre le parfum spécial des attaques de nerfs.

Il n'y avait pas deux minutes que Régina s'était blottie de la sorte, lorsque monsieur Granger envahit tapageusement la chambre.

— Oh ! monsieur, pas de bruit, je vous en prie, — se hâta de dire à demi-voix Rosine, en allant au-devant de son maître et en lui faisant signe de se taire. — Madame dort. Elle s'est trouvée indisposée aussitôt après le dîner ; elle a eu les crises les plus violentes que je lui aie vues. Enfin, grâce à Dieu, elle s'est calmée à force d'éther, et voilà plus d'une heure qu'elle a fini par s'endormir tranquillement. Ne la réveillez pas : cela pourrait lui faire grand mal.

. . . .

Monsieur Granger s'était arrêté stupéfait à la vue de sa femme. Il ne pouvait en croire ses yeux. Il crut qu'il dormait lui-même, qu'il avait fait un affreux cauchemar, que ce cauchemar tournait maintenait à l'agréable, et qu'il allait bientôt se réveiller sans doute. C'est qu'en effet il lui paraissait impossible que sa femme eût pu le devancer au château après avoir quitté le pavillon ; impossible qu'elle eût eu le temps de se coucher ; impossible surtout qu'elle pût dormir avec tant de calme, à la suite de pareilles scènes. Donc, elle n'était pas dans le pavillon ; donc, elle était innocente ; donc, il avait été le jouet d'une horrible illusion. Et cependant il se croyait sûr, autant qu'il est possible de l'être, sinon de l'avoir bien vue, à cause de l'obscurité, du moins de l'avoir très-distinctement entendue. Donc, elle avait revu son séducteur ; donc, elle s'était jouée de ses serments comme d'habitude ; donc, elle s'était moquée de lui avec cet odieux complice, un faux prince, un simple roturier ; donc, en un mot, il avait devant les yeux la plus abominable de toutes les créatures.

Tandis qu'il passait silencieusement d'une conviction à l'autre :

— J'étais bien sûre, — se disait Rosine, — qu'il y avait quelque nouveau grabuge. Je ne sais pas à propos de quoi, mais faisons tout comme. — Et, lisant sur la physionomie ahurie de monsieur Granger les perplexités douloureuses auxquelles il était en proie, elle crut devoir fournir à sa maîtresse l'occasion de les faire cesser de la façon qu'elle croirait la meilleure. — Chut, monsieur ! — dit-elle à monsieur Granger qui n'avait pas prononcé un seul mot depuis son entrée ; — chut ! ne causez pas si fort ; voilà madame qui parle en rêve ! elle n'a pas fait autre chose de la soirée.

Régina comprit l'avertissement que lui donnait son habile caméristé, et, sans faire un seul mouvement, elle commença par prononcer des paroles inarticulées, incohérentes, bizarres, presque insaisissables ; puis, peu à peu, elle s'exprima plus haut et plus clairement, et enfin elle prononça distinctement ces quelques mots :

— Pourquoi toujours des craintes ?... des soupçons ?... de vaines hallucinations ?... Rassure-toi, mon ami... Crois-moi donc une bonne fois pour toutes... C'est toi, Dominique, c'est toi que j'aime !... je n'ai jamais aimé que toi !... oui, mon adoré... Domi...

Sa voix, qui s'était peu à peu affaiblie, s'éteignit tout à fait sur ces dernières syllabes.

— Vous l'entendez, monsieur, — dit Rosine à son maître ?... — Devez-vous être heureux d'avoir une femme si charmante, qui ne pense qu'à vous, éveillée, et qui vous adore, même en dormant. J'en sais quelque chose, moi qui ne la quitte jamais. Malgré tout le respect que je vous dois, et malgré toute l'affection que je lui porte, j'avoue que je trouve tout cela tant soit peu monotone. Bien des fois j'ai été sur le point de lui demander mon compte pour cette raison ; mais d'un autre côté, elle est si bonne pour moi, elle me fait tant de jolis petits cadeaux, que je finis par me résigner. Chaque place a ses inconvénients. Ici, c'est d'entendre madame vanter sans cesse son mari. Ailleurs, ce serait probablement le contraire. Tant il y a, monsieur, je le répète, que vous devez vous trouver fièrement heureux !

— Oui, oui, très-heureux, en effet, — répondit monsieur Granger, qui depuis son apparition n'avait fait que changer incessamment de couleur, tantôt pâle, tantôt violet, tantôt cramoisi. Il en était à cette dernière nuance. — Mon Dieu, que croire ! — continua-t-il. — Aide-je donc perdu la raison ?... ne suis-je donc plus qu'un stupide rêvasseur ? O ma tête, ma pauvre tête ! — ajouta-t-il encore, en se la prenant à deux mains. — Elle est comme en feu ! je crois y avoir mille étincelles !... tout semble s'y retourner sans dessus dessous. Que s'y passe-t-il donc, mon Dieu ! que s'y passe-t-il donc ?

Il s'y passait quelque chose d'inévitable, attendu surtout la faiblesse naturelle de son cerveau ; il s'y passait que cette rapide succession d'émotions violentes auxquelles il était si peu préparé, la course désordonnée qu'il avait faite, la colère, l'incertitude, la stupéfaction, tout cela avait fini par y précipiter le sang. Monsieur Granger fit quelques pas comme s'il eût été ivre, puis chancela, poussa un faible gémissement et roula sans connaissance sur le parquet.

— Madame, madame ! — exclama Rosine épouvantée ; — levez-vous... monsieur se meurt !... monsieur est mort peut-être !...

Régina sauta prestement à bas du lit, en s'écriant :

— Ah ! ciel !... il est mort, dis-tu ?... Quel malheur !... il ne m'a pas même dit où est déposé son testament !... Vite, vite, Rosine, de l'eau, de l'éther, de la fleur d'oranger, tout ce qu'il faut pour le faire revenir !

Mais tout cela était inutile. Monsieur Granger, les yeux tout grands ouverts et fixes, les lèvres gonflées, la langue tirée, la face contournée et injectée de sang, continuait de ne donner aucun signe de vie.

XXIII

Le premier cri de Régina avait naturellement traduit la cupide pensée qui la préoccupait : « Ah ! ciel ! il... Et je ne sais même pas où est déposé son testament ! » Mais lorsque s'étant jetée vivement à bas du lit où elle s'était blottie tout habillée, elle vit son mari étendu sans connaissance sur le parquet, elle ne put se défendre d'un sentiment de tendre pitié pour ce pauvre vieillard qui l'aimait avec tant de passion, et qu'une jalousie, trop bien justifiée, venait peut-être de tuer.

Quand Talleyrand disait : « Défiez-vous de votre premier mouvement, car c'est le bon, » il énonçait une vérité à laquelle on eût pu opposer une vérité contraire tout aussi vraie : « Défiez-vous de votre premier mouvement, car c'est le mauvais. » Il en est ainsi des proverbes, cette sagesse des nations, lesquels sont toujours doublés d'une négation non moins sage, et non moins nationale.

Régina prodigua tous les soins possibles à son mari, tandis que, par ses ordres, Rosine envoyait en toute hâte les autres domestiques à la recherche d'un médecin. Le hasard voulut heureusement qu'un des plus savants praticiens de Paris, le docteur Jules Péan, se trouvât de passage en ce moment chez l'Esculape du village, son ami, auprès duquel il venait tous les ans passer quelques jours de vacance, pour se reposer de sauver les hommes en tuant force gibier.

Les deux docteurs accoururent au château. Le malade fut saigné abondamment et reprit bientôt connaissance. Le reste fut l'affaire d'une quinzaine de jours pendant lesquels Régina le soigna avec un zèle plus ou moins désintéressé qui fit l'admiration de tout le monde.

— Quel ange de dévouement ! — disaient les domestiques.

— Quelle excellente sœur de charité pour nos hôpitaux ! — disait le docteur Péan.

— Quel modèle de vertus conjugales ! — disait le père Plumeau à sa timide épouse.— Prends exemple sur elle, si jamais il m'arrive malheur !

L'éloge était exagéré au moins des trois quarts, mais il était juste pour le reste. C'est qu'il n'est pas de natures complétement mauvaises, de même qu'il n'en est pas de complétement bonnes. L'homme est un amalgame dans lequel le bon ou le mauvais domine plus ou moins; le mauvais plus souvent que le bon. Mais il faut ajouter que si la passion, l'amour-propre ou l'intérêt ne les poussent pas au mal, il est beaucoup de gens qui ne le font pas uniquement pour le plaisir de le faire, ce qui est déjà bien estimable. Il en est, assez estimables encore, qui éprouvent une certaine satisfaction à faire le bien, quand cela ne peut leur causer aucun préjudice d'argent, d'orgueil ou de rivalité. Il en est même, nous sommes heureux de le proclamer, qui se plaisent à le faire aux dépens de leur propre intérêt; mais ceux-là sont si peu nombreux qu'on ne peut guère les mentionner que pour mémoire, à l'état de simples phénomènes, comme les veaux à deux têtes.

Donc, à considérer l'amalgame humain dans sa généralité, quelle jolie petite créature la nature a produite là ! Je lui en fais mon bien sincère compliment.

Léon vint souvent au château s'informer de l'état du malade, mais Régina, se vouant exclusivement à ses fonctions d'infirmière, affecta de ne pas le recevoir une seule fois en tête-à-tête.

Cette obstination, évidemment calculée, exaspérait Léon, mais enchantait Henri qui finit par croire à la sincérité des paroles de la jeune femme, lorsqu'elle lui avait affirmé sa parfaite indifférence à l'égard du premier.

On comprend d'ailleurs qu'Henri avait dû taire à tout le monde, par une louable discrétion, cette entrevue avec Régina, dont le but n'intéressait que lui, et dont les suites avaient été si funestes pour monsieur Granger. Il s'était borné à rassurer Emilienne sur les dispositions de Régina au sujet de Jules.

—La victoire me reste, chère madame,—lui avait-il dit.

— Fi, mon ami ! vous parlez là en égoïste ! Il me semble que vous pourriez bien dire *nous*. J'aime cet enfant, vous le savez, comme si j'étais réellement sa mère; et la crainte de le perdre m'avait déjà toute bouleversée.

— Que vous êtes bonne, chère madame ! — s'écria Henri, avec une émotion profonde.

. . . .

Quant à Léon, il revenait chaque jour plus maussade du château.

— Qu'as-tu ? — lui demanda un jour Henri, qui feignit de ne pas comprendre la cause de sa mauvaise humeur. — Est-ce que ton ami le châtelain irait plus mal ?

— Non, au contraire, il va de mieux en mieux. Et je m'en réjouis d'autant plus qu'il a continuellement le médecin du village à ses trousses. Aussi, n'est-ce point là ce qui m'agace les nerfs. C'est mon diable de problème...

— Ah ! oui, — interrompit Henri en souriant, — ce fameux problème que tu n'as pas voulu me faire connaître.

— Précisément. Hé bien ! ça n'avance pas, ça n'avance pas !... Tu as ta grande question des infusoires, toi, et tu en es venu à bout pour la plus grande gloire de notre époque, tandis que moi, je cherche encore ma solution. C'est humiliant !

Les deux amis jouaient ainsi à cache-cache.

Léon se préservait par là des semonces qu'Henri n'aurait pas manqué de lui faire au sujet de Régina, et Henri était rassuré sur ce même sujet par les réponses de Léon, précisément parce qu'elles étaient évasives.

Quant aux autres habitants de l'usine, la vieille Thérèse, madame Mervel la mère, le petit Jules et monsieur Miraut ; il est bon de vous apprendre que :

La vieille Thérèse continuait de tricoter ou de filer en silence, à la façon majestueuse d'Hécube, sauf que l'épouse de Priam n'avait pas de pince-nez, les lunettes n'étant pas encore inventées au temps de la guerre de Troie. Du moins Homère n'en parle-t-il pas.

Madame Mervel, excellente femme d'ailleurs, tout cœur et toute raison, mais à l'esprit tranchant et au verbe sec et incisif, continuait de s'occuper du bien-être de tous, en grommelant contre chacun.

Jules, toujours armé de son petit fusil, continuait de faire une guerre acharnée aux moineaux d'alentour. Son tir acquérait de la justesse, et parfois même il arrivait à effrayer quelque pie-grièche, quelque geai, voire même quelque corbeau, le volatile le plus méfiant qui existe. On va jusqu'à prétendre qu'il sent la poudre à travers le fusil, ce qui me semble difficile; mais ce qu'il y a d'incontestable, c'est qu'il distingue parfaitement un bâton d'une arme à feu. Soyez armé de l'un, il vous laissera passer dédaigneusement au pied de son arbre. Soyez armé de l'autre, et vous ne pourrez l'approcher à moins de cinq cents mètres.

Mais, dans notre vanité d'homme, nous ne rendons pas assez justice à l'intelligence des animaux. Monsieur Miraut en est une preuve éclatante. Quoique simple quadrupède, il sait mieux qu'aucun chasseur le jour précis de l'ouverture de la chasse et le jour précis de la fermeture. On serait tenté de croire qu'il reçoit à ce sujet les communications officieuses de monsieur le sous-préfet. Son allure n'est pas du tout la même à ces deux époques de l'année. Fier, vif, inquiet, alerte, l'oreille tendue, le nez au vent, de septembre à mars, il redevient flâneur, paresseux et insouciant de mars à septembre suivant.

C'est donc avec une stupéfaction et une douleur toujours croissantes, qu'il voit s'écouler pacifiquement ce mois de septembre, si cher aux chasseurs dont l'ardeur n'est point encore amortie.

Ses deux maîtres, en effet, tout entiers en ce moment à des préoccupations différentes, laissent complétement à la basse-cour, au pigeonnier et à la vile boucherie le soin d'approvisionner de rôtis l'excellente table de l'usine.

Aussi, monsieur Miraut passe-t-il tout son temps à dormir dans sa niche, ou à errer tristement dans les cours et les jardins, en bâillant d'ennui, en poussant de ces gémissements si lamentables qui n'appartiennent qu'à sa race, en poursuivant à outrance tout ce qui ressemble à un chat, et n'ayant pour unique récréation que de se mettre en arrêt devant les rats, les lézards, les grillons, les grosses mouches, les insectes même les plus petits qu'il rencontre en flânant.

Maintenant que nous avons renouvelé connaissance avec tous les habitants de l'usine, ce qui nous a paru indispensable pour la suite de cette histoire, revenons bien vite au château.

Après être resté une dizaine de jours alité, monsieur Granger put enfin se lever, puis se promener à travers la chambre, puis descendre dans le parc et y faire sa première promenade au bras de sa femme, ce qui fit sourire Rosine et pleurer d'attendrissement le père Plumeau.

Mais si la santé du corps était à moitié revenue, celle de l'âme était perdue à jamais. Il n'avait plus d'intelligence que par éclaircies passagères, et le reste du temps tout était trouble et obscurité dans son cerveau. Ces éclaircies subites, fort rares d'ailleurs, étaient parfois le résultat d'un mot, parfois aussi n'avaient pas de cause apparente. Alors ses yeux se rallumaient, son allure reprenait de la solidité, son geste redevenait énergique et sa physionomie menaçante. Il prononçait des paroles sans suite, mais d'une violence extrême, où le nom de Henri et celui de Régina étaient mêlés d'une manière peu rassurante pour eux.

Les dernières scènes, celle de la loge du père Plumeau, celle du pavillon chinois, et celle de la chambre de sa femme, se confondaient d'ailleurs dans ses souvenirs imparfaits. Ainsi, par une de ces bizarreries, tout à la fois comiques et désolantes, c'était Henri qu'il voyait en dragon lui faire le salut militaire ; c'était le pompier qui se déclarait le père de l'enfant dans le pavillon, et qui se faisait couronner prince de Valachie ; c'était sa femme, qui lui portait un toast d'une voix avinée, et c'était, en revanche, le père Plumeau qu'il voyait dormir, à la suite d'une crise nerveuse, tandis que Rosine l'inondait d'éther.

Il était extrêmement rare que sa mémoire rétablit les choses à peu près dans leur vrai sens, et cette lucidité était si éphémère, qu'on avait peine à s'en apercevoir, autrement qu'à deux ou trois exclamations subites de douleur, de désespoir ou de colère.

Dans tous les autres moments, il était sans force physique comme sans force morale, il n'avait plus la moindre volonté; sa marche était chancelante, et son ton d'une douceur angélique.

— Bonjour, mon ami, bonjour! — disait-il d'une voix triste et suave à tout le monde, même au père Plumeau, car il ne reconnaissait ordinairement personne, pas même Léon, pas même sa femme.

Cette douceur, cette absence de vouloir, ce sourire mélancolique qui errait presque continuellement sur ses lèvres pâlies, cette attitude affaissée, cette marche incertaine, cette habitude de se marmotter sans cesse à lui-même des paroles inintelligibles pour les autres, tout cela avait fait du pauvre homme une sorte de vieil enfant, dont l'aspect avait quelque chose de navrant. On éprouvait un douloureux serrement de cœur en le voyant ainsi errer lentement à travers le parc, presque jour et nuit, sauf à l'heure des repas, où un domestique venait le prendre par le bras pour le ramener au château, ce qu'il lui laissait faire sans opposer la moindre résistance.

La seule circonstance d'où l'on pût conclure qu'un vague ressentiment du passé restait en permanence au fond de cet inoffensif idiotisme, c'était sa manie de porter sans cesse son tromblon en bandoulière, et de le poser à côté de lui, sur son lit, quand le sommeil le gagnait. Quant à cela, par exemple, il était intraitable.

Le bruit des événements du château avait naturellement retenti jusque dans le village et même jusqu'à Doullens, grâce au dragon, au pompier et aux autres convives de Plumeau; mais ce fut naturellement avec tous les enjolivements de rigueur. Chacun les racontait à sa manière, les dénaturait, les amplifiait, les compliquait. Cela finit par ressembler à un mélodrame auprès duquel ceux de monsieur Bouchardy lui-même eussent paru bien primitifs, bien anodins. On plaignait généralement monsieur Granger, mais en ajoutant comme de coutume :

— Bah! le pauvre diable devait finir ainsi. C'était un brave homme, mais une bien faible cervelle! Voilà ce que c'est que d'aller chercher sa femme à Paris, au lieu de la prendre tout bonnement en province où ces choses-là n'arrivent jamais, oh! mais là, jamais, au grand jamais!

Monsieur le conservateur Plumeau était la seule personne de l'établissement qui ne crût pas à l'insanité de son maître. Comme désormais monsieur Granger lui disait doucement : — Bonjour, mon ami, bonjour! — au lieu de le traiter de butor et d'imbécile, ainsi qu'auparavant, monsieur Plumeau prétendait que, bien loin d'avoir perdu la raison, il l'avait recouvrée au contraire.

— C'est la jalousie qui la lui a rendue, — disait-il ; — j'avais bien toujours soupçonné qu'il était un peu jaloux.

Il avait du reste un autre motif d'applaudir au nouvel ordre des choses. On comprend, d'un côté, que le pied de paix avait succédé au pied de guerre dans la garde de la place, depuis que le commandant supérieur ne s'en occupait plus; et, d'un autre côté, que l'administration des subsistances ayant perdu également de sa régularité, le champagne et le frontignan devaient couler plus abondamment que jamais de la cave du château dans la loge du concierge. Aussi les cousins et les cousines de Doullens y faisaient-ils de fréquentes visites aux cousines et aux cousins de céans.

Régina n'était pas femme à se préoccuper de pareilles dilapidations.

Des soucis plus importants absorbaient d'ailleurs son esprit.

C'était d'abord la question de savoir où monsieur Granger avait pu déposer son testament. Elle avait fait dans le château toutes les perquisitions que la présence de son mari lui permettait, sans trop l'offusquer, ni lui ni les autres, et elle n'avait rien trouvé.

Et puis, les visites de Léon étaient peu à peu devenues journalières, et duraient souvent des journées entières. C'était au point que les domestiques avaient fini par lui obéir comme au véritable maître de la maison.

Inutile de dire qu'on en jasait beaucoup dans le village. Il y avait scandale. On plaignait sincèrement madame Emilienne, et quand Léon passait, sans oser lui manquer ouvertement de respect, on rentrait chez soi pour n'avoir pas du moins à le saluer.

Mais tout entier à ses vertigineuses amours, Léon ne s'apercevait pas du blâme tacite dont il était l'objet.

Henri reconnaissait combien il avait eu tort de croire aux promesses de Régina. Mais que faire? L'obstination de son ami était telle contre tout obstacle, que la moindre remontrance n'eût fait qu'empirer le mal. Le mieux lui paraissait donc de se taire, en attendant que cette folle passion s'usât d'elle-même. Il comptait pour cela sur l'incurable inconstance de l'une et sur la mobile futilité de l'autre.

Madame Mervel n'ignorait pas non plus une partie de ce qui se passait, grâce aux relations dominicales de la vieille Thérèse avec les gens du village; mais elle se contentait pareillement d'en gémir en silence, car la moindre explication avec son fils à ce sujet eût pu avoir un douloureux écho dans le cœur de sa belle-fille.

Emilienne était donc la seule à ne rien savoir. Elle s'étonnait seulement de la fréquence et de la prolongation des absences de son mari; mais relativement au passé, ce n'était qu'une différence du moins au plus. Elle les attribuait d'ailleurs, comme le lui disait Léon, au désir qu'il avait d'égayer un peu le pauvre insensé ; et en définitive elle s'y résignait, avec regret sans doute, mais sans chagrin.

Dans le but de lui donner le change, Léon inventait chaque jour quelque prétexte nouveau, car s'il en était venu à se passionner de tête pour Régina, son cœur, nous le pensons, était resté tout entier à Emilienne.

Quant à Régina, l'affection qu'elle semblait prendre à tâche d'afficher pour Léon, maintenant que monsieur Granger n'était plus un surveillant redoutable, cette affection était-elle l'amour véritable? Non, ce faux amour se composait d'un peu de caprice, de beaucoup de désœuvrement et d'énormément de haine.

Oui, elle aimait momentanément Léon de toute la haine qu'elle avait pour sa femme. Régina détestait Emilienne, d'abord comme voleuse d'enfant, selon sa brutale expression, ensuite comme ayant conservé la véritable affection de son amant : elle n'en pouvait douter; et enfin, et surtout peut-être, comme femme honnête et justement considérée.

Voilà pourquoi elle lui volait son mari. Mais ce n'était pas assez pour sa vengeance, puisque Emilienne ignorait tout. Oh! que n'eût-elle pas donné pour brouiller son ménage, pour lui faire savoir son triomphe, pour l'écraser de son ironie, pour la réduire au désespoir?

Mais par quel moyen?

Il faut bien croire qu'elle pensa l'avoir trouvé, car un jour, après s'être enfermée plusieurs heures dans sa chambre, s'être assise devant son petit bureau, avoir essayé lentement vingt brouillons de lettre, comme si elle tâchait de déguiser son écriture, elle en mit une sous enveloppe, sonna Rosine et la lui tendit.

— Je crois avoir aperçu au château votre cousin le dragon,— lui dit-elle.

— Oui, madame, il a encore obtenu avant-hier une permission de dix heures,— répondit Rosine.

— Ce n'est pas pour vous les reprocher, ma fille, — reprit Régina,— mais il me semble qu'il en obtient bien souvent.

— Oh! non, madame. Seulement, il en obtient une pour plusieurs jours à la fois.

— Ah! très-bien! Des permissions de dix heures... pour plusieurs jours... c'est plus commode.

— Mais il est sur le point de repartir, madame.

— Tant mieux! Voici une lettre que vous allez lui remettre avec ces vingt francs, pour qu'il ait la complaisance de la jeter à la poste à Doullens. Motus sur tout ceci!

— Oh! madame connaît ma discrétion, et je réponds de celle de mon cousin.

— Naturellement... c'est une vertu de famille.

Rosine sortit.

— Nous verrons, nous verrons, — s'écria Régina, avec un amer sourire;— nous verrons si cette Emilienne restera toujours impassible, toujours heureuse et fière, et si ses beaux yeux ne verseront pas à leur tour quelques larmes!

XXIV

Léon n'avait pas été longtemps sans souffrir de l'humeur cruellement fantasque de Régina. Les lunes de miel n'étaient guère durables avec elle, et le décroissant arrivait vite.

Auprès des femmes de ce genre, l'amour ressemble moralement à un bain russe : douche torride de sentiments à étouffer, douche froide d'indifférence à grelotter; douche torride, douche froide, et ainsi de suite.

Et par malheur, il faut bien le reconnaître, ce sont ces alternatives de température qui fortifient l'engouement de certains hommes pour elles. On s'en étonne, comme si les règles de la logique étaient applicables à ce qu'il y a de plus illogique : la passion.

Qu'un homme s'éprenne d'une femme charmante, au caractère honnête, au cœur loyal, dont l'humeur soit toujours égale, l'amour toujours tendre et le langage toujours caressant, je ne lui donne pas huit jours, à cet idiot, pour trouver son bonheur trop calme, trop uni, trop monotone, et pour chercher ailleurs des orages, des mensonges, des inquiétudes, des brouilles et des raccommodements; en un mot, des émotions quelconques, même désagréables, mais incessamment variées.

Que le même homme, au contraire, s'éprenne d'une coquette dont l'humeur tourne à tous les vents comme le girouette, dont la franchise soit contestable, l'amour douteux et le langage tantôt tropical, tantôt glacial, cet imbécile s'exaltera jusqu'au délire, par la jalousie, par la crainte d'une rupture, et il tiendra d'autant plus à elle qu'elle aura moins l'air de tenir à lui.

Régina était fort habile à infliger des tourments de ce genre. Léon l'apprenait à ses dépens.

Echantillons :

Après avoir eu bien de la peine, la veille au soir, à la consoler de son départ; après l'avoir laissée tout en larmes et presque désespérée à la perspective de quelques heures qu'il allait passer loin d'elle, s'empressait-il de revenir le lendemain aussi matin que possible, afin d'abréger ce qu'elle avait appelé le supplice de l'absence: il s'attendait naturellement à une réception des plus enthousiastes; vain espoir! c'était justement ces jours-là qu'elle le recevait avec le plus de froideur.

Parfois même elle ne le recevait pas du tout, en alléguant, par la bouche de sa caméristo, quelque motif plus ou moins fantasmagorique.

D'autres fois encore, cette femme, qui frémissait la veille à la pensée de six heures de séparation, cette Ariane, cette Calypso, cette pauvre abandonnée, trouvait charmant d'envoyer son Thésée, son Ulysse passer toute la journée en chasse, en pêche ou en ville, sous prétexte d'une envie fiévreuse de gibier, de poisson ou de telle futilité qu'on ne trouvait qu'à Doullens.

Car les femmes de ce caractère convertissent volontiers leurs adorateurs en grooms. Elles les chargent de leur éventail l'été, et de leur manchon l'hiver; heureux encore lorsqu'il n'y a pas un petit chien à porter!

Elles leur font faire toutes sortes de messages désagréables, comme d'aller chez leur couturière, leur bijoutier, leur lingère, leur modiste et leur cordonnier.

Elles leur imposent les corvées les plus rudes, comme de les attendre indéfiniment, en plein soleil, par une chaleur de trente-cinq degrés, sur la place de la Concorde, où elles passeront peut-être, tôt ou tard, pour aller au bois; ou bien encore de faire queue pendant quatre heures, par un froid de quinze degrés, à la porte de l'Opéra, pour s'assurer d'une loge qu'elles ont oublié volontairement de faire prendre dans la journée au bureau de location.

Le soir, avant le théâtre, il vous faut faire une lieue pour procurer à madame un bouquet de telle ou telle fleuriste à la mode.

Plus tard, à la sortie, il vous faut patauger dans la boue, par une pluie battante, pour courir après vingt fiacres qui vous échappent.

Ainsi d'une foule de missions tout aussi peu divertissantes.

On maugrée, on tempête, on jure que c'est la dernière fois, mais on obéit, et l'on recommence le lendemain.

Et certes votre obéissance est d'autant plus méritoire qu'elle ne saurait avoir pour mobile la récompense honnête qui vous attend. Invariablement, cette récompense consiste en reproches, en rebuffades, en maussaderies.

Vous n'avez pas su faire les choses;

Si la couturière n'était pas chez elle, c'est que vous y êtes allé trop tard;

Vous vous êtes mal expliqué avec le bijoutier, la lingère, la modiste et le cordonnier;

Vous avez justement choisi les fleurs qu'on exècre;

La loge d'Opéra était détestable.

— Mais il ne restait plus que celle-là,— dites-vous.

— N'importe! vous auriez dû mieux choisir.

On entendait parfaitement et l'on ne voyait rien. C'est

ustement le contraire qu'on eût désiré, car il s'agissait de l'Opéra;

Vous vous y êtes pris maladroitement avec les cochers; mais vous faites toujours tout de travers!

Et puis, creusez-vous la tête et la bourse pour leur offrir un présent magnifique et fort cher, le jour de l'an ou le jour de leur fête, c'est à peine si elles le regardent, et elles le jettent dédaigneusement dans un coin.

C'est-à-dire qu'il y aurait là, dans tous ces petits méfaits, de quoi provoquer trente-six mille séparations de corps et de biens entre maris et femmes, et que messieurs les juges frémiraient d'indignation contre madame en les prononçant. Hé bien! ce sont précisément ces incessants griefs qui font raffoler ces mêmes maris de leurs abominables maîtresses.

Sans doute Léon n'avait pas à subir tous ceux que nous venons d'énumérer. On ne peut pas tourmenter un homme au village exactement comme à la ville.

La campagne offre bien moins de ressources.

Mais heureusement, quand une femme a de l'imagination, elle invente de petits supplices champêtres, appropriés à la situation. Il faut se contenter de ce qu'on a; c'est l'opinion de tous les philosophes.

Nous avons déjà dit quel excellent parti, pour faire enrager Léon, Régina savait tirer de l'invisibilité sans motifs, de la séparation passionnée, de la réception glaciale, de la chasse, de la pêche, des emplettes à Doullens, etc.; mais ce n'était point là le fond de son sac à malices.

S'il voulait s'en aller, c'était alors qu'elle le forçait de rester.

S'il voulait rester, c'était alors qu'elle le forçait de partir.

Annonçait-il l'intention de dîner au château, on lui déclarait net que c'était impossible, car son absence pourrait porter quelque ombrage à l'usine.

S'excusait-il au contraire de ne pouvoir rester à dîner, par la raison assez plausible qu'il avait quelques invités à festoyer à l'usine, on pleurait, on sanglotait, on se tordait les bras, jusqu'à ce qu'il consentît à faire faux bond à ses hôtes, en faveur du château.

Et peut-être pensez-vous qu'on le récompensait alors de cette complaisance extravagante par une amabilité tout exceptionnelle? Erreur! On le boudait toute la soirée pour le punir du faux désespoir que son hésitation avait causé.

Mais le plus triste de son affaire, c'était l'obligation que Régina lui imposait de se constituer, des journées entières, le cornac de son mari, sous prétexte que le trompeur devait bien ce petit dédommagement au trompé.

En bonne civilité puérile et honnête, il ne suffit pas en effet de tromper un homme et de le planter là ensuite. Ce serait par trop commode! Il n'y a que les goujats qui se conduisent ainsi. Non, il faut encore le promener, le soigner, le récréer, l'amuser, le divertir, comme si, dans beaucoup de cas, et notamment dans la circonstance présente, ce n'était pas déjà une punition assez forte que de l'avoir trompé.

Certes, Léon avait bien quelque affection pour monsieur Granger. Il est rare d'ailleurs qu'on n'aime pas un peu l'homme dont on aime beaucoup la femme. Mais cette affection, mêlée de remords et de pitié, n'allait pas jusqu'à vouloir subir le martyre pour en témoigner. Et n'était-ce pas, surtout pour un homme tel que Léon, un véritable martyre, que cette obligation de tenir compagnie, pendant douze heures de suite, à un pauvre insensé qui ne vous répond pas, ou qui vous répond de travers, qui ne peut vous comprendre, que vous comprenez encore moins, dont les idées saugrenues dansent une farandole désordonnée, et qui, pour comble d'agrément, a parfois des lubies qu'il faut subir, bon gré, mal gré.

— Morbleu! — se disait Léon, — j'aimerais encore cent fois mieux assister à une séance de l'Académie. Je pourrais du moins y dormir sur ma banquette; tandis qu'avec mon malheureux ami, qui semble avoir été piqué de la tarentule, il faut marcher, marcher toujours, marcher sans cesse, comme un vrai Juif-Errant. Mais mon tyran l'exige, résignons-nous.

Monsieur Granger ne le reconnaissait pas mieux que tout autre, mais, par un reste d'agréable souvenir, il aimait à le voir; sa figure lui plaisait, et il l'accueillait invariablement de son plus doux : « Bonjour, mon ami, bonjour! »

Voici un spécimen du charme que l'infortuné Léon devait trouver dans une telle société. Il était le seul du reste en faveur de qui monsieur Granger sortît de son mutisme, et c'était là précisément le motif qu'invoquait Régina.

Une fois donc que Léon remplissait encore, par ordre supérieur, la noble mission de promeneur des affligés, ils erraient tous deux, côte à côte, dans les allées du parc. Léon frémissait devant la perspective de quatre ou cinq heures d'ennui, et monsieur Granger marchait silencieusement, son tromblon en bandoulière comme toujours, et s'aidant, dans sa marche affaissée, du fameux bâton de Bélisaire dont il ne se séparait pas non plus.

Après une heure de promenade muette :

— Savez-vous, mon ami, — demanda tout à coup monsieur Granger à son compagnon; — savez-vous si Henri IV est entré enfin dans Paris?

— Mais... je l'ai entendu dire par des gens ordinairement bien informés, — répondit Léon avec tout le sérieux que commandait l'état mental de son interlocuteur. — Après cela, vous savez... on dit tant de choses fausses!...

— Oh! oui!... bien fausses! les femmes surtout!...

— ... Que, ma foi! je n'en voudrais pas jurer.

— Jurer?... ah! elle aussi, elle jurait... elle jurait à chacun de nous qu'elle n'avait jamais aimé que lui!... Croyez-vous que ce fût un mensonge, mon ami?

— Je ne suis pas très-éloigné de partager cet avis.

— Mais elle est morte, à ce qu'on m'a dit. La dernière fois que je la vis, elle était en joyeuse compagnie, et elle buvait un verre de champagne à ma santé.

— Ah! c'était très-bien de sa part.

— Du tout! c'était pour se moquer! Elle aimait un prince valaque qui s'était déguisé en dragon.

— C'est une manière comme une autre de garder l'incognito.

— Un excellent prince, du reste, et qui lui donnait d'excellents conseils au sujet de l'enfant que son séducteur... un pompier... lui avait laissé en l'abandonnant.

— Voilà un pompier bien peu délicat!

— Oh! ne me parlez pas de lui!... ne me parlez pas de cet Henri Germin!...

— Ah bah! c'est ainsi que se nomme le pompier en question?

— C'est un monstre abominable! Mais il n'est plus à craindre; je vous le dis en confidence, mon ami : je l'ai tué!

— O ciel!

— Oui, tué!.... et je le tuerai encore toutes les fois que je le rencontrerai!... C'est même dans ce seul but que je porte ceci jour et nuit. — Monsieur Granger montrait son tromblon. — Mais elle aussi, — continua-t-il, — je l'ai tuée!... je l'aimais tant!... Ah! que cette femme-là m'a causé de tourments!... On parle des supplices de l'inquisition! on parle des tortures de la question extraordinaire!... plaisanterie que tout cela!... La vraie torture, voyez-vous, c'est d'aimer une coquette!... Ah! mon ami, n'aimez jamais. C'est le parti que j'ai fini par prendre... Aussi suis-je gai maintenant comme un pinson... ah! ah! ah! ah! — poursuivit monsieur Granger, en poussant un éclat de rire saccadé qui fit frissonner Léon. Puis, redevenant tout à coup sombre à la vue d'un joli petit papillon blanc qui voltigeait autour de lui, et qu'il s'efforça vainement d'attraper avec la main : — Tenez !... la voilà justement qui revient de l'autre monde !... Oui, c'est elle... je la reconnais... Elle est si rusée qu'elle a pris cette forme pour me tromper encore... Voyez ! — ajouta-t-il en montrant à Léon le petit insecte qui s'était introduit par les vitres brisées du pavillon chinois près duquel ils étaient arrivés ; — elle y entre, la perfide ! c'est probablement un nouveau rendez-vous... avec son séducteur... Oh ! malheur à eux !... Faites-moi un plaisir... aidez-moi... car enfin je suis seul... je ne puis pas lutter contre tout le monde, moi ! Mais vous avez l'air d'un brave garçon, vous... Aidez-moi. Grimpez à cet arbre, dont une branche se prolonge jusqu'à la fenêtre... De là vous plongerez dans l'intérieur... vous direz s'il est arrivé... Pendant ce temps, moi, je vais me placer de manière à embrasser du regard la porte et la fenêtre, afin de les tuer encore, s'ils tentent de s'échapper comme l'autre fois. Allons, allons, à votre poste !... Hé quoi ! vous ne montez pas ?... seriez-vous aussi du complot, vous ?... ah ! misérable !...

Et en parlant ainsi, la voix stridente et l'œil brillant de fureur, monsieur Granger menaça Léon du bâton de Bélisaire.

— Attendez-donc, que diable ! — se hâta de dire celui-ci. — On y va, on y va !

Et il se mit à grimper à l'arbre, mais avec toute la peine d'un homme qui en a perdu l'habitude.

Heureusement pour lui, le petit papillon sortit en ce moment du kiosque.

— Ah ! la malheureuse, elle essaie de se sauver encore ! — s'écria monsieur Granger ; — mais elle ne m'échappera pas cette fois !

Puis il se mit à poursuivre le frétillant insecte à grands coups de bâton.

Ce n'était pas l'âme, mais c'était bien l'image de sa femme, car il ne pût réussir à arrêter son vol.

Léon redescendit bien vite de l'arbre, les mains écorchées, les vêtements déchirés, et regagna l'usine, jurant que c'était la dernière fois qu'il consentait à jouer le rôle des gardiens de Bicêtre.

Mais, dès le lendemain, il se mettait de nouveau aux ordres de Régina.

Cette fois, ce fut un autre caprice. Elle exigea absolument qu'il lui fît des vers, lui qui avait horreur de ce genre de produit chimique.

Pour le récompenser sans doute en prose, des alexandrins boiteux qu'il avait rimés tant bien que mal, elle lui dit alors d'enivrantes tendresses, lui demandant vingt fois si c'était bien vrai qu'il l'aimât ; puis, par un de ces revirements d'humeur qui lui étaient habituels, elle devint tout à coup morose, et ce fut au tour de Léon de lui demander si elle l'aimait.

— Je n'en sais rien, — répondit-elle d'un ton maussade.

— Comment ! vous ne savez pas si vous m'aimez ?

— Non. Il est même des moments où je crois vous détester.

— Merci bien !

— Il n'y a pas de quoi. C'est surtout quand vous me faites de pareilles questions : « M'aimez-vous ? m'aimez-vous ? » C'est monotone.

— Vous me le faites bien, vous, Régina.

— En ce cas, j'ai tort. Car, en définitive, que vous m'aimiez ou non, cela m'est bien égal !

— Allons, allons, vous ne parlez pas sérieusement. Qu'avez-vous ?

— Je n'ai rien. Seulement je m'ennuie affreusement, — acheva-t-elle en bâillant. — Ce sont peut-être vos vers qui m'ont agacé les nerfs. Il est de fait que j'en ai reçu de bien mauvais dans ma vie, qui cependant étaient encore cent fois meilleurs que les vôtres.

— Dame ! je ne me suis pas présenté à vous sous le faux nez d'un des grands poëtes de l'époque.

— Et que vous avez bien fait ! La mascarade eût été trop forte !... Hé bien ! alors, jouez-moi quelque chose sur le piano, ça me détendra les nerfs.

— Je ne sais pas en jouer.

— Raison de plus, cela m'amusera. Vous pouvez bien du moins me chanter quelque romance ?

— Je n'en connais pas une seule.

— Mais que connaissez-vous donc, alors ?... Savez-vous bien que vous êtes un homme très-insipide !... Tenez, laissez-moi ! allez-vous en ! et ne revenez que lorsque je vous écrirai par un de mes pigeons.

C'était encore là un caprice que Léon avait dû subir. Une lettre qui arrivait simplement par la poste ou par commissionnaire, cette lettre, si charmante qu'elle pût être, n'avait plus aucun attrait pour Régina. Elle en avait tant reçu de la sorte, qu'elle était blasée sur ce genre de correspondance. C'était trop commun, trop banal. Mais un billet doux qui vous arrive sous l'aile d'un messager ailé, voilà du neuf, du piquant, de l'extraordinaire. A la bonne heure ! cette façon de correspondre n'est pas à la portée de tout le monde. Aussi avait-elle établi entre le château et l'usine un va-et-vient épistolaire, par l'intermédiaire secret des pigeons qui avaient été échangés entre les deux colombiers, comme nous l'avons vu. Mais revenons.

Ce jour là Léon sortit plus exaspéré que jamais. Il se retourna vers le château avant de le perdre de vue, et fulmina contre le gothique édifice des imprécations qui eussent fait un digne pendant à celles de Camille contre Rome. Il le voua aux dieux infernaux ; il jura, comme il l'avait déjà fait si souvent, de n'y plus remettre les pieds ; mais cette fois sa résolution paraissait irrévocable.

Et alors l'image si pure, si douce, si calme et si souriante d'Émilienne lui revint à la pensée. Il s'étonna d'avoir pu sacrifier un seul instant l'or vrai de la tendresse d'une telle femme à l'or faux, au cuivre, au chrysocale de celle de Régina.

Hélas ! quand il revit Émilienne, elle était loin d'être calme et souriante ! Il la trouva seule au salon, pâle, éplorée, et tenant à la main une lettre timbrée de Doullens, qu'elle venait de recevoir, et qu'elle lui tendit sans prononcer un mot.

XXV

La lettre, datée de Doullens, et sans signature, mais évidemment d'écriture féminine contrefaite, qu'Émilienne, toute en pleurs, tendit à son mari lorsqu'il entra dans le salon où elle était seule alors, cette lettre était ainsi conçue :

« Madame,

» Je n'ai pas l'honneur d'être connue de vous, ni celui » de vous connaître. Je n'ai donc aucun intérêt direct ni » indirect à vous écrire, et, si je le fais, c'est unique» ment pour rendre service à une femme dont tout le » monde s'accorde à vanter la vertu, qui n'a d'égale que » sa beauté.

» Sachez-le donc, madame, votre mari vous trompe » outrageusement.

» Fasciné, aveuglé par une abominable coquette, mé» connaissant tout ce que son intérieur recèle d'attraits » et de saintes qualités, oubliant en un mot ses devoirs » les plus sacrés, il va sans cesse au château porter ses » criminels hommages aux pieds de l'indigne idole qu'il » vous préfère.

» On s'en scandalise partout, même ici, à Doullens, où » cette femme a laissé de bien tristes souvenirs, et c'est » l'horreur qu'inspire unanimement cette coupable liai» son, qui me met enfin la plume à la main.

» On ne s'étonne que d'une chose, c'est de l'ignorance
» où vous semblez être. Quelques personnes commencent
» même à en douter et à la traiter méchamment de hon-
» teuse tolérance.

» Mais vous voilà avertie, madame. C'est à vous main-
» tenant de mettre un terme à ce scandale. Je ne doute
» pas qu'en témoignant à votre mari toute l'indignation
» que mérite sa conduite, vous le rameniez facilement
» dans la voie de l'honneur.

» Je dis de l'honneur, car on prétend que c'est à lui
» que monsieur Granger doit d'avoir perdu la raison.
» Si cela est, vous comprenez, madame, qu'aux yeux
» du monde c'est presque de l'assassinat.

» Voilà ce que ma conscience m'obligeait à vous dire.

» J'aurais encore bien des détails à vous donner, mais
» il en est de tellement graves que leur révélation vous
» causerait peut-être un trop vif chagrin. Je crois devoir
» vous les épargner.

» Et par exemple, madame, comprenez-vous que
» lundi dernier, cette femme, qui se plaît à jouer mé-
» chamment avec ses victimes, comme le chat joue avec
» la souris tombée sous ses griffes, comprenez-vous que
» cette horrible coquette ait forcé votre mari à tenir suc-
» cessivement, pendant deux heures, au bout de ses bras
» écartés, dix-huit écheveaux de soie qu'elle peloton-
» nait, en riant de la ridicule besogne qu'elle lui infli-
» geait.

» Elle voulait juger sans doute jusqu'où pouvait aller
» le funeste empire qu'elle exerce sur lui.

» Voyez-vous monsieur Léon, le mari d'une femme
» telle que vous, madame, se dégradant jusqu'à passer à
» l'état de dévidoir!

» Dix-huit écheveaux!

» En vérité, c'est humiliant pour vous, madame, autant
» que honteux pour lui.

» Allons, madame, un peu d'énergie, et tout le mal
» peut encore se réparer.

» Je voudrais pouvoir signer ma lettre, mais ce serait
» compromettre la personne de qui je tiens ces utiles
» renseignements, et qui gémit d'être journellement té-
» moin de pareils faits.

» Un nom, d'ailleurs, n'ajouterait rien à la véracité de
» mon récit.

» Et puis, à quoi bon vous révéler qui je suis? Se
» cacher dans l'ombre pour faire le mal, c'est de la
» lâcheté, mais ne pas se montrer au grand jour quand
» on fait le bien, c'est de la modestie.

» Agréez, madame, l'assurance de ma douloureuse
» sympathie.

» Votre servante,
» Une personne qui vous porte
» le plus sincère intérêt. »

Si c'était Régina qui avait écrit cette lettre, il faut rendre consciencieusement justice à son astuce. Elle en avait habilement calculé chaque mot, de manière, d'abord, à éloigner tout soupçon à son égard, par les injures mêmes qu'elle ne se ménageait pas, et ensuite à blesser Léon dans sa vanité, à frapper Émilienne dans son affection comme dans sa dignité de femme, et par conséquent à soulever peut-être, dans le jeune ménage, une tempête à tout briser.

Les détails qu'elle renfermait furent pour Émilienne ce qu'est le premier éclair pour le voyageur qui marche à l'aveuglette dans l'obscurité d'une nuit orageuse. Cette sinistre lueur éclaire subitement tout l'horizon. C'est ainsi que la lumière se fit tout à coup dans l'esprit d'Emilienne. Mille circonstances qui lui avaient paru, les unes étranges, les autres insignifiantes, et qu'elle avait remarquées sans les approfondir, ou qu'elle avait dédaignées sans les comprendre, lui apparurent alors sous leur véritable jour, et toutes lui semblèrent accuser en effet l'infidélité de son mari.

Quant à Léon, il resta comme frappé d'idiotisme par cette dénonciation, dont il ne savait comment contester la réalité.

Pendant ce temps, Emilienne ayant contenu ses larmes par dignité, observait Léon en silence, attendant qu'il se justifiât, si c'était possible; car elle ne demandait pas mieux que d'être détrompée, et peut-être même que d'être trompée.

Trompe-moi, trompe-moi,
Mais fais durer l'erreur toute la vie.

C'est une vieille romance d'opéra-comique qui dit cela, et elle a cent fois raison. Au point de vue du bonheur, quelle est la différence entre l'erreur et la vérité? Il n'y en a pas d'autre que l'illusion.

— J'aime à penser, chère amie, — dit enfin Léon avec un visible embarras; — j'aime à penser que tu as trop de bon sens et de fierté dans l'âme... pour croire un seul mot de ce fatras de stupidités. Est-ce que le lâche auteur d'une lettre anonyme mérite la moindre créance?

— Lui, non, — répondit fermement Émilienne, — mais pourquoi pas ce qu'il dit, si ce qu'il dit est vrai?

— Oui... mais quand c'est un amas de mensonges... de calomnies... de... Car enfin, raisonnons... Est-ce qu'il est possible que?... Cent fois non!... Certainement, madame Granger n'est pas absolument laide... peut-être même y a-t-il des gens qui la trouveraient passable... Chacun son goût... Mais quand je la compare à toi?... allons donc!... c'est le jour et la nuit.—En parlant ainsi, Léon voulut prendre la main de sa jeune femme pour la lui baiser tendrement, et remplacer ainsi par des cajoleries les bonnes raisons qui lui manquaient. C'est un système qui réussit à beaucoup de maris. Mais Émilienne retira vivement sa main. Léon comprit que l'explication n'était pas suffisante, et se remit à divaguer de plus belle. — Et puis, quel amas d'absurdités! — s'écria-t-il. — Avec ce caractère que tu me connais... et que tu veux bien me pardonner. Est-il croyable, par exemple, que j'aille servir de dévidoir à écheveaux!... Me vois-tu d'ici, immobile sur une chaise..., peut-être même humblement à genoux..., les bras en l'air comme les anciens télégraphes?...moi?... moi?...Quelle sottise!... Quand on se mêle de calomnier, encore faudrait-il inventer des choses vraisemblables, — ajouta-t-il en s'efforçant de rire. — Mais Emilienne ne riait pas, elle. Sa figure restait impassible, sa bouche muette, son œil interrogateur. — Je vais très-souvent au château, c'est vrai, — poursuivit Léon; — mais c'est un peu par désœuvrement, et beaucoup par pitié pour ce pauvre Granger... pour cet ami de feu mon père... Ah! il est dans un triste état!... Il fait vraiment peine à voir, avec son tromblon et son grand bâton de Bélisaire!... Aussi me fais-je un devoir de le promener, de l'égayer, de me prêter autant que possible à ses lubies. Tiens, pas plus tard qu'hier, il lui a passé tout à coup par la tête de me faire grimper à un arbre, comme l'ours du jardin des plantes! J'ai voulu résister, mais pas moyen... il est entré en fureur.., et si je m'étais obstiné, il m'eût assommé sur place. Ma foi, je me suis exécuté bravement..., pour t'épargner la douleur du veuvage. Mais si, à l'occasion, je veux bien servir d'ours Martin au mari, ce n'est pas une raison pour servir de dévidoir à la femme!... Ce n'est pas l'embarras, elle n'est pas trop mal folle non plus! En voilà encore une qui ne brille guère par la rectitude de l'esprit, si tant est qu'elle brille par autre chose! Quelle tête à l'envers!... quel cerveau détraqué!... quel atroce caractère!... On ne peut rien imaginer de plus fantasque, de plus impérieux, de plus baroque, de plus exécrable!... Heureusement elle me fait, la plupart du temps, la grâce de rester hermétiquement close dans son appartement, et ne se montre pas même à table. Oh! quelle différence encore,—ajouta-t-il d'un ton qu'il tâcha de rendre plein de tendresse et d'admiration;—quelle différence avec toi, qui es si bonne, si douce, si constamment aimable!

Et, en prononçant ces derniers mots, il fit une seconde tentative pour prendre la main d'Emilienne, mais elle le repoussa de nouveau avec la même froideur et le même calme, en continuant de garder un silence interrogateur qui interloquait cent fois plus le coupable que n'eussent pu le faire les reproches les plus amers et les plus violents. Il était évident que la jeune femme ne se trouvait pas encore suffisamment édifiée. Mais Léon était véritablement aux abois; il ne savait quelle excuse imaginer, et se voyait réduit à se taire lui-même. Par bonheur, Henri Germin entra au salon dans ce moment. Il avait à causer avec Emilienne des affaires de l'usine.

— Ah! pardieu! — s'écria Léon, — tu viens fort à propos pour me donner un certificat de bonne conduite! Tiens, lis d'abord.

Et il lui tendit la lettre anonyme. Henri lut rapidement et comprit tout. Léon n'avait pas compté en vain sur l'amitié de cet auxiliaire.

— Cette lettre, chère madame, — se hâta-t-il de dire, — n'a pas le sens commun, et vous auriez tort de vous en affecter le moins du monde.

— Quand je le disais! — s'écria joyeusement Léon, comme un accusé qui vient d'entendre son arrêt d'acquittement.

— Cependant, — objecta Emilienne, en répondant seulement à Henri; — cependant cette lettre cite des faits, et ces faits n'expliquent que trop bien une foule de circonstances...

— Les faits peuvent être vrais... en partie du moins... mais l'application peut en être fausse, — répondit Henri qui semblait chercher un moyen de salut.

— Comment? — demanda Emilienne avec étonnement.

— Rien de plus simple, chère madame...

— Certainement, rien de plus simple! — se hâta de répéter Léon, comme s'il eût pu deviner ce qu'Henri allait dire.

— Qui vous assure, chère madame, qu'il n'y a pas confusion... de personnes, — reprit Henri, qui avait pâli légèrement, et qui semblait éprouver une pénible hésitation.

— Que voulez-vous dire, mon ami? — répliqua de nouveau Emilienne avec une sorte d'anxiété.

— Je veux dire, — continua Henri, d'une voix tremblante comme celle d'un enfant qui se décide à avouer enfin quelque grosse faute; — je veux dire qu'il y a un coupable, en effet... mais... que ce coupable... c'est moi seul...

— Vous?... oh! monsieur!... — s'écria Emilienne en se couvrant le visage de ses deux mains.

Léon profita de cette circonstance pour serrer vivement celles d'Henri, en signe de remerciement.

— Hélas oui, madame, — répondit celui-ci, de l'air confus d'un criminel qu'on conduit au supplice. — Je suis le seul... le vrai coupable. J'avais demandé à... à cette femme, vous le savez, une entrevue secrète, pour la faire renoncer à ses prétentions sur Jules. Que vous dirai-je?... Cette femme est si séduisante, et les souvenirs de jeunesse sont si vivaces... qu'en la revoyant, j'ai fini par oublier tous ses torts. Je l'ai revu souvent, depuis cette réconciliation.

Emilienne sembla faire effort sur elle-même, et se découvrit le visage pour essuyer les pleurs dont il était inondé.

— Tu pleures, chère amie? — lui dit tendrement Léon, — Tant mieux! car ce sont des larmes de joie, maintenant que me voilà blanc comme neige.

. . . .

Un coup de feu, qui retentit subitement dans la cour, fit tressaillir Emilienne et l'empêcha de répondre.

C'était monsieur Jules qui déchargeait son petit fusil sur un beau pigeon à collerette.

Le volatile, quoique blessé légèrement, ne pût pas s'enlever cette fois jusqu'à la haute mansarde où Léon avait parqué ses pareils. C'était une espèce de bureau de poste qu'il avait établi dans les combles de la maison, et qu'il visitait assidûment, comme on fait, rue Jean-Jacques Rousseau, aux heures de la levée des lettres.

Egaré par l'effroi, le pauvre pigeon décrivit plusieurs cercles en l'air, comme pour aviser une retraite; puis, n'en apercevant pas d'autre, il finit par se réfugier dans le salon, dont la grande porte vitrée était ouverte, et s'en vint tomber aux pieds d'Emilienne.

— Encore monsieur Jules qui fait des siennes! — s'écria Léon, qui, reconnaissant un de ses facteurs, fit un mouvement pour le saisir.

Mais il était trop tard.

Emilienne avait déjà ramassé le gentil blessé et le caressait d'une main compatissante, lorsqu'elle aperçut un petit papier, soigneusement plié, qu'une faveur rose fixait sous une de ses ailes.

— Qu'est-ce donc que cela? — dit-elle avec un étonnement qu'Henri partagea.

Léon eût bien voulu en ce moment que tous les pigeons de l'univers eussent été mis la veille en fricassée.

Que faire?

Arracher des mains d'Emilienne le petit billet dont il ne pouvait ignorer la provenance.

C'eût été tout avouer implicitement, c'eût été renverser d'un seul coup l'échafaudage justificatif si laborieusement élevé par Henri.

Le mieux était donc d'attendre le résultat de l'événement, avec l'espoir que le billet serait conçu dans des termes assez vagues pour ne pas l'accuser précisément, nominativement, et laisser à son ami la possibilité d'en assumer encore la responsabilité.

Mais cet espoir devait être déçu.

Emilienne commença la lecture du billet, d'abord avec indifférence, puis d'une voix qui peu à peu devint tremblante:

« Votre exil n'aura pas été long, mon ami. Il y a une
» heure, je ne pouvais plus vous voir, et voilà que je ne
» puis plus me passer de votre présence!
» Vous allez trouver votre Régina?... »

— Ah! c'est encore cette femme! — dit Emilienne en prononçant ces mots avec une amertume d'expression qui contrastait singulièrement avec sa douceur habituelle.

— Ah! oui-dà! — crut devoir exclamer Léon, sur un ton goguenard, pour déguiser son inquiétude.

Le fait est qu'il épiait chaque phrase de ce billet, comme un soldat condamné, qui, à genoux, les yeux bandés, et déjà à moitié mort de terreur, attends la balle qui peut le frapper à chaque seconde.

Léon n'était encore que mis en joue, mais le commandement de feu pouvait éclater au moindre mot.

Emilienne continua sa lecture:

« Vous allez trouver votre Régina bien capricieuse,
» mon ami. Mais que voulez-vous? c'est par excès de
» sensibilité que je le suis devenue. Je ne me reconnais
» plus. J'ai toujours peur de ne pas être aimée comme
» j'aime, et c'est cette crainte qui me rend fantasque,
» maussade parfois, et parfois même mauvaise.
» Oui, je suis mauvaise par moments, j'en conviens.
» Mais à qui la faute? A vous seul, à vous qui peut-être
» me préférez une rivale que je déteste. »

— Ah! ah! mon gaillard, — interrompit encore Léon, qui commençait à se rassurer quelque peu en voyant que rien ne l'accusait personnellement; — tu te permets de lui donner une rivale!... Tiens, je parie que c'est cette jolie paysanne que nous avons rencontrée il y a quelque temps à la chasse, et qui t'a jeté en passant un regard des plus suspects. — Et comme Henri ne répliquait rien: — N'est-ce pas?... Mais réponds donc! — ajouta Léon en lui donnant un léger coup de coude.

— Peut-être bien... Celle-là ou une autre, — répondit machinalement Henri.

Emilienne continua :

« Mais venez, mon ami, venez bien vite me pardon-
» ner. J'ai tant besoin d'entendre de douces paroles qui
» me rassurent !

» Je serai bien malheureuse jusqu'à votre retour.

» Vous dînerez ici, n'est-il pas vrai ?

» Oh ! que ne pouvez-vous me revenir aussi vite que
» ce joli messager vous portera ces lignes.

— Reçois mes sincères félicitations, mon cher, — s'empressa de dire Léon, qui crut son supplice fini avec ces derniers mots. — Tu as là une tendre correspondante. Car c'est tout, sans doute, chère amie ? — ajouta-t-il en s'adressant à Emilienne, qui avait cessé de lire.

— Non, monsieur, — répondit-elle ; — il y a autre chose encore.

— Ah bah !

— Il y a ceci, — dit-elle avec un froid dédain ; il y a :

« A vous... à toi... mon adoré Léon. »

L'adoré Léon eût bien voulu être en ce moment à cinq cents pieds au-dessous du niveau de la mer.

— Comment ! il y a cela ?... — balbutia-t-il. — Mais je proteste !... c'est une erreur !... la plume lui aura tourné dans la main... C'est Henri qu'elle aura voulu écrire... qu'elle a écrit peut-être.

— Voyez plutôt, monsieur, — dit Emilienne avec une amère ironie, en lui tendant le billet. — Vous me paraissez connaître son écriture assez bien pour ne pas vous y tromper.

— Oui... c'est-à-dire... on pourrait croire en effet... mais je t'assure... Ah çà ! parle donc, toi que cela concerne ! — ajouta-t-il en s'adressant à Henri, qui se taisait enfin devant une pareille évidence. — Hé quoi ! tu m'abandonnes aussi !

— Qu'aurait-il à dire désormais ? — reprit Emilienne avec plus d'indignation que de chagrin — Je comprends le dévouement qui l'a porté à s'accuser tout à l'heure ; mais toute feinte serait inutile maintenant ; je dirai plus : elle serait honteuse pour vous, humiliante pour lui, et blessante pour moi. On ne doit pas jouer ainsi avec les questions d'honneur et de sentiment.

Et à ces mots elle se leva avec dignité, dans l'intention de quitter le salon. Mais Léon la força doucement de se rassoir, fléchit humblement un genou devant elle, lui prit de force les deux mains, les couvrit de baisers, et s'écria du ton le plus contrit :

— Hé bien ! tiens, je l'avoue, je suis un grand coupable !... es-tu contente ?... Mais non, qu'est-ce que je dis donc ?... je perds la tête !... tu n'as certes pas sujet de l'être !... ni moi non plus !... et ce ne sera pas trop de toute une vie de regrets... de remords... pour expier le crime de quelques jours !... Je ne demande qu'une chose... qu'est-ce que cela te fait ?... c'est du moins de ne pas me condamner sans m'entendre.

Emilienne ne répondit pas, ce qui voulait dire probablement :

— Parlez. Je vous écoute.

XXVI

Les amateurs du genre frénétique s'écrieront sans doute :

— Hé quoi ! Emilienne tient en main la preuve de l'infidélité de son mari et elle se borne à verser quelques pleurs, à pâlir légèrement, à garder un dédaigneux silence, ou à répondre froidement aux pitoyables excuses du traître ! Eh quoi ! elle n'a pas la moindre attaque de nerfs ! elle ne se roule point par terre ! elle ne se meurtrit pas le sein ! elle ne s'arrache nullement les cheveux de désespoir, ou tout au moins elle n'en fait pas même le semblant ! Il y a pis : elle va peut-être pardonner au perfide, au lieu de l'injurier, de le griffer, de l'égratigner, voire même de le frapper d'un poignard quelconque ! Allons donc ! Voilà une scène qui manque d'idéal, de drame, de chic ! Cette femme-là ne mérite pas la plus légère sympathie. Son mari la trompe, tant pis pour elle !

Je me hâte donc de dire, pour sa justification, que, au point de vue logique ou artistique, ce qui est une seule et même chose, elle eût eu grand tort de faire ce que les amis du genre frénétique lui reprocheront de n'avoir pas fait. La première condition de l'art, c'est que les personnages soient conséquents avec eux-mêmes, avec leur caractère.

Si Emilienne eût été une Camille, une Sapho, une Hermione, une Lucrèce Borgia, oh ! alors vous l'eussiez vue ou entendue se pâmer, se tordre, tomber en catalepsie, crier, vociférer, injurier, empoisonner l'infidèle, s'asphyxier, se précipiter du haut d'un rocher, exécuter en un mot mille extravagances poétiques. Mais elle est mieux que ces furies : c'est une femme de cœur, d'esprit et de bon sens, ennemie par nature, autant que par raison et par dignité, de toute comédie, de toute exagération. Le sentiment qu'elle conserve pour son mari, et que le caractère futile de celui-ci a singulièrement attiédi depuis les premiers temps de leur mariage ; ce sentiment est une de ces affections sincères mais calmes, qui ne sont pas tout à fait l'amour et qui sont un peu plus que l'amitié, auxquelles les partisans du genre vitriolique refusent justement le titre de passion. Eh bien ! pour leur bonheur, je souhaite qu'il n'en inspirent pas d'autres.

Comme l'estime réciproque et l'honnêteté forment la base des affections de ce genre, les tromperies, qui les réveillent tout à coup de leur sécurité, peuvent les affliger plus ou moins, mais ne sauraient les pousser jusqu'à ce paroxysme qu'on appelle le désespoir. Elles se bornent à répandre en silence quelques larmes de regret, à retirer leur confiance à qui ne la mérite plus, et finalement à se réfugier, non point dans le désordre, par colère et par représailles, mais au contraire dans la pratique inflexible du devoir.

Mais revenons à nos personnages.

— Oui, chère enfant, — reprit Léon, qui continuait de s'humilier aux genoux d'Emilienne, — oui, je le confesse, je suis un grand criminel... mais je suis innocent. Cela te paraît drôle peut-être, et cependant c'est la pure vérité. Je me suis laissé prendre comme un sot aux agaceries de cette femme. Je ne dis pas non... puisque je ne puis plus faire autrement. Tu vois du moins que je suis sincère. Il en est d'autres qui, à ma place, pour leur justification, ne manqueraient pas d'invoquer d'illustres exemples, — ajouta-t-il en tâchant de donner à ses excuses, quoiqu'elles fussent sincères, un caractère enjoué qui atténuât ce que la situation avait de grave. — Je pourrais citer Ulysse, Marc-Antoine, Renaud, que sais-je ? toutes les victimes des Calypso, des Cléopâtre, des Armide et de tant d'autres enchanteresses.

— Je ne comprends pas, monsieur, — interrompit sévèrement Emilienne, — que vous ayez assez peu de cœur pour plaisanter encore dans une pareille circonstance. C'est ajouter la moquerie à l'offense.

— Ah ! chère amie, je t'assure que je n'ai guère envie de rire, va ! je pleurerais bien plutôt mes méfaits, si j'avais pu verser une seule larme de ma vie. Je t'ai prévenue d'ailleurs que je n'avais nullement l'intention de justifier ma faiblesse par celle de ces grands personnages. Ce que je voulais dire seulement, non pas pour excuser mon forfait, mais simplement pour l'expliquer, c'est qu'à leur instar je me suis laissé séduire par une de ces dangereuses magiciennes. Mais ce n'a été qu'un vertige de tête. Le cœur t'était resté tout entier.

— Oh ! je voudrais le croire, — soupira Emilienne.

— Je t'en donne ma parole d'honneur la plus sacrée ! une simple distraction d'esprit, une lubie, une chimère qui s'est évanouie comme une bulle de savon. De perfides minauderies d'un côté, de stupides galanteries de l'autre. Dans tout cela des mots. Voilà ma triste histoire en résumé. Cela ne m'empêche pas d'être un scélérat, je le répète ; mais tu le vois, je n'en suis pas moins innocent. Au surplus, le charme est rompu, et je te jure de ne plus m'exposer à le subir encore.

— Hé bien ! à cette condition, monsieur, — répondit Emilienne, dont la sévérité s'était un peu adoucie, — oui, à cette condition, mais à cette condition seule, je tâcherai d'oublier peu à peu le passé.

— Hé quoi ! tu daignes me pardonner ?...

— Pas encore, s'il vous plaît ! vous êtes trop pressé ; le pardon ne viendra que quand vous l'aurez mérité.

— Mais je l'avais mérité d'avance. Le repentir avait précédé la découverte du pot aux roses. Tout à l'heure même, en revenant du château (à qui, par parenthèse, j'ai rudement dit son fait !), hé bien ! je prenais avec moi-même l'engagement solennel de n'y plus remettre les pieds.

— Ceci, monsieur, m'a tout l'air d'être imaginé pour le besoin de la cause, — dit Emilienne, sur les lèvres de qui une nuance de sourire commençait à reparaître, comme un premier rayon de soleil à la suite d'une tempête. Les nuées orageuses étaient encore là, mais l'arc-en-ciel se dessinait déjà sur leurs flancs ténébreux.

— C'est pourtant la vérité pure, — répondit Léon ; — et le serment que je me faisais à moi-même, je te le répète ici. Oui, je le jure... (voyons sur quoi d'auguste et de sacré pourrais-je bien te jurer cela ?... sur quel livre saint, sur quelles mânes, sur quelles cendres ?... Parle !... Enfin, n'importe !) je te jure, mais là, en toute sincérité, de ne plus revoir cette abominable coquette.

Et Léon couvrit de nouveaux baisers la douce et blanche main qu'Emilienne, aux trois quarts convaincue, ne songeait plus à lui retirer. Tout allait donc pour le mieux dans ce meilleur des ménages possibles, et la réconciliation complète ne pouvait se faire longtemps attendre, lorsque, par malheur, madame Mervel vint tout remettre en question.

Elle était entrée au salon sur les derniers mots de Léon.

— Et vous ferez sagement, mon fils, de ne plus revoir cette indigne créature ! — s'écria-t-elle de ce ton sec et impérieux dont l'aigreur agaçante correspondait naturellement au degré de souffrance que lui causait son anévrisme. Et elle en souffrait beaucoup ce jour-là. Son intervention si inopportune inquiéta vivement Henri. Emilienne elle-même ne put s'empêcher de redouter ce secours que lui apportait une maladroite amie. Mais que faire ? Essayer de la calmer et l'engager à se taire pour ne pas envenimer les choses ? Qui eût osé prendre une pareille initiative ? C'était d'ailleurs risquer de la blesser, de l'irriter, et par conséquent d'aviver au contraire son humeur acariâtre, en raison de la surexcitation nerveuse où elle se trouvait en ce moment. — Si vous aviez pris plus tôt ce sage parti, — continua-t-elle sur le même ton, — vous ne seriez point aujourd'hui la fable et la risée de tout le pays.

— Ma mère ! — interrompit Léon qui se releva vivement des genoux d'Emilienne.

— Vous avez beau me regarder d'un air effaré, vous ne m'empêcherez pas de vous dire ce que je pense de votre conduite. C'est tout bonnement celle d'un malhonnête homme !

— Madame, — interrompit à son tour Henri Germin, — calmez-vous, je vous en conjure.

— Ma bonne mère ! — ajouta Emilienne avec un geste suppliant, pour la prier de ne pas poursuivre.

Comme toutes les personnes d'un caractère violent, qui, après avoir contenu leurs griefs, leur donnent enfin une issue soudaine, madame Mervel s'exaltait pas le reproches mêmes qui débordaient de ses lèvres.

— Laissez, laissez, ma fille, — répondit-elle à sa bru ; — si je n'ai pas éclaté plutôt, c'était par égard pour vous, c'était par respect pour votre ignorance. Je ne voulais pas être la première à vous révéler votre malheur. Mais puisqu'enfin vous en êtes instruite, je puis parler sans inconvénient ; il est temps que je soulage mon cœur de l'indignation qui l'oppresse ; il est temps que je fasse connaître à monsieur mon fils la belle opinion qu'il a donnée de lui à tous les honnêtes gens !

— Hé ! ma mère, — répliqua Léon qui commençait à blémir de colère, — je me soucie fort peu de l'opinion de vos prétendus honnêtes gens, et je vous prie de vouloir bien m'épargner d'aussi sottes appréciations.

— Non, monsieur, non, je ne vous en ferai pas grâce ! je suis votre mère, et j'ai le droit de parler ; j'ai le droit d'élever la voix quand je vois mon fils s'exposer au mépris public !

— Vous abusez étrangement, madame, du respect que je vous dois.

— Ce respect vous vient un peu tard. Vous auriez dû vous le rappeler avant de manquer à tous vos devoirs, avant de soulever l'indignation universelle par une liaison scandaleuse, avant de vous déshonorer, vous et les vôtres !

— Oh ! — rugit Léon, dont l'amour-propre était exaspéré, en se frappant le front de ses poings fermés et en se promenant à grands pas dans le salon ; — oh ! s'entendre dire de pareilles choses et ne pouvoir se venger !

— Il ne vous manquerait plus, monsieur, que de frapper votre mère pour couronner dignement votre infâme existence !

C'était en vain qu'Emilienne et Henri s'étaient efforcés, pendant toute cette scène, de calmer la mère et le fils par exclamations et par gestes. La crise n'avait pu être conjurée.

— Ma mère ! ma mère ! — s'écria Léon, — j'ai supporté bien des fois vos radotages, mais il est des outrages qu'une mère elle-même n'a pas le droit d'infliger à son fils.

— Quand son fils l'insulte comme vous venez de le faire, une mère a le droit... même de le souffleter !

Et madame Mervel, hors d'elle-même ainsi que Léon, leva la main pour le frapper.

Emilienne et Henri se jetèrent entre eux et retinrent le bras de la vieille dame.

— Ah ! c'en est trop ! — s'écria Léon, auquel cette dernière humiliation enleva le peu de raison qui lui restait. — Vous regretterez amèrement, madame, les injures de toute nature dont vous venez de m'accabler. Oui, c'est vous qui l'aurez voulu. J'avais promis de rompre une stupide liaison, à laquelle, assurément, je n'attachais point assez de prix pour lui sacrifier la paix de mon intérieur. Hé bien ! non, je ne la romprais pas ! ce serait une lâcheté que de le faire devant de telles insultes.

— Léon, — interrompit Emilienne en reprenant toute sa dignité, — vous oubliez devant qui vous parlez ; vous oubliez que de telles résolutions sont une offense pour moi.

— Hé ! madame, — répondit-il avec impatience, — adressez-vous à votre belle-mère. C'est sur elle que doit retomber maintenant toute la responsabilité des faits.

— Je l'accepte, — répondit madame Mervel, — et je souhaite, monsieur, que vous puissiez porter aussi légèrement la malédiction que vous méritez, et que je vous donne.

— A votre aise ! j'aime mieux cela. Le drame tourne à la farce.

— Léon ! Léon ! — interrompit Henri, en lui prenant la main amicalement, — tu as tort, très-grand tort, de parler ainsi à ta femme, à ta mère.

— A l'autre maintenant ! — répondit-il en repoussant

la main d'Henri. — Tout le monde est donc ligué contre moi ! — continua-t-il, enchanté de trouver quelqu'un sur qui faire tomber sa colère sans aucun ménagement ! La situation devient intolérable à la fin ! Mais aussi bien, — ajouta-t-il avec une brutale ironie, — puisque nous sommes tous en train de nous dire nos vérités, j'en ai bien quelques-unes à vous faire entendre à mon tour, monsieur le philosophe austère. Et d'abord, quand on affecte une si belle morale, quand on se montre aussi fort sur les convenances que sur les infusoires, on devrait d'abord prêcher d'exemple.

— Que veux-tu dire ? — interrompit Henri.

— Je veux dire que, pour donner plus d'autorité à ses paroles il faudrait ne pas commencer par séduire les jeunes filles, et ne pas finir par introduire furtivement ses bâtards dans d'honnêtes familles. Voilà ce que je voulais dire.

— Il suffit, monsieur, — répondit fièrement Henri. — Dans une heure vous serez débarrassé de ces intrus dont la vue vous est devenue tout à coup si désagréable.

— Bravo! cela me fera un sensible plaisir, je vous l'avoue. Car enfin je suis majeur, je pense; je suis maître chez moi, maître de mes actions, et les remontrances incessantes ne sont pas de mon goût. Lorsque je voudrais des sermons, je m'adresserai à monsieur le curé. C'est son état d'en faire.

— Monsieur, — dit à son tour Emilienne, avec une dignité quasi majestueuse, — vous ne serez sans doute pas étonné si je vous délivre aussi de ma présence, si je cède la place à la digne rivale que vous persistez à m'infliger, si enfin je me retire aujourd'hui même chez mon père.

— Hé quoi !... toi... vous aussi, Emilienne ? — interrompit Léon comme cédant malgré lui à un sentiment de regret.

— J'aime à croire, monsieur, que dans l'état des choses vous ne mettrez pas obstacle à ma résolution.

— Non sans doute, — répondit froidement Léon, chez qui l'orgueil avait bientôt repris le dessus, — Je tâcherai de trouver des consolations ailleurs.

Et sur ces mots il sortit du salon, dont il poussa rudement la porte.

— Et dire que c'est moi qui ai donné le jour à un pareil monstre ! — s'écria madame Mervel, en se laissant tomber comme anéantie dans un fauteuil.

Emilienne et Henri lui prodiguèrent des consolations, et se gardèrent bien d'ajouter à sa douleur en lui reprochant d'avoir tout gâté par son emportement. Le mal était fait : à quoi bon les récriminations qui n'eussent été que blessantes !

Monsieur Jules et monsieur Miraut eurent à subir immédiatement les effets de la mauvaise humeur de Léon. Il rencontra dans la cour l'apprenti chasseur qui continuait de chercher des victimes ailées. Léon lui arracha des mains le petit fusil qu'il lui avait donné, en brisa la crosse sur son genoux, et en lança les morceaux à cinquante pas.

— Voilà un cadeau qui m'a joliment réussi ! — dit-il. — Tiens, mauvais garnement, attrape cette claque ! Cela t'apprendra à tirer mes pigeons !

Jules, qui ne s'était jamais vu traiter de la sorte par son grand ami Léon, n'eut guère envie cette fois de lui sauter à califourchon sur le dos, et se prit à pleurer à chaudes larmes sur les débris de son cher fusil.

Quant à Miraut, comme il frétillait autour de son maître, tout joyeux qu'il était d'avoir sans doute à l'accompagner, celui-ci lui lança, en guise de refus, un vigoureux coup de pied qui le renvoya bien vite dans sa niche.

C'est ainsi que, dans toutes les affaires de ce monde, dans les grandes comme dans les petites, il est une foule de pauvres diables qui ont à souffrir de ce qui ne les regarde pas.

Deux princes se brouillent ? Gare à vos pièces, canonniers !

Deux amoureux se querellent ? Gare à leurs domestiques !

Un joueur perd à la Bourse ? Gare à sa femme !

Une femme est trahie par son amant ? Gare au mari !

Deux commères se querellent ? Gare à leurs chats !

On pourrait continuer de la sorte à l'infini.

Après avoir accompli ces deux actes d'injustice distributive, Léon prit vivement le chemin du château.

— Que vous êtes aimable, mon ami, d'être accouru au secours de mon ennui, aussitôt mon message reçu, — lui dit Régina redevenue femme sensible.

— Ah ! oui, parlons-en de votre message, chère madame ! — répondit Léon ; — en voilà un qui a obtenu un fier succès, et votre colombe a singulièrement rempli sa mission de paix ! il ne lui manquait que le rameau d'olivier !...

Et là-dessus Léon raconta ce qui venait de se passer à l'usine.

— Enfin, — se dit Régina, me voilà donc un peu vengée d'Emilienne et d'Henri, — de ces voleurs d'enfant ! Mais, — ajouta-t-elle tout haut, — ce sont là sans doute de vaines paroles... Croyez-vous qu'ils partent réellement ? Quant à moi, je fais des vœux sincères pour le contraire. Je serais désolée de vous voir abandonné ainsi, mon ami, et d'en avoir été la cause involontaire.

— Abandonné ? — répéta Léon. — Ne me restez-vous donc pas ?

— Oh ! toujours, toujours, mon ami.

Et comme Régina n'était pas encore complétement assurée de son triomphe définitif, elle fut ce jour-là pleine de grâce, de mièvrerie et d'exquise tendresse.

Léon était ravi lorsqu'il la quitta sur la fin de la soirée.

— Votre serviteur bien humble, monsieur Léon, — lui dit le père Plumeau en lui ouvrant la grille. — Seriez-vous assez bon pour me permettre une question ?

— Parlez, monsieur Plumeau. Trop heureux de pouvoir vous être agréable une fois, à vous qui me l'êtes si souvent.

— Voici la chose, monsieur Léon. La cuisinière et la caméristе de madame, le cocher et le valet de chambre sont dans ma loge ce soir, avec leurs cousins et leurs cousines de Doullens.

— Ah ! ah ! encore une de vos petites réunions de parents ! Il me semble qu'elles deviennent de plus en plus fréquentes.

— Mon Dieu ! oui, monsieur. Comme dit la chanson,

Où peut-on être mieux
Qu'au sein de sa famille ?

Or, ils prétendent tous que monsieur Granger est aliéné, et moi je prétends, au contraire, que c'était quand il ne l'était pas qu'il l'était, et qu'en revanche c'est depuis qu'il l'est qu'il ne ne l'est plus. Je m'explique peut-être mal ?

— Du tout, c'est d'une clarté parfaite. Hé bien ! je suis tout à fait de votre avis.

— Ah ! merci, monsieur Léon. L'on était convenu de s'en rapporter à votre décision, et vous me faites gagner six bouteilles de champagne... à prendre dans les caves du château.

— Cela va sans dire. On n'en trouverait pas ailleurs dans tout le village. Mais où les eût-on prises, si c'était vous qui les eussiez perdues ?

— Toujours dans les caves du château.

— C'est juste.

— C'est uniquement pour rendre service à nos maîtres. Car maintenant qu'ils n'en boivent plus, ce vin-là finirait par se gâter, ce qui serait une perte pour eux. Si nous le buvons, c'est donc dans leur intérêt bien entendu.

— Parbleu ! Allons, allons, continuez de leur rendre service avec ce même dévouement. Bonsoir, monsieur Plumeau.

— Votre serviteur, monsieur Léon.

Le contentement de Léon se dissipait naturellement à mesure qu'il approchait de l'usine. Il lui venait à l'esprit comme un funeste pressentiment.

Lorsqu'il y rentra, en effet, Jérôme, le vieux domestique de confiance, qui servait là depuis quarante ans, lui apprit d'un air piteux que madame Emilienne était partie pour retourner chez son père, dans les environs d'Amiens; qu'Henri de son côté, avait emmené Jules et la vieille Thérèse dans cette ville, et qu'enfin, après ce double départ, madame Mervel s'était trouvée mal, qu'on l'avait transportée dans son lit, qu'on avait appelé en toute hâte le médecin du village, qui était encore à son chevet, et qu'elle avait expressément défendu qu'on allât prévenir son fils au château.

Léon resta comme anéanti sous cette avalanche de mauvaises nouvelles.

XXVII

Le premier saisissement passé, Léon accourut dans la chambre de sa mère.

La vieille dame était mourante.

La scène violente qu'elle avait eue avec son fils, dont la conduite lui causait depuis longtemps un cuisant chagrin; le départ d'Henri, de Jules, de Thérèse, qui était la confidente de ses douleurs maternelles, et surtout celui d'Emilienne, qu'elle aimait comme bien peu de belles-mères affectionnent leur bru; tout cela avait empiré le malaise dont elle souffrait et provoqué une crise terrible, hélas! qui devait être la dernière. Léon, la voyant agonisante, s'était agenouillé devant son lit, avait saisi sa main déjà froide et l'inondait de larmes, les premières peut-être qu'il eût versées depuis son enfance. Tout s'oublie, dans ces moments suprêmes, tout, hormis l'affection qu'on avait pour le mourant.

C'est à peine si madame Mervel reconnut son fils.

Ses lèvres, déjà presque inertes et pâlies par la mort, s'agitaient doucement.

Que s'efforçait-elle de prononcer?

Etait-ce une nouvelle malédiction?

Etait-ce un pardon, au contraire?

C'était un secret entre elle et Dieu.

Mais nous ne craignons pas d'affirmer que c'était un pardon.

Quelle est la mère qui ne pardonnerait à son fils au moment de le quitter pour l'éternité?

Reste à savoir si ce pardon fut aussi efficace que l'eût été peut-être la malédiction. Le ciel a tant de choses contradictoires à exaucer, qu'il lui est bien permis de ne pas tenir un compte très-exact de la versatilité des gens qui l'implorent, tantôt pour et tantôt contre. Que diable, tâchez de savoir d'abord ce que vous voulez résolûment, définitivement, irrévocablement, avant de l'importuner de vos vœux.

Ce fut du reste le dernier signe d'existence que donna la malade.

L'anévrisme qu'elle avait au cœur s'était rompu.

Elle avait cessé de vivre.

Le médecin qui avait assisté ses derniers moments, et qui, par extraordinaire, n'avait pas à se reprocher la moindre part dans son trépas, fut obligé d'entraîner Léon hors de la chambre mortuaire et de le conduire dans sa chambre à lui, où il passa le restant de la nuit à sangloter.

La perte de sa mère lui causa une bien grande douleur. Il n'est tels que les étourdis pour s'affliger rudement quand ils s'y mettent. Mais la douleur n'est guère plus durable que le plaisir en ce monde. Il est des moralistes qui déplorent cette éphémérité. Ils ont tort. Si l'homme était condamné à pleurer sans terme sur les places vides que la mort creuse autour de lui, l'existence ne serait qu'un long gémissement. Et pardieu! elle n'est déjà pas si agréable, telle que la fait l'oubli!

L'oubli, ce n'est pas exact. On continue de se souvenir, mais de moins en moins chaque jour, à ses moments perdus, sans le vouloir, quand on n'a rien de mieux à faire, de telle sorte qu'à dix ans de distance, on en arrive à parler avec plaisir, voire même avec gaieté, des gens dont la perte vous a causé d'abord un véritable désespoir. *E sempre benè!*

Léon, tout entier à ses regrets, fut quinze jours sans aller au château : mais enfin la solitude complète dans laquelle il était tombé finit par lui devenir insupportable. Son irritation renaissante l'emporta sur le chagrin. Il en voulut à Emilienne et à Henri de l'avoir abandonné, quand c'était lui, au contraire, qui les avait presque chassés. Et alors il se rattacha à la fausse affection de Régina, comme l'homme qui se noie, loin de toute autre assistance, se cramponne à la branche fragile que semble lui tendre l'arbre le plus voisin. Il retourna au château, y passa ses journées entières, et reprit, avec plus de soumission que jamais, la vie de caprices, de déboire, de taquineries et d'humiliations dont Régina lui avait déjà donné un avant-goût. Il en était parfois exaspéré, et se disait en revenant à l'usine, avec un désespoir qui n'en était pas moins vrai au fond, pour être comique dans sa forme triviale :

— Cette femme-là me fera tourner à l'idiotisme! Si du moins elle n'avait qu'une seule fantaisie par jour; si même, quand elle en a plusieurs, elles n'étaient point contradictoires, hé bien! on pourrait espérer de les satisfaire. Mais non, elle en a dix à la fois, et dix qui sont l'opposé les unes des autres. Comment faire pour concilier tout cela! Ah! certes, je n'avais pas compris jusqu'alors certaines faiblesses dont parlent la fable et l'écriture. Je croyais qu'on avait calomnié Hercule, en l'accusant d'avoir filé aux pieds d'Omphale; Achille, en lui reprochant de s'être déguisé en femme; Samson, en se moquant de lui pour s'être laissé tondre par Dalila; Antoine, en le blâmant d'avoir abandonné l'empire du monde pour courir après Cléopâtre. Je comprends maintenant tous ces pauvres diables; et d'autant mieux que je fais cent fois pis. Je n'imagine pas, en effet, que Samson et Marc-Antoine aient jamais fait les commissions de leur maîtresse, ni qu'Achille et Hercule aient jamais servi de dévidoir à écheveau. Hé bien! je me révolte contre cet abaissement et je m'y complais; je trouve mes chaînes trop lourdes, et je trouverais mes bras trop légers si je les en débarrassais. Non, je ne sais quel empire cette femme exerce sur moi, mais je la déteste tout à la fois et je l'adore. Expliquez cela si vous pouvez, ô sciences de l'âme et des sens! ô physiologie! ô philosophie! ô psychologie! ô crâniologie! ô amphibologie de toute espèce! Je parierais bien encore cinquante cigares avec vos docteurs que vous n'en viendriez pas à bout.

On conçoit que, dans de telles dispositions d'esprit, Léon n'était pas homme à s'occuper de ses affaires, lui qui ne s'en était jamais occupé. Avant de s'éloigner, Henri avait laissé les livres parfaitement en règle; mais depuis son départ et celui d'Emilienne, l'administration de l'usine s'en était allé pour ainsi dire à vau-l'eau. Aucune direction n'était imprimée aux ouvriers, qui passaient leur temps à fumer, à dormir, à jouer à la drogue, au lieu de s'occuper utilement, car on n'avait pas pensé à planter au milieu de la cour le fameux poteau sur l'inscription duquel : « Honte aux paresseux! » Louis Blanc comptait si efficacement pour donner du zèle aux travailleurs. Puis vinrent les échéances. Son caissier, une espèce de machine à recevoir et à donner, paya tant qu'il y eut de l'argent dans la caisse; mais comme aucune négociation de valeur ne venait remplacer celui qui sortait, elle fut bientôt vide, et l'on ne trouva pas même de quoi solder la dernière paye des nombreux employés. Ils firent naturellement tapage. D'un autre côté, arriva l'échéance des grandes opérations qu'Emilienne avait faites pendant le voyage d'Henri à Paris. Il s'agissait d'énormes quantités de grains à recevoir des fermiers de la localité, et de quantités non moins considérables de farine à livrer à des négociants de Doullens. Rien n'était prêt, ni dans la caisse ni dans les magasins. C'eût été tout au plus si les greniers eussent pu fournir de quoi pétrir deux douzaines de brioches, et quant à la caisse, le fond en était visible à l'œil nu, pour la première fois depuis qu'elle était sortie de chez Fichet et Huret. J'associe les deux noms à tout hasard, pour éviter toute réclamation de l'un ou de l'autre de ces illustres serruriers.

Sans aucun doute, avec la valeur de ses vastes propriétés, Léon aurait eu de quoi payer six fois les engagements contractés par sa maison; mais dans le commerce, quand on n'a pas pensé à convertir en espèces les effets qu'on possède en portefeuille, ce n'est pas avec des lopins de terre, des fermes et des forêts qu'on peut payer ses propres billets à présentation. Les huissiers se mirent donc de la partie; ils envahirent l'usine, protestèrent, assignèrent, signifièrent et finalement vinrent procéder à la saisie, en attendant la vente.

Pendant ce temps, Hercule continuait de filer aux pieds d'Omphale.

Heureusement, le vieux Jérôme prévint enfin Henri qui s'était retiré à Amiens et qui s'empressa d'accourir à l'aide de son ingrat ami.

Il revint à l'usine, porteur d'un acte en bonne et due forme par lequel Emilienne renonçait généreusement, en faveur des créanciers de son mari, à la dot de cinq cent mille francs qu'il lui avait reconnue par leur contrat de mariage.

Pour que cette renonciation fût valable, il fallait l'autorisation de son mari; car le code ne laisse pas aux femmes la possibilité de faire quoi que ce soit sans le consentement de leurs conjoints, si ce n'est celle de les tromper. Aussi se passent-elles quelquefois de leur permission.

Rendons justice à Léon. Il chargea Henri de remercier Emilienne, et il déchira noblement l'acte pour lequel sa signature était indispensable.

— Je saurai me suffire à moi-même, — dit-il à Henri, — bien différent de tant de maris qui, ne se faisant aucun scrupule d'accepter en pareil cas, abusent ainsi du dévouement de leur femme, après avoir abusé de leur tendresse.

Je ne parle pas de ceux qui provoquent ce dévouement; encore moins de ceux qui vont jusqu'à employer la menace et même la violence pour l'obtenir. Ce ne sont plus des hommes, ce sont des enragés qu'on devrait peut-être étouffer entre deux matelas.

L'entrevue avait été glaciale, car la vanité de Léon et l'amitié d'Henri n'étaient pas encore guéries de leurs blessures.

Néanmoins Henri ne put oublier l'affection qui les avait unis si longtemps, et après avoir reçu du caissier toutes les indications nécessaires, il quitta l'usine, et de son propre mouvement, sans en avoir prévenu Léon, il parcourut le pays, se rendit à Doullens, vit tous les créanciers, s'entendit avec eux, solda les uns, prit des arrangements avec les autres, et restaura ainsi, en y engageant les trois cent mille francs environ qui composaient sa fortune personnelle, la position de l'homme qu'il avait aimé d'une amitié si franche et si mal récompensée.

Quand il eut accompli cette noble tâche, il écrivit à Léon ces simples lignes :

« Tout est arrangé pour le mieux.

» Je suis maintenant votre seul créancier.

» C'est vous dire que vous avez tout le temps qu'il vous faudra pour vous acquitter.

» Mais permettez-moi de vous donner encore un con-
» seil.

» Vous n'êtes pas né pour les affaires.

» Vous perdriez votre repos à vous en occuper.

» Vous perdriez votre fortune à ne vous en occuper
» pas.

» Vendez, réalisez et vivez heureux, si c'est pos-
» sible.

» C'est le dernier vœu d'un homme qui fut votre sin-
» cère ami.

» HENRI GERMIN. »

Léon suivit ces conseils, car il se les était déjà donnés lui-même.

On ne suit jamais que ceux-là.

Il vendit l'usine à l'amiable, s'empressa de rembourser Henri, et n'exerça plus désormais que la profession de simple bourgeois.

Je dis profession, car c'en est vraiment une et la plus difficile peut-être, que celle de s'occuper à ne rien faire.

Voyez les gens, — avoués, avocats, négociants, marchands, bureaucrates, etc., — qui se retirent de leur besogne habituelle pour vivre dorénavant de leurs rentes ou de leur pension de retraite. Que de peine ne se donnent-ils pas pour savoir comment employer ce qui leur reste des vingt-quatre heures de la journée, après celles qu'ont absorbées les repas et le sommeil! Que de fois leurs loisirs se passent en bâillements, et combien n'y en a-t-il pas qui meurent prématurément, non pas à la peine, mais au défaut même de la peine!

Léon n'avait heureusement pas à craindre ce genre de trépas. Comme il n'avait jamais rien fait, grâce à la suppléance laborieuse d'Emilienne et d'Henri, rien n'était changé dans son existence sous le rapport du travail. Mais le vide qui s'était fait autour de lui était devenu insupportable à son humeur joviale et passablement bavarde.

— Ma parole d'honneur, — se disait-il, — j'en suis arrivé à envier le sort de Robinson. Cet illustre naufragé avait du moins un Vendredi pour animer son île déserte. Mais moi, je n'ai pas même le plus petit nègre dans cette odieuse solitude. Ah! si certaines choses étaient à refaire, je sais bien qui ne les ferait peut-être pas; mais ce qui est fait est fait. Ce n'est pas à moi de le défaire; ma dignité s'y oppose, et puisque les autres, là-bas, continuent de bouder, eh bien! qu'ils boudent! S'ils attendent que je fasse le premier pas, pour leur tendre la main, ils risquent fort d'attendre longtemps!

L'ennui n'était pas toutefois la seule cause de l'horreur que son séjour dans le pays avait fini par inspirer à notre solitaire. Son amour-propre était singulièrement froissé par l'espèce de répulsion que les habitants du village éprouvaient à sa vue. Ils ne prenaient même plus la peine de la déguiser, depuis le scandale produit à dix lieues à la ronde par sa rupture avec Emilienne, qui était un objet d'adoration, de respect et de reconnaissance pour tous ces pauvres gens.

Le plus vif désir de Léon était donc, à l'exemple de Coriolan, de quitter une ingrate contrée qui l'appréciait si mal, et de se retirer chez n'importe quels Volsques.

Mais comment s'éloigner de Régina, sa seule consolation désormais, quand elle n'était pas au contraire la plus cruelle de ses désolations?

Cette séparation lui paraissait impossible.

Et d'autre part, comment la décider à le suivre chez ces mêmes Volsques, à tout abandonner pour lui, à confier leur bonheur à une autre patrie, comme dans la *Favorite?*

C'était sans doute à remplacer dans ce but l'entraînante musique de Donizetti, que Léon consacrait alors tout ce que la nature lui avait donné d'intellect.

Plusieurs fois il avait entrepris de sonder indirectement les dispositions de la jeune femme à ce sujet; mais il en avait toujours été pour ses frais de sondage. Ou elle ne répondait pas, ou elle parlait de toute autre chose, ou elle se hâtait de lui donner quelque commission désagréable, ou elle se rappelait tout à coup qu'elle avait besoin de dévider quelques nouveaux pelotons. Il fallait cela pour achever la calotte grecque, à broderie soie et filigrane, qu'elle était censée lui ornementer elle-même, quand il n'était pas là, afin de remplir encore de sa pensée les longues heures de l'absence. Mais cette besogne n'avançait pas plus que celle de Pénélope, et très-probablement, quand le moment serait venu de lui offrir ce joli couvercle à gland d'or, elle devait charger Rosine de l'acheter tout fait, à Doullens, par l'entremise de son cousin le dragon, un jour de centième permission de dix heures.

Que de jolis présents offerts ainsi par la tendresse ou l'amitié même, à la confection desquels de blanches mains passent pour avoir travaillé durant de nombreuses veilles, n'ont pas d'autre origine sentimentale que le magasin du coin!

Mais, en matière de calottes grecques, de bourses, de blagues et de pantoufles, il n'y a non plus que la foi qui nous sauve.

Une autre fois enfin, feignant de les saisir au vol, Régina, répondit vivement aux vagues propositions de départ hasardées par Léon :

— Oui, c'est cela, partons!... mais tout de suite!... tout de suite!...—Et elle se levait, s'empressait de prendre son châle et son chapeau, se dirigeait vers la porte, puis s'arrêtant : — Hé bien! que faites-vous?... vous restez là?... Allons, venez donc!

— Permettez, chère madame... on ne peut pas disparaître ainsi, sans plus de façon que la muscade d'un escamoteur.

— Pourquoi pas?

— Avant tout, il faut convenir d'un jour, faire ses préparatifs, s'approvisionner de linge, de vêtements, de bottines; se munir de passeports, se bourrer d'argent, de billets de banque et de traites. Car enfin, il faut dormir, boire et manger en voyage.

— A quoi bon?

— Mais dame! ne fût-ce que pour ne pas mourir de froid, de soif et de faim à la première étape, et pouvoir ainsi prolonger le bonheur du voyager ensemble.

— Homme prosaïque que vous êtes!... Je vous reconnais bien là!... On vit d'amour, voilà tout. Mais non, monsieur veut bien aimer, à la condition d'avoir bon gîte et bonne table!... Fi!... Ah! si les hommes aiment quelque chose sur la terre, ce n'est véritablement que le bifteck.

— J'avoue qu'un bon bifteck a bien aussi sa poésie, surtout quand on est à jeûn. La poésie est une question de temps. Du Lamartine en se levant, du Victor Hugo en se couchant, et pas mal de côtelettes entre les deux; voilà une excellente manière de varier ses émotions.

— Allez, allez, vous n'êtes décidément qu'un être voué au culte de la matière! Je vous croyais plus d'idéal... Quant à moi, je comprends autrement les questions d'enthousiasme... Oui, partons, je le veux bien, mais tout de suite, tout de suite, je le répète; si vous hésitez seulement une seconde, je ne pars plus, je reste!

Et, rejetant loin d'elle son châle et son chapeau, Régina se rassit tranquillement.

Telles étaient les scènes qui se jouaient au château, sauf variations, chaque fois que Léon abordait plus ou moins explicitement ce projet de fuite et d'amour nomade.

— Ah! — se disait-il, — en revenant à l'usine, il y aurait bien un moyen de l'y contraindre... un moyen renouvelé des Grecs, c'est le cas de le dire, il s'agit tout bonnement de l'enlever comme Pâris enleva la belle Hélène. Mais encore la similitude ne serait pas complète. On soupçonne véhémentement Hélène d'avoir consenti à ce qu'on l'enlevât de force, tandis que Régina, qui est bien autant vertueuse, à ce qu'il paraît, ne fait que sembiant d'y consentir. C'est de la comédie. Il faudrait pouvoir la saisir, la bâillonner, la ficeler comme un ballot, l'emporter, la déposer dans une chaise de poste, et fouette postillon! Malheureusement, la justice contemporaine ne comprend plus rien aux antiques traditions de nos charmantes aïeules. Elle pourrait bien traiter cette plaisanterie de rapt et de séquestration. Ah! quel dommage qu'il y ait des gendarmes!... Cela fait bien dans un paysage, avec le baudrier jaune et le chapeau à cornes, mais c'est bien gênant dans la vie amoureuse!

— Un soir pourtant qu'il revenait en grommelant ainsi, il lui poussa tout à coup une idée lumineuse sur la question qui l'intéressait si vivement. — Mon Dieu! que j'étais donc bête de n'y pas songer plus tôt! — se dit-il. — Rien de plus simple. Ah! tu veux partir tout de suite, tout de suite, ou pas du tout? Hé bien! tu seras servie à souhait.

Dès le lendemain Léon garnit son portefeuille et sa sacoche d'une somme assez considérable qui lui restait de la liquidation de ses affaires; il fit ses malles, remit au vieux Jérôme l'administration de la maison pour tout le temps que durerait son absence, et donna l'ordre à son cocher de venir l'attendre, vers huit heures du soir, à peu de distance de la grille du château.

Si Régina, prise au mot à son tour, consentait cette fois encore à partir, tout de suite, tout de suite, la voiture les conduirait rapidement à la prochaine station du chemin de fer. Là, ils s'embarqueraient pour n'importe où. Toute direction lui serait égale, pourvu qu'il quittât ce village dont le séjour lui devenait de plus en plus odieux.

Cela fait, accompagné de Miraut, dont il ne voulait pas se séparer, il se rendit au château pour y dîner et y passer la soirée. Son but était de saisir dans le cours de la longue conversation qu'il aurait ainsi avec Régina, la première occasion favorable de la prendre au piége qu'il méditait de lui tendre.

Il ne se doutait guère, hélas! du terrible résultat que devait avoir ce machiavélique projet.

XXVIII

Lorsqu'Henri avait reparu à l'usine pour mettre ordre aux affaires de Léon, et que dans le but de s'entendre avec les créanciers de celui-ci, il s'était vu obligé de parcourir les environs du village, monsieur Granger l'avait aperçu un jour, comme il passait devant le château. Le pauvre insensé avait tressailli à son aspect.

— Encore lui! — s'était-il écrié l'œil brillant de fureur, en portant vivement sa main gauche au tromblon qui lui pendait sans cesse en bandoulière, et en agitant de la main droite son fameux bâton de Bélisaire. — Encore ce misérable! — avait-il ajouté. — Quand donc cessera-t-il de me persécuter?—Et le jour même, comme Régina avait encore imposé à Léon la corvée, aussi peu gaie que philanthropique, de le distraire et de le promener, il dit tout bas d'un air mystérieux à son complaisant menin : — Il est ressuscité!

— Qui ça? — demanda Léon.

— Lui!...

— J'entends bien; mais qui?

— Le prince valaque... l'infâme séducteur de Régina.

— Ah bah!

— Je l'ai aperçu tout à l'heure. Et la preuve, la voici. Vous voyez bien ce trou?...

Monsieur Granger montrait à Léon une espèce de fosse qu'il creusait chaque jour un peu, au pied d'un grand cyprès, à l'aide du bâton de Bélisaire.

— Je vois parfaitement le trou dont vous me faites l'honneur de m'entretenir, — répondit Léon, qui se faisait un devoir de prendre au sérieux toutes les divagations de son compagnon. — J'en vois même deux.

— Oui, il y en a deux. C'est dans celui-ci que je l'ai enterré, lui; et c'est dans celui-là, au pied de l'autre cyprès, que je l'ai enterrée, elle, la dernière fois que je les ai tués. Je n'ai pas voulu les enterrer ensemble pour les vexer.

— Et vous avez diantrement bien fait! Cela leur apprendra à vous tromper avec tant d'obstination.

— Vous me comprenez, vous. Aussi votre figure me plaît. Il me semble vous avoir déjà rencontré quelque part.

— C'est très-possible.

— Vous êtes un brave garçon, vous, et je vous aime, moi. Mais eux, je les déteste!... c'est-à-dire, non, pas elle. Je vous l'avoue même en confidence, je l'aime encore!... oui, et je sens là, là, que je l'aimerai toujours!... N'allez pas répéter cela, au moins, parce qu'elle recommencerait à me rendre fou. Mais lui... l'affreux pompier déguisé en dragon... qui l'a abandonnée avec son enfant... pour remonter sur le trône de Valachie!... oh! je le hais!... Malheureusement, j'ai beau le tuer à chaque instant, Son Altesse Sérénissime trouve toujours le moyen de sortir du tombeau. Pourquoi?... pour la revoir sans doute... quand elle sera sortie aussi du sien... Ils se sont donné quelque autre rendez-vous. Oh! malheur à eux si je les retrouve ensemble!... je les tuerai de nouveau, et cette fois j'entasserai tant de pierres sur leurs tombes qu'ils n'en pourront plus sortir pour se revoir!

— Je ne puis que vous approuver, mon cher du Granger.

— Du Granger!... connais pas!... De qui parlez-vous donc?... Ah! oui, oui, oui, je crois me rappeler... C'était un marchand de peaux de lapins, n'est-ce pas? Celui qui a bâti ce château? Il avait, lui aussi, une femme bien jolie, mais bien coquette, qui lui causait beaucoup de chagrin. Qu'est-il devenu? savez-vous?

— On le dit réconcilié avec sa femme, qui le rend très-heureux maintenant.

— Ah! tant mieux!... Moi aussi, je me réconcilierai un jour avec la mienne... quand je me serai suffisamment vengé d'elle, et que j'aurai si bien tué son prince valaque qu'elle ne pourra plus me tromper. Alors je lui pardonnerai, et nous serons aussi très-heureux.

Depuis ce moment où monsieur Granger avait ainsi revu Henri Germin aux abords du château, le trouble de son esprit malade ne faisait qu'empirer, et sa fièvre de vengeance ne lui laissait plus un instant de trêve. A toute heure, nuit et jour, on l'apercevait rôdant à travers le parc, dans le but d'y rencontrer de nouveau Son Altesse Sérénissime, et de l'exterminer une dernière fois pour toutes.

Du reste, l'apparition d'Henri Germin dans le pays, quelque passagère qu'elle eût été, n'avait pas laissé non plus de causer d'assez vives alarmes à Régina. Elle craignait que tôt ou tard cet intermédiaire dévoué parvînt à réconcilier Léon avec sa femme.

Quoiqu'il se fût déjà écoulé plus d'un mois depuis cette rapide apparition, Régina ramena plusieurs fois encore la conversation sur ce sujet, le jour où nous avons vu Léon accourir auprès d'elle pour tâcher de réaliser enfin son projet d'enlèvement volontaire.

Après le dîner, dans le but de la rapprocher le plus possible de la voiture qu'il avait ordonné à son cocher d'amener, vers huit heures, près de la grille du château, Léon proposa à la jeune femme de faire un tour de promenade dans le parc.

La soirée était douce et le ciel resplendissant.

Régina, que la pensée d'Emilienne était revenue préoccuper en ce moment, s'appuyait languissamment sur le bras de Léon et lui murmurait de tendres paroles.

— Mais voyez donc, mon ami, — lui dit-elle, — comme le firmament scintille!... Vous qui ne rêvez que voyages, comme si vous aviez une seconde Amérique à découvrir, ne trouvez-vous pas que ce serait charmant de pouvoir s'envoler ensemble dans une de ces belles étoiles?

— Cela dépend de ce qu'on y trouverait, — répondit Léon. — Si c'était pour y voir la répétition de ce que nous avons ici-bas, cela ne vaudrait guère la peine de se fatiguer les ailes dans une pareille excursion!

— Pensez-vous, mon ami, qu'il y ait aussi là-haut des gens qui s'aiment... comme nous nous aimons?

— C'est probable, car je ne comprendrais pas pourquoi, parmi les astres innombrables qui peuplent l'infini, notre globe, un des plus chétifs, et que la création ne me paraît pas avoir très-richement favorisé, serait le seul qui connaîtrait, ce qu'il y a, sans contredit, de meilleur dans l'univers : l'amour!

— Oui, oui, vous avez raison : on doit s'aimer là-haut comme on s'aime ici-bas; autant peut-être, mais pas plus, n'est-ce pas? Mais à propos d'étoiles, monsieur, avez-vous contemplé hier soir, à votre retour chez vous, celle que nous sommes convenus de regarder en même temps, tous les deux, chaque jour, à minuit précis?

— Si je l'ai regardée? — s'écria Léon, comiquement indigné d'un doute si injurieux.

— Oui, monsieur, — insista Régina en minaudant, car elle tâchait quelquefois de se rajeunir moralement dans l'esprit de son adorateur par quelqu'une de ces idées poétiquement naïves qui n'appartiennent qu'aux têtes amoureuses de quinze à vingt ans.

— Oui, certes, je l'ai regardée, et plutôt cent fois qu'une, — répondit Léon d'un ton solennel.

— A minuit précis?

— A minuit précis. Et vous m'en feriez voir même en plein midi, chère madame, pour peu que cela pût vous être agréable.

— Hé bien! je vous demande, monsieur, si l'on peut se fier à vos paroles?... Hier, pendant toute la soirée, et surtout à minuit, le ciel était complétement couvert...

— Vous croyez?

— J'en suis sûre. Vous voyez bien que vous n'êtes qu'un imposteur!

— Le ciel couvert?... — répéta Léon. — Ma foi! c'est bien possible. Mais c'était la première fois que je négligeais un devoir aussi sacré; et cela venait justement de ce que je m'occupais de vous à ce moment-là, comme j'espère vous en donner bientôt la preuve.

— Que voulez-vous dire?

— Rien, rien... Mais quel est le bruit que je viens d'entendre?

— Probablement l'écho affaibli de la réunion de famille à laquelle monsieur Plumeau prête encore sa loge aujourd'hui.

— En effet, tous ces cousins et cousines sont d'une gaieté dont les éclats nous arrivent de temps en temps.

— Ils s'aiment, — dit Régina en soupirant. — Ce n'est pas à nous de les en blâmer, mon ami. Mais revenons donc, s'il vous plaît, à la preuve d'amour que vous m'annonciez tout à l'heure. Encore votre manie de voyage, sans doute?

— Peut-être.

— En vérité, c'est devenu chez vous une idée fixe! — dit gaiement Régina en s'asseyant sur un banc voisin pour se reposer un moment.—Hé bien! admettons que je consente à vous suivre, où irions-nous pour être plus heureux qu'ici?

— N'importe où! A Londres, par exemple.

— Il y fait trop froid.

— A Naples.

— Il y fait trop chaud.

— En Hollande.

— C'est trop humide.

— En Espagne.

— C'est trop sec.

— En Allemagne.

— Je n'aime pas la choucroute.

— En Italie.

— Je déteste le macaroni.

— En Suisse.

— Trop près.

— En Chine.

— Trop loin.

— Soit! Il faudra que je commande un pays tout exprès pour nous.

— Ne voyez-vous donc pas que je plaisante, mon ami? Certainement si je n'écoutais que mon cœur, il y a longtemps déjà que je vous eusse confié le soin d'emporter ma destinée où bon vous eût semblé; mais je ne puis oublier que des devoirs sacrés me retiennent ici. N'ai-je pas à prodiguer mes soins à monsieur Granger?

— Franchement, — pensa Léon, — je ne m'en suis guère aperçu jusqu'à présent.

— Sans doute, dans l'état déplorable où il est tombé, on ne peut malheureusement pas espérer qu'il vive bien longtemps encore; mais...

Ici Régina fut interrompue par Miraut, leur compagnon de promenade. Miraut, qui folâtrait çà et là autour du banc sur lequel ils étaient assis, se mit à gronder sourdement, comme s'il apercevait tout à coup, dans l'ombre, quelque chose de suspect.

— Paix, Miraut! — dit Léon.

Miraut se tut et vint s'asseoir derrière son maître, à la manière des sphinx.

— Mon autre devoir n'est pas moins sacré, — reprit Régina. — Celui-là concerne mon fils. J'ai tout lieu de penser que les dispositions testamentaires de mon pauvre mari m'instituent sa légataire universelle. Quelques demi-confidences qui lui sont échappées lorsqu'il jouissait encore de toute sa raison, ou à peu près, ne me laissent guère de doute à ce sujet. Peut-être me devait-il bien ce dédommagement pour tous les ennuis que m'ont causés son esprit chagrin, son humeur jalouse, sa société si monotone! Or, vous le savez, il possède une fortune considérable qui pourrait bien m'échapper si je l'abandonnais. Il y a d'avides collatéraux qui ne manqueraient pas de demander la nullité du testament pour cause d'ingratitude, et qui l'obtiendraient sans peine après l'éclat scandaleux qu'aurait causé notre fuite. Ah! certes, ce n'est pas pour moi que je parle ici, c'est uniquement pour mon fils. S'il ne s'agissait que de moi, je ne balancerais pas à sacrifier mon intérêt à mon amour. Mais il s'agit de Jules, qui me reviendra, je l'espère, quand mon mari ne sera plus, et que je serai libre de faire valoir judiciairement mes droits. Vous comprenez, mon ami, que je serais coupable de risquer, par une imprudence, de manquer le but quand je suis si près de l'atteindre. Une bonne mère ne doit-elle pas immoler son bonheur à celui de son enfant? Patience donc, mon ami. Tout me fait présumer que nous n'avons pas longtemps à attendre.

En ce moment, Miraut fit entendre un nouveau grognement.

— Paix donc! — lui répéta Léon en accompagnant son injonction d'une tape sur le dos.

Miraut se tut, mais comme contraint et forcé.

— Après cette franche explication, — continua Régina, — je pense bien, mon ami, que vous ne me parlerez plus jusqu'à nouvel ordre de ce projet de course amoureuse à travers le monde. Elle serait charmante, si elle était possible dès aujourd'hui. Votre instance est doublement cruelle, car il me faut lutter, pour y résister, et contre vous et contre moi-même.

— Vous vous trompez, ma divine Régina, — s'écria passionnément Léon, que les douces paroles de la coquette et les suaves inflexions de sa voix avaient comme enivré d'amour. — Je tiens plus que jamais à ce délicieux projet. Qu'importent les conséquences? Je suis assez riche pour nous deux, pour nous trois. Je n'ai pas d'enfant, moi; le vôtre sera le mien. C'était fait d'avance. Sans savoir quelle était sa mère, je l'aimais déjà comme s'il m'eût appartenu, votre joli petit Jules. Il est vraiment adorable, ce bambin-là, excepté toutefois quand il s'avise de tuer mes pigeons.

— Ah! je vous prends, monsieur, en flagrant délit de regret! — se hâta d'interrompre Régina, pour donner à l'entretien une direction moins nomade. — Oui, vous regrettez la circonstance même qui vous a rendu votre liberté. Or, quand on regrette la cause, on regrette nécessairement l'effet. Ah! mes pressentiments ne m'avaient pas trompée! — ajouta-t-elle d'un ton navré. — Vous vous réconcilierez un jour... bientôt peut-être, avec ma rivale, hélas! et la pauvre Régina lui sera sacrifiée.

— Oh! ne le croyez pas, ma bien-aimée! Vous! vous seule! vous toujours! Ce projet même que vous combattez n'est-il pas une preuve de plus de ma sincérité? N'est-ce pas un obstacle insurmontable à cette réconciliation que vous redoutez? Oui, consentez à partir, je vous en conjure! Laissez-moi vous donner ma vie en échange de la vôtre; laissez-moi mettre le monde tout entier, s'il le faut pour vous rassurer, entre nous et les personnes dont vous craignez l'influence.

— Hé bien! soit! — s'écria de nouveau Régina, en se levant soudain, comme si l'amour l'emportait enfin sur tout autre sentiment. — Partons, partons! — ajouta-t-elle, bien décidée à reprendre encore son faux consentement. — Mais tout de suite, tout de suite!... Autrement, si nous tardons d'une seconde, le remords m'empêchera encore de briser ma chaîne!

— Oui, tout de suite, tout de suite! — répéta Léon, très-joyeux du succès de sa ruse.

— Comment? — reprit Régina fort étonnée de l'empressement de son ravisseur; — mais... réflexion faite... je n'ai fait aucun préparatif de départ...

— Vous savez bien que c'est inutile, et même beaucoup plus idéal, beaucoup plus poétique; vous l'avez dit.

— J'ai mon châle, il est vrai, mais pas de chapeau. Je suis en simple capuchon. Une femme qui se respecte ne peut pourtant pas s'embarquer, ainsi fagotée, pour le bout du monde.

— Au contraire, c'est très-bien porté.

— Enfin, je vous avoue que, malgré mon ardent désir de vous suivre, je ne me sens pas la force de courir la prétentaine à pied.

— Soyez tranquille: tout est prévu. J'ai là, près de la grille, une voiture qui nous conduira rapidement au chemin de fer. Venez, venez, mon adorable amie!

Régina était à bout d'objections. Elle ne savait plus qu'opposer à Léon, qui lui avait pris les mains pour l'entraîner doucement, lorsque tout à coup une grande ombre se dégagea de derrière l'arbre près duquel les deux amants s'étaient assis, et s'écria d'une voix formidable, entrecoupée par de sinistres ricanements:

— Ah! ah! ah! ah! les misérables! A peine sont-ils ressuscités, qu'ils complotent déjà de nouveaux crimes!... Ah! ah! ah! ah! il veut l'emmener, lui, dans sa Valachie sans doute!... Ah! ah! ah! ah! ils croient échapper ainsi à leur châtiment!... Ah! ah! ah! ah! ils tiennent à voyager ensemble!... Soit! je vais les expédier tous deux pour l'autre monde... et si bien, cette fois, que je les défie d'en revenir!... Ah! ah! ah! ah!

Léon et Régina étaient restés comme pétrifiés en entendant cette voix qu'ils ne pouvaient méconnaître.

C'était celle de monsieur Granger, qui, les ayant aperçus vaguement à travers l'obscurité, et croyant avoir affaire à Son Altesse Sérénissime le prince valaque, s'était posté tout doucement derrière l'arbre auquel leur banc s'adossait presque, et avait entendu, tant bien que mal, toute leur conversation, depuis le moment où ils s'étaient assis.

C'est ce dont le vigilant Miraut avait tenté vainement de les avertir.

Mais leur stupéfaction ne fut pas de longue durée.

Une vive lueur, suivie d'une violente détonation, illumina presque aussitôt la scène.

Léon et Régina poussèrent simultanément un cri de douleur, et s'affaissèrent sur place.

Monsieur Granger avait fait feu de son tromblon sur les coupables.

Miraut lui sauta à la gorge, le mordit avec fureur, sans que le patient eût l'air de le sentir, et ne lâcha prise que pour revenir près de son maître.

. . . .

Léon restait sans mouvement sur le sable ensanglanté de l'allée.

Il avait reçu plusieurs blessures très-graves.

Quant à Régina elle s'était relevée promptement, et tenait son mouchoir appuyé sur sa figure pour en étancher le sang. Elle n'avait été blessée qu'à la joue, mais grièvement, par la flamme du tromblon, tiré presque à bout portant.

A peine le meurtrier eut-il commis cet acte de cruelle vengeance, qu'il se fit en lui une violente réaction morale, par suite de laquelle il recouvra momentanément une demi-lucidité.

— Qu'ai-je fait! — s'écria-t-il avec horreur, en entrevoyant l'une des deux victimes qui gisait à terre. — Je l'ai tué, lui!... Il méritait cela... oui; mais moi, j'ai mérité l'échafaud! — Et ayant jeté son bâton et l'homicide tromblon sur le théâtre de ce lugubre drame, il s'enfuit précipitamment du côté du château, et, se frappant la poitrine de ses poings fermés, il se répéta pendant tout le trajet : — Assassin!... assassin!... assassin!... Hé bien! oui, je suis un assassin! — ajouta-t-il sous l'empire d'idées moins repentantes. — J'en avais le droit. Ma vengeance même n'est pas encore assouvie contre la perfide, puisqu'elle est debout. Mais patience... elle va bientôt l'être! Après cela... oh! non, non, non, je ne veux pas monter sur l'échafaud, moi!

De son côté, l'esprit égaré par la douleur et l'épouvante, Régina laissa Léon, qu'elle croyait mort, et reprit de même, mais d'un pas lent et mal assuré, le chemin du château, pour s'y mettre en sûreté, et y demander à Rosine les soins que réclamait son piteux état.

La première chose qui frappa ses yeux en traversant l'espèce de bibliothèque qui séparait son appartement de celui de son mari, ce fut un amas de petits morceaux de papiers dont le parquet était jonché! Le timbre gouvernemental qu'elle aperçut sur un de ces fragments lui causa une vive anxiété. Elle s'efforça de les ramasser et d'en lire tant bien que mal les phrases éparses. Or, si faibles et si décousus que fussent de tels indices, ils ne permettaient pas le moindre doute.

C'était bien réellement le testament que son mari avait fait en sa faveur, à la suite de leur dernière réconciliation, et qu'il venait de déchirer en rentrant, pour compléter sa vengeance.

Régina poussa un cri de rage qui fit accourir tous les domestiques, car on comprend qu'au retentissement du coup de tromblon, la joyeuse réunion de famille qui festoyait chez le concierge, au moment même de la tragédie du parc, s'était dispersée aussitôt, et que chacun était bien vite revenu à son poste.

Régina fut transportée sur son lit, mais cette fois bien réellement évanouie.

Quant à son mari, on ne savait d'abord ce qu'il était devenu; mais enfin les nombreuses portes qu'il avait ouvertes servirent à diriger utilement les recherches.

Dans sa peur de l'échafaud, le pauvre insensé s'était fait justice lui-même. On retrouva son cadavre au fond des oubliettes où il s'était précipité du haut de la tourelle.

XXIX

A la vue du visage, du mouchoir et des vêtements ensanglantés de sa maîtresse, Rosine s'empressa de nouveau d'envoyer quérir le médecin du village.

Depuis quelque temps, la présence de Régina dans le pays augmentait singulièrement, d'une manière directe ou indirecte, la clientèle du champêtre docteur. Elle était ce que l'on appelle vulgairement une excellente pratique.

En attendant la visite de la Faculté, Rosine prodigua naturellement à la blessée tous les secours que renferme la pharmacopée féminine, en sels, en vinaigres et en essences. Ces divers anti-spasmodiques agirent probablement à la façon homœopatique. Ils eussent suffi pour faire évanouir une personne bien portante; ils firent reprendre connaissance à une personne évanouie.

Quand Régina eut recouvré ses sens, Rosine la mit au lit, et alors le souvenir lui étant revenu, elle se prit à gémir tour à tour et à pousser des cris de rage.

Sa situation n'était pas en effet des plus réjouissantes.

Etre ruinée, c'est déjà bien triste pour une femme habituée dès longtemps à toutes les jouissances du luxe; mais être défigurée, comme elle avait sujet de le craindre, c'est bien plus cruel encore pour une coquette dont le plus vif plaisir est de tourmenter le plus grand nombre possible d'adorateurs.

On peut, sinon par le travail, du moins par d'habiles manœuvres, ce qui est bien autrement facile, se refaire une fortune, à l'aide de sa beauté; mais la beauté cela ne se refait, à l'aide de la fortune, qu'à la quatrième page des journaux.

Dans le cours de la soirée, pour comble de chagrin, Rosine lui apprit le suicide de son mari.

Cette nouvelle acheva de la désespérer.

Tant qu'il eût vécu, toute chance d'héritage n'eût pas été perdue pour une femme de son adresse. En profitant d'un moment de lucidité, d'oubli, de tendresse, elle pouvait obtenir un nouveau testament de cet homme si bon, si faible, qui l'aimait tant, et qu'elle aimait si peu. Mais lui mort, adieu tout espoir!

— L'imbécile! — s'écria-t-elle avec fureur, en recevant de Rosine la funeste nouvelle.

Telle fut la seule oraison funèbre que consacra sa reconnaissance à la mémoire du défunt. C'était bref, mais expressif.

En outre, elle était restée convaincue que Léon avait été tué roide.

Or, perdre à la fois son mari et son amant, c'est au moins trop de moitié.

Donc au point de vue de la fortune, pas le moindre espoir non plus de son côté.

Ah! tout n'est pas roses dans le métier de malhonnête femme, et m'est avis, à bien considérer les choses, que celui d'être honnête, malgré les petits désagréments qu'il peut bien avoir quelquefois, est encore le plus sûr moyen, sinon d'être heureuse tout à fait, du moins de ne pas être tout à fait malheureuse.

Je ne voudrais pas jurer que Régina elle-même ne fût pas un peu de cet avis le jour de cette double catastrophe. La conscience n'est pas très-forte en fait de théories, mais c'est une fière philosophe dans la pratique. Il est fâcheux seulement qu'elle ait à regretter les résultats de nos actes, bien plus souvent qu'elle ne les empêche en les prévoyant.

. . . .

Régina eut tout le temps d'entremêler de réflexions de ce genre ses alternatives de colère et de souffrance. Le docteur était à une lieue de là lorsqu'on alla le chercher.

On se ferait difficilement une idée de ce qu'un médecin de campagne exécute parfois de malades en un seul jour, sur un territoire de quatre lieues carrées. Une jambe cassée à raccommoder, deux entorses à remettre, une tête fêlée à ressouder, trois panaris à opérer, un bras à couper, douze fièvres à combattre, un nombre considérable de bobos à soigner, un accouchement à surveiller, je ne sais combien de maladies diverses à ne pas guérir, et tout cela de kilomètre en kilomètre, telle était depuis le matin la besogne du nôtre.

Je ne conseillerai jamais aux personnes sanguines, qui tiennent à avoir des attaques d'apoplexie foudroyante, de venir s'en passer la fantaisie à la campagne. Le médecin pourrait bien n'arriver que le lendemain de leur décès.

L'ami du savant docteur Péan ne put donc venir au château que fort tard dans la soirée, ce qui laissa le mal empirer d'une façon très-fâcheuse pour la jolie figure de Régina. D'énormes cloches avaient eu le temps de se former, ce qui, à la suite des brûlures, n'est pas très-rassurant pour la beauté future de l'épiderme.

On n'imagine pas tout ce qu'un simple retard de quelques heures, de quelques minutes, de quelques secondes même, peut parfois exercer de funeste influence sur tout le reste de la vie.

— Arrivez donc, docteur ! — s'écria Régina avec une impatience très-voisine de la colère.

— La, la ! calmons-nous, chère dame,—répondit doucement le praticien, qui était blasé sur les accueils de ce genre.

— Ah ! docteur, quel affreux malheur !

— Voyons, voyons, qu'avons-nous?... où souffrons-nous?

— Je ne souffre pas beaucoup depuis que vous êtes-là, — répondit Régina. Elle confirmait ainsi, par sa propre expérience, un des plus remarquables effets du pouvoir de l'imagination. La présence magnétique du médecin, du dentiste, suffit presque toujours pour atténuer la plus vive douleur, sinon pour la calmer complétement; et le praticien est à peine parti qu'elle recommence de plus belle. Cette heureuse influence du moral sur le physique est peut-être la seule efficacité du médecin, et non point de la médecine, mais celle-là du moins est incontestable.— Oui, — répéta Régina,— il me semble, docteur, que je souffre beaucoup moins; mais voyez vite ce que j'ai, je vous en conjure !

Et sur ces mots, s'étant couchée sur le côté droit, elle découvrit sa joue gauche en enlevant le mouchoir qui la cachait, et l'exposa en plein aux yeux du docteur.

— Hé ! bon Dieu ! que vous êtes-vous fait là ?—s'écria-t-il. — Une écorchure sans doute ?

— Non, docteur, c'est une brûlure.

— Oui, oui, une brûlure, c'est ce que je voulais dire. Diable! diable! voilà qui est grave!

— Vous croyez, docteur?

— Quand je dis grave... je veux dire... presque insignifiant.

Le docteur parlait ainsi pour la rassurer.

Le fait est que l'épiderme de la joue gauche avait été entièrement brûlé par la flamme du tromblon, alors qu'en opposant une légère résistance à Léon qui tentait de l'entraîner, Régina se présentait de trois quarts au feu terrible de cette arme, tirée presque à bout portant. La plaie s'étendait de la tempe au menton et empiétait même un peu sur la bouche de ce côté.

— Quoi qu'il en soit, docteur, la moitié de ma fortune si vous parvenez à me guérir sans qu'il y paraisse!

— Ce sera difficile.

— Difficile, dites-vous!

— Quand je dis difficile... je m'exprime mal : je veux dire simplement que ce ne sera pas... extrêmement facile. En attendant, appliquez tout bonnement sur la plaie une compresse d'ouate, qu'on renouvellera de temps en temps. C'est encore ce qu'il y a de mieux, parce que c'est ce qu'il y a de plus simple.

— Oh ! parlez-moi franchement, docteur, je vous en prie, croyez-vous que je resterai défigurée?

— C'est possible...

— O mon Dieu ! mon Dieu, défigurée ! — interrompit Régina d'un ton désespéré.

— Quand je dis c'est possible, je veux dire que le contraire est très-possible aussi. Commençons par faire l'essentiel, nous verrons ensuite. Et là-dessus, mon enfant, à demain, bon courage et bon espoir ! Que sait-on? La nature fait parfois des cures si extraordinaires !—Le docteur laissa Régina, dont les cuisantes douleurs recommencèrent aussitôt après son départ. Rosine, un flambeau à la main, le reconduisit jusqu'au perron. — Comment, diable ! cela lui est-il donc arrivé?—lui demanda-t-il pendant le trajet.

— Je ne connais pas encore les détails de l'accident. Je sais seulement que c'est son mari qui l'a arrangée comme cela.

— Son mari?

— Oui, monsieur, et il s'est tué ensuite.

— Hé bien ! à la bonne heure ! voilà un joli petit ménage ! Je leur en fais mon compliment !... Et pourquoi tant de grabuge?

— Ils étaient presque toujours en bisbille. Monsieur était jaloux comme un tigre, et madame était... un peu coquette... peut-être.

— J'aime ce peut-être. Ce peut-être me plaît. Il fait votre éloge, ma fille. C'est en toute chose le grand mot du sage ici-bas, surtout en médecine. Mais si elle était coquette, elle fera peut-être bien de donner sa démission. La pauvre femme m'offrait tout à l'heure la moitié de sa fortune; ah! pardieu, elle pourrait me l'offrir tout entière puisqu'elle n'en sera pas plus avancée. Mais les malades sont tous ainsi faits. Ils vous promettraient tous les trésors du monde, tant qu'ils souffrent; et puis, guérissez-les par hasard, ils vous chicanent leur rétablissement à trois francs par visite. Merci, ma fille; ne vous donnez pas la peine d'aller plus loin; j'y vois clair maintenant.

Il était minuit. Le docteur remonta sur son bidet, qui l'attendait au bas du perron, et partit au grand trot. Il avait encore un accouchement à faire à une lieue de là.

— Ah ! Rosine, Rosine, que je suis malheureuse ! — s'écria Régina quand sa caméritse fut remontée auprès d'elle. — Si je dois être défigurée, j'aimerais mieux être morte !

— Rassurez-vous, madame, ce ne sera rien. Le docteur vient de me certifier encore que, dans quinze jours, il n'y paraîtrait plus... peut-être.

Nous sommes fâché d'avoir à constater cette sécheresse de cœur qui caractérise les coquettes du genre de Régina; mais, au milieu de ces lamentations, vous avez dû le remarquer, pas un remords au sujet de son mari, pas un regret pour son amant qu'elle croit mort. La perte de sa fortune, et surtout la conservation de sa funeste beauté, voilà son unique préoccupation. C'est le soldat tombé en pays ennemi, qui craint d'y perdre et sa bourse et ses armes.

Non, Léon n'était pas mort, mais il n'en valait guère mieux. Il gisait sans connaissance, au milieu de l'obscurité, sur le sable de l'allée solitaire où monsieur Granger l'avait criblé de sa terrible mitraille.

Miraut seul s'occupait de son maître.

Il était resté près de lui, allant, venant, le flairant, lui léchant les mains, fort étonné de son immobilité, et surtout très-inquiet à l'odeur du sang qui s'échappait de ses nombreuses blessures.

Cette inquiétude augmentant à mesure que le temps s'écoulait, Miraut eut de douloureux gémissements.

Enfin Léon fit un mouvement, se souleva peu à peu, parvint à s'appuyer sur le coude, et tâcha de se lever tout à fait.

Miraut comprit l'intention de son maître, et s'efforça de le pousser avec son museau pour l'aider.

Vaine tentative et vaine assistance.

Léon retomba tout de son long sur le sol.

Miraut se mit alors à aboyer violemment pour appeler du secours, et, comme personne ne venait à sa voix, il eut une inspiration soudaine, laissa pour un instant son maître, courut à l'entrée du parc, passa non sans peine et en s'efflanquant le plus possible, entre les barreaux de la grille, et prit au grand galop le chemin de l'usine.

Arrivé là, il alla gratter et geindre à la porte du vieux Jérôme, qui était déjà rentré dans sa chambre, car onze heures venaient de sonner à l'horloge de l'établissement.

Jérôme reconnut la voix du solliciteur, et fut très-étonné de cette réapparition.

Croyant Léon déjà bien loin du village, il pensa que, par un de ces caprices dont il était coutumier, Miraut avait refusé de s'associer au grand voyage de son maître à travers le monde. Il lui ouvrit sa porte et se mit à le gronder de sa plus grosse voix.

— Comment, mauvais sujet,—dit-il,—vous avez planté là votre maître !... vous avez fui !... vous avez déserté ?... Savez-vous bien que vous mériteriez d'être fusillé ?... — Mais Miraut, parfaitement insensible aux reproches de son interlocuteur, s'élançait vers lui, retournait vers la porte, sortait à demi de la chambre, revenait, retournait, recommençait dix fois ce manége, en jappant doucement comme pour l'inviter à le suivre. — Oui, oui, faites le gentil maintenant, vaurien que vous êtes ! — reprit Jérôme ; — c'est inutile : ce que vous avez fait là est impardonnable ! — Miraut, voyant que Jérôme ne comprenait rien à cette pantomime, eut recours à un moyen qu'il pensa devoir être plus intelligible : il se rapprocha de lui, saisit avec les dents le pan de sa houppelande, et se mit à le tirer du côté de la porte. — Miraut, Miraut !... veux-tu bien me lâcher ! — criait le vieux domestique en tâchant de se dégager. — Miraut ne lâchait pas et tirait au contraire plus fort. — Monsieur Miraut, prenez-y garde !... on va vous rosser ! — Miraut brava la menace, et tira encore plus fort. — Ah ! tu crois que je plaisante ?... Tu vas voir... Tiens !—Et Jérôme lui donna une rude tape sur le dos. Miraut poussa un petit gémissement de douleur, puis tira plus fortement encore. — Mais le malheureux, il va me mettre en loques !—La prédiction s'accomplit tout aussitôt. Le morceau de la houppelande sur laquelle s'acharnait Miraut finit par lui rester net à la gueule. — Là, j'en étais sûr !... Ah ! par exemple, cela passe la plaisanterie ! — Jérôme saisit alors un bâton qui se trouvait à portée de sa main, et en asséna quelques coups à Miraut. Miraut geignit sourdement, mais, sans s'effrayer, sans se décourager, il s'accrocha vivement à un autre morceau de la houppelande. — Parole d'honneur ! — s'écria Jérôme, — je crois que cet animal est enragé... Mais non, — reprit-il en observant la physionomie suppliante de Miraut qui continuait de le tirer vers la porte ; — il ne cherche nullement à me mordre... il n'est même pas furieux... au contraire... il reçoit mes coups sans regimber... il me regarde avec douceur... ça n'est pas naturel !... il y a quelque chose là-dessous !... serait-il donc arrivé malheur à son maître ?... En vérité, maintenant que j'y réfléchis, l'obstination de ce chien a quelque chose de mystérieux... d'étrange... de sinistre !... et voilà que j'en ai la chair de poule !... Ma foi !... à tout hasard... laissons-nous faire... nous verrons bien !

Et, sans résister davantage, Jérôme suivit Miraut, qui ne le lâcha toutefois que lorsqu'ils furent sortis de la maison, et que son prisonnier ne put plus lui échapper.

Un bon gendarme n'eût pas mieux fait.

Mais une fois dans la grande rue du village, Miraut lui rendit la libre possession de ce qui lui restait de houppelande, et se mit à folâtrer en avant, en arrière, par côté, avec de joyeux aboiements, comme pour célébrer son triomphe.

Ils arrivèrent ainsi devant la grille du château, que le père Plumeau vint ouvrir d'un pas quelque peu chancelant. Il était encore dans un état d'exaltation bachique que la gravité des événements survenus n'avaient pas complétement calmé.

XXX

— Qu'y a-t-il pour votre service, messieurs ? — demanda le père Plumeau, d'une voix avinée, mais avec une extrême politesse, au vieux Jérôme et à Miraut, avant de leur ouvrir la grille du parc.

Le père Plumeau n'était jamais plus digne et plus urbain, que lorsqu'il avait la langue et le cerveau troublés par un peu d'alcool. Il appartenait à la catégorie des ivrognes qui ont le vin tendre, bavard et solennel. Or, on se rappelle que, le soir même où le château était le théâtre de tant de catastrophes, il y avait justement dans sa loge une de ces réunions de familles dont nous avons fait connaître la composition. Ce jour-là le champagne et le frontignan du château avaient coulé à pleins bords dans les verres. On célébrait la parfaite lucidité de monsieur Granger, conformément à la décision de Léon, au sujet du pari fait par le concierge avec les autres domestiques, ainsi que nous l'avons vu.

Le moment était singulièrement choisi pour attester la raison du pauvre insensé, car c'était précisément celui où le paroxysme de sa folie le poussait à commettre enfin contre sa femme, contre Léon et contre lui-même, les sanglantes violences qu'il n'avait fait que projeter jusqu'alors.

— Vous me demandez ce qu'il y a ? — répondit le vieux Jérôme au père Plumeau, qu'il connaissait de très-longue date. — Je n'en sais pas plus que vous. C'est à ce caniche qu'il faut vous adresser pour plus amples renseignements.

— A ce caniche ?... vous voulez rire ! — reprit gaiement le père Plumeau, que son restant d'ivresse maintenait en bonne humeur, malgré les tristes événements que les domestiques étaient venus lui conter. — J'ai bien lu quelque part, — continua-t-il, — qu'il fut un temps où les ânes parlaient, ce qui devait être drôle ; mais je ne sache pas que les chiens aient jamais joui de cette précieuse faculté.

— Hé bien ! en voici un qui fait exception.

— Comment ! Miraut aurait la parole, comme l'âne de Balaam ? Voilà qui serait extraordinaire !

— Il n'a pas précisément la parole, mais, comme on dit, c'est la seule chose qui lui manque pour parler, et même il sait parfaitement s'en passer pour se faire comprendre. Tenez, regardez-le...

Miraut, qui s'était glissé de nouveau à travers les barreaux de la grille, s'impatientant de la lenteur que le père Plumeau mettait à l'ouvrir, et l'ayant saisi à son tour par le pan de sa grande redingote, le tira vivement du côté du parc où tendaient ses préoccupations.

La secousse faillit renverser le père Plumeau, qui n'était pas en ce moment très-solide sur ses jambes.

— Diable d'animal ! il a manqué me faire tomber. Veux-tu bien me laisser tranquille !

— Oh ! il ne vous lâchera pas. Ce sera bien plutôt votre redingote qui vous lâchera. J'en sais quelque chose, moi ; voyez le pan de ma houppelande. Je ne vous conseille donc pas de lui résister plus longtemps, si vous tenez à conserver intact votre fourreau.

— Oui, certainement ! nous avons bien assez de malheurs à déplorer aujourd'hui, sans y ajouter celui-là ! — Le père Plumeau ouvrit la grille au vieux Jérôme. — Voilà qui est fait, — dit-il à Miraut ; — es-tu satisfait maintenant ?

Mais il n'y paraissait guère. Miraut recommença à les

tirer tour à tour, l'un et l'autre, par le pan de leurs vêtements, vers le côté du parc où il voulait les conduire.

— Je crois que, dans l'intérêt de nos nippes, — dit Jérôme au père Plumeau, — nous ferons bien de lui obéir jusqu'au bout.

— Soit! — répondit celui-ci; — mais le temps s'est couvert, la lune n'est pas encore levée, et il fait noir dans les allées comme dans un four. Il est prudent de se munir d'une lanterne, et de s'armer chacun d'une des vieilles hallebardes dont feu monsieur Granger avait cru devoir orner ma loge. Car il n'était pas fou, j'en ai gagné et bu le pari, ce soir même, mais je persiste à soupçonner qu'il était un peu jaloux.

Ces précautions prises, Jérôme et le père Plumeau se laissèrent diriger par Miraut, qui les mena vivement à l'endroit où gisait son maître.

Le père Plumeau recula d'épouvante.

— Comment! il y a encore des cadavres dans le parc! — s'écria-t-il. — Ah! que nous avons bien fait de ne pas nous y aventurer sans armes!

Mais quelles ne furent pas la stupéfaction et la douleur du père Jérôme lorsque, à la lueur de la lanterne qu'il approcha de son visage, il reconnut Léon Mervel!

— Hélas! mon Dieu! — s'écria le vieux serviteur, les larmes aux yeux et en levant les bras vers le ciel, — mon pauvre cher maître! dans quel triste état je vous revois!... Et dire que, sans ce brave Miraut, il fût resté là, sans secours. Oh! je ne me pardonnerai jamais de l'avoir rossé, pour récompense de son intelligence et de son dévouement!

— C'est vrai, — dit le père Plumeau; — on est quelquefois bien injuste envers les bêtes comme envers les gens. Cela me rappelle une grande iniquité dont le souvenir ne cesse d'attrister ma vie. Une fois, dans un moment d'ivresse (car j'avais l'ignominie de me griser quelquefois à cette époque), j'oubliai ma dignité d'homme jusqu'à rosser ma timide compagne, à laquelle pourtant je devais aide et protection. Hé bien! quelques jours après, quand je fus complétement dégrisé, je reconnus que j'avais été trompé par de fausses apparences. Que faire? Mon tort était irréparable. Je ne pouvais que m'en punir. C'est ce que je fis. Je jurai de ne plus jamais me griser, et j'ai tenu religieusement parole! Car le vin, voyez-vous!...

— Il n'est pas mort!... merci, mon Dieu! — interrompit Jérôme, qui s'était agenouillé près de son maître, tandis que le père Plumeau se livrait à ses divagations ordinaires. — Non, il ne l'est pas. — continua-t-il; — j'ai senti battre son pouls, ses yeux se sont ouverts une seconde, et j'ai vu ses lèvres s'agiter comme s'il voulait parler; il n'est qu'évanoui.

— Ce brave monsieur Léon! — dit le père Plumeau. — Ma foi! j'en suis bien aise pour lui!

— Vite, vite, — reprit Jérôme, — enlevons-le d'ici pour le transporter à l'usine... Mais comment s'y prendre sans lui faire de mal dans l'état où il est?

— Attendez donc... Je crois me rappeler vaguement qu'une voiture l'attendait ce soir à deux cents pas de la grille. Il m'avait prévenu du fait pour que je n'en fusse pas inquiet.

— C'est juste. Mais y est-elle encore?... Je l'espère. En tout cas, essayons de le porter d'abord jusqu'à votre loge. Nous aviserons ensuite. — Jérôme et le père Plumeau prirent Léon, l'un par les bras, l'autre par les jambes; mais, dans l'état d'inertie où se trouvait son corps, ils ne purent l'enlever assez haut pour le porter à deux sans le laisser traîner sur le sol. — Mais j'y pense! — s'écria Jérôme. — Alignons vos hallebardes, elles auront du moins servi à quelque chose; attachons-les à distance convenable, au moyen de nos mouchoirs et de nos cravates; nous étendrons nos habits par-dessus; ce sera une espèce de brancard sur lequel nous pourrons le poser.

L'idée était bonne et l'exécution facile. Léon fut placé sur ce brancard improvisé dont chaque porteur tenait, de ses deux mains, les deux extrémités opposées.

Quant à Miraut, Jérôme lui avait mis la lanterne à la gueule.

Tout fier de la confiance qu'on lui témoignait enfin, il marcha tête haute, en avant, pour éclairer le triste convoi.

Jérôme s'en détacha devant la loge du père Plumeau pour aller à la découverte de la voiture.

Elle était encore là, comme il l'avait prévu.

Il réveilla le cocher, qui s'était endormi sur son siége, et la fit avancer jusqu'à la grille.

Léon fut hissé dans l'intérieur et déposé sur les coussins avec toutes les précautions possibles.

Jérôme s'assit en face de lui pour le maintenir en place.

— Allons, allons, bonne chance! — s'écria le père Plumeau. — J'espère bien boire, longtemps encore, à la santé de ce brave monsieur Léon.

La voiture partit sur ce souhait d'ivrogne. Elle prit au petit pas le chemin de l'usine, accompagnée par Miraut, qui exécutait à l'entour ses plus joyeuses gambades, en jappant ses plus triomphantes fanfares.

Arrivé à l'usine, Jérôme réveilla bien vite les domestiques, et, avec leur aide, Léon fut porté dans sa chambre, déshabillé et mis au lit.

Cela fait, comme Jérôme se disposait à aller chercher le médecin du village, il le vit qui accourait de lui-même. Le docteur venait cette fois avant qu'on l'eût appelé. Le cas était plus que rare.

— Ma présence vous étonne, — dit-il au vieux Jérôme. — Elle est pourtant fort naturelle. Je reviens du château, où j'étais allé donner des soins à la figure d'une femme (pour qui, soit dit entre parenthèse, je crains fort que tous les médecins du monde épuisent vainement leur savoir). Or, comme je m'en allais avec mon petit cheval, le père Plumeau m'a averti de l'accident de votre maître, pour qui j'ai beaucoup d'amitié. Je n'ai pas cru devoir attendre qu'on vînt me chercher. J'avais bien un accouchement à présider, mais, ma foi! on patientera si on veut. Entre un homme tout fait, qui risque de s'en aller de ce monde, et un homme à faire, qui est sûr d'y venir tôt ou tard, il n'y avait pas à hésiter, et me voici.

Le docteur visita les nombreuses blessures dont la mitraille de monsieur Granger avait comme labouré le corps de Léon. Il n'y en avait pas moins de dix-sept, dont treize plus ou moins légères, et quatre d'une extrême gravité.

Heureusement, la maison possédait encore une sorte de pharmacie élémentaire, rendue indispensable précédemment par le grand nombre d'accidents dont les ouvriers de l'usine étaient victimes.

Le docteur put donc procéder au pansement, faire respirer des sels au blessé, extraire ceux des projectiles qui étaient restés dans les chairs, et lui introduire de force dans la bouche quelques gouttes de cordial, en lui desserrant les dents au moyen d'une cuiller.

Grâce à ces premiers soins, Léon rouvrit bientôt les yeux et reprit peu à peu connaissance, mais il était trop faible encore pour pouvoir prononcer un seul mot.

Son long évanouissement avait eu pour cause l'épuisement total de ses forces, à la suite de l'énorme quantité de sang qu'il avait perdu par tant de blessures.

— Le plus pressé est fait, — dit alors le docteur. — Du calme, du silence, et de temps en temps quelques gouttes de cette potion; voilà tout ce qu'il faut pour le moment. Je reviendrai demain matin! Bonsoir.

Jérôme l'accompagna jusqu'à la porte de la maison.

— Dites-moi, docteur, qu'en pensez-vous? — lui demanda-t-il avec inquiétude.

— Je n'en pense rien du tout, mon brave Jérôme, si n'est que nous nous portons beaucoup moins mal que lui.

— Croyez-vous donc que mon pauvre maître n'en reviendra pas?

— Il y a des gens qui en sont revenus de plus loin, mais il y en a aussi qui n'en sont pas revenus de plus près. La nature est si bizarre, si capricieuse! C'est maintenant une question de fièvre. Attendons. Toutefois, je vous le dis en confidence, si vous avez quelques personnes à prévenir de l'état des choses, vous ferez bien de ne pas trop tarder.

Et sur ces mots, le sceptique docteur remonta sur son petit bidet, piqua des deux, et prit enfin la direction de l'enfant qu'il avait à recevoir à son entrée dans ce bas monde.

Le vieux Jérôme, profondément navré par le sinistre conseil du docteur, crut néanmoins devoir le suivre sans retard. Il fit seller deux des chevaux de l'écurie, et donna l'ordre à deux domestiques de se tenir prêts à partir.

Pendant ce temps il monta dans sa chambre, et à travers les larmes qui lui voilaient les yeux, il écrivit tant bien que mal, deux lettres, l'une à madame Emilienne, la femme de son maître, l'autre à son ami, Henri Germin.

— A franc étrier! — dit-il aux domestiques qu'il en chargea, et à qui il remit en outre, à tout événement, une somme d'argent assez forte. — Crevez dix chevaux, si c'est nécessaire! Voilà de quoi vous en procurer d'autres; mais brûlez le pavé, et pas une minute de retard!

Cela fait, il revint dans la chambre du blessé, où il passa la nuit en compagnie du fidèle Miraut, ne voulant laisser à personne autre le soin d'exécuter les prescriptions du docteur.

L'exact praticien reparut dès le matin pour procéder à un second pansement.

Cette fois, dans le but de combattre l'inflammation de quelques-unes des plaies, ainsi que la fièvre quand elle se déclarerait, il envoya chercher de la glace à Doullens.

Il revint plusieurs fois encore dans la journée.

Le malade continuait d'être plongé dans une sorte d'assoupissement.

Mais, vers le soir, la fièvre le prit, la torpeur cessa, il s'agita convulsivement, eut le délire et se mit à divaguer.

Le docteur usa de tous les calmants indiqués par la science en pareil cas, pour atténuer cette exaltation nerveuse voisine du tétanos.

Il y réussit, et, ce premier accès passé, le malade retomba dans sa somnolence.

Ce fut pendant cette phase de calme, assez avant dans la soirée, que les roulements de deux voitures se firent entendre presque simultanément à la porte de l'usine.

Le vieux Jérôme, qui s'était rendu compte des distances et du temps, se tenait aux aguets depuis une heure environ.

Il s'empressa d'aller au-devant des visiteurs.

Il avait calculé juste.

C'était Emilienne, c'était Henri Germin.

— Eh bien? — lui demandèrent-ils tous deux à la fois, avec la plus vive anxiété.

— Hélas! madame, hélas! monsieur, — répondit-il,— rien n'est encore désespéré, du moins j'aime à le croire; mais mon cher maître n'est vraiment pas bien.

Emilienne et Henri entrèrent doucement dans la chambre du malade, et se tinrent d'abord à l'écart pour ne pas lui causer une trop vive émotion dans le cas où il les apercevrait; mais la précaution était inutile; ses paupières étaient closes.

Ils purent donc s'approcher de lui.

Aucune parole ne saurait rendre l'impression poignante que sa vue leur causa.

Ce jeune homme, cet époux, cet ami, que, naguère encore, ils avaient quitté si beau, si joyeux, si plein d'énergie et de vitalité, ils le revoyaient là, sur ce lit de douleur, pâle, amaigri, anéanti, moribond, les traits déjà décomposés par la souffrance, ayant vieilli de vingt ans en un seul jour.

Le spectacle que présentait alors la chambre avait un caractère lugubre qui frappait l'âme de funèbres pressentiments.

A la faible clarté d'une veilleuse, on eût put voir le vieux Jérôme dans un coin, la figure cachée dans ses deux mains.

Le docteur, l'air grave à ce moment, debout, s'appuyant sur le pied du lit, et surveillant avec attention les péripéties de la maladie.

Miraut, l'air inquiet, assis sur le tapis de pied, ayant posé la tête sur la couche de son maître et le regardant fixement.

Henri, debout aussi, à côté d'Emilienne, près du chevet, les yeux humides et la physionomie profondément triste.

Enfin, Emilienne, à moitié assise, à moitié agenouillée devant le lit, tenant une des mains déjà glacées de son mari, en l'arrosant de pleurs.

Et, planant sur tout cela, ce morne silence, à entendre battre les cœurs, dont on peut dire avec raison qu'il est plus éloquent cent fois que les plus lamentables paroles.

Après une heure de ces muettes angoisses, le blessé sortit peu à peu de l'engourdissement déjà sépulcral qui avait succédé à sa dernière crise.

Ce retour à la vie parut être de bon augure aux témoins de son agonie, et leur figure s'illumina d'espoir, y compris celle de Miraut, dont les yeux flamboyèrent, et qui remua la queue en signe de joie.

Le docteur seul hocha la tête.

Il savait que ces apparentes résurrections ne sont souvent que le dernier éclat du flambeau qui va s'éteindre.

Le malade rouvrit les yeux, et regarda un instant Emilienne et Henri sans avoir l'air de les reconnaître; puis, peu à peu, ses yeux prirent une expression de reconnaissance, et ses lèvres si pâles dessinèrent comme un sourire de bonheur.

Ce regard et ce sourire faisaient mal.

On ne pouvait en soutenir la vue.

Faites-vous, en effet, l'idée de l'émotion d'épouvante et d'attendrissement à la fois que vous causerait l'aspect d'un cadavre, en le voyant tout à coup vous contempler joyeusement et vous sourire!

— Emilienne!.... Henri!... — dit le blessé, en faisant un effort suprême, et d'une voix presque insaisissable; — c'est vous?... oh!... pardon et merci!

— Oui, c'est moi, Léon; c'est Emilienne, — dit la jeune femme en s'agenouillant tout à fait et en sanglotant.

— Oui, c'est aussi moi, ton ami, — dit à son tour Henri, en lui prenant celle de ses mains qu'il avait de libre. — Ne songe plus au passé; pense seulement à guérir bien vite, afin de nous être rendu le plus tôt possible.

Léon ne répondit rien, car il était à bout de forces; mais il secoua doucement la tête, comme pour dire:

— Plus d'espoir!... tout est bien fini!...

Puis, dans une intention touchante que lui seul pouvait connaître d'une manière infaillible, mais qu'il n'est pas impossible de deviner sans risquer de commettre une trop grosse erreur; il s'efforça de rapprocher dans les siennes la main d'Emilienne et celle d'Henri, les réunit, les pressa doucement dans une mystérieuse étreinte et murmura quelques paroles qu'on ne put entendre et qui exprimaient sans doute ses dernières volontés.

Emilienne et Henri n'avaient pu s'empêcher de tressaillir sous la pression de cette main d'agonisant, dont ils semblaient comprendre le sens, et qui bientôt retombe inerte.

Ils levèrent les yeux sur le mourant, et poussèrent un cri de douleur.

Léon n'était plus.

Il était resté trop longtemps sans secours et avait perdu trop de sang. Il mourait épuisé, comme meurt la lampe qui n'a plus d'huile.

Miraut, entendant pleurer les assistants, mêla ses gémissements à leurs sanglots.

Le docteur seul restait impassible dans sa tristesse.

— O nature,— pensait-il,— qui peut sonder tes odieux mystères ? Ce matin, je préside à l'avénement d'un être ; ce soir, je préside au départ d'un autre. Pourquoi ce va-et-vient perpétuel, universel, dont il est impossible à la philosophie de préciser raisonnablement la cause ? Quoi qu'il en soit, puisse le nouvel arrivé ne pas subir ton absurde loi, aussi prématurément que vient de le faire l'ancien ! Epargne-le longtemps : si ce n'est pour lui, que ce soit du moins pour ceux qui ne s'en vont pas encore !

XXXI

ÉPILOGUE.

Les obsèques de monsieur Granger attirèrent une affluence considérable. On y accourut de tous les environs, et même de Doullens. Chacun plaignait cet excellent homme, que ses chagrins domestiques avaient conduit à la démence, au meurtre et au suicide.

Sa victime, au contraire, fut portée au cimetière du village accompagnée seulement d'une douzaine de personnes, amis, parents, domestiques et fermiers. Aucun des autres habitants ne se joignit au cortége funèbre. Ils protestaient ainsi par leur absence contre le scandale que leur avait infligé la conduite de Léon.

Avons-nous besoin d'ajouter que le fidèle Miraut faisait partie du petit groupe qui suivait le cercueil de son maître ?

Quant à Régina, ce fut un concert de malédictions contre elle, dont l'infernale coquetterie avait causé tant de sanglantes catastrophes.

Mais la vérité ne suffit pas en pareil cas ; il faut toujours que l'exagération et le mensonge s'en mêlent.

Régina elle-même pouvait être calomniée.

Tant il est vrai qu'il n'est monstre si odieux que monseigneur Basile ne puisse dépasser encore en fait de méchanceté.

Une première personne ayant dit, au figuré : « Cette femme-là a empoisonné les jours de son mari, » il se trouva naturellement un imbécile qui répéta naïvement le fait, en le traduisant au propre : « Cette femme-là a empoisonné son mari. » Une fois lancée, l'accusation fit un rapide chemin ; on parla de morphine, on parla d'arsenic, on cita des détails auprès desquels les poudres de la Brinvilliers étaient celles d'une simple écolière en toxiques.

Les avaries de sa beauté fournirent aussi un thème à d'étranges variations.

— On dit que son mari lui a jeté du vitriol à la figure, — assurait l'un.

— Non, ce n'est pas son mari, c'est son amant, — affirmait un autre, — car elle les trompait tous deux.

— Quoi qu'il en soit, on pretend qu'elle fait peur à voir.

— C'est vrai. Une personne qui l'a aperçue certifie que sa figure ressemble maintenant à une tête de mort.

— C'est bien fait. Bravo! Elle est punie par où elle a péché.

Ainsi de mille autres suppositions.

Les collatéraux du défunt, comme des sots qu'ils étaient, vinrent bientôt ajouter de grossiers procédés aux mauvais propos dont sa veuve était l'objet.

Aussitôt qu'ils eurent pris possession de l'héritage, ce qui ne fut pas long, ils signifièrent brutalement à l'ex-héritière d'avoir à déguerpir du château, où elle n'avait plus aucun droit de rester.

Elle était à peine guérie de sa brûlure, qu'elle fut obligée de partir. Elle emmena avec elle son adroite caméristo Rosine, qui se sépara sans trop de regrets de son cousin le dragon, bien persuadée qu'elle trouverait partout ailleurs une nouvelle famille.

Les autres domestiques furent aussi priés d'aller chercher ailleurs de nouveaux cousins et de nouvelles cousines.

La cuisinière, notamment, dit adieu à son cousin, le pompier de Doullens, et eut bientôt retrouvé un parent parmi les pompiers d'Amiens, où elle alla exercer son art.

Le père Plumeau fut le seul qu'on maintint dans ses fonctions, car il faisait en quelque sorte partie de l'immeuble. Il en était comme une dépendance. Lui absent, les diverses parties de la propriété eussent manqué de symétrie et d'harmonie. Il y aurait eu lacune. Disons mieux : il fut réintégré par le nouveau propriétaire dans son emploi de conservateur, c'est-à-dire d'épousseteur et de balayeur du fameux musée d'armes historiques.

Mais il n'en regretta pas moins le régime qui venait de cesser. Il eût bien volontiers troqué les clefs de ce magasin de bric-à-brac contre celles de la cave, dont, sous le règne paternel et insouciant de monsieur et de madame Granger, la valetaille faisait si souvent usage en sa faveur, pour le remercier de ses complaisances.

Désormais, lorsqu'il voulait tenir une fois de plus le serment solennel qu'il avait fait de ne plus boire, c'était à ses frais et au cabaret qu'il devait se montrer fidèle à sa parole.

Heureusement pour sa bourse, les événements dont le vieux castel avait été le théâtre eurent un immense retentissement en Europe. Les journaux judiciaires en firent nécessairement mention en ces termes sacramentels : « Un » drame terrible vient de jeter l'épouvante et la conster- » nation, etc. »

La curiosité attira donc pendant quelque temps un grand nombre de curieux, parmi lesquels beaucoup d'Anglais.

Le père Plumeau devint l'historien salarié des faits, qu'il arrangea naturellement à sa manière, comme tant d'autres chroniqueurs.

Or, ce ne pouvait être là qu'une bonne aubaine momentanée, car d'autres crimes, en jetant la terreur et la consternation çà et là, appelèrent bientôt la curiosité dans les localités qui avaient eu l'avantage d'en voir l'intéressante perpétration.

Aussi le père Plumeau recommença-t-il à soupirer de regret en songeant au régime à jamais déchu pendant lequel la boisson était saine, abondante, facile, régulière et gratuite.

— Ah ! c'était le bon temps ! — s'écria-t-il. — On vous y traitait bien quelquefois de butor et d'imbécile ; on s'y querellait bien, on s'y assassinait bien par-ci par-là ; mais, comme on le dit, personne n'est parfait. Où est la chose de ce monde qui n'a pas ses petits inconvénients ? Ah ! quel dommage que cet excellent monsieur Granger, qui avait de si bonnes qualités et de si bons vins, se soit ainsi porté à de telles extrémités ! Hélas ! je l'avais bien toujours soupçonné d'être un peu jaloux, et, plus j'y réfléchis, plus je me sens tenté de le croire.

Tel était le vague soupçon que l'historien Plumeau ne craignait jamais de jeter dans l'esprit du peu de visiteurs qui lui restaient.

Le notaire de la succession avait compté à Régina les trente mille francs que son défunt mari lui avait reconnus pour dot dans leur contrat de mariage. Ce fut avec cette somme qu'elle revint à Paris, accompagnée de Rosine, dont les soins lui étaient plus que jamais nécessaires.

Que faire ? On vit de moins en moins à Paris avec le revenu d'un si mince capital.

Régina tenta d'abord de se remarier plus ou moins légalement, avec le consentement de sa mère, qu'elle retrouva à Paris. Elle fréquenta dans ce but les théâtres, les concerts, les promenades, les bois, les eaux, les villes de jeux, tous les lieux publics où une femme élégante, et qui peut passer pour *comme il faut*, peut se présenter sans cavalier et sans trop d'inconvenance. Elle se faisait accompagner de Rosine, qui continuait d'être sa femme de chambre à l'intérieur, et qu'elle élevait, pour l'extérieur, au grade de dame de compagnie.

Ces premières tentatives coûtèrent environ quinze mille francs à Régina, en toilette, en voitures, en voyages, en frais de toute sorte ; et le pis, c'est qu'elles n'eurent aucun autre résultat.

C'était en vain qu'elle s'efforçait de cacher sous d'énormes *anglaises* l'affreuse brûlure dont les traces faisaient ressembler tout le côté gauche de son visage, y compris le coin de l'œil et le coin de la bouche, à de la pelure d'oignon, fine, luisante et couperosée ; c'était en vain qu'elle se couvrait de poudre de riz pour en atténuer le brillant; c'était en vain qu'elle employait mille supercheries pour dérober cette infirmité à l'attention des gens qui lui parlaient; c'était en vain qu'elle ne leur montrait, le plus possible, que son profil droit, soit en couvrant le gauche avec son éventail, soit en ramenant sans cesse, jusqu'au coin de ses lèvres, les boucles de son ondoyante chevelure : rien n'y faisait. Au moindre coup de vent, au moindre dérangement accidentel de cette immense crinière, l'infirmité reparaissait en tout ou partie, et le prétendant le plus empressé prétextait bien vite quelque affaire urgente pour porter son enthousiasme ailleurs.

Mais, alors même que ce cadre chevelu continuait de couvrir les larges bords de la peinture pendant toute une soirée, sans aucun accident révélateur, qu'arrivait-il? c'est qu'on ne voyait de sa figure que le milieu du front, la moitié des yeux et la moitié de la bouche. Le nez seul se laissait voir dans son entier. Mais, franchement, quoiqu'il fût très-joli, avec ses narines mobiles et roses, nous ne pensons pas qu'un nez ait jamais suffi à inspirer une de ces grandes passions sur lesquelles Régina comptait pour assurer son avenir.

Après un an de cette pêche à l'adorateur, aussi coûteuse qu'inutile, Régina dut jeter là ses filets. Pour comble de dépit, elle fut abandonnée alors par sa femme de chambre, laquelle épousa un prince étranger, devenu éperdument amoureux d'elle sous son modeste costume de dame de compagnie, et cela, au nez de sa maîtresse, c'est bien le cas de le dire.

Il fallut songer à d'autres moyens d'utiliser ce qui lui restait de son capital.

Elle fonda une maison garnie, toujours avec le consentement de sa mère, qui lui servit de bonne. Mais elle était trop grande dame encore pour descendre aux menus détails d'une pareille gestion, et ses locataires, plus ou moins interlopes, s'en allaient la plupart sans payer. On ne trouvait que de grosses pierres dans les malles, après leur départ.

Régina fut obligée de revendre l'établissement à perte.

Elle ouvrit alors, toujours du consentement de sa mère, une table d'hôte à trente-deux sous par tête, dans la banlieue de Paris, avec commandant obligé comme découpeur, moustache en croc, polonaise à brandebourgs, décoration exotique à la boutonnière, et nourriture gratis.

Ce ne furent pas les convives qui manquèrent. Le quartier Notre-Dame-de-Lorette en fournit bon nombre pour sa part, en crinoline surtout.

Un franc soixante centimes par dîner! c'était pour rien.

Et on prétend que la nourriture est chère à Paris!

Comment la spéculatrice pouvait-elle s'en tirer?

Est-il donc vrai que, dans certaines industries, on peut perdre sur chaque pratique et se rattraper sur la quantité?

Il faut bien le croire, et c'est sans doute en donnant à jouer, après dîner, que Régina parvenait à résoudre ce difficile problème.

Malheureusement pour elle, la police, qui n'aime pas les solutions de ce genre, fit une descente dans son salon, dressa procès-verbal, confisqua les meubles, ferma le tripot, et conduisit la maîtresse à Saint-Lazare.

Lorsqu'elle eut fait son temps dans cette prison, qui devrait être perpétuelle, car on en sort bien plus digne d'y entrer que lorsqu'on y est venu, Régina employa, toujours avec l'approbation de sa mère, les quelques mille francs qui lui restaient à se faire revendeuse à la toilette, avec magasin de costumes et banque usuraire.

Elle louait, moyennant vingt francs par jour, des toilettes plus ou moins somptueuses, à des femmes légères qui avaient quelqu'un à éblouir ce jour-là, mais qui, lorsque l'éblouissement n'avait pas eu lieu, ne lui rapportaient parfois ni les vingt francs ni la toilette.

Elle vendait à d'autres divers objets de parure, de *magnifiques occasions*, le triple de leur valeur réelle; mais peu importait le prix si on ne le lui payait jamais.

Elle prêtait aussi à telle ou telle, moyennant un intérêt colossal, des petites sommes trop vivement réclamées par une blanchisseuse, une crémière ou un portier; mais dans beaucoup de cas elle ne revoyait jamais l'emprunteuse : trop heureuse encore d'avoir retenu d'avance l'intérêt sur le capital. C'était autant de sauvé.

Bref, toutes ces industries à gros bénéfices achevèrent de ruiner Régina, qui en fut réduite à accepter, toujours avec l'agrément de sa mère, une place d'ouvreuse *surnuméraire* dans un des plus petits théâtres de Paris.

C'est là que nous la laisserons jusqu'à plus ample informé, en jetant un voile discret sur les phases intermédiaires qu'eut à subir la triste destinée qu'elle s'était faite.

Occupons-nous un moment d'existences plus pures.

Dix-huit mois environ après la perte de son mari, Emilienne laissa retomber gracieusement dans la main d'Henri, en présence de monsieur le maire et de monsieur le curé d'Amiens, la blanche et douce main que Léon y avait déjà placée lui-même à son lit de mort.

Ils furent heureux d'obéir ainsi aux dernières volontés que le défunt leur avait fait connaître par cette sorte de testament muet.

Le jour de leur mariage, en effet, dans son transport de joie, Henri ayant dit à Emilienne :

— Je puis vous l'avouer, maintenant que vous êtes ma femme ; hé bien ! je vous aimais en silence depuis longtemps déjà !

— Moi aussi, mon ami, je vous aimais ; oh ! bien malgré moi,— répondit Emilienne en baissant les yeux.

Les nouveaux époux, ne voulant pas rester dans un pays qui leur rappelait de tristes souvenirs, vendirent les propriétés qui composaient la majeure partie de la succession, car le contrat de mariage du défunt assurait tout au survivant.

Le produit de cette vente, joint aux autres valeurs de l'hoirie, et au capital que possédait personnellement Henri, leur constitua une fortune considérable.

Ils vinrent s'établir à Paris, près des Champs-Elysées, dans un charmant hôtel entre cour et jardin.

Inutile de dire que la vieille Thérèse fut de l'installation.

On disposa pour Miraut, dans la cour d'honneur, une superbe niche, vraiment digne de servir d'Invalides à un chien si intelligent et si dévoué.

Quant à Jules, il était plus que jamais l'enfant de la maison, Emilienne pouvait désormais l'affectionner sans crainte, car on n'avait plus entendu parler de Régina, qui vivait dans un monde à part.

Une fois installés, si douce que fût leur retraite, en gens de goût et d'intelligence (ce qui ne distingue pas toujours la richesse), Emilienne et Henri surent se faire une existence où les plaisirs de choix apportaient d'agréables contrastes. L'été, ils voyageaient; l'hiver, certains jours de la semaine, ils avaient loge à l'Opéra, loge aux Italiens, loge aux Français; les autres jours, ils allaient dans le monde, ou recevaient à leur tour une société d'élite.

Or, un matin qu'ils venaient d'assister à un bal de bienfaisance dans les salons de l'hôtel-de-ville, comme ils regagnaient leur demeure, au petit jour, dans un élégant équipage, ils rencontrèrent en chemin un groupe de balayeuses des rues qui força leur voiture à s'arrêter un instant.

L'une de ces femmes frappa plus particulièrement leur attention.

Ils crurent la reconnaître, sous son vieux chapeau de paille à moitié brisé, malgré les vêtements sordides et frangés par le bas dont elle était à peine couverte, malgré les haillons entortillés et ficelés qui lui servaient de chaussure, malgré surtout la large cicatrice qui la défigurait affreusement, et que certes elle ne pensait plus guère à dissimuler.

— Régina! — s'écria Henri en pâlissant.

— Oui, c'est bien elle! — dit à son tour Emilienne. — Oh! la malheureuse! — ajouta-t-elle les yeux humides et en se cachant la figure dans ses deux mains.

La première émotion passée, Henri et Emilienne échangèrent un regard.

Ils s'étaient compris.

Henri fit arrêter la voiture à une cinquantaine de pas plus loin, appela le valet de pied, lui donna les indications nécessaires, et lui dit:

— Informez-vous adroitement de l'adresse de cette femme.

Le valet de pied revint apprendre à son maître qu'elle demeurait dans un quartier des plus infects.

La voiture se remit en route.

— Non, la mère de notre cher Jules ne doit pas rester dans une pareille abjection, — dit Emilienne à son mari, qui oubliait les chagrins dont Régina l'avait abreuvé, comme Emilienne oubliait généreusement elle-même les larmes qu'elle lui avait fait répandre.

Le jour même, Régina reçut, dans le bouge qu'elle habitait avec sa mère, devenue tout à fait infirme, une somme deux cent cinquante francs, dont le porteur avait ordre de ne pas lui révéler l'origine.

Ce premier terme d'une pension annuelle de trois mille francs était accompagnée de la promesse anonyme d'une pareille somme pour le premier de chaque mois.

L'envoi ne devait cesser que si Régina cherchait à en découvrir la provenance.

Mais, quoiqu'elle la devinât peut-être, elle se promit bien de ne pas céder à une si fâcheuse curiosité.

Ce fut aussi l'avis de sa mère. L'excellente femme avait consenti à de trop mauvaises choses dans sa vie, pour se montrer récalcitrante la première fois qu'il s'en présentait une bonne.

FIN D'UNE FEMME DANGEREUSE.

TABLE DES OUVRAGES CONTENUS DANS CE VOLUME.

FIN DE LA TABLE DE LA TRENTE-NEUVIÈME SÉRIE.

Paris. — Imprimerie J. Voisvenel, rue Chauchat, 14.

www.ingramcontent.com/pod-product-compliance
Ingram Content Group UK Ltd.
Pitfield, Milton Keynes, MK11 3LW, UK
UKHW021223230726
13926UKWH00003B/1197